Um amor escandaloso

Um amor escandaloso

MEG CABOT ESCREVENDO COMO
PATRICIA CABOT

Tradução de
ELIANE FRAGA

3ª edição

EDITORA RECORD
RIO DE JANEIRO • SÃO PAULO
2016

CIP-BRASIL. CATALOGAÇÃO NA PUBLICAÇÃO
SINDICATO NACIONAL DOS EDITORES DE LIVROS, RJ

C116u
3ª ed.
    Cabot, Patricia, 1967-
    Um amor escandaloso / Patricia Cabot; tradução de Eliane Fraga. - 3ª ed. -
Rio de Janeiro: Record, 2016.

    Tradução de: A Little Scandal
    ISBN 978-85-01-08843-7

    1. Ficção americana. I. Fraga, Eliane. II. Título.

15-20813

CDD: 813
CDU: 821.111(73)-3

TÍTULO ORIGINAL: A LITTLE SCANDAL

Copyright © 2000 by Patricia Cabot

Texto revisado segundo o novo Acordo Ortográfico da Língua Portuguesa.

Todos os direitos reservados. Proibida a reprodução, no todo ou em parte, através de quaisquer meios. Os direitos morais da autora foram assegurados.

Direitos exclusivos de publicação em língua portuguesa somente para o Brasil adquiridos pela
EDITORA RECORD LTDA.
Rua Argentina, 171 – Rio de Janeiro, RJ – 20921-380 – Tel.: (21) 2585-2000, que se reserva a propriedade literária desta tradução.

Impresso no Brasil

ISBN 978-85-01-08843-7

Seja um leitor preferencial Record.
Cadastre-se e receba informações sobre nossos lançamentos e nossas promoções.

Atendimento e venda direta ao leitor:
mdireto@record.com.br ou (21) 2585-2002.

Para Benjamin

PARTE I

Capítulo 1

Londres, abril de 1879

— Eu não vou. — A garota se retorceu para se livrar do aperto da mão dele. — Já tinha lhe dito isso antes. Quero que me solte!

Estava cansado de discutir com ela. Às vezes tinha a impressão de que não fizera outra coisa nos últimos dezessete anos.

— Você vai — afirmou, a voz grave soando como um rosnado ameaçador. Tão ameaçador que o cocheiro, ao lado da carruagem, se aprumou e olhou para todas as direções, menos para o amo.

— Não vou! — gritou a garota, novamente puxando o punho. Ultimamente, andava arisca como um gato, e por pouco ele conseguiu manter preso o braço esguio coberto pela manga de seda. — Já disse, *me solte*.

O homem suspirou. Então ia ser assim. Ah, já deveria saber, tudo indicava isso. Uma hora antes, quando refazia o nó da gravata em frente ao espelho — embora Duncan fosse um *valet* exemplar, estava ficando velho e teimoso, de modo que, agora, mudanças sutis na moda masculina só serviam para irritá-lo; assim, continuava a dar o nó na gravata do amo da mesma maneira que fazia havia mais de vinte anos, obrigando Burke a desfazer secretamente seu trabalho e refazer o nó ele mesmo —, a Srta. Pitt entrara em sua sala de estar sem se anunciar, muito agitada.

— Milorde — gritara a velha senhora. Literalmente gritara. Lágrimas corriam por seu rosto bochechudo. — Ela é impossível! Impossível, entende? Ninguém... *ninguém mesmo*... suportaria tamanho abuso...

Nesse momento, a mulher levou a mão trêmula à boca e saiu da sala às pressas. Burke não podia afirmar, mas tivera a impressão de que a Srta. Pitt havia acabado de pedir demissão. Com um suspiro, ele começara a desfazer o nó da gravata. Já não fazia sentido se arrumar tanto. Não aproveitaria a companhia da inigualável Sara Woodhart naquela noite, como tinha planejado. Agora, em vez da Srta. Pitt, acompanharia Isabel ao baile de lady Peagrove.

Maldição.

A insolente se retorcia toda e tentava mordê-lo — isso mesmo, *mordê*-lo — para se livrar da mão dele e se soltar. Sinceramente esperava que nenhum vizinho estivesse assistindo. Estas demonstrações públicas de rebeldia começavam a se tornar constrangedoras. Era diferente alguns anos atrás, quando ela era mais nova — e menor —, mas agora...

Bem, agora era cada vez mais frequente que ele desejasse um cachimbo e o conforto da lareira de sua biblioteca.

Sim, mais até do que a companhia da estimada Sra. Woodhart.

Meu Deus! Que horror! Isso era mesmo verdade? *Estaria* ele envelhecendo? Duncan lhe dissera que sim, em mais de uma ocasião. Não com essas palavras, é claro. Um bom *valet* não insinua que seu amo não está mais na flor da juventude. Em uma manhã dessas, porém, o infeliz tivera a coragem de separar um colete de flanela para ele vestir. Logo de quê! Flanela! Como se Burke estivesse chegando aos

57, e não na relativa juventude de seus 37 anos. Como se estivesse enfermo, em vez de no auge da forma física que sabia estar — como muitas das mais atraentes mulheres de Londres, inclusive a exigente Sra. Woodhart, lhe asseguravam. Duncan aprendera uma boa lição naquele dia, com certeza.

Assim como Isabel aprenderia hoje. Ela não o desrespeitaria. Especialmente porque, no fim das contas, aquilo seria para seu próprio bem.

— E eu — ele se inclinou e, com a tranquilidade que a prática traz, jogou-a sobre o ombro, como se fosse um saco de trigo — disse que você vai.

Isabel soltou um grito tão estridente que pareceu penetrar a névoa densa que encobria a Park Lane — e provavelmente toda a cidade de Londres, pensou Burke, conhecendo sua pouca sorte. Por causa do nevoeiro, levariam horas para transpor o trânsito lento e chegar à casa dos Peagroves. Na verdade, névoa densa era tudo o que faltava, além da histeria de Isabel. Pior que isso, talvez apenas uma bala na cabeça. Ou quem sabe a lâmina de uma faca no coração.

No instante seguinte, pareceu-lhe que seu segundo desejo estava a ponto de ser realizado. Só que, em vez de uma lâmina, a intrusa que surgiu em meio à neblina, como se viesse do nada, dirigia a ponta de um guarda-chuva para seu coração.

Ou para o local onde estaria seu coração caso tivesse um, pois Isabel insistia em afirmar aos berros que se tratava de algo que ele não possuía.

— Perdão, senhora — disse Burke para a dona do guarda-chuva, orgulhoso de estar tão calmo, pois possuía a reputação de ter sangue quente —, mas se importaria de baixar essa coisa? Está bloqueando o caminho até minha carruagem ali.

— Dê mais um passo — ameaçou a dona do guarda-chuva, com uma voz surpreendentemente grave para uma criatura tão... frágil —, e eu comprometerei suas esperanças de ter um herdeiro.

Burke olhou para o cocheiro. Era sua imaginação, ou ele estava sendo interpelado na porta da própria casa — e no meio da Park Lane, a rua mais exclusiva de toda a Londres — por uma completa estranha? Pior, uma completa estranha que por acaso era uma jovem... exatamente o tipo de jovem que Burke sempre evitava em confraternizações.

E quem poderia culpá-lo? Ficava alarmado quando, durante uma conversa com uma dessas criaturas — que, verdade seja dita, não costumavam ser muito interessantes —, a emperiquitada mãe da moça surgia do nada e, com muita educação, mas também com muita firmeza, levava sua queridinha para longe dele.

Mas agora não havia nenhuma mãe emperiquitada. Essa jovem estava sozinha, e numa noite sombria como havia tempos não se via. Onde estaria sua dama de companhia? Certamente uma moça tão jovem devia ter uma dama de companhia, pelo menos para impedi-la de ameaçar cavalheiros com a ponta do guarda-chuva, como parecia ser um costume seu.

O que deveria fazer? Se ela fosse um homem, Burke simplesmente a derrubaria, passaria por cima do corpo inerte e seguiria seu caminho. Se necessário, até a desafiaria e, com grande prazer, no seu humor atual, lhe enfiaria uma bala na cabeça.

Mas tratava-se de uma mulher, e um tanto miúda, na verdade. Burke teve a impressão de que poderia facilmente erguê-la nos braços e retirá-la do caminho, mas colocar as mãos em qualquer mulher, especialmente uma moça, costumava causar todo tipo de problema. O que deveria fazer então?

Perry, para quem Burke cometeu o erro de olhar em busca de socorro, não ajudou em nada. Ele também encarava a jovem, seus olhos esbugalhados quase saltando das órbitas, mas não pela visão da ponta do guarda-chuva direcionada ao amo, e sim pelos tornozelos finos, plenamente à mostra sob a bainha da saia levemente erguida na frente devido à postura de esgrimista que ela assumira.

Rapaz tolo. Burke cuidaria para que fosse despedido no dia seguinte.

— Coloque-a no chão — ordenou a jovem. — Imediatamente.

— Escute aqui — disse Burke, num tom de voz moderado, que não combinava com seus sentimentos. — Não me cutuque com essa coisa. Saiba que sou...

— Não ligo a mínima para quem o senhor é — interrompeu ela. — O senhor largará essa moça, e considere-se com sorte por eu não chamar a polícia. Embora ainda não tenha certeza de que não o farei. Nunca vi nada tão vergonhoso em toda a minha vida, um homem mais velho se aproveitando de uma menina que não deve ter metade da sua idade.

— Me aproveitando! — Burke quase largou sua carga naquele instante, de tão surpreso. — Eu nunca ouvi uma insinuação tão impertinente! A senhorita acredita mesmo...

Para seu horror, Isabel, que mantinha um silêncio suspeito desde a aproximação da víbora empunhando o guarda-chuva, ergueu a cabeça coberta pelo manto e choramingou, numa voz lamuriosa, bem diferente de seu habitual tom confiante:

— Ah, por favor, me ajude, senhorita. Ele está me machucando muito!

A ponta do guarda-chuva pressionou-lhe a lapela, e o metal espetou-o logo acima do coração. A jovem não se preocupou em se dirigir a Burke, mas se virou para o cocheiro e ordenou:

— Não fique aí parado, seu tolo ignorante. Corra e vá chamar a polícia.

Perry ficou de queixo caído. Furioso, Burke olhou para o rosto do cocheiro, cuja careta transmitia o conflito entre a lealdade ao patrão e o desejo de obedecer à moça de voz imperiosa.

— M-mas — gaguejou o tolo rapaz. — Ele me despedirá, senhorita, se eu fizer...

— Ele o despedirá? — Os olhos claros já muito esbugalhados arregalaram-se ainda mais de indignação. — E o senhor prefere ser despedido a ser preso como cúmplice de sequestro e intimidação?

Perry resmungou.

— Não, senhorita, mas...

Nesse instante, Isabel não conseguiu mais se conter. Seu corpo estremeceu contra o ombro de Burke. Nem mesmo as barbatanas do espartilho conseguiram suprimir os espasmos violentos causados por suas gargalhadas.

Só que, obviamente, para a jovem do guarda-chuva pontiagudo, as risadas soavam como soluços. Burke viu o rosto pálido, emoldurado por um chapéu que provavelmente fora caro em outra época, mas que agora estava muito fora de moda, enrijecer-se de ódio. A intrusa recuou o braço, sem dúvida com a intenção de espetar-lhe o corpo com o guarda-chuva.

Para Burke, aquilo foi a gota d'água.

— Agora, escute aqui — disse ele, tirando Isabel de cima do ombro num impulso e, sem muita delicadeza, depositando-a no chão a seu lado. Permaneceu, contudo, segurando firmemente a sua cintura, já que não era nenhum tolo, para evitar que escapulisse e fugisse noite adentro, um de seus truques recentes. — Embora eu não tenha a menor ideia de como vim a ser ultrajado de maneira tão rude, e ainda por cima na porta da minha própria casa, peço que me permita assegurar-lhe que esta situação é respeitável em todos os sentidos. Acontece que esta jovem é minha filha.

O guarda-chuva não retrocedeu. Nem um centímetro sequer.

— Uma história plausível — declarou friamente a dona do objeto.

Burke olhou ao redor procurando algo para chutar. Ele realmente achava que poderia ter um derrame. Afinal, o que fizera para merecer *isto*? Tudo o que queria — tudo o que sempre quisera — era ver Isabel casada com um rapaz decente, que não a maltratasse nem desperdiçasse o dinheiro que lhe destinaria. Assim, se veria finalmente livre para passar noites agradáveis a sós com uma mulher agradável como Sara Woodhart. Ou com um livro. Sim, até mesmo um livro em frente a uma lareira crepitante e aprazível. Seria pedir demais?

Aparentemente, sim, enquanto houvesse mulheres loucas empunhando guarda-chuvas pelas ruas de Londres.

Perry, talvez pela primeira vez em sua vida medíocre, abriu a boca e disse algo que de fato ajudou:

— Hmm, senhorita? Ela, a jovem, *é mesmo* filha dele.

Isabel, que se esforçava para reprimir um ataque de riso desde quando Burke a colocara no chão, não conseguiu mais se conter e soltou uma gargalhada que deve ter sido ouvida por toda a rua.

— Ah! — exclamou ela. — Eu *sinto* muito! Mas foi tão divertido ver a senhorita ameaçar papai com o guarda-chuva. Não pude evitar.

O guarda-chuva retrocedeu. Um pouco, mas foi perceptível. A jovem estava tão perplexa que as sobrancelhas finas se uniram sob a franja de cabelos louro-escuros.

— Se ele é seu pai — questionou ela —, então, em nome de Deus, por que a senhorita gritava tanto?

— Ora! — Isabel revirou os olhos como se a resposta fosse óbvia. — Porque ele insiste que eu vá ao baile dos Peagroves.

Para o espanto de Burke, a jovem, uma perfeita estranha, maluca, aceitou aquela afirmação como se fosse muito compreensível. Burke observou, abismado, o guarda-chuva descer, afastando-se de seu coração, até a ponta tocar o solo.

— Deus do céu — disse a estranha. — A senhorita não pode ir *lá*.

Isabel, cheia de si, estendeu a mão e puxou a manga do paletó de Burke.

— Viu, papai? Foi o que eu disse.

O homem então teve certeza absoluta de que teria um derrame. Não entendia o que estava acontecendo. Há poucos instantes, a jovem à sua frente ameaçava chamar a polícia. Agora, falava de compromissos sociais com sua filha, como se as duas estivessem numa chapelaria, e não ali em pé, em plena Park Lane, às nove horas da noite da primavera mais enevoada de que se lembrava.

— É um evento lotado — assegurava a jovem para a filha dele. — Lady Peagrove convida o dobro do número de pessoas que cabe na casa. Só chegar perto da vizinhança já é um pesadelo. E ninguém *relevante* vai. Interesseiros e primos do interior, nada além disso.

— Eu *sabia*. — Isabel bateu no chão o pé calçado com um belo escarpim, mas qualquer som que pudesse ter produzido foi abafado pelo tapete que Perry estendera para proteger da lama a cauda do vestido quando ela subisse na carruagem. — E avisei a ele. Mas papai não me ouve.

Burke começou a se irritar. Estava sendo criticado como se nem estivesse ali.

— Ele só ouve a Srta. Pitt — continuou Isabel. — E a Srta. Pitt tinha essa ideia absurda de que ir à casa dos Peagroves era imprescindível.

— Quem é a Srta. Pitt? — A estranha teve a audácia de perguntar.

Antes que Burke pudesse dizer qualquer coisa, Isabel respondeu:

— Ah, ela era minha dama de companhia. Pelo menos até se demitir, uma hora atrás.

— Dama de companhia? Por que, em nome de Deus, a senhorita precisa ficar sob a responsabilidade de uma dama de companhia?

— Se deseja saber — retorquiu Burke asperamente —, é porque a mãe dela está morta. Agora, se nos der licença...

— Ora! — exclamou Isabel. — Esse não é o motivo, papai. — Virando-se para a estranha, confidenciou: — Mamãe morreu, mas a verdade é que ele contrata damas de companhia para mim pois não quer o incômodo de me levar a lugar nenhum. Quer passar todo seu tempo com a Sra. Woodhart...

Burke apertou com mais força o braço de Isabel.

— Perry, abra a porta, por favor.

O cocheiro, que prestava mais atenção na conversa do que jamais prestara a qualquer instrução de Burke, deu um pulo quando o amo lhe dirigiu a palavra de repente.

— M-milorde? — gaguejou ele.

Burke perguntou-se se seria grosseiro de sua parte dar um chute nos fundilhos de Perry. E concluiu que sim.

— A porta — resmungou. — Da carruagem. Abra-a. *Agora*.

O infeliz cocheiro apressou-se a obedecer às ordens do patrão. Enquanto isso, para a ira de Burke, Isabel continuava a conversa.

— Ah — dizia ela —, eu insisti com eles que imprescindível mesmo era ir à casa da Sra. Ashforth, mas eles me ouviram? De modo algum. Precisei ser rude com a Srta. Pitt. Quer dizer, se ninguém lhe ouve...

— Ah, o baile da Sra. Ashforth é esta noite? — A jovem se apoiava distraída no cabo do guarda-chuva, como se fosse um taco de croqué, e eles estivessem num gramado em um dia de verão, num jogo entre amigos. — Ah, é isso mesmo. A senhorita definitivamente não pode perder o baile da Sra. Ashforth.

— Concordo, mas, veja bem, tudo não passa de um complô para me manter afastada do homem que amo...

— Entre na carruagem — interrompeu Burke, friamente.

Estava orgulhoso de si. Não seguira seu primeiro impulso de empurrá-la para dentro do veículo. Estava aprendendo a controlar seu temperamento. Deus sabe o quanto estava sendo difícil nas últimas semanas, mas se mantivera na linha. Se conseguissem escapar dessa jovem falante e de seu guarda-chuva sem nenhum derramamento de sangue, ficaria muito satisfeito.

— Mas papai — Isabel olhou para ele. — Eu achei que o senhor estava ouvindo a senhorita. O baile dos Peagroves simplesmente não é...

— *Entre na carruagem!* — berrou Burke.

Isabel recuou um passo, vacilante, mas ele foi mais rápido que ela. Ergueu-a e colocou-a dentro do veículo, com delicadeza. Até mesmo a megera do guarda-chuva teria de admitir que ele estava sendo muito delicado. Tão logo a última parte da cauda do vestido desapareceu dentro do veículo, ele se virou para a jovem que ficou na rua e disse, para o espanto da mesma:

— Boa noite.

Em seguida, também entrou na carruagem, gritando para o cocheiro partir. E ele o fez sem pestanejar.

Isabel recuperava-se no banco à sua frente.

— Francamente, papai, não precisava ser tão rude!

— Rude? — Burke soltou uma gargalhada irônica. — Mas que graça! E suponho que foi por pura educação que uma total estranha me intimidou com seu guarda-chuva e ameaçou chamar a polícia, como se eu fosse uma espécie de criminoso foragido.

— Ela não era uma total estranha — retrucou Isabel, enquanto ajeitava os metros de cetim branco de sua saia. — É a Srta. Mayhew. Já a encontrei passeando pela rua.

— Deus do céu. — Burke olhou para a filha, espantado. — Aquela criatura mora na Park Lane? Não conheço nenhum Mayhew. Onde ela mora?

— Na casa dos Sledges. É governanta daqueles pestinhas.

— Ah — disse Burke, de certo modo aliviado.

Não era para menos que não a reconhecera. Deveria ser grato por isso. Tratava-se apenas de uma criada que não sairia contando para a vizinhança que Burke Traherne, terceiro marquês de Wingate, não tinha nenhum controle sobre a filha teimosa.

E, se contasse, era provável que ninguém importante lhe desse ouvidos.

Em seguida, Burke perguntou, com certa indignação:

— Se já a viu antes, por que diabos ela não sabia que você era minha filha? Por que achou que eu estava prestes a lhe fazer mal?

— Ela começou a trabalhar aqui faz muito pouco tempo — explicou Isabel, calçando as luvas. — Além do mais, onde ela teria conhecido o senhor? Na igreja certamente que não, considerando a frequência com que vai para a cama pouco antes do amanhecer nas noites de sábado.

Os olhos de Burke faiscaram ao pousarem em Isabel sob a luz do lampião a óleo da carruagem. Não lhe parecia que uma filha devesse se dirigir ao pai desse jeito tão informal. Era o que merecia por ter se casado tão jovem. Seu pai lhe avisara, e não estivera errado. As filhas de homens mais velhos, que esperaram ter mais de 20 anos antes de se casar, não se dirigiam aos pais com tanta informalidade. Ao menos era o que Burke supunha. Não tinha muitas amizades, graças ao seu passado duvidoso e à reputação que isso lhe trazia.

Mas supunha que, se *tivesse* amigos do sexo masculino com filhas da idade da sua, elas seriam dóceis e delicadas. Como a filha com que sempre sonhara, em vez da criatura intratável que, um mês e meio atrás, saíra da caríssima escola para moças e desde então se dirigia a ele à mesa de jantar de modo tão pouco civilizado.

— Isabel — disse ele, o mais calmo possível. — O que você fez com a Srta. Pitt?

Isabel examinou o teto da carruagem.

— Se a carruagem parar em frente à casa dos Peagroves, eu fugirei. Estou avisando.

— Isabel — repetiu ele, com o que considerou uma paciência admirável. — A Srta. Pitt foi a quinta dama de companhia que contratei para você nas últimas semanas. Pode me dizer o que achou de tão condenável nela? Ela foi muito bem-recomendada. Segundo lady Chittenhouse...

— Lady Chittenhouse — repeliu Isabel, evidentemente desgostosa. — O que *ela* sabe? Nenhuma de suas filhas jamais *precisou* de damas de companhia. Nenhum homem em perfeito juízo se aproximaria de qualquer uma delas. Eu nunca vi moças com peles tão feias na minha vida. Parece até que elas nunca ouviram falar em sabão. É de admirar que tenham se casado.

— Lady Chittenhouse — continuou Burke, ignorando-a — escreveu uma carta de recomendação muito elogiosa para a Srta. Pitt...

— É mesmo? E ela por acaso escreveu na carta que a Srta. Pitt, além de ser absurdamente maçante, com sua tagarelice interminável sobre as sobrinhas e sobrinhos queridos, costuma *cuspir* enquanto fala, especialmente quando tenta corrigir o que chama de meus modos selvagens? Ela por acaso mencionou isso?

— Se você achava a Srta. Pitt tão desagradável — retorquiu Burke, o mais gentil que pôde, levando-se em conta que sua vontade era estrangulá-la —, por que não me procurou e pediu para contratar outra pessoa?

— Porque eu sabia que encontraria alguém pior. — Isabel olhou pela janela para a rua tomada pela névoa. — Se ao menos você deixasse eu entrevistar as candidatas...

Burke teve de rir diante do tom extremamente casual da filha.

— E quem você consideraria uma dama de companhia adequada, Isabel? Sem dúvida alguém como aquela Srta. Mayhew.

— O que há de errado com a Srta. Mayhew? Ela é muito mais agradável aos olhos do que a horrenda Srta. Pitt.

— Você não precisa de alguém agradável aos olhos — resmungou Burke. — Precisa de uma pessoa séria, que a impeça de correr atrás daquele rapaz desprezível, Saunders...

No instante em que pronunciou as palavras, Burke soube que dissera a coisa errada. De repente, foi como se uma tempestade irrompesse no banco à sua frente.

— Geoffrey não é desprezível! — gritou Isabel. — E o senhor saberia disso, papai, se ao menos se dignasse a destinar um pouco do seu tempo para conhecê-lo...

Burke revirou os olhos e olhou pela janela. Infelizmente, eles já estavam presos no trânsito, e a carruagem fora cercada por vendedores de flores e de fitas, mendigos e prostitutas — a ralé habitual das ruas de Londres à noite. Com os vidros da janela fechados, ninguém conseguia alcançar o interior, mas Burke viu as mãos sujas, esfoladas pelo trabalho e pela miséria, e não conseguiu reprimir um suspiro. Não era assim que imaginara passar a noite. A esta altura, deveria estar no seu camarote no teatro. Agora, só com muita sorte conseguiria chegar à entrada do palco antes de Sara aparecer e ser o centro das atenções da multidão que ali se reunia todas as noites para admirar seu talento inigualável...

Ou assim ela preferia acreditar. Burke sabia bem o que eles admiravam, e o talento de Sara Woodhart tinha muito pouco a ver com isso.

— Eu não preciso conhecer o Sr. Saunders, Isabel — afirmou Burke, com mais serenidade do que de fato sentia. — Veja bem, sei tudo sobre ele, e só posso dizer que, no dia em que esse sujeito arrogante aparecer na entrada da nossa casa, conhecerá o gosto do chumbo.

— Papai! — Isabel soluçou. — Se ao menos você *ouvisse*...

— Já ouvi você dizer todas as baboseiras possíveis sobre Geoffrey Saunders, mais do que eu gostaria. De agora em diante, não quero que repita esse nome na minha presença. — Pronto. Havia sido severo e ameaçador, do jeito que pais deveriam ser. — E agora vamos à casa dos Peagroves, pois sei que o Sr. Saunders não foi convidado.

Isabel soluçou mais uma vez, muito mais alto que antes, como se estivesse fatalmente ferida.

— Pois quem vai à casa dos Peagroves é o senhor! Eu vou ao baile da Sra. Ashforth!

E antes que Burke percebesse o que Isabel pretendia fazer, ela se lançou para a porta da carruagem, escancarou-a e se atirou para fora com um talento dramático que até a inigualável Sara Woodhart invejaria.

Ao se ver subitamente sozinho no veículo, Burke suspirou. Que Deus o protegesse de jovens mulheres apaixonadas. Realmente *não* era assim que pretendera passar a noite.

Mas logo enfiou a cartola na cabeça, saiu pela porta ainda entreaberta e partiu atrás da filha pela rua fervilhando de gente.

Capítulo 2

Quando Kate Mayhew entrou pela porta, não foi apenas o calor da fornalha da cozinha que a saudou. Posie, a criada diurna, recebeu-a como um verdadeiro furacão de bochechas rosadas e saias de renda.

— Ah, senhorita! — exclamou Posie, correndo para Kate antes mesmo que ela fechasse a porta. — Imagine só! Jamais adivinhará!

— Henry escondeu outra cobra no bolso do robe de chambre do pai — disse Kate, enquanto tirava as luvas.

— Não...

A jovem começou a desabotoar o casaco de pele.

— Jonathan falou de novo aquela palavra na presença da mãe.

— Que palavra?

— *Você sabe* qual. Aquela que começa com a letra *f*.

— Ah, não, nada disso. Há uma pessoa na sala de visitas à sua espera.

— Deve ser o conde, ao menos assim espero. — Kate desamarrou a fita do chapéu e pendurou-o num cabide de madeira ao lado da porta. — Íamos nos encontrar no recital, e eu passei uma hora à procura dele.

— Ele disse que deve ter se enganado de igreja. — Posie seguiu Kate para fora da cozinha. — O velho chatonildo está furioso, e o patrão está fora de si! Vai acabar fazendo um buraco no chão em frente à porta da sala de visitas, de tanto andar de um lado para o outro pensando no que dizer quando entrar lá dentro.

Kate parou em frente ao espelho que havia no fim da escada. Ele fora pendurado ali especialmente para que as criadas pudessem arrumar a touca antes de transpor a porta que separava a ala dos empregados e entrar na parte social da casa. Ela tentou, sem êxito, afofar a franja que lhe cobria a testa. As maçãs do rosto já estavam naturalmente rosadas do ar frio da primavera e não precisaram ser beliscadas, mas o nariz brilhava um pouco. Com a ponta do dedo, esfregou nele a farinha que pegara na despensa e resolveu o problema de forma admirável.

— Pobre Freddy — disse Kate. — Há quanto tempo está aqui?

— Chegou logo depois que a senhorita saiu. — Posie estava ao lado de Kate e falava para a imagem dela no espelho.

— Ah! — exclamou Kate com um suspiro. — A Sra. Sledge está zangada?

— Claro que não! Ela irá se gabar com as companheiras missionárias de seu grupo de costura quando perguntarem sobre a carruagem que estava na frente da casa, respondendo que era o conde de Palmer.

— Que veio fazer uma visita à governanta dos filhos? — Kate ajustou o camafeu que fechava a gola rendada da blusa. — Creio que não.

— Ela não lhes dirá *isso*. Dará a entender que ele veio *visitá-la*...

A porta se abriu, e o mordomo, Phillips, apareceu no topo da escada. As duas moças seguiram cada qual o seu caminho. Posie foi em direção à grande mesa de madeira, onde se encontravam várias panelas e potes de cobre, que ela laboriosamente começou a polir.

Kate, por sua vez, não teve tanta sorte. Não tinha nenhuma obrigação no andar inferior, e, na maneira de pensar do mordomo, não devia estar ali embaixo. Descendo a escada estreita com ar de grande arrogância, Phillips dirigiu-se a ela:

— Srta. Mayhew, já mencionei algumas vezes que o patrão não gosta que utilize a entrada dos serviçais. Como governanta das crianças, é perfeitamente aceitável que utilize a porta da frente.

Kate abriu a boca para informar ao mordomo que preferia a porta de serviço à social — principalmente porque, ao usá-la, na maioria das vezes conseguia evitar encontrá-*lo*, embora não fosse tola de lhe dizer isso —, mas ele não a deixou falar.

— E se a senhorita tivesse utilizado a porta apropriada — continuou Phillips, com uma raiva mal contida que Kate começava a perceber —, teria visto que o conde de Palmer a aguarda há quase duas horas na sala de visitas.

— Ah, Sr. Phillips, eu *sinto* muito. Lorde Palmer deveria ter me encontrado num recital esta noite, e desconfio que de algum modo nos desencontramos. Não posso lhe dizer o quanto...

— No futuro, Srta. Mayhew — interrompeu-a Phillips, frio como um autômato —, quando convidar pessoas nobres para esta casa, faça a gentileza de me informar com antecedência para que eu tenha tempo de decantar nosso melhor conhaque.

Kate notou que Phillips estava furioso. Não gritava, nem atirava coisas — um homem com o treinamento dele jamais se rebaixaria a tal reação emocional. Mas a ausência de inflexão em sua voz deixou claro para Kate que ele estava com raiva... Simplesmente por ter sido desmoralizado ao servir um conhaque de qualidade inferior a um conde. Um mordomo do status de Phillips talvez nunca se recuperasse de tamanha desonra.

E ele certamente jamais perdoaria Kate. Não, isso foi a gota d'água. O fato de ela ter trazido um gato para dentro da casa já havia sido terrível — uma ofensa imperdoável, aos olhos de Phillips, pois, para ele gatos eram criaturas imundas, que só serviam para caçar ratos nos porões. Mas agora ela o humilhara.

Era melhor Kate começar a procurar outro emprego.

— Sinceramente, Sr. Phillips — disse Kate, sabendo que seria inútil, mas estava determinada a tentar pelo menos corrigir a situação. — Se eu tivesse alguma ideia...

— Não se desculpe comigo, Srta. Mayhew — retorquiu o mordomo duramente. — O amo está exasperado, ficou tentando entreter o conde durante a sua ausência.

Kate franziu a testa. Não era culpa *sua* se Freddy era tão distraído que não se lembrava de um simples endereço. E também não podia ser responsabilizada pelo fato de ele ter resolvido se aboletar na sala de visitas dos Sledges para aguardar sua chegada. E com que direito Phillips ousava lhe tomar satisfações por ter saído, quando, na verdade, era sua noite de folga, e ela deveria ter permissão para...

Mas não adiantava discutir. Não com um homem como o Sr. Phillips.

Kate segurou as saias e começou a subir os degraus que levavam à porta. Precisou passar por Phillips, pois a escada era estreita, mas ele a ignorou friamente. Foi melhor assim. Se dissesse mais uma palavra, ela corria o risco de agir de modo inconsequente, podendo, por exemplo, dizer-lhe que sabia muito bem que ele trocara o vinho tinto de qualidade por um inferior, e apresentara ao patrão a nota referente ao vinho bom.

Ou pior, poderia cutucar a barriga que ele fazia tanta questão de esconder, como já vira os pequenos aos seus cuidados fazerem.

Conforme Posie mais de uma vez lhe avisara, o Sr. Sledge estava diante da porta da sala de visitas, praticamente fazendo um buraco na passadeira oriental felpuda. Ao ouvir passos, ele olhou na sua direção, e quando avistou Kate, correu para ela.

— Ah, Srta. Mayhew, que bom que voltou — afirmou ele, efusivo. — O conde... o conde de Palmer, a senhorita já deve imaginar. Ele a aguarda lá dentro. Levei o jornal de hoje para ele ler. Felizmente, ainda não estava no lixo. Imaginei que pudesse apreciá-lo.

Kate sorriu para o patrão. Cyrus Sledge, apesar de ter um nome infeliz, não era um homem mau. Era apenas um senhor um pouco maçante que havia se casado com uma prima feia, sem ter a menor ideia de que um dia ela herdaria uma fortuna — a qual atualmente supria o salário de Kate, bem como pagava pelos sapatos e pelas Bíblias de inúmeros missionários e centenas de nativos na Papua-Nova Guiné.

— Eu pensei em dar ao conde um dos panfletos sobre a missão — murmurou o Sr. Sledge. — Acha que ele se interessaria, Srta. Mayhew? Percebi que muitos jovens de boa família em nosso país não se interessam pelos menos afortunados. Eles só pensam em caça e teatro. Mas muitas vezes me pergunto se não é por falta de informação. Eles não costumam sequer estar cientes do nível de pobreza dos habitantes de Papua-Nova Guiné, que não têm nem caça, nem teatro, muito menos qualquer amor por Nosso Senhor.

— Concordo, Sr. Sledge — disse Kate, com um aceno de cabeça. — Da próxima vez que o conde fizer uma visita, não deixe de conversar com ele sobre isso. Creio que ficará extremamente fascinado.

O rosto do Sr. Sledge, que costumava ser pálido, ficou rubro de felicidade.

— Jura, Srta. Mayhew? Acha mesmo?

— Acho, sim. — Kate levou-o pelo braço para longe da porta da sala de visitas. — Na verdade, penso que o senhor e a Sra. Sledge deveriam juntar os artigos e panfletos do reverendo Billings para Freddy, digo, para o conde levar para ler esta noite. Assim, na próxima visita, poderão conversar sobre o conteúdo deles.

O Sr. Sledge ficou sem ar.

— Que ideia esplêndida! Avisarei à Sra. Sledge imediatamente. Temos alguns panfletos novos que estão ótimos, Srta. Mayhew, todos sobre as condições horríveis em que as mulheres de Papua-Nova

Guiné dão à luz, e sobre o trabalho incansável do reverendo Billings para melhorar essa situação...

— Ah. Isso será *perfeito* para o conde.

O Sr. Sledge se afastou às pressas, esfregando as mãos de ansiedade. Kate, abafando o riso, abriu as portas da sala de visitas e dirigiu-se ao conde.

— Freddy, prepare-se. O Sr. Sledge foi pegar os panfletos dele, aqueles sobre parto.

Em frente à lareira, o rapaz alto, de cabelos claros, virou-se com ar de quem fazia algo errado. Logo em seguida, Kate entendeu por quê. Ele encontrara um bom uso para o jornal de seu patrão, fazendo pequenas bolas com suas páginas e depois atirando-as no fogo da lareira, onde elas formavam chamas antes de serem carregadas chaminé acima. As páginas sociais já tinham seguido esse destino, e ele começava a fazer o mesmo com a seção de economia, quando Kate apareceu.

— Francamente, Freddy — repreendeu ela, olhando para os restos do jornal destruído que fora muito bem passado por Phillips naquela manhã com ferro quente, para secar a tinta ainda úmida. — Você é muito pior que Jonathan Sledge, e ele tem apenas 5 anos.

Frederick Bishop, nono conde de Palmer, ergueu o queixo enorme e disse:

— Você demorou tanto, Kate, que eu precisava me ocupar com alguma coisa.

— E não lhe ocorreria *ler* o jornal — criticou ela, abaixando-se para tentar arrumar a pilha de periódicos amassados. — Rasgar, claro, mas ler, jamais.

— E o que há neles para se ler? — indagou Freddy. — Apenas umas poucas notícias maçantes sobre o problema na Índia e coisas do gênero. Afinal, por que demorou? Já estou aqui há horas. Fui àquela igreja e não havia concerto nenhum. Só encontrei a esposa do vigário... uma mulher horrível, asquerosa, que prendia enfeites na parede para algum festival. Ela foi extremamente rude quando perguntei sobre o concerto de Mahler.

— Você foi à igreja errada de novo. E não era Mahler, era Bach. — Kate sentou-se numa das cadeiras duras dos Sledges. — A polonesa foi uma maravilha.

— Aos diabos com a polonesa — disse o conde de Palmer, em tom agressivo.

— Ah, por favor, Freddy — exclamou Kate com uma risada.

— Não me importo. — Freddy sentou-se na cadeira de frente para Kate. — Perdi o concerto e agora é tarde demais para levá-la para jantar. Os Sledges se recolherão para o quarto daqui a pouco, e você precisará fazer o mesmo. E só terá outra noite de folga na semana que vem. Portanto, aos diabos com a polonesa.

Kate voltou a rir.

— Sabe que a culpa é toda sua. Quando vai começar a anotar os endereços para poder se lembrar deles?

O conde respondeu com ar de malícia:

— Se ao menos você deixasse de ser teimosa feito uma mula e se casasse comigo, eu não precisaria anotar endereços porque a teria sempre por perto para me lembrar.

— Bem — disse Kate, alegre —, você certamente aborda o assunto da maneira certa. Imagino que não haja uma garota em Londres que resista a um homem que a chame de mula.

Freddy puxou uma das pontas do bigode dourado.

— Sabe o que eu quis dizer. Mas afinal, por que tem de ser tão teimosa?

— Não estou sendo teimosa, Freddy — retrucou Kate. — Sabe que o amo. Mas não como uma esposa deve amar um marido. Digo, não sou apaixonada por você.

— Como sabe? Você nunca se apaixonou.

— É verdade — admitiu Kate, sendo franca. — Mas certamente já li a respeito em livros, e...

Freddy a interrompeu de um jeito rude.

— Você e seus livros!

— Você deveria tentar ler um livro pelo menos uma vez, Freddy — disse Kate docemente. — Pode acabar gostando.

— Duvido. De qualquer modo, que importância tem se você me ama ou não? Eu a amo, isso é que importa. Poderá *aprender* a me amar — alegou Freddy, entusiasmando-se. — As esposas sempre fazem isso. E você deve ser melhor nisso do que a maioria das esposas dos meus amigos. Afinal, é boa nos estudos. Todo mundo dizia que não duraria um minuto sequer nesse negócio de ser governanta, mas veja só como se saiu bem.

— *Quem* disse que eu não duraria um minuto como governanta? — perguntou Kate, mas o conde fez um sinal com a mão rejeitando sua indignação.

— É fácil me amar — informou Freddy. — Virginia Chittenhouse estava louca por mim na última primavera. Chorou copiosamente quando fui obrigado a admitir que meu coração seria sempre seu, embora você não possua mais nenhum centavo e tenha desenvolvido uma língua ferina.

— Você não deveria ter descartado Virginia Chittenhouse — comentou Kate, com certa audácia. — Ela não tem a língua ferina, e eu soube que acabou de herdar cinquenta mil libras.

O conde de Palmer levantou-se novamente e fez um gesto dramático.

— Eu não preciso de cinquenta mil libras, e sim de você, Katherine Mayhew!

— Quantas doses do conhaque do Sr. Sledge você bebeu enquanto esperava por mim, Freddy? — indagou Kate, desconfiada.

— Você deveria desistir dessa escravidão de ser governanta e ir para Paris comigo.

— Nós já estaríamos querendo nos matar quando chegássemos ao porto de Calais, e você sabe disso. Eu sinceramente espero que esteja bêbado. É a única explicação lógica para esse comportamento.

O conde voltou a se sentar na cadeira, vencido.

— Eu não estou bêbado. Apenas fiquei louco de tédio esperando por você. O idiota do Sledge entrava aqui a cada cinco minutos para saber se eu queria alguma coisa. Ele tentou falar comigo sobre a tal Papa Nova Guiné.

— Papua, Papua-Nova Guiné — corrigiu Kate, com um sorriso.

Freddy fez um gesto de desprezo.

— Que seja. Onde você *estava*, Kate? O concerto terminava às nove horas.

— Voltei o mais rápido que pude. Tive de pegar o ônibus, pois não tive o luxo de usar a sua carruagem, uma vez que você não apareceu. — Ela lhe lançou um olhar reprovador, e estava se preparando para mais propostas de casamento, quando de repente se endireitou e acrescentou: — Ah, quase me esqueci. Dei de encontro com a cena mais absurda no caminho de casa. Aqui perto, bem na Park Lane, vi um homem jogar uma jovem por cima do ombro e tentar enfiá-la numa carruagem.

O conde de Palmer remexeu-se na cadeira, e sua expressão grave foi tomada de tristeza.

— Está inventando histórias para evitar o assunto do casamento. Pois não funcionará, Kate. Desta vez, estou absolutamente determinado. Até avisei à minha mãe. Ela não gostou muito, mas disse que, se eu queria ser um tolo, ela não poderia me impedir.

Kate preferiu ignorar a última frase de Freddy.

— Juro a você que estou dizendo a verdade. Foi chocante, precisei ameaçar o sujeito com a ponta do guarda-chuva para ele colocar a moça de volta no chão.

Freddy piscou os olhos.

— Ele era árabe?

— De modo algum, era um aristocrata. Ou pelo menos assim se declarava. Em todo caso, estava vestido como um, com trajes formais, e tinha alguns criados meio estúpidos. Era bem alto, tinha ombros muito largos, cabelos escuros e espessos, um pouco bagunçados, e a pele era morena...

— Um árabe! — exclamou Freddy, agitado.

— Freddy, ele *não era* árabe.

— Como sabe? Podia ser.

— Primeiro, ele falou comigo num inglês impecável, sem o menor sotaque. Segundo, um dos criados imbecis o chamou de "milorde". E ele tinha os olhos verdes mais extraordinários que eu já vi. Os árabes têm olhos escuros. Os dele eram claros, quase brilhavam, como se fossem de gato.

Freddy retesou o maxilar.

— Você certamente olhou bem para ele.

— Ora, claro. Pouco mais de um metro de distância nos separava. A névoa não estava tão densa esta noite. Além disso, a luz da entrada da casa o iluminava.

— Que casa?

— Umas duas daqui. — Kate apontou para a parede que ficava do lado esquerdo deles.

O conde de Palmer relaxou visivelmente.

— Ah. — Revirou os olhos. — *Traherne*.

— Como?

— Traherne. Ele alugou a velha casa dos Kelloggs para a temporada. É a primeira da sua filha.

— Sim, por fim eu soube que a garota que ele desrespeitava de maneira tão terrível era a filha dele. Uma jovem muito obstinada.

— Isabel — esclareceu Freddy, reprimindo um bocejo. — Sim, já a vi algumas vezes. Pelo que soube, ela é tão indomável quanto o pai. Deu um show na ópera uma noite dessas, jogando-se em cima de um rapaz que não é sequer um primogênito, não tem nenhum dinheiro. Foi extremamente constrangedor, até mesmo para um calejado observador do comportamento humano como eu. Não era para menos que o pai estava sendo rígido com ela.

Kate franziu a testa.

— Traherne? Nunca ouvi falar em um lorde Traherne. Sei que estou afastada da alta sociedade há algum tempo, mas...

— Seu título não é Traherne, é Wingate. Burke Traherne é o segundo marquês de Wingate. Ou terceiro, algo assim. Como se pode acompanhar esse tipo de coisa, não faço ideia...

— Wingate? Esse nome me soa familiar.

— Pois deveria mesmo. Ele causou um grande escândalo. Se bem que, pensando melhor, naquela época, você devia estar no colégio. Eu ainda estava em Eton. Lembro-me de seus pais comentarem sobre isso uma vez num jantar na minha casa. Coisas assim acabam sendo faladas...

— Coisas assim como? — Kate não gostava de intrigas, tendo ela própria sofrido com uma. Ainda assim, aqueles olhos não eram fáceis de esquecer.

— O divórcio dos Wingates. Durante meses não se falava em outra coisa. Estava em todos os jornais. — Freddy franziu a testa. — Não que eu tenha lido, claro, mas é impossível não passar os olhos nas histórias enquanto se rasga os jornais.

— Divórcio? — Kate balançou a cabeça. — Ah, não, você deve estar enganado. A jovem, Isabel, me contou que a mãe tinha morrido.

— E morreu. Ela morreu sem um tostão, em algum lugar da Europa, depois que o processo que Traherne abriu contra ela e o amante chegou ao fim.

— Amante? — Kate olhou fixamente para ele. — Freddy!

— Ah, sim, foi um grande escândalo — contou Freddy, animado. — Traherne casou-se muito jovem, um casamento por amor, com a única filha do duque de Wallace, Elisabeth, se não me engano. Enfim, acabou que era uma união de amor apenas da parte dele. Não fazia nem um ano que Isabel tinha nascido, quando Traherne a pegou, digo, Elisabeth, nos braços de um poeta irlandês ou algo assim, num baile em sua própria casa. Digo, na casa de Traherne.

Pelo que eu soube, ele jogou o rapaz por uma janela do segundo andar e, no dia seguinte, foi direto procurar um advogado.

Kate ficou sem ar.

— Deus do céu! Ele morreu?

— Traherne? Claro que não. Estou certo de que foi ele quem você viu esta noite. O homem se manteve recluso por um bom tempo, o que é compreensível. E nenhuma anfitriã decente o receberia em sua mesa. Mas agora creio que ele precisa voltar à sociedade, se pretende conseguir um casamento para aquela peste da filha dele.

Kate respirou fundo para ter paciência. Seu longo convívio com o conde de Palmer a preparara melhor para a carreira de educadora do que qualquer treinamento formal poderia tê-la preparado.

— Eu perguntei se o *amante* da mulher dele morreu, quando lorde Wingate o jogou pela janela.

— Ah. Não, de modo algum. Ele se recuperou e se casou com ela, quando o divórcio saiu. E os dois não puderam mais retornar à Inglaterra depois disso. Ninguém os receberia, nem mesmo suas próprias famílias.

— E a criança?

— A criança? Você quer dizer Isabel? Bem, Traherne a criou, claro. Ninguém esperaria que ele fosse deixar a filha com a esposa, ou melhor, ex-esposa. Não creio que ela tenha visto a filha novamente. Traherne deve ter tomado providências para que isso não acontecesse. Lembro-me de que houve um burburinho, não faz muito tempo, sobre o velho Wallace, o pai de Elisabeth, ter pedido para visitar a neta, mas Traherne não permitiu. Uma situação muito desagradável, devo dizer.

— Muito. — Kate franziu a testa em desagrado. — Que história horrível.

— Ah, e fica pior — garantiu Freddy, mais empolgado.

Kate ergueu uma das mãos.

— Não faço questão de ouvir, obrigada.

— Mas é ótimo. Tenho certeza de que vai gostar, Katie.

Kate baixou a mão e lançou-lhe um olhar de advertência.

— Sabe que eu não gosto de fofocas, Freddy. Especialmente quando envolvem pessoas da alta sociedade. Não há nada mais entediante para mim do que ouvir sobre todas as experiências, sofrimentos e angústias dessa gente.

Freddy sorriu, encantado.

— Ah, quer dizer que vamos ter uma discussão? Adoro discutir com você, Kate. Será como nos velhos tempos.

Kate o encarou, furiosa.

— Não, não será. Porque não há nada para se discutir. Não vou mudar de opinião. Estou cansada de ouvir sobre pessoas ricas e instruídas que não conseguem se comportar melhor do que... criminosos em ruelas escuras.

— Está sendo muito dura com o pobre Traherne — criticou Freddy. — Pelo que sei, o sujeito nunca se recuperou da traição da esposa. Ele se transformou num homem frio e amargurado, uma sombra do homem vigoroso que era.

— Ele me pareceu extremamente *vigoroso* — retorquiu Kate, pensando na facilidade com que Burke jogou a filha sobre o ombro. E ela não era leve, sendo mais alta e muito mais pesada do que Kate.

— Ah, ele não está à procura de companhia feminina — assegurou-lhe Freddy. — Sara Woodhart é a atual, pelo que sei. Você se lembra, eu comentei que a vi no mês passado em *Macbeth*.

Kate abandonou as lembranças do corpo vigoroso do marquês.

— Sim, é verdade. A filha mencionou algo sobre ele preferir estar com uma Sra. Woodhart a acompanhá-la nos bailes...

— Esse seria o motivo para Traherne ter várias damas de companhia vigiando a filha. E elas não fazem um bom trabalho, pelo que pude observar.

Kate balançou a cabeça.

— Ele deveria se casar de novo. Seria mais barato. E tenho certeza de que poderia encontrar alguma moça da sociedade nesta temporada que fosse tola ou gananciosa o bastante para ignorar seus casos com atrizes insossas.

— Mas Traherne jurou que jamais se casaria novamente. Todo mundo sabe disso. Alega que o casamento arruinou sua vida, e não pretende deixar que isso aconteça uma segunda vez.

— Ah, muito original. Um nobre rico e bonito que jurou nunca mais se casar. Todas as moças disponíveis de Londres devem estar ansiosas para dissuadi-lo.

— Ah, está vendo? — Freddy, com um largo sorriso nos lábios, inclinou-se para Kate e deu-lhe um tapinha na mão. — Não foi tão ruim assim, não é? Você se saiu muito bem. Estou orgulhoso.

Kate fitou-o por um instante e, ao se dar conta do que ele estava falando, fechou a mão que ele tocara e se levantou de repente.

— Isso não foi justo — protestou, desviando o olhar, com a coluna tensa.

— Claro que foi. — Sem perceber a angústia de Kate, Freddy bocejou e se esticou em frente à lareira. — Foi uma ótima fofoca. Eu me sinto de volta aos velhos tempos.

— Pare com isso — disse Kate, ainda falando para a parede, e não para ele. Na verdade, falava tão baixinho que só então Freddy percebeu que ela se levantara, e a fitou, curioso. — Sabe que nunca mais poderá ser como nos velhos tempos.

— Ora, Katie — disse Freddy, olhando para as costas dela um pouco alarmado. — Não comece a desencavar toda a...

— Freddy, como eu poderia não fazê-lo? — A voz de Kate não tremeu sequer uma vez.

— Katie — chamou o conde, carinhoso. — Não faça isso.

— Não consigo evitar. Penso nisso o tempo todo. Uma noite dessas eu até...

— Uma noite dessas você até o quê?

— Ah — falou Kate, balançando a cabeça. Contudo, quando finalmente se virou para encará-lo, seus olhos estavam muito brilhantes. — Nada.

— *Kate* — insistiu Freddy, com uma severidade que não soava como brincadeira. — Conte-me.

Ela deu de ombros, mas não conseguiu encará-lo ao responder.

— Uma noite dessas pensei tê-lo visto de novo.

Freddy piscou os olhos.

— Pensou ter visto quem?

— Daniel Craven. — As palavras soavam pesadas à medida que saíam dos lábios de Kate, como se cada sílaba fosse um tijolo caindo no chão. — Achei que tinha visto Daniel Craven.

Freddy levantou-se da cadeira com um pulo, e, antes que as palavras fossem completadas, já se aproximava de Kate para segurar-lhe a mão.

— Kate. — Havia ternura na voz dele. —Já conversamos a respeito disso.

— Eu sei. — Kate olhava para o tapete. — Eu sei. Mas não consigo evitar. Eu *o vi*, Freddy.

— Você viu alguém que se parecia com ele. Foi só.

— *Não*.

Kate puxou sua mão e se aproximou da janela mais próxima. Abriu as cortinas de veludo e olhou para a rua coberta pela névoa, sem ver nada.

— Era ele — afirmou. — Sei que era. E mais, Freddy, ele me seguia.

— Seguia você? — Freddy correu para o lado dela. — Seguia você para onde?

— Para cá, para Park Lane. Eu estava com os meninos...

— Daniel Craven — falou Freddy, cético. — Daniel Craven, que ninguém vê em Londres há sete anos, estava seguindo você por esta rua?

— Sei que parece absurdo. — Kate fechou de novo as cortinas e se virou para a lareira. — Você pensa que estou louca. Talvez esteja mesmo...

Freddy a observou, nitidamente preocupado.

— Não é que eu não acredite em você, Kate. É só que...

Kate continuou ali, à luz da lareira, passando os dedos pelo encosto da cadeira.

— É só o quê? — perguntou ela, sem dirigir-lhe o olhar.

— Bem, e daí se *era mesmo* Daniel Craven? Você não pode achar *até hoje* que ele tem alguma coisa a ver com a morte de seus pais, não é? Nós já resolvemos isso. O que está pensando? — Freddy balançou a cabeça. — Que ele voltou depois de sete anos para se livrar de você também?

Kate ergueu o queixo.

— Sim. Era isso mesmo o que eu estava pensando. Sinto muito se você vê isso como sentimentalismo.

— Ora, Kate — exclamou Freddy. — Não me olhe assim. Sabe que não há nada no mundo que eu não faça por você. Mas todas essas bobagens sobre Daniel... Sabe o que as pessoas falaram sobre isso na ocasião.

Muito aborrecida, Kate voltou a se sentar na cadeira que tinha abandonado.

— Claro que sei. Todos pensaram que eu tinha inventado. Esqueci que você era um deles — acrescentou ela, com amargura.

— Kate, convenhamos — disse Freddy, amável, mas em tom de reprovação. — Você sempre teve uma imaginação muito fértil. Isso não é ruim, de modo algum. Tenho certeza de que ajuda muito no seu trabalho, para cuidar das crianças, mas...

— Está bem — interrompeu Kate, fechando os olhos de cansaço. — Está bem. Eu não poderia ter visto Daniel Craven. Não voltarei a mencioná-lo. Mas você, Freddy, também precisa parar de me pedir em casamento. Não suporto isso. Não aguento mesmo. Quer dizer, além de não estar apaixonada, sabe que eu quero distância dessas pessoas...

— *Essas pessoas* — repetiu Freddy. — Você quer dizer a alta sociedade?

— Eu nunca vi nada de alto nem de superior nelas — retorquiu Kate, com firmeza. — Nem nada de gentil nem de atencioso. Meu Deus, Freddy, tenho quase certeza de que os habitantes da Papua-Nova Guiné de Cyrus Sledge teriam me tratado com mais compaixão do que a sua mãe... e todas aquelas pessoas que se diziam minhas amigas. Eu não classificaria uma sociedade que passou o tempo todo espalhando boatos a meu respeito, me *culpando* pelo que meu pai fez, como *alta*...

— Diabos!

Desta vez, foi o conde que cruzou a sala. E com as mãos enfiadas nos bolsos da calça.

— Eu vim aqui para levá-la para sair. Minha intenção era que tivéssemos uma noite agradável, Kate — declarou Freddy, de trás de uma mesa pesada que servia de base para pássaros empalhados dentro de redomas de vidro. — Como é possível, por mais que eu tente fazê-la esquecer o que aconteceu com seus pais, nós sempre acabarmos voltando a este assunto?

Kate virou-se na cadeira dura para fitá-lo, com um leve sorriso nos lábios.

— Como? Freddy, dê uma olhada ao nosso redor. Não é óbvio? Estamos sentados na sala de visitas de outra pessoa porque eu não tenho mais uma sala minha, e eu não ousaria botar os pés na sua por temer o que a sua mãe diria. Freddy, eu sou uma prova viva de que os deuses *punem mesmo* os filhos pelos pecados dos pais...

— Eu pensei que você detestasse a Bíblia — interrompeu Freddy. — Pelo menos sempre a criticou por ter muito poucos personagens femininos para ser interessante...

— Eu não estava citando a Bíblia, Freddy, tenha dó. Era Eurípides. Você *nunca* prestou atenção nas aulas quando estava na escola?

Freddy ignorou a pergunta.

— Estou com vontade de quebrar alguma coisa — declarou ele falando alto.

— Pois então é melhor ir embora — sugeriu Kate. — Não posso me dar ao luxo de ser despedida por você ter quebrado algum objeto. Os Sledges podem ser extremamente maçantes, mas ao menos são gentis, o que é mais do que posso dizer de alguns de meus patrões anteriores.

— Diabos — repetiu Freddy, virando-se para ir embora, justo quando viu a maçaneta se mover, e Cyrus Sledge, que parecia muito nervoso, mostrar o rosto pela fresta da porta.

— Ah, milorde Palmer — disse ele, com um punhado de panfletos nas mãos. — Vejo que já se vai. Antes, porém, por favor leve alguns destes panfletos. Digo, se puder. Eles explicam muito bem um assunto que certamente fascinará um jovem como o senhor: o destino infeliz do povo da Papua-Nova Guiné...

A expressão no rosto do conde de Palmer sugeriu a Kate que seria melhor seu patrão guardar os panfletos para outra ocasião. E ela tratou logo de informá-lo sobre isso.

— Ah, Sr. Sledge — interpelou ela —, lorde Palmer não se sente bem. Está com um pouco de dor de cabeça. Talvez em outra ocasião...

— Uma dor de cabeça? — Cyrus Sledge examinou a figura robusta do conde. — Sabe como o povo da Papua-Nova Guiné cura as dores de cabeça? Eles mascam a casca de uma espécie de árvore, depois cospem os pedaços mascados num grande pote, e deixam o conteúdo fermentar durante muitos dias no calor...

— Kate — disse Freddy com uma voz sofrida.

Kate segurou-lhe o braço num gesto tranquilizador.

— Está tudo bem, Freddy — disse ela para acalmá-lo. — Se me permite, Sr. Sledge, eu acompanharei o conde até a porta.

— Ele falou em mastigar e cuspir — sussurrou Freddy, enquanto ela o levava na direção de Phillips, que esperava ao lado da porta com o chapéu, a capa e a bengala do conde. — Mastigar e cuspir!

— São os costumes deles — explicou Kate. Ela estendeu a mão e pegou a bengala e as luvas de Freddy, enquanto ele firmava a cartola na cabeça sobre os cabelos louros. — Eu o verei na semana que vem. Pode me pegar às sete horas.

Freddy concordou com um aceno de cabeça.

— É melhor assim. Nunca dá certo quando marcamos de você me encontrar em algum lugar.

— Não. Porque você nunca se lembra de anotar o endereço. Boa noite, Freddy. — Ela viu o olhar de Phillips. — Digo, lorde Palmer.

Tão logo o conde se foi, e Phillips fechou a porta, a Sra. Sledge apareceu por trás da balaustrada do andar superior e perguntou, com a voz cantante:

— Ele levou os panfletos, querido?

Cyrus Sledge olhou para os folhetos que tinha nas mãos.

— Não, meu amor — respondeu ele, tristonho —, não levou.

Diante do desapontamento de ambos, Kate quis animá-los:

— Ah, ele levou, sim, Sr. Sledge. Quando o senhor não estava vendo, eu enfiei no bolso do conde alguns daqueles que ficam ali na mesa de entrada.

A Sra. Sledge inspirou fundo.

— Então ele deverá achá-los quando for se trocar esta noite para ir para a cama?

Kate conseguiu ficar séria.

— Com toda a certeza, senhora.

— Antes de dormir já terá lido tudo — disse o Sr. Sledge, feliz. — Quando adormecer, o conde sonhará com o povo da Papua-Nova Guiné! Concorda, Srta. Mayhew?

— Não posso imaginar que ele consiga sonhar com outra coisa depois de ler esses panfletos — disse Kate, sendo sincera.

O Sr. e a Sra. Sledge se retiraram para o quarto, congratulando-se por terem convertido mais um fiel aos milagres do reverendo Billings, deixando Kate momentaneamente com Phillips, o mordomo.

— Srta. Mayhew — chamou o Sr. Phillips, ao trancar a porta de entrada.

— Pois não, Sr. Phillips — respondeu Kate, cautelosa.

— No começo da noite, quando conversamos...

Sem ousar acreditar que o mordomo se desculparia pela grosseria de antes, Kate perguntou:

— Pois não, Sr. Phillips?

— Eu me esqueci de mencionar uma coisa. — O mordomo se virou para ficar de frente para ela. — No futuro, pode fazer a gentileza de manter aquele seu animal confinado aos seus aposentos? Nesta manhã, encontrei uma bola de pelos nos meus sapatos.

E, sem dizer mais nada, Phillips virou-se e encaminhou-se para a porta dos criados.

Subitamente muito cansada, Kate apoiou-se na parede. De agora em diante, pensou consigo mesma, passaria as noites de folga trancada no quarto lendo um livro.

Capítulo 3

Já passava bastante da meia-noite quando Burke bateu à porta do apartamento de Sara Woodhart no Dorchester. Ainda assim, ela não deveria levar tanto tempo para abrir. Afinal, costumava sair do teatro depois das onze horas. Não poderia estar na cama, embora fossem... Enquanto aguardava, Burke tirou o relógio do bolso do colete e deu uma olhada sob a luz fraca do corredor do hotel. Está bem, já passava das três da manhã. Ainda assim, Sara nunca dormia antes das cinco. E ele devia saber muito bem, pois era quem a mantinha acordada nas últimas semanas.

Mas quando a porta finalmente se abriu, o que apareceu atrás da porta não foi o rosto maquiado de ruge e pó de arroz da amante, e sim o rosto da criada, Lilly, bem-lavado e juvenil. Ela piscava e esfregava os olhos, mais espantada do que, no entender de Burke, a situação justificava:

— Ah! Milorde! É o senhor!

— Sim, Lilly — disse Burke, mais paciente e mais gentil do que na verdade se sentia. — Claro que sou eu. Posso perguntar quem esperava que fosse? Papai Noel?

— Ah, não, milorde — respondeu Lilly, olhando para trás, para o apartamento escuro. — Claro que não. O Papai Noel, não. Só que também não pensava que seria o senhor. Eu não achava... Eu não achei que veríamos milorde. Não esta noite.

— Por que não esta noite, Lilly? A Sra. Woodhart adoeceu ou algo assim?

— Ah, não, senhor. Só que, quando o senhor não apareceu no teatro...

— Sim?

— Bem, nós achamos que não o veríamos esta noite, é só isso.

— Pois estavam erradas. Aqui estou. Agora, Lilly, vai me deixar entrar, ou terei de ficar aqui em pé neste corredor frio a noite toda?

Novamente, Lilly olhou para trás.

— Ah, bem, claro que pode entrar... Só que a Sra. Woodhart está dormindo.

— Eu imaginei que sim, Lilly. Mas creio que ela não se importará que eu a acorde.

Burke estava confiante. A caixinha de veludo no bolso do casaco era sua garantia de que Sara de fato não se importaria nem um pouco em ser acordada no meio da noite — especialmente por Burke Traherne. Pensara em presenteá-la com a pulseira no dia do seu aniversário, que seria no mês seguinte, mas depois achou melhor pedir ao joalheiro que criasse um conjunto de colar e brincos. Aprendera ao longo dos anos que os diamantes são o caminho mais curto para o coração de uma mulher.

— Beeem — disse Lilly, esticando a palavra e aumentando o número de sílabas. — Milorde pode esperar enquanto *eu tento* acordá-la primeiro? Ela se sentia mal quando chegou... E o senhor sabe, ela sempre quer estar muito bonita para milorde...

Burke respondeu, lentamente, de modo que a moça de fato entendesse:

— Ah, certamente que posso esperar, Lilly. Mas seria muito incômodo permitir que eu espere *dentro* do apartamento?

Lilly consentiu com a cabeça, mas deixou que ele entrasse com evidente relutância, e só concordou em acender o lampião quando Burke se acomodou no sofá com pose de quem tem o direito de fazê-lo. E tinha mesmo, pois era quem pagava o aluguel do apartamento. E também quem comprara o sofá.

Decidiu que teria uma conversa com Sara sobre Lilly. Deus sabe que não é fácil encontrar uma boa criada hoje em dia. A Srta. Pitt era um perfeito exemplo disso. Ainda assim, a garota era positivamente obtusa. Quem sabe lady Chittenhouse poderia recomendar uma boa aia. Ele fingiria estar procurando para Isabel...

Burke sentou-se na semiescuridão, irritado consigo mesmo. A simples lembrança da Srta. Pitt quase o fez ter um ataque de tanta raiva. Tudo era culpa daquela senhora. Se ela não tivesse pedido demissão no último instante, ele não teria passado a maior parte da noite discutindo com Isabel. Discutindo? Quem ele estava tentando enganar? Passara a maior parte da noite correndo atrás dela. Sua calça nova e os sapatos estavam ensopados da lama na qual precisou pisar, correndo como um alucinado atrás da garota que fugira da carruagem. Depois de tudo isso, pai e filha foram obrigados a voltar para casa e mudar de roupa para irem à residência de lady Peagrove. E, para sua decepção, o baile se mostrara exatamente como aquela jovem irritante que tinham encontrado na rua descrevera: uma multidão cheia de interesseiros e primos do interior. Não havia nenhum rapaz merecedor de sua filha.

Bem, certamente *todos* eram adequados. Este era o problema. Mas não havia um rapaz ali que transmitisse a firmeza necessária para que lhe confiasse Isabel sequer para dançar, que dirá para se casar. Todos os que a mereceriam, segundo lhe confiara um pai mal-humorado, estavam na casa da Sra. Ashforth.

Ora, como ele poderia saber? Não se pode esperar que um homem saiba de tudo. Para isso, contratara a dama de companhia. Era culpa sua, por acaso, se elas pareciam constituir uma classe idiota? Além do mais, ele chegou à conclusão de que Isabel não precisava de uma dama de companhia, e sim de um maratonista. Precisara caçá-la por Piccadilly. Ele finalmente conseguira alcançá-la em Trafalgar Square, e só porque, ao interromper momentaneamente a corrida para respirar um pouco, o vestido branco da filha a denunciara em meio a meretrizes e floristas.

E qual tinha sido a reação de Isabel ao ser alcançada pelo pai? Ela rira! Rira como se tudo aquilo não passasse de uma simples piada.

Uma piada! E depois ele ainda teve de passar o resto da noite ouvindo lady Peagrove se desculpar pelo fato de não haver nenhum par para Isabel no baile deste ano, pois ela não imaginava aonde tinham ido todos. E ainda precisou ser apresentado à prima da anfitriã, Ann, e ouvir elogios à beleza e à simpatia da moça, além da história de que a pobre coitada enviuvara no ano anterior e estava presa em Yorkshire com três filhos pequenos e duzentas cabeças de gado, sem nenhum homem para cuidar da propriedade.

Ah, sim. Uma piada excelente. E Burke não podia fazer nada além de se conter para não jogar longe a sua taça de champanhe.

A Srta. Pitt. Era tudo culpa daquela Srta. Pitt. Se ela não tivesse se demitido...

E da moça do guarda-chuva. Era culpa dela também. Dela e de sua boca infernal. Ora, se tivesse mantido a boca fechada com relação ao baile dos Peagroves...

Havia por acaso alguma regra na tradição oral sobre damas de companhia e governantas terem a língua solta? Era isso? Talvez ele conseguisse encontrar uma cuja língua tivesse se perdido em algum acidente trágico.

Mas que eficácia teria uma dama de companhia muda para controlar Isabel? Burke estava certo de ter examinado rapidamente todas as últimas damas de companhia indicadas por lady Chittenhouse, e todas tinham línguas, mas nenhuma delas conseguira controlar sua filha. Como encontraria outra? Precisaria colocar um anúncio? Burke supôs que sim. Levaria dias, e precisaria entrevistar uma quantidade interminável de viúvas e solteironas que beliscavam as maçãs do rosto para lhes dar uma aparência rosada. E depois teria de verificar a credibilidade das suas recomendações, o que levaria ainda mais tempo. Principalmente se elas mentissem.

E todas mentiam.

Não era assim que um homem no auge da sua vida — e Burke decididamente estava no seu auge — devia passar o tempo: entrevistando damas de companhia e garantindo que Isabel não fugisse de casa para encontrar o infeliz do Saunders. Deus, como ele gostaria de enfiar uma bala no crânio daquele vagabundo! Não tinha nenhum tempo para si. Nenhum.

Não era para menos que Sara tinha ido para a cama. Por acaso ele merecia mesmo que uma mulher ficasse acordada à sua espera?

Mas que ideia era essa agora? Claro que sim!

Exceto que era difícil não estranhar essa ida para a cama tão cedo. Pelo que sabia, atrizes e cantoras costumavam ficar acordadas até altas horas, quando começava a clarear, e geralmente dormiam até tarde. Sara já mostrara não ser exceção a essa regra. Bem, devia estar furiosa com ele, por causa de seu atraso. Não era de se espantar, realmente, que tivesse ido para a cama. Ela era uma mulher — sem sombra de dúvida — e, como tal, se ofendera com sua demora. Seria de se esperar, realmente.

Foi então que Burke viu as botas.

Não tentaram sequer escondê-las. Talvez Lilly não soubesse que estavam ali. Na sombra das cortinas compridas que ocultavam as portas francesas que davam para o quarto de Sara — através das quais Lilly há pouco desaparecera —, estava um par de botas altas. Burke não precisou se levantar para identificar que eram botas masculinas, e não um par que Sara pudesse ter deixado ali por descuido. Embora fosse uma mulher alta, não chegava ao ponto de caber num par de botas que poderiam servir nele.

Sentado no sofá, Burke suspirou.

Realmente, isto estava ficando insuportável. Se não soubesse das coisas, poderia desconfiar que talvez o problema fosse ele. Devia haver uma razão para todas essas mulheres terem tanta dificuldade em serem fiéis a ele. Seria verdade — como repetia para si mesmo desde a maldita noite em que encontrara Elisabeth e aquele patife, O'Shawnessey, no meio da escada, nos braços um do outro — que as mulheres eram criaturas totalmente inconstantes, incapazes de se comprometer?

Ou seria possível que houvesse algo de errado com *ele*, algo que afastasse as mulheres? Ele fora acusado, no passado, de ser frio e não ter coração. Seria verdade?

Provavelmente. Elisabeth cuidara disso. Ela arrancara o coração de seu corpo e o jogara escada abaixo naquela noite de inverno, dezesseis anos atrás.

E talvez esse fosse o motivo de, naquele instante, Burke não estar sofrendo nada... Embora, considerando aquelas botas, devesse estar.

As portas francesas se abriram de repente e a célebre Sra. Woodhart apareceu, resplandecente, numa camisola transparente que reconheceu por ter sido presente dele. Ela parou sob a luz do lampião, os cabelos escuros caindo sobre os ombros, quase chegando à cintura.

— Querido! — exclamou ela, na voz rouca que a tornara o sucesso atual de Londres. — *Aí* está você! Por que se atrasou tanto?

Burke desviou os olhos da criatura adorável que estava à porta para as botas que estavam tão perto dela, escondidas pela escuridão. Ele respondeu, simplesmente:

— Isabel.

— Ah, não! — Sara balançou a cabeça. — De novo, não. O que ela fez desta vez? Espero que não tenha sido aquele rapaz horrível, o tal Saunders. Ouvi dizer que ele tem uma dívida de milhares de libras em Oxford. De jogo! Não há nada pior do que um viciado em apostas, exceto talvez um viciado em apostas que não possa pagar suas dívidas, e temo que o nosso Sr. Saunders seja um deles.

Burke continuou sentado, absolutamente imóvel. Não tinha despido o casaco, embora tivesse tirado o chapéu. Ele se levantou.

— Você vai ter de fazer alguma coisa com essa sua filha — disse Sara.

Ela não era tão alta a ponto de conseguir olhar Burke nos olhos quando ele estava de pé, mas, se erguesse um pouco o queixo, era capaz. Antes, ele achava o queixo erguido de Sara Woodhart atraente. Esta noite, contudo, viu que a pinta preta que ela pintava no canto inferior da boca estava borrada, e parecia haver uma marca vermelha na garganta, onde o robe da camisola abria e revelava a pele alva do pescoço.

— Sinceramente, Burke — prosseguiu Sara. — Você dá muita liberdade à garota. Não pode permitir que ela assuma as rédeas. Precisa tomar conta dela, mostrar que você tem o controle.

Burke começou calmamente a tirar as luvas, puxando um dedo de cada vez.

— O problema com essas damas de companhia que você contrata — continuou Sara, sem nenhum tom de briga; ela nunca parecia estar nervosa, e isso fazia parte de seu charme — é que elas temem ser demitidas se não fizerem exatamente o que lady Isabel manda. Você precisa encontrar alguém que aja com firmeza, que diga a essa jovem exatamente o que lhe acontecerá se ela continuar a se portar como uma mocinha assanhada.

Agora totalmente sem as luvas, Burke disse, calmamente:

— Saia do caminho, Sara.

De repente, a Sra. Woodhart pareceu lembrar-se da sua situação. E, com uma risadinha trêmula, retrucou:

— Ah, Burke. Lilly não lhe disse? Estou com um incômodo na garganta. Fui direto para a cama, depois de tomar muito chá com mel. É melhor não chegar muito perto, amor, para não pegar. O Dr. Peters me recomendou descansar a voz, do contrário não conseguirei fazer a apresentação de amanhã.

Burke bateu as luvas de couro pretas na palma da mão. Não estava com pressa. Tinha todo o tempo do mundo.

— Saia do caminho, Sara — repetiu. — Há algo que preciso fazer, depois irei embora, e você poderá descansar.

Sara olhou para o quarto escuro atrás de si.

— Sinceramente, Burke — insistiu ela, um pouco alto demais. — Não posso imaginar por que você quer entrar no quarto, quando eu já disse que não estou me sentindo bem...

— Eu esqueci uma coisa aqui da última vez — retrucou o marquês, sem nenhuma pressa.

Sara virou-se para ele e mexeu levemente seus ombros perfeitos.

— Faça como quiser — respondeu ela, num tom que parecia dizer "vai receber o que merece", o mesmo que costumava reservar aos jovens que a aguardavam na entrada do palco, morrendo de frio, na esperança de vê-la.

— Obrigado — agradeceu Burke, brusco.

Ao passar por Sara, ele sentiu seu perfume, uma mistura que ela e um químico da cidade tinham criado e esperavam comercializar como o perfume pessoal da melhor atriz de Londres. Pretendiam dar o nome de Sara. Curiosamente, lembrava a Burke da madressilva que crescia do lado de fora da cocheira na qual ficava seu cavalo quando era menino. Como não era uma lembrança ruim, o perfume lhe agradava, mas, às vezes, ele se perguntava se essa leve sugestão não era proposital por parte de Sara.

Dentro do quarto, a escuridão imperava, exceto pela fraca claridade vermelha que emanava da lareira quase apagada. A cama grande de dossel estava vazia, embora o amassado dos travesseiros evidenciasse a presença de duas pessoas há poucos instantes. Sara, que não era a mais organizada das mulheres, deixara as roupas espalhadas pelo chão. Burke não encontrou nenhuma roupa masculina entre as ligas, saias e sapatos de cetim.

Até que percebeu uma sombra do outro lado das portas francesas que davam para a varanda. A lua finalmente aparecera através da névoa, e podia-se ver nitidamente um cotovelo do outro lado da porta envidraçada.

Burke dirigiu-se para as portas e segurou os trincos. Atrás dele, Sara ofegou. Ele ouviu Lilly dizer, nitidamente:

— Minha nossa!

Ele abriu as portas com violência. Ali, encontrou um homem que tremia com o frio da primavera, com uma perna dentro da calça, a outra fora. O sujeito congelou, quase literalmente, ao ver Burke, e arregalou os olhos a ponto de parecerem dois ovos. Enquanto o marquês notava que não o conhecia, embora isso não fosse incomum, já que não conhecia muitas pessoas em Londres, o homem desviou os olhos uma única vez para baixo, por cima do parapeito da varanda, para a rua que ficava muito distante.

E engoliu em seco, sonoramente.

Burke riu, embora sem nenhum humor.

— Não se preocupe — disse. — Não vou jogá-lo daqui.

O homem, quase um menino, pois não passava dos 25 anos, gaguejou, os lábios roxos de frio.

— N-não vai, milorde?

— Claro que não — respondeu Burke. — Meus dias de jogar homens por janelas e varandas já se foram.

— Ah, j-já, milorde?

— Sim. Para ter raiva é preciso ter paixão, e eu não sou apaixonado por nada, certamente por nenhuma mulher, há muito tempo. Você também se sentirá assim, filho, quando ficar mais velho.

O jovem pareceu imensamente aliviado.

— Ah... *Obrigado,* milorde.

— Mas só porque não estou com raiva — continuou Burke, em tom de conversa —, não significa que não vou querer tirar satisfações. Espero encontrá-lo amanhã ao amanhecer... ah não, isso seria muito cedo. Faltam poucas horas. Que tal amanhã ao anoitecer? No lado mais afastado do parque. Você escolhe a arma. Pistolas ou espadas?

O coração do jovem — que Burke podia ver nitidamente batendo no peito, já que o rapaz estava sem camisa — estremeceu.

— Ah, senhor. Eu... Por favor, senhor...

— Então será com pistolas — decidiu Burke, pois não acreditava que o rapaz fosse um bom esgrimista. A esgrima, considerada por muito tempo um elemento crucial na educação de um aristocrata, ultimamente parecia ter se tornado uma arte perdida, o que o marquês considerava lamentável. — Traga um substituto. Eu fornecerei o médico. Boa noite.

Ele se virou e voltou para o quarto. Ali, Sara se enfiara na cama e chorava copiosamente.

— Ah, por favor, Burke! — exclamou ela, erguendo do travesseiro enfeitado de rendas o lindo rosto borrado de lágrimas. — Você não entende! Ele me forçou! Eu apenas o convidei para vir tomar um drinque e, quando vi, ele me obrigou!

Burke acenou com a cabeça, voltando a calçar as luvas. Pensara em usá-las para bater no rosto do rival, mas quando viu o rapaz tremendo, não teve coragem. Desejou, no entanto, ter um chicote de equitação à mão. Ele o teria aplicado prontamente nas nádegas generosas da Sra. Woodhart, pois lhe parecia que ela realmente merecia uma chicotada.

— Por favor, Sara. A arte teatral pode lhe render aplausos no palco, mas comigo é perda de tempo. Se alguém forçou alguma coisa aqui esta noite, creio que foi você. Pare de chorar agora e me ouça bem.

Mas Sara estava absorta demais na sua representação para abandoná-la agora.

— Burke! Você não sabe que eu só amo você? Só você, Burke!

Burke suspirou.

— Ouça-me, Sara. O aluguel deste apartamento está pago até o fim do mês, mas espero que saia antes do dia primeiro. Você entende, claro.

Sara soluçou. Ocorreu a Burke que, se ela tivesse colocado metade dessa energia na representação de Lady Macbeth, teria agradado mais aos críticos. Era o público que a amava, por sua beleza excepcional.

E ele por acaso era diferente?

— Pode ficar com as joias e a carruagem — continuou. Sabia que estava perdendo sua intransigência característica. Um ano atrás, teria pedido a carruagem de volta. Agora, simplesmente não se importava o bastante para fazer disso um problema. — E é claro que todas as roupas e os chapéus e tudo mais do gênero são seus.

— Isso era tudo? Burke tentou se lembrar. Teria ele a presenteado com mais alguma coisa?

Não. Ele tinha certeza. A atriz não tinha nada que fosse dele.

— Bem — concluiu, enquanto observava a estimável Sra. Woodhart socar o colchão. — Boa noite então, Sara.

Burke saiu do quarto e pegou o chapéu com Lilly, que, de olhos arregalados, disse, furiosa demais para uma simples moça do campo:

— Se o senhor ao menos tivesse vindo esta noite, em vez de sair se divertindo por aí, isso nunca teria acontecido, milorde. Digo, ela e ele.

Burke ergueu as sobrancelhas diante do sábio comentário.

— Bem, Lilly, sinto muito, mas eu não estava me divertindo por aí, como você colocou de uma maneira tão encantadora. Eu precisei cuidar da minha filha.

Lilly balançou a cabeça, obviamente infeliz por sua estadia naquele lugar maravilhoso ter chegado ao fim.

— É possível *contratar* pessoas para cuidar das filhas, sabe milorde — declarou ela, amargurada, um instante antes de fechar a porta na cara dele.

Do lado de fora do corredor, em frente à porta da suíte de um hotel pela qual ele pagara, Burke pensou nas palavras da criada. "É possível contratar pessoas para cuidar das filhas." Certamente. E ele contratara... Quantas mesmo? Já perdera a conta do número de damas de companhia que tinham desfeito as malas no quarto vizinho ao de Isabel, só para refazê-las poucos dias depois e irem embora, geralmente aos prantos. Será que não havia uma mulher em Londres com quem Isabel pudesse se dar por mais de uma semana? Quem ele poderia contratar, que tivesse condições de deixar a garota feliz?

Burke fizera essa mesma pergunta a Isabel, no instante em que chegaram do baile dos Peagroves. Ela respondera, batendo a porta do quarto como se quisesse enfatizar suas palavras:

— Alguém como a Srta. Mayhew!

Bem, decidiu Burke, ali no hall do lado de fora do apartamento de Sara Woodhart. Se a Srta. Mayhew era quem Isabel queria, então, por Deus, a Srta. Mayhew era quem Isabel teria.

Capítulo 4

KATE APOIOU LADY Babbie no tampo de sua escrivaninha e perguntou:

— O que eu devo fazer com você?

Lady Babbie piscou para ela com seus plácidos olhos verdes.

— Vão acabar nos expulsando por sua causa — disse Kate. — *Precisa* parar de colocar ratos sem cabeça no travesseiro dele. Não quero mais você perseguindo a ponta do paletó dele. E nem de bolas de pelos nos sapatos dele. Tem de parar com isso. Ele está tornando minha vida um inferno.

Lady Babbie abriu a boca para dar um bocejo enorme, mostrando todos os dentes brancos pontudos e a comprida língua cor-de-rosa.

— Se ao menos você entendesse uma palavra do que eu digo — murmurou Kate, pesarosa.

Ouviu passos do lado de fora da sala de aula. Como prometera a Phillips que não deixaria Lady Babbie sair de seus aposentos, apanhou a criatura, empurrou-a para baixo da escrivaninha e a manteve ali, salivando e se contorcendo, enquanto esperava para ver quem estava à porta.

Mas era apenas Posie, ofegando por ter subido correndo do primeiro ao quarto andar, onde ficava a sala de aula.

— Ah! — exclamou Kate. Visivelmente aliviada, retirou a gata, que chiava debaixo da escrivaninha. — É você. Fiquei com medo, estava certa de que era o velho chatonildo.

— Ah, senhorita. — Posie apoiou o corpo no batente da porta enquanto tentava recuperar o fôlego. — Você não vai acreditar... Não vai mesmo...

Lady Babbie arreganhou os dentes e chiou outra vez, e Kate foi obrigada a soltá-la, para não correr o risco de ser arranhada.

— Vá, sua chatinha — disse ela carinhosa, quando a gata se afastou, mexendo para lá e para cá o longo rabo sarapintado. — E não me culpe se o Sr. Phillips atacá-la com uma bacia d'água na próxima vez que você, com esse seu cérebro do tamanho de uma ervilha, resolver lhe fazer uma visita.

Lady Babbie retirou-se para o canto da lareira e começou a se lamber. Kate examinou o pequeno relógio que usava preso à blusa.

— Os meninos já voltaram da aula de equitação? — perguntou. — Eu achei que eles demorariam mais meia hora pelo menos. Ainda não consegui falar com a cozinheira sobre o chá deles.

— Não são os meninos — disse Posie, finalmente conseguindo elaborar algumas palavras. Ela mantinha uma das mãos sobre o peito, como se quisesse aquietar o coração acelerado. — Há um cavalheiro lá embaixo que veio lhe ver. Está à sua espera na biblioteca. O chatonildo precisou levá-lo para lá porque a patroa está na sala de visitas com a Sociedade das Senhoras para a Melhoria do Destino dos Habitantes da Papua-Nova Guiné...

— Um cavalheiro? — Kate instintivamente levou a mão aos cabelos para ajeitá-los. — O que Freddy está fazendo aqui no meio do dia? Ele sabe que não tenho folga nas terças-feiras. Qual será o problema dele?

Posie negou com a cabeça.

— Não, senhorita — replicou ela, os olhos brilhando com o que poderia ser confundido com uma agitação febril. — Não é lorde Palmer. De modo algum! É um homem grande, alto e moreno. Alto como uma montanha e com os olhos iguais aos de Lady Babbie. Imagino que só pode ser aquele homem que a senhorita viu desrespeitando a filha na rua uma noite dessas...

— O quê? — Kate se levantou sem sequer perceber. — Você quer dizer lorde Wingate?

— Isso mesmo! — Posie estalou os dedos. — É exatamente esse o nome dele! O chatonildo falou, mas eu esqueci. Wingate. Certo.

Kate olhou para ela.

— Lorde Wingate? Aqui? Querendo *me* ver?

— Sim, senhorita. Foi o que ele disse. Entregou a Phillips um cartão de visita e perguntou se a senhorita estava em casa, como se fosse a dona do lugar! — O rosto de Posie estava vermelho. — Devia ter visto a cara do velho chatonildo! Parecia que ia ter um ataque! Foi direto contar ao Sr. Sledge, e ele, o Sr. Sledge, respondeu: "Pois não fique aí parado, Phillips. Vá chamá-la!" — Posie estremeceu com uma risada nervosa. — "Vá chamá-la!", disse ele! Para o *chatonildo*! Você devia ter visto a cara do velhote!

— Deus do céu. — Kate apressou-se em tirar os pelos de gato da saia. — O que ele quer?

— Talvez a senhorita tenha feito um furo no sobretudo dele com o guarda-chuva — sugeriu Posie, alegremente — e ele queira fazê-la pagar por um novo.

— Ah, não. — Kate ficou paralisada, com um dos pés na escada. — Não brinque, Posie, eu não tenho condições de arcar com um sobretudo novo para aquele homem. Só as gravatas que ele usa devem custar mais do que eu ganho em um ano inteiro.

Posie lhe deu um tapinha reconfortante no braço.

— Não se preocupe. É só pegar o sobretudo emprestado e nós pediremos à Sra. Jennings para cerzir o tal furo. A senhorita viu como ela fez um trabalho perfeito com os casacos dos meninos naquele dia em que eles inventaram de jogar castanhas quentes uns nos outros. Ficará como novo. Ele não conseguirá perceber a diferença.

Um pouco consolada, Kate desceu lentamente a escada para o segundo andar, onde o marquês de Wingate a aguardava. Só podia haver uma razão para ele se dignar a visitar a casa de Sr. Cyrus Sledge, e ela sabia qual era: sem dúvida ainda se sentia ultrajado com as acusações de Kate naquela noite, quase uma semana atrás, e viera pedir que ela fosse despedida e em seguida obrigada a deixar Park Lane. Quando Kate entrasse na biblioteca, o Sr. Sledge a despediria imediatamente... em troca de uma modesta contribuição para a causa do reverendo Billings, claro.

Mas, ao aproximar-se da porta da biblioteca, Kate encontrou o Sr. Sledge do lado de fora, rodeando a porta com a Sra. Sledge, e o Sr. Phillips bem próximo, aguardando o que fazer. Os três olharam para cima quando ela se aproximou, e foi a Sra. Sledge quem disse, gentilmente, num sussurro, obviamente para que o marquês não ouvisse através da porta:

— Ora, Srta. Mayhew! Nós não imaginávamos que conhecia lorde Wingate!

Kate a fitou.

— Eu... — começou ela, mas o Sr. Sledge a interrompeu.

— Lorde Wingate é um homem extremamente rico, Srta. Mayhew. — Seu patrão tentava manter a dignidade, Kate notou, mas sua animação era grande. — A reputação dele não é exatamente o que o reverendo Billings consideraria desejável para um patrocinador. Lorde Wingate tem um passado, digamos, diferente, mas tenho certeza de que não preciso lhe contar sobre isso. O caso é que é tão rico que uma doação dele, até mesmo em uma quantia que considerasse insignificante, seria suficiente para manter os habitantes da Papua-Nova Guiné com livros de reza por muitos anos, e possivelmente pagaria até o salário de alguém para ensinar as pobres almas a ler!

— Penso que — afirmou Kate —, se lorde Wingate tivesse vindo fazer uma doação, teria pedido para chamá-lo, senhor, e não a mim. Talvez haja algum engano...

— Não houve engano algum — decretou Phillips, majestoso, de onde estava, próximo à porta. — Ele a chamou pelo nome, Srta. Mayhew.

Ah, Deus, pensou Kate. *Estou acabada.*

— Bem, o que ele veio fazer aqui, não sabemos — disse a Sra. Sledge, deixando algo cair nas mãos de Kate e empurrando um pouco a moça em direção à porta da biblioteca. — Veja se consegue lhe entregar estes panfletos. Pelo que sei, lorde Wingate é um intelectual. Segundo dizem, estudou a legislação por puro divertimento pessoal, e lê filosofia e coisas assim. Portanto, ele deverá achar estes panfletos interessantes.

Antes que Kate pudesse dizer mais alguma coisa, Phillips abriu a porta da biblioteca e anunciou:

— Milorde, a Srta. Mayhew. — E ela foi literalmente empurrada para a sala por uma mão colocada firmemente nas suas costas.

Tropeçou, é claro, nas franjas do tapete oriental e deixou cair os panfletos. Quando recuperou o equilíbrio, ergueu a cabeça e viu o homem a quem interpelara na rua poucas noites antes desviar o olhar da lareira e virar-se para ela.

Só que, sem a névoa para suavizar os traços extremamente marcantes do rosto do marquês de Wingate, Kate notou que ele era muito mais intimidador entre quatro paredes do que parecera ao ar livre. Com uns trinta centímetros de altura a mais que ela, seus ombros eram quase da mesma largura que a cornija da lareira, embora o corpo se estreitasse em direção à cintura magra, sem nenhuma barriga, escondida sob o colete de cetim, até formar um par de quadris estreitos. Ainda assim, ele era grande demais para que Kate se sentisse confortável. E tinha um olhar muito direto, que mais uma vez a perfurava com uma intensidade preocupante.

Tão direto, e com tanta intensidade, que Kate rapidamente baixou os olhos, torcendo para que ele não percebesse seu gesto.

— Procurando uma sombrinha para me espetar, Srta. Mayhew? — perguntou o marquês.

Ele percebera. Kate se sobressaltou, embora reconhecesse a voz facilmente. Uma voz rouca, profunda, ameaçadora, varando a névoa e envolvendo-a com seu desagrado. Agora, havia nela muito mais humor do que irritação... Mas, ainda assim, era intimidante.

— Asseguro-lhe — disse Kate, dirigindo-lhe o olhar — que sou tão hábil com uma tenaz quanto com um guarda-chuva.

Se lorde Wingate se surpreendeu com a audácia de Kate, não demonstrou. Apenas falou, secamente:

— Obrigado por me alertar. Mas eu esperava sobreviver a esta entrevista sem ganhar nenhum buraco na roupa. A senhorita sabe quem eu sou?

Kate levou as mãos às costas e adotou uma expressão que lhe parecia adequada. Essa expressão lhe exigira muita prática em frente ao espelho, após concluir que a única forma de sobreviver à morte dos pais seria através da inteligência, do bom senso e da sagacidade. Orgulhava-se de ter aprendido muito bem.

— Claro, milorde. O senhor é Burke Traherne, o marquês de Wingate.

— Sim — confirmou ele num murmúrio. — A senhorita deve se lembrar de ter me ofendido naquela noite com algumas suposições absurdas. Recorda-se delas?

Kate acenou com a cabeça concordando.

— Sim, milorde, eu me recordo.

Burke ergueu uma das sobrancelhas.

— Ainda não ouvi nenhum pedido de desculpas.

— Peço desculpas — disse Kate — se minha suposição de que o senhor era um ser desprezível que abusava de mulheres inocentes lhe ofendeu. Mas não por tê-la pensado. De fato, parecia suspeito. Foi uma suposição natural.

— Uma suposição natural? De que um, como a senhorita afirma, ser desprezível que abusa de mulheres inocentes andava por aí perdido em plena Park Lane? A senhorita se depara com esse tipo de gente com frequência durante os seus passeios pela vizinhança, Srta. Mayhew?

Kate deu de ombros quase imperceptivelmente.

— Não era eu quem tinha uma mulher gritando em cima do meu ombro, milorde.

— Eu expliquei — retrucou Wingate — que era a minha filha.

— Sim, mas por que eu deveria acreditar nisso? Se o senhor fosse realmente um ser desprezível abusando de uma mulher inocente, diria qualquer coisa para não ser pego.

O marquês pigarreou.

— Sim, entendo. Bem, acha que, por alguns momentos, poderia deixar de lado suas suspeitas sobre a verdadeira natureza do meu caráter para ouvir uma proposta?

— Uma proposta? — Kate ficou aliviada. Não era com ela que ele queria falar. Aleluia! — Ah, então o senhor deve querer falar com o Sr. Sledge. É ele quem coleta as doações de apoio ao reverendo Billings, que pretende salvar o povo oprimido da Papua-Nova Guiné. Quer que eu o chame?

— Certamente que não. — Lorde Wingate a fitava com um olhar curioso, bastante curioso, pensou Kate, e um pouco demorado demais.

Ela não baixaria os olhos de novo, embora o quisesse. Ao encarar o homem, só conseguiu observar os contornos dos bíceps através das mangas muito bem cortadas do paletó e concluir que tinha braços fortes o bastante para jogar outro homem pela janela.

Isso e o fato de que os traços profundos que iam das narinas aos cantos da boca de lábios grossos, que pareciam estranhamente sensíveis, deviam ter origem na sua tristeza com relação à esposa.

Por um instante, Kate quase teve pena dele, apesar de todo o dinheiro que possuía e de ter tratado a esposa de modo tão abominável. Precisou censurar-se, pois não havia nenhuma necessidade de ter pena de gente como o marquês de Wingate.

— Não me importo a mínima com o povo de Papua-Nova Guiné — declarou o homem, surpreendendo-a e tirando-a de seus pensamentos. — A senhorita é uma grande defensora do reverendo Billings, Srta. Mayhew?

Kate soltou uma leve risada.

— De forma alguma! Ele veio jantar aqui uma vez, e...

Kate interrompeu-se, pois não poderia jamais contar a esse homem grande e intimidador o que o reverendo Billings fizera, isto é, que após consumir uma garrafa inteira de vinho tinto no jantar, a encurralara na despensa, e tentara introduzi-la aos rituais de acasalamento do povo da Papua-Nova Guiné. Por seus esforços, Kate o coroara com um prato de torta na cabeça, e, em seguida, ele fora embora apressado, sem nenhuma explicação aos donos da casa, seus benfeitores, que consideraram o comportamento estranho como um sinal de sua genialidade.

Se lorde Wingate percebeu que Kate interrompera a frase no meio, não demonstrou. Em vez disso, visivelmente aliviado, disse:

— Então está ótimo. O que eu vim perguntar, Srta. Mayhew... e me desculpe por não enviar antes uma missiva. Achei melhor fazer o pedido pessoalmente, considerando nosso encontro *pouco convencional* da semana passada...

Nesse instante, ele fitou Kate com um olhar tão penetrante que ela quase perdeu o equilíbrio e cambaleou para trás, mas salvou-se a tempo, segurando o canto da mesa de madeira que servia de apoio para o álbum de gravuras da família.

— Eu gostaria de saber — continuou — se a senhorita aceitaria deixar seu emprego com os Sledges e ir trabalhar para mim, como dama de companhia de minha filha, Isabel. Parece-me que já se conhecem.

Kate piscou os olhos, apenas uma vez. E segurou mais forte o móvel de madeira.

— Estou certo — prosseguiu lorde Wingate — que posso lhe oferecer acomodações tão confortáveis quanto as daqui. — Ele olhou ao redor e fez uma expressão de desagrado. Embora muito bem guarnecida com todos os clássicos, a biblioteca tinha móveis desconfortáveis, mesmo que de boa qualidade, e era pequena, além de ser o cômodo menos usado da casa. — E o dobro do salário.

Kate percebeu que estava de boca aberta. Era absolutamente grosseiro ficar de boca aberta — algo que tentara em vão ensinar aos pequenos Sledges. Mas ela mesma não parecia conseguir fechá-la.

O marquês viera lhe pedir que trabalhasse para ele. Que extraordinário. Mais do que isso, que inacreditável.

Mal podia esperar para contar isso a Freddy!

— Ah — disse Kate, finalmente conseguindo mover a boca. — Agradeço muito, senhor, mas eu não poderia de modo algum.

Foi a vez de lorde Wingate fitá-la, e o fez de forma imponente. Kate teve certeza de que a intenção do marquês era fazer com que se sentisse tão pequena e insignificante quanto a mais ínfima migalha de pão na mesa dele. Mas Kate não se deixaria intimidar. Ficou firme, de queixo erguido.

O olhar profundo de Burke a penetrou com a intensidade do fogo de uma fornalha.

— Por que não? — perguntou ele, calmo, com uma paciência que contrastava totalmente com a expressão de seu rosto.

Kate não pôde evitar levar a mão livre ao coração, mas logo se deu conta de que era um gesto muito dramático. Claro que ele não poderia fazer um buraco no seu peito com um mero olhar, como imaginara, fantasiando. E, então, no último instante, Kate segurou o camafeu que tinha ao pescoço e começou a mexer nele.

Kate obviamente não poderia lhe contar a verdade. Não havia necessidade. Teria muitas outras razões para não trabalhar para lorde Wingate. Além de sua reputação horrorosa — outro dia mesmo, comentaram que quase matou um homem no Hyde Park, num duelo, e o motivo tinha relação com Sara Woodhart —, ele era o homem fisicamente mais intimidador que já vira.

Não que lorde Wingate não fosse bonito. Ela o achava atraente, embora não propriamente belo. Freddy era muito mais bonito, com seus cabelos louros e as covinhas no rosto — extremamente britânico, tanto na aparência quanto na cabeça vazia. Burke Traherne, por outro lado, tinha ar de cigano. Não havia nada irregular em seus traços, mas eles não pareciam ter se constituído com a intenção de agradar. Ele tinha um rosto atraente — um tanto ameaçador, quase cruel —, mas certamente nada que provocasse suspiros.

Aqueles ombros, por outro lado...

— Eu só... — respondeu Kate, engolindo em seco. — Não poderia.

— Então eu perguntarei de novo, por quê?

Bem, *isto* era certamente constrangedor. Por que esse homem não podia simplesmente aceitar um não como resposta e ir embora? Mas, olhando para lorde Wingate, lembrou-se de que ele certamente não ouvia a palavra "não" com frequência. Mas que inferno! O que ela faria?

Kate respirou fundo, mas, antes que pudesse dizer qualquer coisa, o marquês perguntou:

— Qual é seu salário atual?

De repente, a governanta viu um raio de esperança. Era isto. Ela simplesmente seria cara demais para ele.

— Cem libras por ano — respondeu Kate imediatamente, o número mais absurdamente alto que lhe veio à mente.

— Muito bem — disse lorde Wingate, com calma. — Eu pagarei o dobro.

Capítulo 5

Por um instante, Burke pensou que a moça iria desmaiar. Ela apertava com força a borda de um móvel de mogno que servia de apoio para um livro de gravuras, e o marquês notou que os nós dos seus dedos ficaram brancos — tanto quanto o rosto estava quando entrara na biblioteca. O rosto recuperara um pouco da cor durante a conversa, mas agora já perdera de novo, enquanto os lábios se moviam, e ela murmurava, como alguém num estado de torpor:

— Duzentas libras? *Duzentas libras?*

— Sim — respondeu Burke com firmeza. — Parece-me uma quantia razoável.

Não parecia, é claro. Contratara a Srta. Pitt e todas as suas encarnações anteriores por trinta libras ao ano. Evidentemente a garota estava mentindo. Não havia nenhuma possibilidade de aquela toupeira chorona chamada Sledge ter condições de lhe pagar cem libras por ano. Bem, ele poderia até pagar as cem libras, mas não fazia o tipo de gastar essa quantia em algo tão importante quanto a educação dos filhos. Não, Cyrus Sledge não pensaria duas vezes na hora de dar cem libras àquele missionário infame. Mas pagar aquilo para garantir que os filhos crescessem e se tornassem membros da sociedade com uma mente brilhante, bem-criados? Que ideia!

Mas era óbvio que a Srta. Mayhew não desejava trabalhar para ele por alguma razão. E Burke, tendo chegado à conclusão de que nunca entenderia as mulheres, não se preocuparia sequer em se perguntar qual seria o motivo. Portanto, se precisava lhe pagar duzentas libras por ano, então, por Deus, ele pagaria.

E ele concluiu que seria um dinheiro bem-gasto. Passara os últimos dias observando a muito discutida — em sua casa, pelo menos — Srta. Mayhew, e concluíra que ela era a solução ideal para o seu problema. Sem ser jovem demais como a princípio acreditara — não imaginara que ela pudesse ter muito mais que 20 anos —, Katherine Mayhew se portava com uma confiança que não condizia com sua posição. Na igreja — sim, ele chegara ao ponto de fazer o esforço de ir à missa com Isabel na manhã de domingo, tudo com o intuito de avaliar a Srta. Mayhew —, mantivera quietos os quatro filhos dos Sledges; o mais velho não devia ter mais de 7 anos. Um feito que o maravilhou, pois se lembrava muito bem de Isabel naquela idade. Na rua, era cumprimentada com alegria por todos que encontrava, e respondia aos cumprimentos da mesma forma, tratando com a mesma delicadeza os sorveteiros e as duquesas. Vestia-se com sobriedade, embora de forma atraente, mantendo sempre uma aparência bem-cuidada e elegante. E já comprovara que, como dama de companhia, era inigualável, tanto em termos de coragem quanto de desembaraço: não tentara atacá-lo com um guarda-chuva ao acreditar que Isabel estava em perigo?

Em suma, apesar de ser muito jovem, Katherine Mayhew parecia ser a funcionária ideal. O único aspecto que Burke questionava era sua aparência.

Ele percebera, ao ser interpelado pela Srta. Mayhew na rua, que ela era um pouco diminuta — especialmente considerando que queria atacá-lo com um guarda-chuva.

Mas o que ele não percebera, até o instante em que Katherine Mayhew entrara na biblioteca de Cyrus Sledge, foi que ela era extremamente atraente.

Ela não era bonita. Era baixa demais para ser qualificada como alguém deslumbrante. Mas Isabel não estava errada ao declarar que a Srta. Mayhew era agradável aos olhos, e Burke teve dificuldade para desviar os olhos dela. Não era o tipo de mulher que ele normalmente admirava, pois preferia as morenas às louras, assim como apreciava mulheres mais volumosas que a Srta. Mayhew. Mas os cabelos cor de mel pareciam lhe cair bem, e a franja na testa enfatizava os enormes olhos azuis, cujos cílios eram de um tom mais escuro que os cabelos. O traje simples e elegante — saia e blusa, perfeitamente adequados a uma governanta — salientava a cintura fina, e os seios, embora pequenos para preencher a frente da blusa, eram proporcionais ao resto do corpo.

Mas o que Burke achou mais difícil ignorar foi a boca. A boca da Srta. Mayhew era, como todo o resto, muito pequena — menor que qualquer boca que já vira, exceto talvez a de uma criança. E, mesmo assim, era inegavelmente atraente, com lábios curvos encantadores que se moldavam em todo tipo de expressão diferente, como acontece com uma bandeira ao sabor do vento. Agora, a boca estava aberta, e ela o fitava em total espanto. Burke foi premiado com uma visão de dentes brancos e alinhados e uma língua pequenina e saliente, e achou a visão bastante encantadora...

Logo se perguntou se não seria talvez consequência do extremo cansaço, pois não costumava achar atraente o interior da boca de ninguém.

— Srta. Mayhew — disse Burke, pois não lhe pareceu que a atraente governanta conseguiria falar de novo tão cedo, tamanho era seu espanto com a proposta. — Está se sentindo bem?

Sem falar, ela respondeu com um aceno positivo da cabeça.

— Quer alguma coisa? Água, talvez? Ou uma taça de vinho? Talvez seja melhor se sentar. A senhorita parece não se aguentar em pé.

Kate negou com a cabeça. Burke estava perplexo, mas continuou, resoluto.

— Então eu suponho que agora será necessário levar seus pertences para a minha casa. Enviarei meus cocheiros, Bates e Perry. De quanto tempo necessita para fazer as malas? Até esta noite seria cedo demais? Isabel tem um baile ou outro que insiste em ir, e talvez seja melhor a senhorita começar imediatamente. Na verdade, se preferir, minha criada poderá vir fazer as suas malas...

A pequenina boca rosada fechou-se instantaneamente, como se a garota fosse uma marionete, e o titereiro que a controlava tivesse puxado uma corda invisível.

— Eu não posso! — declarou Kate, com uma voz que pareceu a Burke ser de pavor.

Mas por que ela estaria apavorada? Ele devia estar imaginando coisas. A mente fértil da Srta. Mayhew talvez fosse contagiosa.

— Bem. Eu entenderei se a senhorita achar melhor esperar os Sledges encontrarem uma substituta. Qual foi seu acordo com eles? Uma semana de aviso prévio? Espero que não sejam duas.

— Eu... — Kate balançou a cabeça. Ao fazê-lo, mechas mais escuras que tinham se soltado do coque no topo da cabeça caíram sobre o rosto. Não eram cachos, ela não tinha nenhum, mas mechas que flutuavam como as algas flutuam sobre a água. — Lamento muitíssimo, milorde — desculpou-se ela.

Burke achou sua voz tão agradável quanto tudo o mais nela, com um timbre baixo e nada agudo, como costumavam ser as vozes das jovens mulheres.

Logo a seguir, contudo, deixou de achar a voz tão agradável, quando ela continuou dizendo:

— Mas eu não poderia de modo algum trabalhar para o senhor. Sinto muito.

Burke permaneceu imóvel. Ele teve certeza de que não moveu um dedo sequer. Mas, de repente, a Srta. Mayhew pulou para trás do móvel onde se apoiava, como se desejasse algum tipo de barreira entre ambos. Segurando com força as duas beiradas do móvel de madeira, que ficava na altura do peito, ela acrescentou:

— Por favor, não fique com raiva.

Burke a fitou. Não estava com raiva. Talvez estivesse exasperado, mas sem nenhuma raiva. Há muito tempo não sentia isso. Nunca fora muito capaz de controlar seu temperamento, e, assim, simplesmente desistira de ter raiva de qualquer coisa. Exceto, talvez, de Isabel e daquele rapaz. O nome Geoffrey Saunders devia ser a única coisa que ainda o tirava do sério.

— Mas eu não estou com raiva. — Burke esforçou-se para parecer calmo. — Nem um pouco.

— Não acredito nisso — retorquiu a jovem atrás do móvel. — O senhor *parece* estar com muita raiva.

— Mas não estou. — Burke respirou fundo. — Srta. Mayhew, está com a impressão de que eu posso atacá-la?

— O senhor tem a reputação de ser violento, milorde — respondeu ela de pronto.

Burke sentiu que realmente gostaria de quebrar alguma coisa, de preferência o móvel que a Srta. Mayhew segurava com tanta força. Notou que gostaria muito de arrancá-lo das suas mãos e jogá-lo pela medonha janela de vitrais que ficava do outro lado da biblioteca. Porém, logo se lembrou de que abandonara esse tipo de comportamento e se controlou.

— Sinto-me ultrajado diante das suas palavras, Srta. Mayhew — disse Burke. — É verdade que nunca me esforcei para refrear meus impulsos de usar a força com os homens, mas jamais bati em uma mulher.

O marquês viu os dedos esguios desprenderem-se das extremidades do móvel.

— Sinto muito, milorde. Mas a sua expressão, quando eu disse que não poderia ir trabalhar para o senhor, foi um tanto... assustadora.

— A senhorita tem medo de mim? — perguntou Burke, em tom irritado. — É por isso que não aceitará o emprego? Curioso, pois não teve medo quando tentou me espetar com o guarda-chuva naquela noite. Por que teria agora? A não ser... — Ele se aborreceu outra vez. Não era raiva. Recusava-se a usar essa palavra. — A não ser que alguém tenha lhe falado sobre mim. A respeito do meu passado.

— De modo algum — negou a Srta. Mayhew, rápido demais.

— Falaram. — Burke dirigiu-lhe um olhar furioso. — De que outra maneira a senhorita conheceria minha reputação de ser violento? Antes, achou que eu era um ser desprezível que abusa de mulheres inocentes. Deve ser gratificante saber que tinha razão.

— Não é da minha conta como o senhor conduz seus assuntos pessoais, milorde — disse com firmeza a Srta. Mayhew.

— Não deveria ser mesmo — replicou Burke com um grunhido. — Mas percebo que já formou uma opinião a esse respeito. Tem alguma objeção ao fato de eu ter me divorciado de minha esposa, Srta. Mayhew?

Kate baixou o olhar.

— Eu gostaria de receber uma resposta, Srta. Mayhew. Em assuntos como este, digo, assuntos de trabalho, é melhor existir sinceridade entre as partes envolvidas. Por isso repito minha pergunta. Desaprova o fato de eu ter me divorciado de minha esposa?

— Homens como o senhor, lorde Wingate — disse Kate, olhando para o álbum de gravuras —, levam um tipo de vida em que quase nada merece aprovação.

Burke a fitou durante algum tempo e falou:

— Bem, ao menos a senhorita foi franca. Vejo que essa pessoa que lhe falou sobre mim fez um bom trabalho e a informou de todos os detalhes.

Kate olhou para ele.

— Lorde Wingate — começou ela. Se ele não fosse tão experiente com mulheres, poderia acreditar que Kate estava furiosa. — Já lhe disse antes, a sua vida pessoal não é da minha conta.

— Ah, entendo. E era isso que a senhorita estava fazendo na rua quando se aproximou com o guarda-chuva? Cuidando da sua vida?

A Srta. Mayhew ergueu o queixo pequenino e pontiagudo.

— Eu *pensei* que havia uma jovem em perigo. Se não partisse em seu auxílio, não conseguiria viver comigo mesma.

A resposta fez com que um calafrio percorresse a coluna de Burke. Ele se convenceu de que essa reação física absurda às palavras da Srta. Mayhew fora causada por alívio, por ela ser exatamente o que procurava há tempos numa acompanhante para Isabel. Não se devia a nenhum outro motivo. Certamente não era por achar que tinha encontrado por acaso — e nada menos que na sua própria rua — a maior raridade em Londres: uma pessoa verdadeiramente boa e sincera. E nem porque toda aquela bondade e sinceridade eram qualidades de uma mulher irresistivelmente atraente.

Ainda assim, as palavras da Srta. Mayhew o tomaram de surpresa, e ele momentaneamente perdeu a cabeça e deu uma risada.

— Srta. Mayhew, e se eu lhe pagasse *trezentas* libras por ano? Neste caso, trabalharia para mim?

Com o semblante muito pálido, ela respondeu:

— Não!

— Mas por que não, em nome de Deus? — E então um pensamento horrível lhe ocorreu. Deveria ter-lhe ocorrido antes. — Está noiva, Srta. Mayhew?

— Como?

— Noiva. — Burke a fitava. — Não é uma pergunta tão descabida. A senhorita é uma jovem atraente, embora um pouco excêntrica. Imagino que tenha muitos pretendentes. Tem planos de se casar com um deles num futuro próximo?

Como se a ideia fosse totalmente absurda, ela respondeu:
— Não, é claro que não.
— Bem, então por que a hesitação? Está apaixonada por Cyrus Sledge? É isso? E não pode suportar a ideia de abandoná-lo?

Kate caiu na gargalhada. A gargalhada da Srta. Katherine Mayhew teve um efeito curioso em Burke. Fez com que ele sentisse que 37 anos não era na verdade uma idade tão avançada. Talvez o futuro lhe reservasse mais do que coletes de flanela e livros em frente à lareira.

Ele provavelmente tinha enlouquecido. Não havia nenhuma outra explicação. Seu *valet* sem dúvida estava certo, e Burke começara a ficar senil. Porém, naquele momento, pareceu-lhe a coisa mais natural do mundo cruzar o cômodo, agarrar a Srta. Mayhew pela cintura e dar um beijo ardente naquela boca risonha.

Pelo menos era o que pretendia fazer. E teve sucesso na maior parte, pegando-a desprevenida e puxando-a facilmente para junto de si. Mas, quando se inclinou para beijá-la, ela levantou o livro de gravuras e, com toda a força, lançou-o contra a testa de Burke. Embora o golpe não tenha doído, foi, no mínimo, inesperado. Diante do susto, ele a soltou...

E Kate saiu correndo, escancarando as portas, e deixou-o sozinho na biblioteca de Cyrus Sledge.

Não é de se espantar que ele tenha pegado o livro e lançado-o com toda a força contra a janela de vitrais coloridos.

Capítulo 6

Kate não parou de correr até alcançar a sala de aula. Quando se viu em relativa segurança, tirou Lady Babbie de perto da lareira e começou a caminhar pela sala, com o rosto enterrado no pelo da gata.

Ah, Senhor, orou ela. *Por favor, não deixe que eles me despeçam. Eu lhe imploro, por favor, por favor, por favor, não deixe que eles me despeçam. Não tenho nenhum outro lugar para onde ir, nenhum mesmo...*

Era uma oração semelhante àquela que fizera quando o reverendo Billings a atacara na copa. Mas, no caso do reverendo, ela lhe coroara a cabeça com um prato de torta porque sentira repugnância. Já no caso do marquês, ela o golpeara com o livro de gravuras... por razões muito diferentes.

Justo quando Kate murmurava um silencioso amém, Posie entrou.

— E então? — perguntou a moça, nervosa. — O que ele queria?

Kate soltou a gata, que há algum tempo tentava sair de seus braços.

— Ah, Posie — disse ela com um suspiro. — Estou acabada.

Posie balançou a cabeça.

— Então é mesmo um sobretudo novo que ele quer? Que canalha. Esses sujeitos nobres são todos iguais. Parecem cavalheiros elegantes, mas não são melhores que os agiotas. Pois eu tenho umas economias, se precisar de um empréstimo, senhorita. Nem lhe cobrarei os juros, que tal?

Kate sentou-se ao pé da lareira.

— Lorde Wingate não veio reclamar do sobretudo, Posie. Ele quer me contratar para ser dama de companhia da filha durante sua primeira temporada. Por duzentas... não, trezentas libras por ano. — Kate respirou fundo. — E eu recusei.

Posie cruzou a sala em três passos largos. Segurou o pulso de Kate e disse:

— Eu menti. Desconfiei que o motivo da visita não era o sobretudo. Vi quando a senhorita subiu a escada correndo e em seguida ouvi um barulho horrível de algo se estilhaçando vindo da biblioteca. Calculei que ele tivesse quebrado alguma coisa, pois o chatonildo e os patrões entraram lá apressados. Imagino que ele ainda esteja resolvendo a situação com o casal. Talvez ainda o encontremos lá, e a senhorita poderá dizer que mudou de ideia. Venha agora! Depressa, ou ele irá embora.

Kate puxou a mão que a jovem segurava.

— Posie, eu não posso.

A moça a fitou, sem entender.

— Você não pode o quê? Não pode viver como uma rainha com trezentas libras por ano? Tem ideia do quanto isso representa? É mais do que qualquer uma de nós duas provavelmente verá numa vida inteira!

Kate assustou-se ao ouvir a voz de Posie se elevar num tom agudo.

— Posie — insistiu ela —, você não entende.

— Não entendo mesmo, tem razão! Devo lhe dizer, eu gosto da senhorita mais do que daquelas mulheres enfezadas que cuidavam dos meninos antes. Mas se não for trabalhar para o marquês, juro que nunca mais lhe dirigirei a palavra!

— Posie. — Kate baixou o rosto e o apoiou no colo. Quando voltou a falar, a voz estava abafada pela saia. — Eu não posso trabalhar como dama de companhia. Não em Londres.

Posie arregalou os olhos para ela.

— E por que não?

Obviamente Kate não podia lhe contar o motivo. Não contara sobre seu passado a ninguém na casa dos Sledges. Não sabia o que pensavam de Freddy, se eles se perguntavam onde ela o conhecera, ou como os dois tinham se tornado tão amigos. Ninguém questionara nada. Eram pessoas sem muita curiosidade.

Mas o fato era que Kate havia sido muito cuidadosa ao selecionar seus patrões. Os Sledges — como todas as famílias para quem ela trabalhara antes — eram ricos, mas não pertenciam à alta sociedade. Não costumavam ser convidados para os bailes mais elegantes da temporada. Nem sequer iam ao teatro ou assistiam a corridas. Dentre seus conhecidos, não havia ninguém que pudesse se lembrar do nome Mayhew ou que, no passado, pudesse ter sido proprietário de uma mina de diamantes.

E isso, para Kate, era o que importava. Quanto mais simples o estilo de vida de seus patrões, maiores suas chances de manter o cômodo anonimato que conseguira alcançar após sete longos anos. Não que, como governanta, ela corresse muito o risco de ser descoberta. Uma vez ou outra lhe pediam para acompanhar as crianças a festas de aniversário e outros eventos semelhantes. Mas, mesmo nesses lugares, a chance de ser reconhecida era pequena, pois invariavelmente só encontrava outras governantas.

Já como dama de companhia — ainda mais da filha de um rico marquês —, Kate seria obrigada a frequentar os mesmos velhos círculos. Visitaria casas que já visitara antes como convidada, encontraria pessoas com quem já tivera uma relação íntima de amizade, reveria, após sua longa ausência, velhos conhecidos... sem mencionar velhos inimigos.

E seria obrigada a suportar tudo de novo, as humilhações, os comentários ferinos, os olhares desconfiados... enfim, tudo do que finalmente conseguira se livrar.

Não. Já sobrevivera a isso uma vez. Como, não tinha ideia, mas conseguira. Agora, não suportaria tudo aquilo de novo. Não seria capaz.

Pois Kate os desprezava, a todos eles. Desprezava totalmente a alta sociedade com sua hipocrisia, seu esnobismo e sua falsidade egoísta. Homens como o marquês, que acreditavam que, por terem dinheiro, podiam tratar os outros como quisessem. Homens como o marquês, que tinham contribuído para a ruína de seu pai. Homens como o marquês, que tinham lhe virado as costas friamente quando mais precisara deles.

Todos menos Freddy. O bondoso e leal Freddy, que não a abandonara nem mesmo nos seus momentos mais difíceis.

Ele fora inabalável em sua amizade. E havia sido o único de seu meio que não a decepcionara quando mais importava.

E agora era o único que ela conseguia suportar.

Kate não podia retornar. *Não o faria.* Por dinheiro nenhum do mundo.

— Não posso — repetiu Kate, erguendo o rosto que estava escondido nas mãos. — Não vê? Eu teria de ir a jantares e bailes e eventos do gênero.

Posie bufou.

— Ah, sim — disse ela com sarcasmo. — Um destino pior que a morte. A senhorita poderia até ter que beber champanhe e comer caviar todas as noites. E receber trezentas libras ao ano por isso! É chocante o que as pessoas pedem a uma garota hoje em dia.

— Você não entende — falou Kate, balançando a cabeça. — Não é o que parece, Posie. Essas pessoas, o marquês e os amigos dele, não são como você e eu. Eles não são nem como os Sledges. São horríveis. Horríveis mesmo, todos eles. Não têm lealdade, nenhum tipo de decência. Só pensam neles e no seu precioso dinheiro. Podem arruinar a vida de uma pessoa com uma simples fofoca bem-planejada. Não importa se o que dizem é verdade. A palavra deles é aceita como prova de veracidade.

Posie observou Kate com ironia.

— Se um sujeito me pagasse trezentas libras por ano, as pessoas poderiam falar o que quisessem de mim. Com trezentas libras, o que me importaria?

— Mas você se importaria, sim, Posie. — Kate levantou-se subitamente e cruzou a sala de aula. — Você se importaria porque *machuca*. Principalmente quando não é verdade.

— Só machuca se você permitir — retrucou Posie.

Kate parou de andar e fitou a amiga, mais jovem que ela. Era fácil para Posie acreditar em algo tão banal. Em seu curto tempo de vida, nunca havia sido magoada. Ah, talvez algum romance a fizera sofrer... mas coisa passageira. Posie era a mais velha de doze filhos, e seus pais ainda eram vivos. Era fácil para ela ser corajosa, pensou Kate, pois nunca perdeu nada verdadeiramente importante. Posie não perdeu *tudo* de importante para ela, como fora o caso de Kate.

Subitamente, a governanta sorriu. Não conseguiu evitar. Nunca fora capaz de deixar que alguma coisa a deprimisse por muito tempo, e agora não seria exceção.

— De que adianta? — perguntou, estendendo os braços. — Ainda que eu pensasse que conseguiria suportar aquilo... a vida da alta sociedade... é pouco provável que o marquês ainda queira me contratar. Eu bati nele, Posie.

— Você o *quê?*

— Bati na cabeça dele com o livro de gravuras. — Kate repetiu a ação com gestos. — Ele tentou me beijar, exatamente como o reverendo Billings, aquele idiota arrogante.

Kate notou que a boca de Posie tinha formado um perfeito "O", de tão chocada. De repente, Posie levantou-se com um pulo, segurou Kate pelo pulso e tentou puxá-la em direção à porta.

— Não é tarde demais — disse Posie. — Talvez ele ainda não tenha ido embora. Desça lá e peça desculpas.

— Pedir desculpas? *Eu*? Posie, você enlouqueceu? Você não ouviu o que eu disse? Ele tentou...

— Tenho duas palavras para você — insistiu Posie. — *Trezentas libras*. Entendeu? Agora desça e peça desculpas. Se precisar, de joelhos. Mas faça isso.

— Posie — resmungou Kate, teimando. — Lorde Wingate não é o tipo de homem que perdoa uma garota por golpeá-lo na cabeça. — Seu sorriso ficou mais largo. — Mas se você visse a expressão dele quando eu fiz aquilo... Embora eu não ache engraçado perder trezentas libras.

— Também não acho engraçado. Especialmente considerando por quanto tempo uma pessoa pode viver com trezentas libras, sem nunca sequer *precisar* trabalhar.

A voz de Posie se transformou num grito agudo quando Kate segurou-lhe o braço e o apertou com força.

— Ah! — exclamou Kate, através de lábios que, de repente, perderam toda a cor. Agora, não havia humor em sua voz. — Meu Deus, Posie!

A criada falou com muita calma, considerando a pressão em seu pulso:

— Então, mudou de opinião sobre os ricos insensíveis? Achei que talvez isso fosse acontecer.

— Não mudei — murmurou Kate. — Eu não pensei... Esqueci dela. Mas trezentas libras... Trezentas libras pagariam o aluguel dela por muito tempo...

Posie não fazia a menor ideia de a quem a governanta se referia. Só sabia que Kate finalmente caíra em si.

— E ele deve ter muitos livros, um homem rico como ele. A senhorita poderá lhe atirar um sempre que ele se engraçar para o seu lado. Provavelmente ele entenderá a mensagem.

Kate sentiu como se algo frio lhe apertasse o coração.

— Você acha que ele já foi? — perguntou ela; seus lábios pareciam estar dormentes.

— Só existe um meio de saber — disse Posie.

As duas moças deixaram a sala de aula fazendo tanto barulho que Lady Babbie, que havia se mudado para a escrivaninha, eriçou o rabo, que ficou três vezes o tamanho normal, e rosnou ferozmente, até voltar a se acomodar sobre os papéis de Kate.

O marquês de Wingate de fato ainda não havia partido. Estava de pé no vestíbulo, preenchendo um cheque para o reverendo Billings, obedecendo ao pedido do Sr. Sledge para compensar a perda dos vitrais. Burke odiou ter de preencher aquele cheque, principalmente por ser o dobro do valor da janela. Mas qual era a alternativa? Já tentara o imperdoável: roubar a criada de um vizinho. Não ousaria piorar ainda mais a situação recusando-se a pagar por algo que ele próprio quebrara, e de propósito.

O que tornou tudo mais complicado foi que os Sledges não sabiam como ele conseguira quebrar a janela, nem mesmo o motivo de sua visita. Para eles, a Srta. Mayhew era igual a qualquer outra pessoa que não fosse da Papua-Nova Guiné. Nem mesmo seus próprios filhos, que entraram enfileirados pela porta justo quando lorde Wingate assinava o cheque, despertavam mais do que um rápido "Limpem os pés antes de entrar". Nem sequer um beijo no rosto ou um "Pare de bater no seu irmão com esse chicote".

Na verdade, foi o próprio Burke quem tirou o chicote de um dos meninos antes que ele causasse algum dano sério. E o repreendeu com severidade:

— Você poderia cegar o seu irmão com isto.

Mas o olhar de desprezo com que o menino recebeu a repreensão convenceu Burke de que Katherine Mayhew, além de tudo, só podia ser um anjo. De que outro modo conseguiria controlar com tanta habilidade aqueles pestinhas?

Aliás, um anjo ou uma bruxa. Começava a desconfiar de que ela era uma bruxa, pois não acreditava que um anjo pudesse deixá-lo com aquela dor de cabeça lancinante.

E eis que, como se o fato de pensar nela a atraísse, a Srta. Mayhew surgiu na escada. Ninguém mais pareceu notar. O Sr. Sledge continuava detalhando o tratamento bárbaro que os cães recebiam dos nativos daquele país onipresente cujo nome, se repetido mais uma vez, certamente levaria Burke a perder a cabeça. Na sala de visitas ao lado, a Sra. Sledge anunciava para as senhoras ali reunidas que não era preciso se levantar para cumprimentar aquele senhor, já que se tratava apenas do marquês de Wingate, que com frequência visitava seu marido. Mal-humorado, o mordomo passou por ele levando uma pá de lixo cheia de pedaços de vidro colorido. E as crianças chutavam-se umas às outras com as botas de equitação enlameadas.

Mesmo assim, acima de tudo aquilo, de algum modo Burke foi capaz de ouvir a voz da Srta. Mayhew na escada, que era o mais próximo que ela conseguia chegar com todas aquelas pessoas no hall de entrada:

— Lorde Wingate, eu irei com prazer, se ainda me aceitar.

No passado, Burke Traherne já fora acusado, com razão, de muitas coisas, mas imbecilidade não era uma delas. Ele não sabia o que teria levado a Srta. Mayhew a mudar de ideia. Desconfiou que a criada ruiva que estava atrás dela podia ter alguma relação com a decisão, pois ela parecia cutucar com força as costas da Srta. Mayhew.

Mas Burke não questionaria a sua escolha.

Ah, não estava nada feliz com a forma como a Srta. Mayhew recusara suas investidas. Sentia-se insultado e um pouco decepcionado. Mas, afinal, ela não passava de uma criada, sem dúvida não sabia das coisas. Seu pai sempre o avisara para não flertar com as criadas, e agora percebia a sabedoria do conselho.

Era evidente que a jovem odiava homens. Realmente, essa era a única explicação para sua atitude. Burke jamais havia sido rejeitado por uma mulher, portanto, a experiência fora particularmente desmoralizadora... e diferente.

Uma mulher que odeia homens poderia ser irritante, mas, por outro lado, seria também uma esplêndida dama de companhia para Isabel. Assim, ele assentiu com a cabeça e, com sua voz profunda que a alcançou com facilidade acima do tumulto que os rodeava, disse:

— Srta. Mayhew, sinto-me honrado. Posso mandar meus cocheiros esta noite, então?

Kate concordou, em silêncio. Na verdade, não poderia ter falado mesmo se quisesse, pois o barulho no vestíbulo se elevara a um nível tal que ninguém, nem mesmo Burke, seria capaz de ouvi-la. Ele olhou para a moça mais uma vez, analisando-a, e concluiu que aquela era uma visão absurdamente agradável. Era uma pena essa história de odiar homens. Em seguida, Burke pegou seu sobretudo e seu chapéu, pois o mordomo parecia ocupado e não havia nenhum outro empregado por perto. Foi embora satisfeito por ter comprado não apenas sua paz de espírito, mas um brilhante futuro para a filha. E tudo pela bagatela de trezentas libras.

Claro, havia também o problema do enorme galo na testa, mas o marquês achou melhor ignorá-lo. Comportara-se como um canalha, e a Srta. Mayhew muito propriamente o fizera entender isso. Não aconteceria uma segunda vez.

Ou, se acontecesse, ele cuidaria para que não houvesse nenhum livro pesado por perto.

Capítulo 7

Kate subiu com pressa a escada de pedra, mal conseguindo respirar, com o sangue latejando nos ouvidos e a garganta apertada de tanto medo. *Por favor*, orou. *Permita que esteja destrancada. Por favor, permita que esteja destrancada. Por favor...*

A porta de entrada escancarou-se, contudo, antes que ela tocasse na fechadura. Vincennes, o mordomo de lorde Wingate, lançou-lhe um olhar curioso.

— Srta. Mayhew — disse ele, simpático. — Como vai? A senhorita...

Mas Kate não tinha tempo para gracejos. Ela forçou a passagem por ele, levou a mão à fechadura e fechou a porta.

Vincennes, num gesto louvável, agiu como se esse comportamento estranho fosse perfeitamente normal.

— Espero que tenha conseguido chegar ao correio antes de fechar, senhorita — disse ele.

Kate mal o ouviu. Correu para a sala de visitas que ficava ao lado do vestíbulo, onde a lareira ainda não estava acesa para a noite, aproximou-se de uma das janelas de esquadrias grandes e abriu as cortinas.

— Sr. Vincennes — chamou ela, ofegante, olhando para a rua. — O senhor está vendo aquele homem ali? Aquele que está em pé na esquina, sob a luz do lampião a gás?

O mordomo, gentilmente, olhou por cima do ombro de Kate.

— Estou, sim, senhorita.

Então não era sua imaginação! Pelo menos desta vez.

— Perdão, senhorita. — O mordomo estava ao lado de Kate na sala escura, olhando para a rua molhada pela chuva. — Mas a senhorita tem alguma razão para não gostar do Sr. Jenkins?

A respiração de Kate embaçou a vidraça através da qual ela olhava. Ela esfregou o local.

— Sr. Jenkins? Quem é esse Sr. Jenkins?

— O cavalheiro que estamos olhando.

Kate olhou para o mordomo, surpresa.

— O senhor o *conhece*?

— Certamente, senhorita. É um médico. Costuma fazer visitas profissionais neste bairro...

Com o rosto corado, Kate soltou as cortinas.

— Sou uma *tola* — confessou, envergonhada. — Achei que fosse outra pessoa.

— Perfeitamente compreensível, senhorita, numa neblina como essa — observou Vincennes com gentileza.

Mas Kate não conseguiria esquecer seu erro tão facilmente. Freddy estava certo, pensou, desanimada, ao subir a escada ampla e curva para seu quarto. Sua imaginação era mesmo fértil. O que diabos estaria Daniel Craven fazendo numa esquina de Londres, ainda mais sob a chuva, quando fazia sete anos que ninguém o via ou ouvia falar nele? Estava sendo ridícula. Pior que isso, histérica.

Porém, ao se aproximar do quarto e ver a porta entreaberta, ficou desconfiada. Tinha certeza de que a fechara ao sair. Certamente Vincennes teria lhe contado se alguém tivesse procurado por ela.

E não teria permitido que o visitante entrasse em seu quarto. Não, devia ser uma das criadas, ou...

Kate escancarou a porta e encontrou lady Isabel Traherne em sua cama. Ela estava de bruços, com os pés no ar, e acariciava Lady Babbie.

— Eu não sabia que tinha uma *gata*, Srta. Mayhew! — exclamou Isabel, ao ver Kate à porta.

E lá se vai o plano de manter Lady Babbie em segredo, pensou Kate. Todo o trabalho que tivera, a gata escondida numa cesta na mudança para a nova casa, havia sido em vão.

E era bom saber que, se não quisesse visitantes, seria melhor trancar a porta do quarto.

Porém, Kate limitou-se a dizer:

— Cuidado. Ela morde.

Lady Babbie, no entanto, provavelmente para contrariar a dona, deixou Isabel coçar-lhe as orelhas sem nenhum protesto.

— Ouça o ronronar dela! — Isabel suspirou. — Eu sempre quis ter um gato, mas papai dizia que eu era irresponsável demais para cuidar de uma planta, que dirá de um animal, e nunca permitiu que eu tivesse um. Qual é o nome dela, Srta. Mayhew?

Kate pigarreou, pouco à vontade, enquanto desfazia os laços do chapéu.

— Lady Babbie.

— Como? Não entendi.

— Lady Babbie — repetiu Kate um pouco mais alto.

Isabel fitou-a, curiosa.

— Que nome estranho. Deu esse nome em homenagem a algum conhecido?

— Não exatamente — murmurou Kate, enquanto tirava o chapéu e se encaminhava para o espelho para arrumar o penteado. Percebendo a expressão insatisfeita de Isabel, explicou, relutante:

— Eu a tenho desde os meus 10 anos. Creio que, aos 10 anos, o nome Lady Babbie me pareceu elegante. É só o que posso dizer em minha defesa.

— Desde os seus 10 anos... — repetiu Isabel, acariciando o pescoço da gata e meditando. — Ela deve ser bem velha agora.

— Só tem 13 anos — retrucou Kate, um pouco indignada.

— Então a senhorita tem 23 anos? — Isabel, perdendo rapidamente o interesse pela gata, virou-se de costas e fitou o dossel de tecido branco fino, salpicado de florzinhas cor-de-rosa e verdes. — É um bocado velha. Achei que a senhorita era muito mais jovem.

Kate retornou à arrumação dos livros numa prateleira próxima à lareira, tarefa que interrompera uma hora antes para levar uma carta ao correio.

— Ora, 23 anos não é velha — afirmou ela, defendendo-se.

— Não é para quem já está casada.

Isabel virou-se mais uma vez de bruços, colocou os cotovelos sobre a cama e apoiou o queixo nas mãos. Apenas com a roupa de baixo e um robe de seda, com os cabelos presos no alto da cabeça com tiras de pano, Isabel lembrava Posie, que costumava visitar Kate à noite vestida de modo semelhante.

— Por que ainda não se casou, Srta. Mayhew? É uma pessoinha muito atraente. Não posso entender por que ninguém nunca quis colocá-la num potinho e guardá-la no bolso. Isso nunca aconteceu?

Examinando a lombada do livro que tinha nas mãos, Kate respondeu:

— Tentar me guardar no bolso? Certamente que não.

— Eu quis dizer se ninguém nunca pediu para casar com a senhorita.

— Ninguém que eu amasse.

— É mesmo? Então ele se casou com outra?

Kate colocou o livro no lugar na prateleira.

— Quem se casou com outra?

— O homem que a senhorita amava, claro.

Kate riu.

— Seria difícil. Eu nunca me apaixonei por ninguém.

Isabel sentou-se na cama, chocada.

— O *quê*? *Nunca*? Srta. Mayhew! Eu tenho apenas 17 anos e já me apaixonei *cinco* vezes! Sendo que duas delas no ano passado.

— Meu Deus. — Kate retirou mais um livro do caixote que o próprio Phillips havia trazido da casa dos Sledges, tão grande fora seu prazer em vê-la partir. — Creio que sou exigente demais nos meus afetos.

— Concordo. Papai lhe contou por quem estou apaixonada ultimamente?

Kate colocou o livro numa prateleira, viu que não cabia e o transferiu para outra. Como não vira lorde Wingate — nenhuma vez — desde aquela tarde no hall de entrada dos Sledges, não poderia responder que sim, que tivera uma longa conversa com ele sobre a vida amorosa da filha. Fazia bem mais de uma semana que não via o homem. O Sr. Sledge tivera um acesso de raiva ao saber que ela pretendia deixar sua família, e a Sra. Sledge ficou de cama por dois dias. Kate concluíra que seria melhor permanecer com eles enquanto não encontrassem uma substituta, e enviara uma carta explicando tudo ao marquês. Recebeu uma carta em resposta, não do marquês, mas da criada, a Sra. Cleary, recomendando que ficasse o tempo que fosse necessário.

Embora tenha sido gratificante saber que os Sledges valorizavam seu trabalho — a Sra. Sledge, em especial, não economizou palavras ofensivas ao marquês por tê-la roubado deles —, foi melhor ainda dizer adeus para sempre para aquela casa exageradamente mobiliada. Kate sentiria saudades de Posie e, por incrível que pareça, dos quatro pequenos, que choraram muito ao saber que Kate iria embora e, apesar de ela ter pedido muito, foram incapazes de prometer que não atormentariam a nova governanta com alfinetes nos lençóis e lesmas no chá.

O contentamento de Kate com sua decisão teria sido completo não fosse por Freddy. Ele ficara tão chocado ao saber da decisão que emudecera por vários minutos, algo que Kate não se lembrava de jamais ter visto em todos os anos que o conhecia.

Eles tinham saído para passear em seu novo fáeton, embora Kate preferisse ir a alguma agradável casa de chá em vez de ficar passeando em alta velocidade numa carruagem aberta. A essa altura, eles já tinham dado duas voltas de fáeton pelo parque.

— Lorde Wingate? — dissera Freddy, quando finalmente conseguira encontrar as palavras. — Lorde Wingate? — repetira. — Você quer dizer Burke Traherne? Aquele que você ameaçou com o guarda-chuva?

— Sim. Ele mesmo. Cuidado, olhe para onde está indo, Freddy. Quase atropelou aquele cão...

— Vai morar na *casa* de Traherne e cuidar da *filha* dele?

— Sim, Freddy. Foi o que eu disse. Por trezentas libras por ano. Embora eu não acredite que fique lá por um ano inteiro, pois, se lady Isabel for tão simpática quanto é rica, provavelmente se casará até o fim da temporada. Freddy, você *precisa* ir tão rápido?

— Mas eu avisei sobre ele, Katie! Contei sobre como ele se divorciou da esposa e jogou...

— E jogou o amante dela pela janela. Sim. Lorde Wingate parece ter uma propensão a jogar coisas pela janela. Jogou um livro quando eu disse que não iria trabalhar para ele.

— Mas que ousadia!

Kate começara a se arrepender de ter mencionado aquilo. Ela *teria* de contar, claro, ou Freddy acabaria descobrindo por conta própria. Mas gostaria que ele fosse um pouco mais compreensivo.

— Não acho isso uma boa ideia — declarara Freddy sem rodeios. — Além do fato de você ir morar com *ele*. — A expressão sombria de Freddy explicava claramente quem era *ele*. — Ficará numa posição difícil. Pense nisso, Kate. Levará aquela garota a lugares onde, há alguns anos, você era a convidada. Só que agora irá como *criada* de alguém...

— Há alguns anos — repetira Kate com uma fungada. — São *sete* anos, Freddy, ninguém se lembrará.

— Ao diabo que não! Kate, todos só falavam em você por...

— Isso foi *sete* anos atrás, Freddy. Eu envelheci. Sim, outro dia achei um cabelo branco na minha cabeça.

Freddy fizera uma careta.

— Você pode achar que mudou, mas acredite, Katie, não é verdade. Eles a reconhecerão...

— Ninguém repara nas damas de companhia. — Era o que Kate esperava que acontecesse.

— E farão aquelas perguntas constrangedoras que você tanto odeia, e possivelmente olharão para você com pena. Todas aquelas velhas fofoqueiras que tanto despreza não irão falar de outra coisa. "Sabe quem apareceu na minha casa na noite passada, Lavinia? A jovem Mayhew. Só que ela estava *trabalhando* como dama de companhia. Pobre coitada."

— Sabe, Freddy — interrompera Kate —, eu nunca percebi isto antes, mas você é ótimo com imitações. Essa era lady Hildengard, não era?

— A questão — prosseguira Freddy, com convicção — é que você odiará isso. Sabe que não suportava essas mulheres...

— Freddy, você não está considerando o principal motivo. Trezentas libras é muito dinheiro. Posso suportar todas as ladies Hildengard do mundo por trezentas libras por ano. Como sabe, papai só me deixou dívidas...

— Você não deve se responsabilizar pelas dívidas deixadas pelo seu pai — lembrara Freddy.

— Não, mas eu me sinto responsável pelas *pessoas* que ele deixou para trás. Sabe que a Babá não tem um centavo.

— A Babá! — exclamara Freddy. — Então é por ela que está fazendo tudo isso? Pela sua velha *babá*?

— Sim — respondera Kate com muita calma. — Trezentas libras poderão pagar o aluguel da casa da Babá no campo por muitos e muitos anos. Não estou em condições de negar, Freddy.

— Você não está em condições de aceitar — declarara Freddy, puxando a rédea do cavalo e levando-o a uma parada violenta. — Kate, você não trabalhará para Burke Traherne. Eu não permitirei!

— Ah — dissera ela, em tom de sarcasmo. — Eu suponho então que *você* pagará o aluguel da casa da Babá?

— Eu disse que pagaria se você permitisse.

— Não permito. — Kate fizera que não com um gesto de cabeça. — Eu mesma cuidarei da Babá.

— Eu descobrirei o endereço dela — ameaçara Freddy. — Escreverei para ela e contarei o que está fazendo. Você se arrependerá.

Kate fora obrigada a rir.

— Ah, e o que contará a ela, Freddy? Que eu aceitei um emprego que me paga *nove vezes mais* do que eu ganhava antes, e ainda trabalho menos? Serei *dama de companhia da filha* de lorde Wingate, Freddy. É um emprego muito respeitável. Até mesmo a Babá concordaria. Eu não estou me prestando a ser *concubina* dele, ou algo assim.

— Mas que diabo, Kate! — Freddy segurara uma das mãos dela e a apertara com força. — Traherne tem um péssimo temperamento. Na semana passada, atirou num pobre rapaz por causa daquela Woodhart. Ele é um devasso sem escrúpulos. Provavelmente só contratou você para se divertir, seduzi-la e, quando se cansar, mandá-la embora. Ele não tem coração.

Kate o fitara por um instante, espantada, depois caíra na gargalhada. Freddy não achara graça e a encarara com ar reprovador. Mas Kate não conseguira parar e ficara sem ar, ofegante, até que se acalmara o suficiente para perguntar:

— Ah, Freddy, você acha isso mesmo? Eu sempre quis ser seduzida por um devasso sem escrúpulos! E ele me *pagará* por essa honra. Como consegui ter tanta sorte?

Freddy fechara a cara.

— Não é engraçado, Kate. Estou lhe avisando, Traherne...

— Sim, sim, sim. — Kate retirara a mão da dele, dando-lhe tapinhas para reconfortá-lo. — Ele é um homem terrível, Freddy. Sei de tudo isso, acredite. E ficarei atenta.

— Atenta? Kate, não é uma questão de prestar atenção ou não. E se...

— Além do mais, Freddy, lorde Wingate não demonstrou nenhum interesse por mim *nesse* sentido. — É claro que Kate não ousara lhe contar que isso se tratava do oposto da verdade. — Ele tem a Sra. Woodhart para entretê-lo. O que poderia ver em mim?

Freddy dissera alguma coisa em um tom propositalmente baixo, e Kate não conseguiu entender.

— Embora possa ser de fato um devasso sem escrúpulos — continuara, para convencer a ele e a si mesma —, você tem de admitir que o homem se importa muito com a felicidade da filha. Alguém que ama tanto a filha pode ser tão terrível assim?

— Kate...

— E quanto a me seduzir, Frederick Bishop, até onde eu sei, o objetivo do marquês ao me contratar é ter as noites livres para sair e atuar como sedutor sem que a filha descubra. E então, o que tem a dizer quanto a *isso*?

Freddy desmoronara no assento do fáeton, vencido.

— Kate, por que não se casa comigo e pronto? Tudo seria muito mais simples.

Ela fitara-o surpresa. Apreciava tanto a companhia de Freddy que às vezes se esquecia de que ele a considerava mais do que apenas isto — uma companhia. Sentira uma pontada de culpa ao perceber que provavelmente não deveria aceitar seus convites para tomar chá e passear de carruagem. Não era justo de sua parte continuar a se encontrar com ele. Suscitava falsas esperanças.

Ainda assim, ele era o melhor e o único amigo que lhe restava de sua vida passada. Não conseguia se imaginar sem ele.

Lamentavelmente, Kate também não se imaginava com ele... Não da forma como ele a queria.

Kate suspirara.

— Ah, Freddy. Isso não simplificaria as coisas. Não mesmo.

Pois, embora Kate não achasse necessário lembrar-lhe do fato naquele momento, não havia mais lugar para ela no mundo de Freddy — um mundo no qual um dia transitara com graça e desenvoltura. Como poderia voltar para esse mundo, sabendo o que as pessoas tinham comentado — e sem dúvida *ainda* comentavam — sobre seu pai? Não. Seria melhor morrer do que conviver novamente com tanta hipocrisia e falatório.

E, é claro, mesmo se conseguisse abraçar aquele mundo do qual fugira — ou melhor, havia sido banida — tantos anos atrás, Kate não poderia, em sã consciência, casar-se com Freddy. Sabia perfeitamente bem que não o amava. Supondo — apenas supondo — que se casasse com ele, e depois percebesse, como acontecera com a mãe de Isabel, que, na verdade, estava apaixonada por outro homem, seria terrível! Não poderia fazer isso com Freddy — não o que Elisabeth Traherne fizera com o marquês. E veja só como aquilo fora desastroso para todos.

Passando os olhos pelo cômodo em que agora estava, concluiu que, na verdade, não fora ruim para todos os envolvidos. Este era o quarto mais bonito que tivera desde a morte de seus pais — certamente o mais bonito desde quando começara a trabalhar como governanta. As paredes eram cobertas com um papel que combinava com o tecido do dossel da cama, branco com buquês cor-de-rosa com verde. Havia um par de poltronas de veludo verde-escuro na frente da lareira, e uma cômoda branca com maçanetas douradas, encimada por um espelho de moldura dourada maciça. O quarto não era nada semelhante ao cubículo no qual congelava de frio na casa dos Sledges devido à sovinice de Phillips com o carvão.

Quanto ao resto da casa... Kate não se lembrava de ter estado numa residência mais elegante, e ainda assim confortável. Tudo, dos quadros nas paredes às velas nos candelabros, era da melhor qualidade e do mais encantador e agradável visual.

E ela estava recebendo trezentas libras por ano para viver neste luxo!

— Não posso dizer que seu pai tenha mencionado seu amigo para mim — disse Kate para a garota estendida na sua cama tão languidamente quanto Lady Babbie.

— Meu amigo — repetiu Isabel com um sorriso forçado. — Geoffrey riria se a ouvisse referir-se a ele dessa forma. Diga-me, Srta. Mayhew, a senhorita leu *mesmo* todos esses livros?

Kate baixou os olhos para o caixote.

— Claro que sim.

— Por que os guarda? — Isabel quis saber. — Digo, se já leu todos.

— Porque — Kate pegou uma cópia bastante usada de *Orgulho e preconceito* — alguns livros são tão bons que merecem ser lidos muitas vezes. Cria-se um vínculo com eles. Eles passam a ser... Eles se tornam a sua família.

— Família? — repetiu Isabel.

— Sim. Quando os lê tantas vezes, começa a pensar neles como se fossem parentes, parentes confiáveis, amorosos, que jamais a desapontarão. Abri-los de novo é como fazer uma visita a uma tia querida, ou aninhar-se no colo de um avô amado. — Vendo que Isabel continuava cética, Kate prosseguiu, com uma leve risada: — Bem, creio que para a senhorita, lady Isabel, pode não parecer muito, mas, afinal, tem um pai que a ama, e avós que também a adoram. Meus livros são minha única família. — Kate não queria soar melodramática, e, notando que suas palavras poderiam ser assim interpretadas, acrescentou, em tom brincalhão: — Além do mais, a vantagem de ter livros como parentes no lugar de pessoas de verdade é que eles nunca pedem dinheiro emprestado nem aparecem para visitar sem avisar. O único perigo real é esquecer algum acidentalmente ao deixar o transporte público, o que, devo admitir, embora isso me cause vergonha, já me aconteceu uma ou duas vezes no passado...

Isabel torceu o nariz.

— Srta. Mayhew. É muito bom a senhorita ser tão atraente. Compensa o fato de ser um *tanto* estranha. — Isabel olhou para o teto. — Além do mais, eu nunca li um livro desse tipo. Um livro que eu tivesse vontade de ler mais de uma vez.

— Não? — Kate ergueu o exemplar de *Orgulho e preconceito* que tinha nas mãos. — Já leu este aqui?

Isabel examinou a capa.

— Ah — disse ela, com ar de repulsa. — Papai sempre tenta me convencer a ler esse.

— A senhorita deveria. Iria gostar dele. É sobre garotas da sua idade que se apaixonam.

Isabel levantou o rosto das mãos.

— Verdade? Eu pensei que fosse sobre uma guerra.

— Uma *guerra*? O que a fez pensar que era sobre uma *guerra*?

— Bem, o nome é *Orgulho e preconceito*, não é? — disse Isabel inclinando a cabeça. Mas ela saiu da cama e caminhou até onde Kate estava, pegou o livro e o folheou, o que Kate supôs ser um começo. — Além do mais, papai sempre está lendo um livro, e todos são sobre guerras, leis, ou alguma outra coisa ainda mais maçante.

— Ah? Seu pai gosta de ler, então? — perguntou Kate casualmente, voltando a se debruçar sobre o caixote.

— É praticamente a única coisa que ele faz — resmungou Isabel. — Digo, além de se divertir com mulheres como aquela horrível Sra. Woodhart.

Kate simulou uma tosse para que ela mudasse de assunto, mas, infelizmente, Isabel não entendeu a dica.

— Eu juro, Srta. Mayhew — continuou ela, com um suspiro —, às vezes acho que, se não fosse por mulheres como a Sra. Woodhart, papai nunca sairia de casa. Em Wingate Abbey, onde moramos, papai não tira a cara dos livros, seja ele qual for, exceto para sair para cavalgar de vez em quando. É constrangedor.

Kate endireitou-se.

— Constrangedor?

— Nenhum outro pai faz isso. Os pais das colegas que eu visitava quando ainda frequentava a escola saíam todos os dias para caçar, pescar e outras atividades assim. Mas o meu pai é diferente. O meu pai fica em casa lendo. Eu sempre digo a ele que isso não é saudável, que deveria sair mais. Quer dizer, ele está ficando mais velho, Srta. Mayhew. Acabou de fazer 37 anos. Dessa maneira, jamais conhecerá alguém com quem possa se casar.

— Pelo que entendi, ele *já* encontrou uma pessoa — disse Kate inocentemente. — A senhorita mencionou uma Sra. Woodhart.

— Mas ele não pode se casar com Sara Woodhart! Ela é *atriz*. Papai não pode se casar com uma atriz. Não serviria para ele. Além disso, ela já é casada.

Kate ergueu as sobrancelhas.

— Ah.

— O fato é que não temos muito tempo, Srta. Mayhew. Em breve, Geoffrey e eu nos casaremos, e papai ficará completamente só.

— Verdade? — Kate ergueu mais ainda as sobrancelhas. — A senhorita e Geoffrey?

— Sim. Eu preciso encontrar uma boa moça para papai, para que ele não se sinta sozinho quando eu me for. Também não pode ser uma mulher como aquela Sra. Woodhart. Deve ser uma boa moça — Isabel olhou para Kate — como *a senhorita*.

Kate precisou reprimir uma boa gargalhada. A ideia de um homem como o marquês de Wingate se humilhando para se casar com a dama de companhia da filha era tão absurda que ela gostaria de ter a quem contar. Era uma pena Freddy não estar vendo a situação com bons olhos.

Lembrando-se da observação do amigo de que, depois do primeiro casamento desastroso, o marquês jurara nunca mais se casar, Kate concluiu que seria melhor mudar de assunto, antes que Isabel se animasse muito.

— Lady Isabel, o Sr. Saunders já a pediu em casamento?

A simples menção ao nome de Geoffrey parecia ser suficiente para distrair a jovem de qualquer assunto.

— Ainda não — respondeu ela, com certa ansiedade. — Mas não houve oportunidade, pois papai fica grudado em mim em todos os lugares a que vamos juntos. — Ela olhou de novo para Kate. — Talvez agora com *a senhorita* aqui...

Kate já se preparava para informar lady Isabel — embora não em tantas palavras — que seria difícil ela ir contra os desejos de quem lhe pagava tão generosamente para cuidar da única filha, quando lorde Wingate apareceu de repente e bateu na porta que Kate deixara aberta.

— Ah, Srta. Mayhew — disse o marquês. Kate observou que ele tinha nas mãos um dos livros menosprezados pela filha e que marcava com o dedo indicador a página em que interrompera a leitura. — Perdoe-me por incomodá-la. Parece que a senhorita e Isabel têm um baile esta noite, certo?

Kate fez que sim com a cabeça e rapidamente desviou o rosto para não encarar aqueles olhos verdes que brilhavam demais. Isabel herdara o tom de jade dos olhos do pai, mas, de algum modo, os dela, contra sua pele mais clara, não deixavam Kate tão desconfortável.

Por outro lado, talvez o motivo de Kate ficar tão nervosa não fossem os olhos do marquês, mas o fato de ela ter lançado um livro na cabeça dele na última vez que o vira; além de, no primeiro encontro, ter apontado um guarda-chuva para o coração do homem. Realmente, as chances de eles se conhecerem melhor não foram muitas.

— Sim, milorde — conseguiu dizer Kate. — Temos um jantar na casa de lady Allen, e depois um baile na casa da baronesa Hiversham...

— Depois, café da manhã na casa de lorde e lady Blake — interrompeu Isabel, contando os convites nos dedos enquanto os citava com ar de tédio —, e dança com as filhas deles que, por sinal, são terrivelmente maçantes. No meio do dia, almoço com os Baileys, seguido de mais compras, ou talvez de algumas visitas para descobrirmos quem ficou noivo e quem ainda não ficou. Depois, viremos para casa mudar de roupa para jantarmos com lorde e lady Crowley. De lá, iremos para a ópera, depois jogaremos cartas na casa de Eloise Bancroft, e, finalmente, teremos a chance de dormir um pouco, para no dia seguinte sairmos para andar a cavalo na Ladies' Mile com aquela família horrível, os Chittenhouses, e depois teremos outro café da manhã, juro que não me lembro onde...

— Isabel — repreendeu lorde Wingate, indulgente —, talvez você prefira voltar para Abbey.

Isabel fitou o pai.

— Voltar para Abbey? Você quer dizer Wingate Abbey? Definitivamente não. O que eu faria *lá*, se Geoffrey está *aqui*?

— A julgar pelo seu tom de voz, você parece estar achando Londres entediante.

Isabel baixou as mãos. Kate estava de pé, perto o suficiente para ver os dedos esguios contraídos na mão em punho.

— Ah, o senhor adoraria isso, não é? — Lady Isabel jogou a cabeça para trás, e seus cachos balançaram. — Faria qualquer coisa para me impedir de ver Geoffrey!

Kate não achou que fosse imaginação sua a expressão perplexa de lorde Wingate.

— Pelo contrário — disse ele. — Tive a impressão de que talvez você precisasse de um descanso no campo para recuperar seu entusiasmo característico.

Isabel soltou um grito de frustração, dirigiu-se furiosa para a saída do quarto e bateu a porta — aparentemente para dar uma ênfase dramática.

E deixou Kate e Burke a sós.

Capítulo 8

Horrorizada, Kate fixou os olhos na porta fechada, como se isso pudesse abri-la e restabelecer a normalidade.

Lorde Wingate, contudo, parecia não sentir nenhum desconforto. Kate raciocinou, com desgosto, que ele de fato não devia estar constrangido.

Burke imediatamente sentou-se numa das poltronas de veludo verde em frente à lareira e ficou pensativo a observar as chamas dançantes.

— É claro que a senhorita agora já sabe qual o meu maior desafio — disse lorde Wingate, com sua voz rouca, sem tirar os olhos do fogo. — O amor da juventude. É um adversário considerável, Srta. Mayhew.

Kate desviou os olhos da porta para lorde Wingate, e de novo para a porta. *Ora, isto não é agradável?*, pensou. Suponhamos que a Sra. Cleary, a criada, ou pior, o Sr. Vincennes, passe pela porta por acaso e ouça a voz do marquês vindo do quarto da nova dama de companhia. Até agora, o Sr. Vincennes não parecera desgostar de Kate, apesar de sem dúvida ter achado seu comportamento estranho. Mas o mordomo não tinha conhecimento da existência de Lady Babbie — ainda. E ele certamente não sabia que o marquês se convidara para o quarto de Kate para um breve *tête-à-tête*...

— Isabel — continuou lorde Wingate, numa atitude tão informal quanto como se eles estivessem conversando sobre o tempo em Bath — se convenceu de que está apaixonada por esse jovem, Geoffrey Saunders. Obviamente trata-se de uma união impossível. O Sr. Saunders não é o primogênito, não tem um centavo, exceto o que o irmão mais velho lhe dá. Ele deveria estar estudando, mas foi obrigado a se afastar de Oxford por causa de dívidas contraídas em jogos de cartas com outros alunos. Não faço a menor ideia de como se sustenta hoje em dia, mas devemos supor que tenha alguma relação com namorar mulheres ricas. — Finalmente, o marquês desviou a atenção do fogo e pousou um olhar duro em Kate. — Isabel deve ficar longe dele a qualquer custo.

Paralisada onde estava pelos olhos verdes, Kate engoliu em seco. Antes, tinha a impressão de que as poltronas gêmeas em frente à lareira eram bem grandes, pois sobrava muito espaço quando se sentava nas almofadas fundas. Mas o porte de lorde Wingate fazia a poltrona parecer minúscula, e ela se conscientizou de algo que queria esquecer... de que Burke Traherne, o terceiro marquês de Wingate, era, de fato, um homem fora do comum.

Por acaso, Kate lembrou-se de que a Sra. Cleary lhe entregara um cheque de cinquenta libras justo naquela tarde.

— Um adiantamento — informara a gorducha senhora — para os gastos que porventura a senhorita possa ter com o novo emprego.

Embora não tivesse pedido um adiantamento, Kate aceitara, agradecida. Correra para o banco e em seguida para o correio, a fim de enviar toda a quantia para sua antiga babá em Lynn Regis. Na ocasião, não questionara o fato de o marquês ter lhe pagado dois meses de salário adiantado. Acreditara ter sido para comprar o que fosse necessário para não envergonhar o patrão com seus vestidos surrados nos eventos sociais a que precisaria comparecer. Mas ainda cabia muito bem nos vestidos de sua própria primeira temporada, que se mostraram em boas condições depois de arejados. E a Sra. Jennings, muito habilidosa, só precisou fazer uma modificação simples para que as saias ficassem menos cheias, seguindo a moda atual, e os decotes, menos ousados. Afinal, não convém a damas de companhia usar decotes assim. Os vestidos também precisaram ser tingidos, pois eram brancos na sua maioria. Aos 23 anos, Kate sabia que tinha passado da idade de usar essa cor.

Mas, agora, tinha uma ideia diferente e perturbadora a respeito do motivo do adiantamento: devendo ao marquês de Wingate uma soma considerável, que jamais teria condições de pagar, ela não poderia abandonar o emprego. Era evidente que ele aprendera uma lição com as acompanhantes anteriores de Isabel, e estava cuidando para que esta pelo menos não lhe escapasse tão facilmente.

E fugir foi o primeiro pensamento que veio à cabeça de Kate no instante em que os olhos verdes como o mar de lorde Wingate pousaram nela. Ela começou a se encaminhar para a porta, seguindo os passos de Isabel.

Só que, quando Kate colocou a mão na maçaneta, a voz rouca do marquês chamou:

— Srta. Mayhew? — Isso a trouxe de volta a si.

Deus do céu, o que ela estava pensando? Kate Mayhew não fugia de nada — isto é, exceto das figuras sombrias na rua que ela confundia com Daniel Craven. Mas certamente não fugia de marqueses autoritários, por mais penetrante que fosse o olhar deles, e por mais que eles conseguissem ocupar toda uma poltrona.

Assim, em vez de fugir, Kate respirou fundo e simplesmente abriu bem a porta. Desta forma, quem passasse pelo corredor veria que o senhor da casa só estava ali para fazer uma visita social à sua mais nova funcionária.

— Eu compreendo — afirmou Kate numa voz tranquila, virando-se para lorde Wingate, e até conseguindo encará-lo sem enrubescer. — Milorde tem objeções ao rapaz. Isso é natural. O senhor ama sua filha e quer o melhor para ela. Mas me pergunto, milorde, se proibir lady Isabel de ver o Sr. Saunders é a melhor forma de lidar com a situação.

Lorde Wingate virou-se na poltrona e a examinou atentamente. Ele parecia bastante desconfortável, virado na poltrona dessa forma, e Kate, num instante de compaixão, dirigiu-se para a poltrona gêmea, embora sem se sentar.

— Perdão — disse o marquês, parecendo não entender. — Mas creio que sei como lidar com minha própria filha.

— E eu estou quase certa de que foi isso que os pais de Julieta pensaram quando a proibiram de ver Romeu.

O marquês ergueu uma das sobrancelhas escuras, com uma expressão indecifrável no rosto.

— Já faz algum tempo desde que vi apelarem ao Poeta em uma conversa.

— Então não deverá se importar — prosseguiu Kate — se eu relembrá-lo da tragédia de Abelardo e Heloísa. Estou certa de que o tio de Heloísa, Fulbert, pensava sobre o relacionamento dela com Abelardo da mesma forma que o senhor pensa sobre o Sr. Saunders.

— Srta. Mayhew — respondeu o marquês com uma risada —, eu tenho um bocado de compaixão por Fulbert. Não ficaria nem um pouco incomodado em ver o Sr. Saunders ter o mesmo destino que o patife do Abelardo...

— O que quero dizer — interrompeu Kate, sendo direta — é que tanto Romeu e Julieta, como Abelardo e Heloísa, tiveram destinos trágicos devido à interferência dos pais nos seus romances...

O marquês olhou para Kate, furioso.

— Isso não me importa a mínima, Srta. Mayhew. Isabel não está querendo se matar, muito menos fugir para um convento.

Embora, francamente, eu prefira o convento a um casamento com aquele vagabundo.

— Lorde Wingate. A história e a literatura nos ensinam que proibir um filho de fazer alguma coisa aumenta o fascínio pela situação. A sua antipatia pelo Sr. Saunders pode ser exatamente o que tanto atrai lady Isabel a ele.

— Então o que sugere que eu faça, Srta. Mayhew? — perguntou o marquês. — Que eu *permita* que ela se jogue nos braços desse sujeito pretensioso que não passa de um joão-ninguém?

Kate abriu os braços.

— Que mal algumas danças podem causar? Quanto mais tempo ela passar ao lado dele, mais oportunidades terá de ver seus defeitos.

— E se isso não acontecer? Suponhamos que ela se apaixone ainda mais, e, quando eu perceber, virei avô?

Kate corou. Ficou feliz por estar perto da lareira, pois qualquer mudança na cor do rosto poderia ser explicada pelo calor intenso que o fogo emanava.

— Duvido muito que chegue a esse ponto, milorde. Isabel me parece ser uma jovem com muito bom senso, além de ter uma personalidade forte. Ela jamais cederia a algo que a comprometesse assim.

Lorde Wingate suspirou e afundou mais na poltrona.

— A senhorita não sabe muita coisa sobre as jovens, não é, Srta. Mayhew?

— Considerando que eu já fui uma delas, um dia? — Kate não conseguiu evitar um traço de frieza na voz.

O homem encarou-a novamente com aqueles olhos cor de esmeralda.

— Eu imagino que a senhorita tenha sido uma garota diferente de Isabel, Srta. Mayhew.

Kate olhou para ele fixamente.

— A sua filha pode ter mais riqueza e status do que eu tinha, mas lhe asseguro, milorde, que eu era tão...

Kate se interrompeu, confusa, ao ver lorde Wingate às gargalhadas. Na verdade, nunca o vira rir antes. Desde a noite em que o conhecera, ele parecia estar sempre de mau humor. Mas agora, o homem ria e parecia um tanto mais jovem do que seus 37 anos. Kate também notou que o nó da gravata dele estava frouxo. Quando ele soltou mais uma risada e jogou a cabeça para trás, o colarinho da camisa se abriu e revelou seu pescoço, em cuja base era possível ver muitos pelos pretos irregulares. O olhar de Kate foi imediatamente atraído por esses pelos sedosos, e ela se viu totalmente incapaz de mudar de foco. Qual era o problema dela?

Quando lorde Wingate parou de rir por tempo suficiente para voltar a olhar para ela, Kate esperou sinceramente que ele não notasse sua atração inexplicável pelo colarinho aberto, ou que o rubor das maçãs de seu rosto se transformara num calor ardente que se espalhara por todo o seu rosto e pescoço.

— Eu não me referia à sua falta de riqueza e de status, Srta. Mayhew — explicou lorde Wingate, ainda sorrindo —, e sim ao fato de a senhorita ser obviamente mais atraente do que minha filha jamais será. Na idade de Isabel, certamente também era. Ser atraente mais do que compensa a falta de riqueza. Diferentemente de Isabel, os seus pretendentes, Srta. Mayhew, não estariam atrás da senhorita exclusivamente pelo dinheiro.

Kate desejou que tivesse mantido a porta fechada, e *não* foi por não querer que ouvissem suposições sobre sua infância aparentemente pobre. Cruzou o quarto correndo e fechou a porta, dizendo:

— Shhh! E se ela ouvir?

— Que mal tem ela ouvir? Isabel sabe que não é bonita. Infelizmente, herdou meus traços. — Burke tirou do bolso do colete um relógio e começou a dar corda. — E o cérebro da mãe — acrescentou num murmúrio.

— É horrível de sua parte depreciar a própria filha dessa maneira — condenou Kate, cruzando o quarto de novo rapidamente para se colocar ao lado da poltrona do marquês. — Lady Isabel é adorável...

— Ela é exuberante — corrigiu-a lorde Wingate. — Isso é diferente de ser fisicamente atraente. As pessoas são atraídas por Isabel por sua vivacidade. Embora eu tenha mandado Isabel para as melhores escolas, ao que parece, ela não aprendeu nada além de alguns passos de dança. Enquanto que a senhorita, Srta. Mayhew, foi abençoada com beleza e inteligência, muito mais do que se pode dizer com relação à minha filha. Sob essas circunstâncias, certamente poderá entender — disse ele, guardando o relógio — por que não acredito que uma comparação entre a sua juventude e a de Isabel seja apropriada.

Então, como que percebendo pela primeira vez que Kate estava em pé, e ele, sentado, lorde Wingate se levantou, aparentemente bastante incomodado com isso, e, apontando para a poltrona em frente à dele, recomendou:

— Esqueci minhas boas maneiras. Sente-se.

Kate olhou para a porta fechada.

— Não penso que...

— Sente-se!

Kate se assustou com o tom brusco e rapidamente se sentou, cruzando as mãos sobre o colo e olhando com cautela o pequeno espaço que havia entre ambos.

— Assim é melhor — decidiu lorde Wingate, satisfeito, voltando a se sentar. — A senhorita é baixa, Srta. Mayhew, mas eu estava ficando com o pescoço dolorido olhando-a em pé.

Sem saber ao certo o que dizer, Kate preferiu se preocupar com o tema sobre o qual conversavam anteriormente.

— Eu realmente acredito, milorde, que lady Isabel deveria ter permissão de ver esse Sr. Saunders, pelo menos na minha presença. O que eles poderiam aprontar, estando eu no mesmo ambiente que eles?

— Srta. Mayhew — falou lorde Wingate com severidade. — Como é que, na noite em que nos conhecemos, a senhorita suspeitou do meu comportamento perfeitamente inocente a ponto de querer me entregar à polícia e, no entanto, é tão ingênua a ponto de acreditar que um casal acompanhado não pode... — Ele se interrompeu, depois de lançar para Kate mais um de seus olhares penetrantes, e subitamente se remexeu desconfortavelmente na poltrona. — Ah. Esqueça. Mas basta dizer que eu mesmo era pouco mais velho que Isabel quando comecei a cortejar a mãe dela. Permita-me lhe assegurar que um casal acompanhado pode ter inúmeros comportamentos...

Kate interrompeu-o com muita serenidade.

— Talvez seja este o problema.

Lorde Wingate fitou-a, meio contrariado.

— Que problema, Srta. Mayhew?

— Talvez o senhor tema que a sua filha repita o mesmo erro...

— Ora, *é claro* que é isso que temo, Srta. Mayhew. — Ele olhou para ela de forma estranha. — E devo dizer que acho... inusitado, para dizer o mínimo, estar sentado aqui discutindo meu casamento com a mulher que contratei para ser dama de companhia da minha filha.

— No entanto, está negligenciando um ponto importante, lorde Wingate.

— Que ponto?

— Que, por pior que tenha sido seu casamento com a mãe de Isabel, ele gerou uma filha que o senhor ama muito. Milorde não pode culpar Isabel por se recusar a seguir os seus avisos, quando ela sabe perfeitamente bem que, se o senhor tivesse ouvido a seu próprio pai, ela talvez não tivesse nascido.

Lorde Wingate reclinou-se na poltrona com força suficiente para ela ranger. A expressão de seu rosto já não era impenetrável. Ele parecia estupefato. Kate olhou para o tapete, subitamente consciente de que fora longe demais. Trezentas libras, disse a si mesma. *Trezentas libras.*

— Milorde — disse ela, já com uma desculpa na ponta da língua, mas lorde Wingate a interrompeu.

— Srta. Mayhew.

Kate se preparou para o que viria. Perguntou a si mesma se por acaso ele a jogaria pela janela. Havia três em seu quarto, que davam para um bonito jardim dois andares abaixo. Kate concluiu que, como estavam na primavera e a neve já derretera, o solo estava macio, portanto, ela sairia com alguns ossos quebrados, mas não morreria.

— A senhorita defende seu ponto de vista — continuou o marquês — com uma clareza surpreendente, quer esteja usando um guarda-chuva, um álbum ou simplesmente a palavra mais apropriada.

Kate sentiu que o sangue que sumira de seu rosto retornava com violência.

— Lorde Wingate...

— Não, Srta. Mayhew — disse ele, levantando-se. — A senhorita tem toda razão. Proibir Isabel de ver o Sr. Saunders não esfriou a paixão dela por ele nem um pouco.

Kate levantou-se da poltrona.

— Lorde Wingate — começou ela, mas logo parou ao perceber que falava para os botões de prata do colete do marquês. Burke Traherne era tão mais alto que ela precisou dobrar o pescoço para fitá-lo no rosto.

Mas, no instante em que o fez, lamentou. Embora já fizesse quase uma semana desde o incidente constrangedor na biblioteca de Cyrus Sledge, tudo o que sentira naquele momento voltou: o susto diante da firmeza do peitoral dele; a força incrível daqueles braços musculosos; o cheiro estimulante que ele exalava — um aroma que não deveria ser nada provocante, pois era somente uma mistura de sabonete com um leve odor de tabaco; a visão daqueles lábios sensuais, tão inesperados num rosto que era muito másculo.

Mas, acima de tudo, o calor intenso que ele emanava, que produzira em Kate o mais estranho desejo de ceder, de pressionar seu corpo contra o dele e de esquecer tudo e todos, se perdendo em toda aquela masculinidade que a intoxicava...

E depois, claro, o espanto de se ver sendo capaz de ter esses pensamentos, ainda mais em relação a alguém como *ele*, aliado à indignação de ele os ter *provocado*, o que por sua vez a levara a pegar o álbum...

E ali estava ela, dias depois, tão consciente da presença física de lorde Wingate como quando estava em seus braços. Só que, desta vez, eles não estavam sequer se tocando, os braços dele sequer a envolviam...

Kate voltou a se sentar bruscamente, os joelhos tendo perdido a capacidade de sustentá-la.

Lorde Wingate, contudo, não se moveu de onde estava. Kate não tinha certeza, pois se via incapaz de encará-lo, mas supôs que ele a fitava.

E então, como se os pensamentos do marquês tivessem seguido o mesmo curso que os de Kate, ele falou, numa voz sombria:

— Creio que lhe devo desculpas, Srta. Mayhew, por aquele incidente infeliz na biblioteca dos Sledges.

Certa de ter ficado rubra até os cabelos, Kate manteve os olhos no fogo da lareira.

— Nós dois devemos desculpas um ao outro — respondeu ela com convicção. — Consideremos que cada um pediu perdão e que o assunto está encerrado.

Mas aquilo não pareceu satisfazer lorde Wingate.

— Temo que isso não seja suficiente, Srta. Mayhew. Fui eu quem se portou de modo abominável. A senhorita teve todo direito de me repudiar.

— Mas eu deveria tê-lo repudiado de uma forma mais gentil — disse ela, agora olhando para o próprio colo. — E é por isso que peço desculpas.

Lorde Wingate pigarreou.

— Ainda assim, como seu patrão, sinto-me na obrigação de lhe assegurar que isso jamais se repetirá.

Kate arriscou um olhar para lorde Wingate, surpresa com as palavras dele e com o tom em que foram expressas. Ora, o homem parecia realmente sincero! Mas isso era obviamente impossível. A sinceridade não era uma virtude apreciada pela alta sociedade. Ele só estava manifestando o que era esperado de um cavalheiro naquelas circunstâncias.

Não estava?

Mas ele parecia ser sincero *de verdade*. Seria possível haver um nobre que *não* fosse um verme desleal?

Não. E ainda que houvesse, não seria ele. Kate não se esqueceria tão cedo de como a tratara naquela tarde na biblioteca, como se tivesse sido colocada sobre a terra exclusivamente com o propósito de lhe fornecer um entretenimento lascivo.

Ainda assim, Kate se levantou novamente, sem querer que lorde Wingate pensasse que ela era incapaz de esquecer o ocorrido. Estendeu a mão direita para o homem, fitando-o nos olhos, e, quando a mão grande e quente envolveu a sua, pequenina, cujos dedos estavam significativamente mais frios, disse:

— E farei tudo ao meu alcance para que o senhor não se torne avô antes de estar pronto para isso, milorde.

O marquês fez uma expressão estranha, semelhante àquela que fizera no momento em que tentara beijá-la. Kate deu um passo atrás, por cautela.

No entanto, lorde Wingate limitou-se a se despediu e se virou para ir embora, murmurando algo sobre ser melhor ela se apressar e se vestir, pois não teria muito tempo até que a carruagem chegasse.

Antes de sair do quarto, contudo, o marquês foi interrompido pela visão de Lady Babbie se esticando prazerosamente, com todas as patas estendidas, sobre os travesseiros de Kate.

— Deus do céu! — exclamou.

Kate sentiu toda sua autoconfiança passageira ir embora. Não teve tempo de se desculpar pela presença do animal, pois lorde Wingate logo perguntou:

— Aquele gato não é fêmea, é?

Kate ergueu as sobrancelhas.

— Sim, é. Por que pergunta?

— Bem, isso explica eu ter visto o gato ruivo de Vincennes neste andar da casa. É melhor manter a porta fechada, Srta. Mayhew, a não ser que *a senhorita* queira ser avó.

E o marquês deixou o quarto sem mais nenhuma palavra.

Capítulo 9

Parecia quase impossível, mas, após seis longas e intermináveis semanas, Burke Traherne finalmente tinha uma noite para si, para fazer exatamente o que quisesse. Quase não ousava acreditar na sua boa sorte.

Desde que Isabel se formara na escola, Burke era incomodado com os discursos longos e cansativos da filha. Ele tentara persuadi-la, ameaçá-la, e finalmente puni-la, tudo em vão. Ataques de choro se tornaram parte da rotina. Protestos violentos e queixas eram proferidos a todo instante. Burke viu-se usando uma linguagem que não empregava desde os próprios tempos de escola, quando o diretor, com seu chicote, trazia uma reprimenda imediata a cada xingamento proferido, e finalmente o curara do hábito. Contudo, só fora preciso a primeira temporada de uma garota de 17 anos para trazê-los de volta à ponta da língua.

E agora, de repente, silêncio. Silêncio absoluto, sem nenhuma perturbação.

Era uma sensação muito estranha. Burke ainda não acreditava muito. Sob a orientação firme e ao mesmo tempo suave da Srta.

Mayhew, sua filha, Isabel, de fato saíra de casa sem uma única lágrima ou censura. Ela até mesmo o beijara ao se despedir! Beijara sua bochecha e gracejara:

— Boa noite, seu velho tolo. E obrigada por deixar que eu veja Geoffrey. Divirta-se com o seu velho e tolo livro.

Isabel era outra pessoa, e ainda não fazia 24 horas que a Srta. Mayhew começara no emprego. Será que, se ele tivesse cedido aos apelos da filha e permitido que ela se encontrasse com o infame Saunders, teria conseguido este silêncio há semanas?

Não. Impossível. Com as outras acompanhantes de Isabel, tudo havia sido uma luta, da decisão sobre qual vestido usar à escolha do penteado. Mas, esta noite, não houvera nada disso. A roupa fora decidida sem discussões, e o cabelo de Isabel nunca estivera tão bem-penteado — sem dúvida trabalho da Srta. Mayhew.

Ah, não, ele não tinha dúvidas. Só podia ter sido a Srta. Mayhew. Não havia outra explicação.

E agora ele estava livre para finalmente se deleitar com seu "velho e tolo livro".

Burke se acomodara para fazer exatamente isso — deleitar-se com seu velho livro, uma obra de Fenimore Cooper que ele deveria ter lido quando menino, mas só agora o faria. Sentou-se numa poltrona macia em frente à lareira acesa, que de vez em quando chiava devido à chuva incessante. Havia um copo de seu uísque favorito na mesinha ao lado, e ele instruíra Vincennes para não ser perturbado, nem com relatórios sobre as suas muitas propriedades além-mar — Burke tinha bens na África e nas Américas —, nem por problemas insignificantes da casa, e muito menos pela Sra. Woodhart.

Pois Sara Woodhart, em seu esforço constante de reconquistar o afeto do marquês, ultimamente adotara o hábito de lhe enviar cartas marcadas com a palavra *Importante* a todas as horas do dia e da noite, exigindo que o mensageiro aguardasse uma resposta. Assim, perturbava a casa inteira, até que Burke devolvesse o envelope sem abri-lo ou enviasse uma resposta lacônica. Na verdade, as cartas não eram nada importantes, consistiam apenas em longos e chorosos — em alguns casos, realmente borrados por lágrimas — apelos ao bom coração de Burke, implorando seu perdão.

Na opinião de lorde Wingate, todavia, não havia nada para ele perdoar. Às vezes, sentia que deveria agradecer a Sara por sua inconstância, pois, graças a ela, adotara a atitude que lhe assegurara a paz que agora aproveitava. Tampouco lamentava a soma que estava pagando para assegurar essa paz. Embora, para certas pessoas trezentas libras fosse uma quantia absurda, para um homem que possuía algumas centenas de milhares, aquilo não era nada.

No entanto, era uma soma que lhe trouxera algo que, para ele, não tinha preço:

O silêncio.

Deleitando-se na solidão, Burke mergulhou em seu livro, começando pelo ponto apropriado, o prefácio, que normalmente pulava. Afinal, não estava com nenhuma pressa. Tinha a noite toda. Aliás, tinha um calendário interminável de noites livres, pois ainda não encontrara uma substituta para a estimável Sra. Woodhart. Não tinha nenhuma urgência em achar uma nova amante. Amantes são uma coisa boa, é verdade, tanto quanto aquele uísque, que descia tão bem. Mas, assim como o uísque, qualquer coisa boa, em excesso, perde sua virtude.

Talvez fosse melhor, pensou Burke, tirando os olhos do livro e pousando-os no fogo da lareira, desistir de encontrar uma nova amante e, para variar, experimentar o celibato. Era uma ideia diferente, mas parecia se encaixar com seu novo estilo de vida, tranquilo e silencioso. Afinal, nunca havia experimentado o celibato. Mesmo durante os meses terríveis depois de ter descoberto Elisabeth com o canalha irlandês, enquanto Burke viajava pelo continente totalmente bêbado, ainda tivera necessidade de satisfazer seus desejos, e o fizera com prazer, com bailarinas e uma ou outra soprano.

Mas a verdade é que Burke estava cansado de amantes. Elas eram agradáveis, à sua maneira. E a atração que sentia por um tornozelo bem torneado e um ombro alvo não diminuíra. Mas não havia como negar que, fora o fato de as amantes serem obviamente úteis no sentido de aliviar tensões reprimidas, também eram um estorvo.

Talvez essa sensação fosse um resultado natural do fato de seus afetos serem comprados. E, apesar de atrizes como Sara Woodhart saberem fingir e terem esse costume, dançarinas e cantoras quase não tentam fazê-lo por não se importarem. Acostumadas a serem endeusadas, não se preocupam em endeusar os outros. Burke acreditava que, se fosse para gastar muito dinheiro com uma mulher, ela deveria ao menos fingir que gostava dele.

Havia também o problema de ele não ser o mais calmo dos homens. Invariavelmente, as amantes — talvez pela própria natureza da posição que ocupam — o impulsionavam a algum ato de violência. Podia ser enfrentando algum rival, ou se defendendo dos parentes delas, ultrajados com sua recusa em se casar com a irmã, filha, prima, sobrinha ou, até mesmo, com a mãe deles, como ocorrera num incidente memorável. Sua reputação de ter um temperamento explosivo já era ruim o bastante. Burke não precisava tê-lo posto à prova constantemente.

Fatores como esses fortaleceram a decisão de Burke de, por ora, evitar qualquer envolvimento com mulheres.

Ele tomou mais um gole do uísque, devolveu o copo à mesa e, com muito gosto, virou para a página dois do prefácio de *O último dos moicanos*. Estava decidido a aproveitar ao máximo sua nova tranquilidade e silêncio.

Enfim tranquilidade e silêncio.

Só que, agora que conseguira o que queria, Burke percebeu que o ambiente talvez fosse tranquilo *demais*.

Não que ele sentisse falta das manifestações explosivas de Isabel. Também não sentia falta das damas de companhia nervosas que adentravam a biblioteca para se despedirem dez minutos antes de um compromisso social. Deus do céu, realmente não sentia falta de nada disso.

Mas começava a achar que... se *acostumara* a essas coisas. A ter pelo menos *algum* barulho na casa. Isabel havia sido um bebê barulhento, que se transformou numa criança exuberante. A vida de lorde Wingate após o divórcio fora repleta de turbulências, mas uma coisa sempre permaneceu constante: Isabel e sua capacidade incrível de preencher uma casa, por maior que fosse, com sua presença. Quantas vezes a repreendera pelo barulho, pedindo que fosse mais silenciosa? Quantas babás ele despedira por não conseguirem tranquilizá-la?

E agora que finalmente conseguira o que tanto havia almejado — uma casa silenciosa —, sentia falta dos gritos, das brigas e das explosões ocasionais da filha.

De repente, o silêncio era tamanho que dava para ouvir o tique--taque do relógio sobre a lareira. Na verdade, era um tique-taque muito alto. Talvez houvesse algo de errado com ele. Nenhum relógio deveria bater tão alto.

E a chuva. Ela fazia um barulho forte contra as vidraças. Certamente devia ser uma tempestade descomunal para estar batendo com tanta violência contra as janelas.

Isabel, refletiu Burke, ficara tão feliz com sua mudança repentina em relação a Geoffrey Saunders que quase estava bonita. Antes de sair, ela passou rapidamente pelo quarto do pai. Rodopiou num dos vestidos de baile brancos que ele lhe comprara e lhe agradeceu, enquanto a Srta. Mayhew aguardava à porta, segurando seu agasalho. Burke notou imediatamente que a dama de companhia estava muito diferente da moça com quem tivera uma conversa muito... interessante uma hora antes. Aquela Srta. Mayhew era atraente, de forma inofensiva, vestindo uma blusa branca e uma saia de lã escocesa. Esta Srta. Mayhew estava radiante num vestido de seda cinza, mas muito bem-cortado, e obviamente com a intenção de salientar os dotes da dona, que, no caso, incluíam uma cintura bem fina e seios pequenos, embora admiráveis.

O corte do vestido não era nada indecente — na verdade, não tinha sequer uma insinuação de decote. No entanto, Burke percebeu que, independentemente do que uma mulher como a Srta. Mayhew usasse para cobrir o corpo, os homens sempre a imaginariam nua. Pelo menos homens como ele.

Não que tivesse a mais leve intenção de voltar a repetir aquela cena e agir de acordo com a atração que sentia por ela. Na tarde na casa dos Sledges, perdera a cabeça. Isso não se repetiria. Não podia permitir que aquilo voltasse a acontecer, se valorizava sua nova paz e tranquilidade.

No entanto, devia admitir que a ideia da Srta. Mayhew andando por aí num vestido de seda — ainda que cinza — o incomodava. Se ele a achou atraente, era natural que outros homens a vissem da mesma maneira.

Burke se repreendeu. O que estava fazendo? Pensando no corpo da dama de companhia de sua filha, em vez de aproveitar sua noite tranquila?

Duncan estava certo: ele estava ficando velho.

Resoluto, o marquês virou para a página três do prefácio do livro. Era bem interessante, o prefácio. Teria de se lembrar de sempre ler o prefácio de agora em diante. Obviamente, ele era inserido no livro com o propósito de ser lido. Por que sempre o pulava?

Por que aquele maldito relógio batia tão alto? Costumava achar que Isabel era muito barulhenta, mas agora sabia qual era o verdadeiro significado da palavra. Providenciaria para que a Sra. Cleary mandasse o relógio para o conserto no dia seguinte. Sem dúvida estava com defeito.

Burke sabia muito bem que damas de companhia não dançam nos bailes. Elas ficam sentadas atrás das mães, das viúvas e das solteironas que ninguém queria, e vigiam as moças aos seus cuidados, garantindo que não ocorressem investidas inconvenientes e certificando-se que elas não sairiam sorrateiramente com seus pares para um jardim ou um quarto no andar superior. Burke jamais ouvira falar de uma dama de companhia que dançara em algum baile em qual tivesse uma moça aos seus cuidados.

Contudo, ocorreu-lhe que não havia de fato nenhuma convenção que ditasse que um cavalheiro *não podia* convidar uma dama de companhia para dançar. A Srta. Mayhew certamente era jovem e poderia não ser vista como uma criada. Suponhamos — uma suposição apenas — que alguém nesse baile em que ela e Isabel estavam reparasse na jovem de cabelos louros com o vestido de seda cinza?

E se esse alguém resolvesse convidá-la para dançar? Seria indelicado da parte da Srta. Mayhew não aceitar, quando era evidente que ela não estava compromissada. Porém, Burke nunca se ofendera com a maneira indelicada com que Katherine Mayhew o tratara — e ela realmente o tratara com muita indelicadeza. Por que qualquer outro homem seria diferente? A indelicadeza da Srta. Mayhew, na verdade, talvez fosse exatamente o que a tornara tão atraente.

A indelicadeza e, Burke tinha de admitir, aquela boca de lábios rosados, absurdamente pequena.

Ela poderia dizer ao sujeito que não dançaria de modo algum por ter sido contratada pelo marquês de Wingate para acompanhar sua filha. Era para isso que ela estava ali, afinal, e não para dançar com jovens sem graça que a avistavam da pista de dança. Essa seria a atitude correta para ela, concluiu Burke.

E a Srta. Mayhew era muito correta. Ela fizera questão de se certificar de que a porta de seu quarto estava aberta durante quase o tempo todo em que Burke estivera com ela, não foi? O marquês sabia que poucas mulheres teriam se preocupado com essas normas de decoro. Especialmente quando a situação envolvia um homem rico e com um título de nobreza, como era o caso dele. Tinha certeza de que muitas mulheres nas mesmas circunstâncias teriam se jogado para cima dele.

Mas não a Srta. Mayhew. De modo algum. Na verdade...

Na verdade, ele poderia até desconfiar que a Srta. Mayhew sentia uma antipatia por ele.

Mas isso não era possível. Ela o perdoara pelo seu momento de fraqueza na biblioteca de Cyrus Sledge e até apertara sua mão. E o aperto de mão da Srta. Mayhew havia sido muito afetuoso e generoso. Ela não desgostava dele. Nem um pouco.

Mas...

E se o sujeito não fosse sem graça? Quer dizer, o sujeito que a pedisse para dançar. Suponhamos que ele fosse algum conde italiano gentil, alegre e atraente, e a Srta. Mayhew, obviamente ingênua, gostasse dele? Ela não tomara Burke por alguma espécie de traficante de moças na primeira vez que o vira? Seria muito fácil para um nobre rico com sotaque estrangeiro e um rosto bonito conseguir o afeto de uma moça como a Srta. Mayhew, se ele agisse com paciência. A moça certamente deveria estar procurando uma oportunidade para fugir de sua existência submissa de dama de companhia de crianças mal-educadas e mimadas da sociedade. Agora mesmo, neste exato instante, algum execrável aproveitador poderia estar tentando cair nas graças da Srta. Mayhew com belas palavras, prometendo-lhe o mundo e uma boa bebida...

Burke jogou o livro no chão e se dirigiu para o corredor para chamar Duncan e pedir que preparasse seus trajes formais.

Sabia que aquilo era ridículo. Estava sendo exatamente o que Isabel dissera, um velho tolo. A Srta. Mayhew não fugiria com nenhum conde, italiano ou não.

O marquês conhecia muito bem os membros do seu próprio sexo para saber que não seria por falta de tentativa. Se a Srta. Mayhew conseguisse sair daquele ou de qualquer outro baile sem ter sido iludida pela conversa de algum sujeito indigno, seria somente por ela ter um pouquinho mais de juízo do que a média das mulheres. Era verdade que a moça conseguira sobreviver até aquele momento sem a ajuda dele. Mas sem dúvida nunca circulara pelos meios sociais em que começaria a conviver a partir de agora. Ela não tinha como saber o quanto os nobres da alta sociedade podiam ser inescrupulosos quando se tratava de um novo rosto. E como era por causa dele que ela se via obrigada a frequentar essa alta sociedade, era seu dever protegê-la. Um acompanhante para a dama de companhia, por assim dizer.

Depois, enquanto aguardava que trouxessem seu fáeton, Burke disse a si mesmo que só ficaria no baile por um instante para dar uma olhada e ver como a Srta. Mayhew estava se saindo. Se estivesse tudo bem, iria para o clube. Por via das dúvidas, guardara o exemplar de *O último dos moicanos* no bolso do casaco.

E, se tivesse a impressão de que ela precisava de ajuda, bem, ele estaria lá.

E o marquês teria a vantagem adicional de examinar se a teoria da Srta. Mayhew sobre Isabel e o jovem Saunders estava correta. Em suma, concluiu Burke, quando o fáeton chegou, a noite prometia ser muito proveitosa.

Capítulo 10

KATE ESTAVA PERFEITAMENTE consciente de que o cavalheiro a fitava. Sentira o olhar dele desde o instante em que chegara ao baile.

Mas ela se *recusava* a acreditar que se tratava de Daniel Craven. Não. Uma vez por noite era suficiente. Não faria papel de tola uma segunda vez. Já bastava Daniel ter assombrado seus sonhos por tanto tempo. Só de pensar nele, Kate parecia transformar-se numa gelatina. Ela não podia acreditar que o homem também a perseguia quando estava acordada. A não ser que quisesse se passar por louca.

Concluiu que o homem que a fitava devia ser apenas alguém que acreditava conhecê-la. Bem, ela devia saber que isso aconteceria. Por mais que tentasse ficar longe da pista de dança, já avistara pelo menos uma dúzia de rostos conhecidos. Conseguira evitá-los se escondendo atrás dos pilares e dos vasos de planta, mas sabia que seria apenas uma questão de tempo até que alguém afastasse as folhas de alguma palmeira e exclamasse: "Ora, Kate Mayhew! O que *você* está fazendo aqui? Não foi seu pai quem...?"

Kate aproximou sua cadeira um pouco mais da viúva grisalha à sua frente, não por imaginar que a velha senhora se dignaria a travar uma conversa com uma mera dama de companhia — imagine! —, mas para se esconder atrás do penteado alto que ela usava.

Numa rápida olhada para Isabel através das cabeças que tinha à sua frente, Kate não gostou de ver que a moça a seus cuidados comportava-se de maneira vergonhosa. Durante o jantar, ela havia sido um verdadeiro pesadelo, quase não dirigindo a palavra aos rapazes decentes — e extremamente bonitos — que estavam ao seu lado na mesa. Mais tarde, explicara a Kate que estava *tão* feliz por ter recebido permissão para ver o Sr. Saunders que nem conseguia conversar. A dama de companhia salientara que ela podia estar ansiosa para ver o Sr. Saunders, mas, com um duque de um lado e um barão de outro, a jovem podia ao menos ter se dignado a lhes perguntar se eles estavam gostando do faisão.

Depois, quando elas chegaram à casa da baronesa, Isabel literalmente jogara o agasalho nas mãos de Kate e correra para o salão de baile, onde imediatamente se juntou a um rapaz louro e não saiu mais de perto dele — nem uma vez sequer — durante a noite toda. Kate concluiu que esse era Geoffrey Saunders.

Ele não era muito atraente em comparação a outros rapazes. Kate havia imaginado que *algum* encanto ele deveria ter, ou Isabel não se interessaria por ele. Não tinha certeza, mas pareceu reconhecê-lo de sua temporada — ou quem sabe o tenha confundido com o irmão mais velho, o qual, segundo o comentário que ouvira da viúva à sua frente, recebia vinte mil libras por ano.

O mais novo dos Saunders parecia ter a idade da própria Kate, e tudo nele era ousado, desde o cabelo comprido revolto à espada brilhante que usava na cintura — o que era descabido, pois ele não estava no Exército, ou pelo menos não usava um uniforme. A dama de companhia entendeu como uma jovem inexperiente como Isabel se apaixonara por Geoffrey Saunders. Especialmente porque, pelo que Kate observara, nenhum outro rapaz parecia interessado nela — a não ser que sua preferência notória pelo Sr. Saunders tivesse afastado todos os outros.

Kate precisaria ter uma conversa com lady Isabel no instante em que tivessem um momento a sós. A garota simplesmente não podia continuar se comportando dessa maneira. Estava agindo como uma tola na frente de todos. Não era para menos que seu pai a proibira de ver o rapaz, se este era seu comportamento quando ele estava por perto. Agora mesmo ela brincava de puxar aquela espada ridícula. Ora, a filha de um marquês!

Melhor dizendo, a filha do mais famoso marquês em Londres, corrigiu-se Kate. Talvez este fosse o motivo para ninguém, nem mesmo a viúva ao seu lado, erguer uma sobrancelha sequer diante do comportamento escandaloso de Isabel. Todos pareciam esperar isso de uma garota cujos pais proporcionaram espetáculos semelhantes com seu escandaloso divórcio.

— Olá — disse alguém com uma voz grossa atrás dela. — Pretende me ignorar a noite toda, Kate?

Kate virou-se rapidamente na cadeira.

— Freddy!

Ele a cumprimentou com um aceno cortês.

— Eu mesmo. Passei os últimos dez minutos tentando atrair sua atenção. Por que insistia em não olhar para mim? Sei que me viu.

Kate corou. Não podia contar o motivo verdadeiro — tê-lo confundido com Daniel Craven. Freddy caçoaria dela ainda mais. Logo percebendo que a viúva e suas amigas prestavam muita atenção na conversa deles, Kate se levantou e, segurando a mão do conde, deixou que ele a guiasse pelo mar de saias lilases e prateadas.

— Eu vi você — confessou Kate, quando eles conseguiram sair do que ela zombeteiramente chamava, quando tinha a idade de Isabel, de "cantinho das solteironas". Naquela época, nunca imaginaria que um dia poderia estar naquele grupo! — Isto é — continuou

Kate —, eu sabia que *alguém* me olhava, mas não imaginei que fosse você. O que faz aqui, Freddy? Pensei que desprezava estes eventos.

— Sabe que sim — confirmou ele, tirando a luva branca, irritado. — Minha mãe me obrigou a vir.

Kate olhou ao redor, nervosa.

— Ela está aqui? Ah, Freddy, podemos ser vistos juntos? Sabe como ela se sente em relação a mim.

Freddy deu de ombros.

— Não me importo com o que ela pensa e tampouco tenho medo dela.

— Pois deveria ter — disse Kate, friamente. — Ela controla o seu dinheiro, não é?

— Só até meus 30 anos. A partir daí, poderei fazer o que quiser com o dinheiro do meu avô.

— Não sei por que me preocupo. Ela não me reconheceria. Juro a você, Freddy, é exatamente como lhe contei. Já me deparei por acaso com uma meia dúzia de garotas que eu conhecia, e elas realmente não me reconheceram.

Freddy a fitou, cético.

— Desculpe, Kate. Eu acho que elas a reconheceram, sim, mas preferiram não a cumprimentar. Você não mudou nada. Ainda é a garota mais bonita neste baile.

— Ah, Freddy. — Kate deu-lhe um empurrãozinho bem-humorado. — Continue. — Logo em seguida ela deu um gritinho. — Deus do céu! — Kate olhava para o outro lado da pista de dança. — Aquela é quem eu penso? Emmaline St. Peters? Ela ainda não arranjou um marido?

Freddy acompanhou o olhar de Kate.

— A velha Emmy? Claro que não. Ninguém é suficientemente bom para ela. Em que temporada ela está? Na oitava?

— Décima — afirmou Kate, enfática. — Ela estava uns dois anos à minha frente na escola. Ah, Freddy, não deveríamos falar dela. É uma maldade. Mas como ela tem *coragem* de usar branco?

— O que me lembra... Eu já não vi esse seu vestido antes, só que em outra cor?

Kate desviou os olhos da debutante que já não era mais tão jovem e os pousou no próprio vestido.

— Como assim?

Freddy segurou-a pelas mãos e a manteve próximo.

— Na casa da Sra. Ashforth — disse ele, correndo um olhar analítico pelo vestido, de cima a baixo. — Vinte e sete de junho de 1863. Você só dançou uma vez comigo, e disse a Amy Heterling que eu tinha pisado no seu pé. Aquilo me deixou arrasado.

Kate ficou de queixo caído.

— Sim — assegurou Freddy, soltando-lhe as mãos. — Como vê, estou perdidamente apaixonado por você. Preferia o vestido quando era branco. E o que fez com o decote? Todos os enfeitinhos interessantes desapareceram.

Recuperando-se, Kate respondeu, sem rodeios:

— Os "enfeitinhos interessantes", como você chamou, foram cobertos com um acréscimo, um novo tecido. Sabe que não fica bem para uma dama de companhia mostrar um decote maior do que a garota sob seus cuidados.

Freddy suspirou.

— É uma pena destruir dessa maneira um vestido de alta-costura.

— Falando em destruir — disse Kate, em tom leve —, eu imaginaria que o famoso costureiro que o fez ficaria encantado de ver que sua criação está muito bem, considerando seu histórico. Nem se sente mais o cheiro de fumaça.

— Kate! — exclamou Freddy, consternado. — Eu sinto muito. Não tive a intenção de...

Kate bateu-lhe no ombro com o leque, fazendo um gracejo.

— Freddy! O que há de errado com você? Eu só estava brincando.

— Eu sei — disse ele, com ar miserável. — Só que não foi uma brincadeira. Quero dizer, tenho certeza de que todas as suas coisas deviam estar com um cheiro horrível depois... depois...

Kate abriu o leque e cobriu a boca de Freddy, impedindo que ele continuasse.

— Chega — interrompeu-lhe com uma autoridade simulada. — Sabe que não deve falar de assuntos como esse num lugar de dança. É ofensivo para Baco.

Quando Kate abaixou o leque, viu que Freddy estava envergonhado.

— Permita-me então recompensar o deus da folia convidando-a para esta dança.

Kate ficou horrorizada.

— Está louco? Quer me colocar em apuros na minha primeira noite? Estou aqui para ficar de olho em lady Isabel, e não para dançar por aí com meu antigo pretendente.

— Como assim, antigo?

— Sabe o que eu quis dizer. — Kate ouviu um grito e, reconhecendo a voz de Isabel, logo virou-se na direção da pista de dança.

Geoffrey Saunders havia tirado sua espada das mãos de Isabel e fingia transpassá-la com ela. Kate até simpatizava com os sentimentos do rapaz, mas não podia mais tolerar esse tipo de comportamento.

— Com licença, Freddy — disse ela, de lábios contraídos. — Preciso ir até lá cometer um assassinato.

Freddy pegou-a pelo braço, contudo, antes que ela desse um único passo.

— Espere. Não é assim que se faz.

— O que quer dizer? Freddy, não posso deixar que lady Isabel continue assim. Está fazendo um escândalo.

— Mas será pior se a dama de companhia de repente se aproximar e brigar com ela. — Ele fez um aceno de cabeça em direção à pista de dança. — Sei de um jeito melhor. Venha. Você se aproximará pela esquerda. Eu criarei uma distração à direita.

Kate não tinha noção de qual era o plano de Freddy, mas seguiu na direção que ele indicara. Isabel estava no centro de um grande grupo de jovens, e, se não era a garota mais bonita do grupo, certamente era a mais animada, e Kate sabia que bom humor tendia a compensar até mesmo o rosto mais sem graça.

Quando Isabel avistou Kate, esta temeu que a jovem fugisse — a dama de companhia sabia que a reprovação estava estampada em seu rosto. Contudo, em vez de fugir para se proteger, Isabel aproximou-se de Kate, segurou-a pelo braço e puxou-a, apesar dos protestos, para o centro do grupo.

— Geoffrey! — exclamou ela, rebocando Kate para perto de seu galã como se fosse um valoroso salmão que ela tivesse fisgado. — Esta é a pessoa de quem lhe falei, Geoffrey! A adorável Srta. Mayhew foi quem tornou possível nós voltarmos a nos ver! Ela não é um anjo, Geoffrey? Tão pequenina e preciosa! Eu simplesmente a adoro, e você também deverá sentir o mesmo.

— Seu desejo, como sempre, é uma ordem para mim, lady Isabel — replicou o Sr. Saunders.

E para o horror de Kate, o jovem se abaixou, tomou sua mão e pousou-lhe um beijo.

Kate ficou feliz de já terem se passado muitas horas desde o jantar, do contrário o dela teria feito uma reaparição.

— Ela não é um amor, Geoffrey? — perguntou Isabel. — Ah, Srta. Mayhew, estou muito feliz pela senhorita ter vindo morar comigo. Realmente, devo ser a garota mais feliz do mundo!

O Sr. Saunders ainda não soltara a mão de Kate. Olhava para ela com muita atenção, e ela notou que tinha olhos extraordinariamente azuis — o que deve ter contribuído para Isabel o considerar irresistível.

Kate sabia o que Saunders ia perguntar antes mesmo de ele fazê-lo. Na verdade, ela quase poderia ter dito as suas palavras, de tão familiares que já eram.

— Eu não a conheço de algum lugar, Srta. Mayhew?

— Não vejo como isso seria possível, Sr. Saunders — respondeu Kate, conseguindo mostrar um sorriso relutante. Ela deu um puxão na mão, e o Sr. Saunders soltou-a de imediato. Virando-se para Isabel, Kate sussurrou: — Lady Isabel, preciso falar com a senhorita um momento, por favor.

Isabel respondeu com outro sussurro, mas ainda alto o bastante para quem estava naquele lado do salão lotado ouvir.

— *Agora*, não, Srta. Mayhew.

Kate estendeu a mão e segurou o braço de Isabel.

— Não — sussurrou Kate. — *Agora*, milady.

Isabel soltou um gritinho. Kate pressionava com firmeza o osso do cotovelo da garota. Não doía, mas não era propriamente um carinho.

Naquele instante, Freddy se aproximou e deu um tapinha forte nas costas de Geoffrey Saunders.

— Meu velho Saunders — exclamou ele. — Que bom vê-lo. Faz algum tempo, não é?

Geoffrey ficou nitidamente mais pálido por detrás do bigode.

— Lorde Palmer — disse ele, perdendo um bocado da prepotência que exibira para Kate. — É um prazer revê-lo.

— Saunders — prosseguiu Freddy, abraçando o jovem rapaz —, não sei se você se lembra da última vez que nos vimos. Foi na casa de campo do velho Claymore. Choveu o fim de semana todo, e nós fomos obrigados a ficar dentro da casa e jogar bilhar. Está voltando à sua lembrança agora? Na verdade, se não me falha a memória, na manhã de segunda-feira você me devia uma quantia considerável...

As vozes sumiram enquanto o conde arrastava o rapaz para longe. Isabel, triste por vê-los se afastar, parou de protestar, e Kate rapidamente a levou para um canto tranquilo do salão.

— Lady Isabel — ralhou Kate, séria, enquanto arrumava alguns cachos do cabelo de Isabel. — Está agindo com muita intimidade nas suas demonstrações de afeto com relação àquele rapaz. Precisa aprender a ser mais comedida.

Isabel, ainda com os olhos nas costas do amado, murmurou, como um autômato:

— Não estou.

— Está, sim, lady Isabel. — Kate puxou para cima o corpete de Isabel, que descera mais do que deveria. — Não é bom deixar um rapaz ter certeza do seu amor. Se pretende conquistá-lo, o melhor meio é fazer com que ele fique se perguntando se gosta dele ou não.

Os olhos verdes de Isabel, tão iguais aos do pai, fixaram-se no rosto de Kate.

— Mas se ele não souber que gosto dele, não se aproximará — retorquiu ela, queixando-se.

— Pelo contrário. Ele se aproximará mais.

Isabel projetou o lábio inferior num gesto petulante.

— Isso é loucura. Quando se gosta de alguém, deve fazer com que essa pessoa saiba.

— Certamente que sim... *depois* que ela se declarar.

— Mas como ele vai se declarar, se eu não o encorajar?

— A senhorita o encorajará — explicou Kate, com tranquilidade. — Mas deverá encorajar todos os seus pretendentes igualmente. Ainda estamos muito no início da temporada para já ter se decidido por um.

— Mas Geoffrey é o único que realmente presta alguma atenção em mim, Srta. Mayhew!

— Porque a senhorita deixou bem claro para todos os outros que o Sr. Saunders é o seu preferido, e que não tem nenhum interesse em mais ninguém. Mas não me diga que ele foi o único rapaz a lhe pedir uma dança esta noite.

— Bem — disse Isabel, baixando os olhos —, não. Mas tão logo ele me viu, pediu todas as minhas danças. E depois, quando Sir William me convidou...

— A senhorita não tinha mais nenhuma dança para lhe oferecer. — Kate fez um aceno de cabeça. — No futuro, deverá reservar a primeira e a última dança para o Sr. Saunders, mas deixe as outras em aberto para outros rapazes.

— Mas Srta. Mayhew...

— A senhorita quer que o Sr. Saunders a peça em casamento?

— Ah, sim!

— Pois então deve agir de *outra* forma. Não pode facilitar tanto para ele. Se ele achar que já a conseguiu, se cansará da senhorita. E então passará a galantear alguém que represente um desafio maior.

— Cansar? — gritou Isabel, visivelmente pálida. — Que horror! — Ela lançou um olhar na direção do Sr. Saunders e do conde, que retornavam. — Eu não suportaria se Geoffrey se *cansasse* de mim...

Kate notou que Freddy ainda conversava tranquilamente, mas o Sr. Saunders parecia estar muito aborrecido. O conde deu um tapinha nas costas do rapaz e, com um olhar malicioso e brincalhão para Kate, disse, animado:

— Fico feliz por termos resolvido tudo. Foi apenas um pequeno mal-entendido entre amigos. Acontece sempre, não é, Kate?

Kate dirigiu-lhe um olhar muito azedo.

— Estou certa, *lorde Palmer* — Kate fez questão de evitar o nome de batismo de Freddy, esperando que ele fizesse o mesmo —, de que não sei a que o senhor se refere.

— Ah! — Freddy virou-se para Isabel, que olhava para Geoffrey Saunders com uma expressão de veneração em seu rosto rechonchudo. — Olá, lady Isabel — cumprimentou, numa voz tão alta que Isabel chegou a dar um pulo. — O que acha de darmos uma volta no salão? Estou com vontade de dançar um pouco.

Os olhos verdes de Isabel arregalaram-se, enquanto ela olhava de Freddy para Geoffrey, depois para Kate, e repetia tudo de novo.

— Ah, mas... — gaguejou ela. — Ah, mas eu prometi... — Seu olhar pousou em Kate, que contraiu os lábios. — Ah — disse Isabel, olhando para baixo de novo. — Ah, sim, obrigada, lorde Palmer. Eu adoraria.

Kate teve o prazer de ver o queixo de Geoffrey Saunders cair quando o conde levou a jovem para a pista de dança. Ele parecia estar mais perplexo do que magoado. Feliz consigo mesma, Kate abriu o leque e começou a se abanar com muita energia.

— Está um calor absurdo neste salão — comentou. — Concorda, Sr. Saunders?

Geoffrey Saunders era um rapaz atraente, não havia como negar que era um prazer olhar para ele. Mas Kate logo descobriu que sua aparência de anjo não significava nada. Pois quando se recuperou e conseguiu falar de novo, proferiu — e com muita raiva — as seguintes palavras:

— Veja bem, Srta. Mayhew...

Kate, fingindo ter sido pega de surpresa, ergueu as sobrancelhas.

— Sim, Sr. Saunders?

— Bem. — Quando Kate ergueu o olhar, viu que os olhos azuis de Geoffrey Saunders eram contornados por cílios dourados muito longos para um homem. E notou que o Sr. Saunders sabia usá-los a seu favor. Ele piscou inocentemente. — Eu estava pensando. A senhorita é diferente das outras acompanhantes de lady Isabel. Quero dizer, além de ser mais jovem e muito mais bonita...

A última parte foi dita com um rápido olhar avaliador que, por experiência, Kate sabia ter a intenção de fazê-la corar de prazer. O que ele provocou, contudo, foi que ela abanasse mais ainda seu rosto queimando de calor, enquanto pensava, furiosa: Que abusado! Que abusado insolente!

— Dá para ver que é uma pessoa inteligente. Pois bem, acontece que eu também sou. — Geoffrey fez uma pausa, como se esperasse que ela dissesse alguma coisa, como "Mas claro que é, Sr. Saunders. Qualquer um percebe". Mas Kate, recusando-se a lhe dar qualquer satisfação, não abriu a boca. — O que eu quero dizer é... — continuou Geoffrey — Bem, pode-se ganhar dinheiro aqui, Srta. Mayhew. Muito dinheiro. E se nós dois unirmos nossos cérebros, estou certo de que poderemos elaborar um plano que nos deixe bastante... confortáveis.

— Ah, é mesmo? — disse Kate, num tom reservado.

— Sim. — Um garçom passou por eles, e o Sr. Saunders pegou uma taça de champanhe para Kate e outro para si. Ela recusou o que lhe foi oferecido, e, dando de ombros, o Sr. Saunders bebeu os dois. — Posso lhe perguntar qual é o seu salário, Kate? Posso chamá-la de Kate?

Kate respondeu com sarcasmo:

— Certamente que o senhor não pode. Também não vejo nenhuma razão para eu lhe revelar quanto ganho.

Sem se intimidar pela aspereza dela, o Sr. Saunders continuou.

— Bem, eu posso dizer qual é. Vinte e cinco libras por ano. Acertei?

Kate observou Freddy rodopiar pelo salão com lady Isabel com grande habilidade, e a jovem parecia estar se divertindo. A cor voltara-lhe ao rosto, e, de vez em quando, ela ria prazerosamente de alguma coisa que ouvia do conde.

— Vinte e cinco libras ao ano — repetiu o Sr. Saunders, ignorando o silêncio sugestivo de Kate. — A senhorita faz alguma ideia de quanto o marquês de Wingate possui, Srta. Mayhew? Alguma ideia?

— Não, mas tenho a impressão de que o senhor me contará.

— Contarei mesmo. Quase metade de um milhão de libras. — O Sr. Saunders depositou as taças de champanhe vazias na bandeja de um garçom que passava. — Suas propriedades nas Índias Ocidentais, na África e na América do Sul somavam, na última contagem, meio milhão de libras, Srta. Mayhew. Das quais a senhorita recebe insignificantes vinte e cinco ao ano. Isso não a deixa furiosa, Srta. Mayhew?

Quando a música terminou, Kate observou o conde cumprimentar lady Isabel com um aceno de cabeça, e a jovem fez uma reverência muito graciosa.

— O que me deixa furiosa, Sr. Saunders — declarou Kate tranquilamente —, é a sua impertinência.

O Sr. Saunders, em vez de se ofender com o jeito da dama de companhia, pareceu encantado.

— Srta. Mayhew — continuou ele, em tom de admiração. — A senhorita tem personalidade. Gosto de moças com personalidade. Nós dois nos daríamos muito bem.

Kate estava pronta para dizer ao Sr. Saunders que eles não se dariam de modo algum, bem ou mal, pois ela não tinha o menor interesse em ter qualquer tipo de relação com ele. Só não o fez em razão de dois acontecimentos simultâneos que afastaram todos os outros pensamentos de sua mente.

O primeiro foi Freddy, que, depois de trazer Isabel de volta da pista de dança, subitamente abraçou-a pela cintura e começou a dançar com ela, declarando alto para quem quisesse ouvir:

— Dançar está no meu sangue, eu juro! Você simplesmente *precisa* dançar esta próxima valsa comigo, Katie!

Kate estava prestes a lhe dizer para deixar de ser tolo, quando, do canto do olho, viu um homem alto e moreno caminhando firme na sua direção. Supondo tratar-se de algum antigo conhecido que a tivesse reconhecido, apesar do vestido recatado, ela se soltou de Freddy e se virou para falar com seu acusador.

Sua voz, porém, não saiu da garganta. Pois, embora se tratasse mesmo de um conhecido, não era um de longa data. Obviamente, quem estava diante de Kate era o marquês de Wingate.

Capítulo 11

— Lorde Wingate.

Kate falou tão baixinho que imaginou que Freddy não escutara, principalmente com a música alta da orquestra que a baronesa contratara.

Mas o conde deve tê-la ouvido, pois a soltou abruptamente, a ponto de ela quase cair. Embora Kate tenha se endireitado rapidamente, precisou afastar uns fios de cabelo dos olhos, e quando conseguiu enxergar de novo, percebeu que tinha perdido algum acontecimento, pois Freddy olhava furioso para o pai de Isabel... que correspondia com o mesmo tipo de olhar.

— Bishop — cumprimentou lorde Wingate, com frieza na voz.

— Traherne — respondeu Freddy logo a seguir, num tom idêntico.

Kate não soube exatamente o que a levou a se colocar entre os dois cavalheiros. Porém, ela o fez, com o coração batendo de maneira desenfreada, embora sua voz tenha soado muito cordial ao dizer:

— Lorde Wingate! Que surpresa. Nós não o esperávamos aqui esta noite.

— Isso é completamente óbvio — declarou o marquês, olhando fixo para Freddy por cima da cabeça dela.

Kate continuou, consciente de que estava tagarelando, mas sem conseguir se conter.

— Creio que conhece o Sr. Saunders. Mas eu não sabia que já conhecia o conde.

— De fato. Lorde Palmer e eu tivemos muitas... — Após uma pausa, continuou, como se tivesse encontrado uma alternativa melhor à escolha original de palavras: — ...*aventuras* em comum.

Para o espanto de Kate, Freddy deu uma risada.

— Aventuras? É uma forma de se dizer. — Ele estendeu a mão para cumprimentar lorde Wingate. — Prazer em vê-lo novamente, Traherne.

— O prazer é todo meu — replicou o marquês, respondendo ao cumprimento, com a mão enluvada engolindo a de Freddy num aperto que, para Kate, parecia ser mais doloroso do que amigável.

Um silêncio desagradável seguiu-se ao cumprimento. Kate, sabendo que lorde Wingate tinha os olhos nela, mas sem conseguir encará-lo, abriu a bolsa e começou a remexer em seu interior, ao mesmo tempo pensando consigo mesma: *Ah, Deus, vou matar Freddy! Isto tudo é culpa dele. Eu avisei que damas de companhia não dançam. Agora, lorde Wingate vai me despedir, e eu serei obrigada a devolver o dinheiro do adiantamento. Sei bem de onde aquelas cinquenta libras virão. E se Freddy disser uma palavra sobre a mãe reclamar de gastos, lembrarei que ele me fez perder um emprego ótimo com suas brincadeiras tolas...*

Foi Isabel quem quebrou o silêncio.

— Papai, você sabia que *dois* cavalos de lorde Palmer participarão da corrida de Ascot este ano? — indagou ela, animada.

Lorde Wingate recebeu a notícia com uma calma admirável, pelo que Kate pôde perceber quando, por fim, olhou para ele.

— É mesmo? — perguntou o marquês educadamente.

— Sim — respondeu Isabel. — Ambos são de criação americana.

— Então eu presumo que lorde Palmer tenha alguma coisa contra os cavalos ingleses — afirmou o marquês, sem afastar os olhos de Kate, que tirara o relógio da bolsa para ver as horas.

— De modo algum — retorquiu Freddy. — Acontece que eu conheço um excelente criador no Kentucky que vendeu ótimos esquipadores para uns amigos meus, então pensei...

— Ah, Sr. Saunders — interrompeu Isabel, fitando-o com os olhos cor de jade. — O senhor não me disse há pouco que tinha comprado um esquipador? Ele também é do Kentucky?

— Na verdade, prefiro os de sangue árabe — respondeu Geoffrey com a fala arrastada e autoconfiante demais, na opinião de Kate, considerando seus interlocutores.

— *Árabe?* — exclamou Freddy, espantado. — Você só pode estar brincando.

Saunders espichou o queixo de traço perfeito.

— Lamento, milorde, mas não estou.

Seguiu-se naturalmente uma discussão sobre quem criava os melhores cavalos, se os ingleses, os americanos ou os árabes. Kate, grata ao Sr. Saunders — e consciente da surpreendente transformação dos seus sentimentos, sentindo gratidão por um homem como Geoffrey Saunders — aproveitou a oportunidade para se retirar, despercebida, em busca de um champanhe que a fortalecesse para a viagem de volta para casa, que se anunciava muito desagradável.

Lorde Wingate, porém, não tinha a menor intenção de esperar pela volta para casa. Ele aparentemente preferia repreendê-la ali mesmo no salão de baile, diante de Deus e de todo mundo.

Kate sentiu dedos fortes segurarem-lhe o braço e não precisou se virar para saber a quem eles pertenciam. Ela apenas suspirou e diminuiu os passos. *Realmente*, pensou, *eu vou matar Freddy.*

— Lorde Wingate — começou ela, virando-se para ele. — Posso explicar. Foi um simples momento infantil de...

Mas o homem sequer olhava para ela. Ele olhava na direção de Freddy.

— Srta. Mayhew, aquele cavalheiro a estava incomodando?

Kate acompanhou o olhar dele. Sim, definitivamente era Freddy quem lorde Wingate fuzilava com os olhos. Ela tentou desviar a atenção dos dedos que ainda interrompiam a circulação sanguínea de seu braço e disse:

— Não propriamente. Veja bem...

— Eu *estou* vendo. E eu temia que algo assim pudesse acontecer.

— O marquês soltou o braço de Kate e começou a tirar as luvas.

— Lorde Wingate — disse Kate, um pouco alarmada. — Creio que o senhor me entendeu mal...

— Ah, eu entendi muito bem, Srta. Mayhew — retrucou o marquês, ainda retirando os dedos da luva justa de algodão branco. — E só posso esperar que aceite as minhas desculpas pelo tratamento insultuoso que recebeu nas mãos daquele cavalheiro. Eu não esperaria encontrá-lo numa casa como esta, pois, com a reputação que tem, qualquer anfitriã em Londres evitaria convidá-lo. Pelo que vejo, contudo, a baronesa, por ser estrangeira, não deve estar a par de seu último relacionamento escandaloso...

Kate arregalou os olhos, tanto de espanto diante da ideia de Freddy ter algum tipo de relacionamento, escandaloso ou não, quanto da ideia de o marquês de Wingate, sobre quem ela só ouvira rumores chocantes, referir-se ao comportamento de outra pessoa como sendo repreensível.

— É mesmo? — perguntou ela. — Com alguém aqui em Londres?

Lorde Wingate fez um gesto impaciente para deixar o assunto de lado, como se a discussão tivesse tomado um rumo entediante.

— Uma soprano vienense.

Kate olhou na direção de Freddy, pasma. Uma soprano vienense? Uma soprano vienense? Quando ele declarava seu amor eterno por *ela*? E o tempo todo estava tendo um caso com uma soprano vienense?

Não. Era inacreditável demais.

— Ah, realmente — disse ela, balançando a cabeça, confusa. — O senhor deve tê-lo confundido com outra pessoa, milorde. Não pode estar se referindo a *Freddy*.

O marquês ficou paralisado, com a segunda luva ainda pela metade.

— Freddy? — repetiu ele.

Tarde demais, Kate percebeu seu erro.

— Ah — murmurou ela, através de lábios que subitamente ficaram secos. — Eu quis dizer lorde Palmer, é claro.

Lorde Wingate olhou fixamente para ela. Kate supôs que devia haver coisas piores do que ser encarada pelo marquês de Wingate. Naquele momento, ela não conseguia pensar em que coisas seriam essas, mas tinha certeza de que havia coisas piores. Tinha de haver.

Contudo, sentir-se perfurada por olhos que emanavam um calor intenso como dois carvões em brasa — embora Kate não conhecesse nenhum tipo de carvão que ficasse verde ao queimar — era a sensação mais desconfortável do mundo.

— A senhorita disse Freddy. — Lorde Wingate não pareceu notar a aflição de Kate, e, se notou, devia estar se divertindo com aquilo, pois não desviou o olhar. — Ouvi muito bem. É verdade que o barulho neste salão infernal está insuportável, e eu sei que *estou* envelhecendo — acrescentou o último trecho secamente —, mas minha audição continua perfeita. E eu gostaria de salientar, Srta. Mayhew, que a senhorita me revelou, naquele dia na biblioteca dos Sledges, que não tinha nenhum compromisso ou relacionamento com ninguém.

Kate o fitou, perplexa com o rumo da conversa.

— Ah, sim, é claro que eu afirmei, lorde Wingate. Porque *sou* mesmo uma pessoa descompromissada.

O marquês lançou um olhar na direção de Freddy. E, de repente — e com algum mal-estar —, ela soube para onde a conversa se encaminhava.

— Ah — disse Kate rapidamente, torcendo para que ele esquecesse o assunto se ela agisse com naturalidade. — Não deve se importar com Freddy, milorde. Ele só estava agindo como um tolo. Achei que ele podia ser útil convencendo a sua filha de que Geoffrey Saunders não é o único rapaz no mundo. Claro que aquilo foi antes de eu saber alguma coisa sobre essa... reputação que o senhor mencionou...

— Aí está de novo — interrompeu lorde Wingate, parecendo alguém que escuta um zumbido ao seu redor, mas não conseguia descobrir de onde vinha.

Kate olhou ao redor em busca de uma mosca, mas, não vendo nenhuma, perguntou:

— Aí está de novo o quê, milorde?

— Este nome. — Lorde Wingate baixou a voz e murmurou: — A senhorita o chamou de *Freddy*. Eu ouvi muito bem, duas vezes, Srta. Mayhew. E ainda assim me diz que é descompromissada.

— Eu *sou*. Eu...

— Então não existe nada entre a senhorita e lorde Palmer?

— De *minha* parte, não, lorde Wingate — falou Kate, sem pensar, e imediatamente se arrependendo.

— Ah! — exclamou o marquês, dando a entender que ela confirmara sua suspeita. — Então existe a possibilidade de o conde estar apaixonado pela senhorita?

Furiosa consigo mesma por estar discutindo aquele assunto — e mais furiosa ainda com ele por estar obrigando-a a discutir —, Kate declarou:

— Eu jamais ousaria afirmar que conheço os pensamentos e desejos íntimos de outra pessoa, milorde. Só posso responder com certeza sobre os meus. E, como já afirmei antes, os meus não passam do afeto natural que se sente por um conhecido de muitos anos. Conheço o conde desde criança. Meus pais e os dele eram bons amigos. Quando o senhor entrou, Freddy estava fazendo uma brincadeira, como fazia nas férias que eu passava em Palmer Park...

A voz de Kate sumiu. Ela percebeu, pela expressão do marquês, que ele não estava acreditando em uma palavra do que dizia. Sentiu-se ferida, não tanto por ele achar que ela estava mentindo — Kate tinha certeza de que um homem cuja esposa agira como a de lorde Wingate só esperaria mentiras das mulheres —, mas pelo fato de ele, de algum modo, tê-la incitado a contar tudo. O que ela estava fazendo, expondo a esse homem os detalhes íntimos de sua vida? Realmente não queria que o homem soubesse quem ela era, e sentia-se aliviada por, até então, ele não ter feito nenhuma pergunta sobre sua família e seu passado. Era uma história tão triste... uma história estúpida, à sua maneira. Se fosse um livro, ela abandonaria a leitura na metade por ser deprimente demais e ter personagens muito patéticos. Kate não tinha nenhuma intenção de revelar nada a lorde Wingate — a não ser que fosse preciso. Mas, a julgar pela expressão dele, talvez estivesse na hora de dar uma versão resumida.

Antes que ela pudesse dizer mais alguma coisa, Isabel se aproximou correndo, com as pontas da faixa do vestido, que se desfizera, varrendo o chão.

— Ah, Srta. Mayhew! — exclamou ela, sem ar. — Pode consertar minha faixa? Já desamarrou várias vezes, e as pessoas estão pisando nela.

Isabel virou as costas para Kate, que pegou a faixa e começou automaticamente a amarrá-la no lugar.

— O baile não está maravilhoso, papai? — perguntou Isabel ao pai, enquanto Kate arrumava a faixa. — Estou me divertindo muito. E você, o que está achando?

Kate manteve os olhos no laço, portanto não viu a expressão de lorde Wingate quando ele respondeu, num tom seco:

— Esplêndido.

— Mas não me parece que está sendo muito educado, papai — continuou Isabel —, aí em pé, enquanto a Srta. Mayhew não tem um par para esta dança. Você deveria convidá-la para dançar.

Kate apertou a faixa talvez mais forte do que o necessário.

— Está bem assim, lady Isabel — afirmou ela, tentando manter um tom ameno na voz. — Não estou aqui para dançar, e sim para supervisionar a senhorita.

Isabel a ignorou.

— É melhor convidá-la logo, papai — informou ela —, ou todas as danças dela serão reservadas.

Kate deu um puxão na faixa de Isabel e disse:

— Sinceramente, não posso imaginar de onde a senhorita tirou essa ideia absurda.

— Bem, para começar, por causa de lorde Palmer — disse Isabel, sem rodeios — e agora aquele cavalheiro bonito que está ali. — Isabel indicou com um sinal de cabeça um homem a poucos metros de distância que olhava na direção deles. — Faz uns cinco minutos que ele não para de olhar para a senhorita. Deve admirá-la muito, Srta. Mayhew.

Kate olhou na direção indicada e ficou paralisada.

Ela não conseguia movimentar nem um centímetro. O coração, por dentro do corpete do vestido, era a única parte sua que ainda se movia. Seu ritmo começou a acelerar demais, e o sangue martelava tão forte em seus ouvidos que abafava até mesmo a música da orquestra.

Ela se perguntou se iria desmaiar. Só desmaiara uma vez na vida, e, curiosamente, o rosto que fitava agora havia sido a última coisa que vira antes de perder a consciência naquela ocasião. Pelo menos tivera essa impressão. Ao despertar, contudo, aqueles que a rodeavam insistiram que estava enganada. Segundo eles, Daniel Craven não estava perto da cena e não teve nada a ver com o incêndio que matara seus pais.

Foi o que eles disseram, pelo menos. E, passados sete anos, Kate não tinha nenhuma razão para não acreditar.

Exceto, claro, pelo que seus próprios olhos viram.

Segundo lhe explicaram, a fumaça, assim como a névoa, pode enganar a mente. Naquela noite horrível, ao sair do quarto e encontrar em chamas o corredor que levava ao quarto dos pais, a forma indistinta que Kate teimava ter visto na verdade não estava lá — ou, se estava, era apenas produto de sua imaginação, ao tentar enfrentar o horror que tinha diante dos olhos.

Fumaça. Fumaça e fogo. Fora isso o que Kate vira. Uma fumaça densa e nauseante que a sufocara enquanto ela gritava pelos pais, desesperada de medo de encontrá-los no calor e na fumaça. E chamas quentes, cada vez mais altas, formavam uma parede densa de fogo entre ela e a porta do quarto deles.

Kate não conseguira chegar até os pais. Caíra no chão, tossindo muito, incontrolavelmente. Mesmo assim, tentara alcançá-los rastejando, até que algo a impedira, justo antes de passar pela cortina de fumaça e de fogo. Algo... ou alguém. Alguém que sabia seu nome e o pronunciara, virando-a e carregando-a para longe do fogo. Daniel Craven. Kate não tinha dúvidas de que era Daniel Craven.

No entanto, segundo lhe disseram posteriormente, Daniel Craven sequer estava na Inglaterra naquela ocasião — seu nome constava da lista de passageiros de um navio que saíra em direção à África do Sul na semana anterior. Portanto, ele não poderia jamais tê-la resgatado na noite do incêndio.

Ninguém soubera explicar, contudo, como Kate saíra daquele corredor coberto de fumaça e de fogo e chegara à escada dos criados, onde fora encontrada por eles quando começaram a fugir do incêndio.

Kate nunca saberia. Havia muito tempo que dissera a si mesma que jamais saberia e que assim era melhor. Afinal, não ficaria imaginando coisas.

Exceto...

Exceto pelas pessoas que murmuravam coisas terríveis a respeito daquela noite. Coisas que Kate jamais acreditaria, pois sabia, no fundo da alma, que não eram verdadeiras.

O que ninguém dizia — ninguém além da própria Kate — era o nome de Daniel Craven.

E ali estava ele, diante dela, fitando-a como se Kate tivesse surgido das cinzas, tal qual a mitológica fênix...

— Ah, veja — apontou Isabel. — Está vindo na nossa direção. É muito bonito, Srta. Mayhew. Quem é ele? Um dos seus antigos admiradores?

— Não exatamente — respondeu Kate quase sem voz.

Capítulo 12

— Ora, se não é Kate Mayhew.

Aquela voz. Kate estremeceu ao ouvi-la. Como ele *podia* se aproximar desse jeito despreocupado — Daniel Craven sempre parecia estar vagueando, era preguiçoso demais para caminhar de algum outro jeito que não fosse num passo lento — e dizer seu nome como se nada, absolutamente nada tivesse acontecido desde a última vez que se encontraram... Onde mesmo? Kate acreditava ter sido num jantar de confraternização em sua própria casa, poucos dias antes do incêndio...

— Ouvi dizer que você tinha se mudado ou algo assim — disse Daniel Craven, naquela voz que lhe revirava o estômago. — Mas ei-la aqui, bela como sempre. — Ele se inclinou e beijou-lhe o rosto com seus lábios frios.

Kate não disse nada, mas por dentro estava furiosa. *Foi* ele. *Só pode ter sido ele*, todas as vezes que imaginou tê-lo visto. Daniel Craven a estava seguindo! Estava, *sim*!

Com os olhos cravados no chão, Kate não viu a expressão de lorde Wingate, mas concluiu que fosse de surpresa, pois Daniel dirigiu-se a ele, com seu jeito irreverente, e explicou:

— Ah, não se preocupe. Kate e eu somos velhos amigos, não é, Kate? Seja uma boa menina e apresente-me a essas pessoas simpáticas.

Kate então ergueu o rosto, olhou bem fixo naqueles olhos azuis e falou, numa voz que surpreendeu inclusive a ela mesma por sua frieza:

— Eu não sabia que tinha voltado para a Inglaterra, Sr. Craven.

Daniel deu de ombros. Era um homem alto, quase tão britânico na aparência quanto Freddy, embora seus cabelos fossem um pouco mais escuros e ele não usasse bigode. Mas tinha a mesma magreza e os mesmos membros desajeitados, um tipo ossudo que parecia fora de contexto num salão de baile. Era evidente que seu lugar era no dorso de um cavalo, seguindo os cães ao caçarem raposas, ou possivelmente perseguindo rinocerontes nas selvas africanas. Essa aparência esportiva, contudo, enganava, pois Daniel Craven era um astuto homem de negócios e um observador do comportamento humano ainda mais perspicaz.

— Sim — disse Daniel, com o mesmo sorriso fácil que, sete anos antes, cativara corações, inclusive o de Kate, mesmo que por pouco tempo. — Acabei de voltar. Quero dizer, de Botsuana. A África é um país miseravelmente quente, horrível.

Geoffrey Saunders, que seguira Isabel quando a dança terminara, perguntou, ao ouvir a última parte da frase de Daniel:

— Você se refere à África do Sul? O que fazia lá?

O sorriso de Daniel foi se tornando dissimulado, pelo menos aos olhos de Kate. No entanto, o olhar que ele lhe dirigia trazia algum afeto. Kate sabia ser esta a pior característica de Daniel Craven. Ao observador comum, ele parecia humano, capaz de ter emoções como compaixão e remorso. Ela, porém, sabia que não era bem assim.

— Diamantes. Ou melhor, uma mina de diamantes. — Ele dirigiu a Kate um olhar pesaroso. — Havia mesmo uma mina lá, Kate. Sempre houve. Não exatamente aonde eu supunha, mas era bem perto.

Kate acenou com a cabeça. É claro que a mina existia. Perto daquela em que Daniel Craven convencera o pai dela e todos os amigos dele a investirem, mas longe o bastante para que tecnicamente os diamantes não lhes pertencessem.

— Mas o que faz aqui, Katie? — perguntou Daniel, segurando-lhe as mãos. — *Ainda* é Katie, não é? Eu não preciso chamá-la de milady? Sei o quanto aquele jovem era persistente... qual era o nome dele mesmo? Aquele jovem conde que era apaixonado por você. A esta altura vocês já devem estar casados. — Daniel interrompeu-se, fitando-a com ar inquisidor. — Ora, Katie, qual é o problema? Você ficou branca feito cera. E... está tremendo?

Para total surpresa de Kate, lorde Wingate estendeu o braço e, delicadamente, mas com firmeza, soltou a mão dela das de Daniel.

— A Srta. Mayhew não está se sentindo bem, como pode ver. Por favor, nos dê licença.

Daniel surpreendeu-se. Ele com certeza percebera a presença de lorde Wingate, mas não lhe dera importância — embora Kate não entendesse como alguém conseguiria negligenciar uma presença tão intimidadora como a do marquês — e, agora, parecia pego de surpresa.

— Só um instante... — Ele piscou algumas vezes. — Quero dizer, Kate e eu éramos apenas...

Mas ela não conseguiu ouvir o resto do que ele disse, pois o marquês a carregou do salão de baile. Ele o fez rapidamente, com a facilidade de um homem experiente em fugir de ambientes repletos de gente. Foi bom lorde Wingate não ter largado seu braço, pensou Kate, ou ela poderia ter tropeçado, de tão rápido que ele andava.

O marquês escancarou uma porta, e a dama de companhia sentiu uma corrente de ar frio no rosto. Quando levantou a cabeça para olhar ao redor, viu que estavam num terraço de pedra dando para um jardim indistinto na escuridão da noite. Grilos cantavam, mas tão baixinho que o som era quase abafado pela música da orquestra no salão de baile.

Grilos, pensou Kate, em alguma parte do cérebro achando a descoberta engraçada. Grilos em plena Londres!

Com os joelhos subitamente fracos demais para se manter em pé, Kate sentou-se num banco de pedra rústico, de cabeça baixa, absorvendo o ar perfumado. Esperava não dar a impressão de estar arfando ou, pior, soluçando.

Rosas. Era o perfume das rosas. Devia haver uma trepadeira subindo a parede do terraço. A chuva tinha parado, mas o banco ainda estava úmido.

— Aqui. — Lorde Wingate aproximou uma taça contendo alguma bebida do nariz de Kate. — Beba isto.

— Não — disse Kate. — Estou me sentindo muito...

— Beba.

Ela não ousou desobedecer àquela voz. Pegou a taça e a levou aos lábios. Era um vinho clarete muito bom, capaz de aquecê-la. Bebeu todo o líquido.

— Assim é melhor.

Lorde Wingate tirou a taça da mão de Kate e a pôs de lado. Em seguida, antes que ela se desse conta, ele tirou o paletó e cobriu-lhe os ombros.

— Ah — exclamou ela, assustada com o súbito peso, para não mencionar o calor. — Não, eu não poderia...

— Bobagem. — Ele se sentou no banco, ao lado dela, cuidando para manter uma distância razoável da saia armada, como Kate pôde notar. — A senhorita está tremendo.

Sim, ela estava, mas esperava que o marquês não tivesse percebido. Ainda assim, por mais que não quisesse admitir, o calor que o paletó de lorde Wingate lhe proporcionava era mesmo muito bem-vindo — mesmo com o cheiro *dele*, uma mistura de roupa recém-lavada e o leve aroma de tabaco, o qual Kate se lembrava bem demais devido ao momento constrangedor na biblioteca quando o marquês a abraçara...

Não que aquilo pudesse acontecer de novo, pensou. Depois dos eventos da noite, lorde Wingate a despediria de qualquer modo. Não bastava Daniel Craven ter arruinado sua vida uma vez. Não, ele tinha de continuar a fazê-lo, repetidamente.

Kate permaneceu sentada ali numa tristeza profunda, pensando nisso e ouvindo os grilos e as ocasionais gargalhadas que vinham do interior da casa. Dava para distinguir perfeitamente a voz de Isabel, mesmo a uma distância tão grande. Ao ouvi-la, Kate se preocupou e se preparou para se levantar de novo e pelo menos tentar desempenhar as obrigações para as quais lorde Wingate a contratara...

Mas, segurando o braço de Kate, ele a reteve.

— Isabel pode ficar com o Sr. Saunders por um instante — afirmou ele. — Enquanto conseguirmos ouvi-la, saberemos que não está aprontando nada de errado. E, francamente, acho que temos coisas mais importantes a tratar, a senhorita e eu.

Kate precipitou-se em dizer:

— Não poderei devolver as cinquenta libras que me adiantou, lorde Wingate. Já gastei o dinheiro.

O olhar que ele lhe lançou — Kate enxergava seu rosto muito bem à luz que vinha das janelas de vidro das portas francesas que davam para o terraço — era inescrutável.

— Não me lembro de ter pedido seu adiantamento de volta.

— Mas se vai me demitir...

— Também não me recordo de ter dito que a demitiria.

Kate o fitou, surpresa. Eles ouviram a voz aguda de Isabel vinda do salão de baile:

— Ah, jamais!

Kate gaguejou.

— Eu só... eu só deduzi, depois que...

Lorde Wingate disse:

— Admito que gostaria de saber como uma jovem como a senhorita, que eu imaginava levar uma vida mais reclusa, conhece tantos cavalheiros numa única festa...

— Não são tantos — interrompeu-o Kate. — Só dois. E já lhe expliquei que um deles, lorde Palmer, é um velho conhecido da família...

— Ah, sim. — O marquês fez um aceno de cabeça. — A senhorita explicou. E o outro?

Kate, que não esperava que ele fizesse uma pergunta tão direta, murmurou:

— Ele... era sócio de meu pai nos negócios.

— Sócio do seu pai nos negócios. — repetiu lentamente lorde Wingate. Diante do aceno de cabeça vigoroso de Kate, ele acrescentou: — Um sócio do seu pai a quem a senhorita fitava como se fosse um fantasma.

Kate engoliu em seco.

— Faz... algum tempo que nós... Eu não esperava vê-lo aqui. Ele estava fora da Inglaterra...

— Ele contou. Na África do Sul, pelo que me recordo. Procurando uma mina de diamantes. — O tom da voz de lorde Wingate foi tão seco quanto quando respondera à filha se estava gostando do baile. — Seu pai deve ser muito bem-relacionado, Srta. Mayhew, para conhecer condes e donos de minas de diamantes.

Magoada, Kate levantou-se às pressas, embora, verdade seja dita, com os joelhos trêmulos. Como havia sido tola. Como pudera pensar, ainda que por um breve instante, que o marquês não era como os outros? Tinha sido enganada por sua gentileza, por uma única taça de clarete e um paletó emprestado. Não repetiria o mesmo erro.

— Eu lhe agradecerei, lorde Wingate — disse ela, com toda a dignidade que pôde exibir —, se o senhor se abstiver de usar esse tom de sarcasmo comigo. Não sou uma mentirosa, como o senhor parece supor. Se preferir acreditar nisso, é seu...

— Sente-se, Srta. Mayhew — disse o marquês, visivelmente aborrecido.

— Não. — Kate estava tão perto de chorar que chegou a sentir as lágrimas acumularem nos cantos dos olhos, mas continuou a falar, no tom mais arrogante que conseguiu: — Prefiro não ficar na companhia de pessoas que duvidam da minha palavra...

— Não duvidei da sua palavra, Srta. Mayhew. Ao contrário, considero possível que os pais de uma dama de companhia, que era uma governanta quando a conheci, possam ter sido amigos de um conde.

Kate deve ter parecido não acreditar, pois ele acrescentou:

— Bem, eu suponho que, assim como a senhorita, seu pai seja um educador, e que, nessa posição, certamente deve ter conhecido os pais de muitos de seus alunos. Mas, pela expressão do seu rosto, devo estar errado na minha suposição.

Kate sentiu vergonha de si mesma e surpresa por ainda se importar com o que alguém pensava dela, depois de tudo o que acontecera nos últimos anos.

— Não, não está errado — negou ela numa voz menos arrogante do que a que usara há poucos instantes. — Pelo menos não a ponto de valer a pena corrigir.

— É gratificante saber. — Lorde Wingate levantou-se. — Mas isso não explica a sua expressão de pavor ao ver aquele cavalheiro se dirigir à senhorita.

Kate sentiu-se enrubescer. Agora que estava segura, longe da presença de Daniel Craven, podia se reprovar por ter se comportado como uma tola na frente dele. A ideia de ele tê-la seguido, de ter estado na sua casa na noite em que seus pais morreram, de ser de algum modo responsável pela morte deles era ridícula e absurda. Agora que não tinha sobre si aqueles olhos azuis e que ele não estava à vista, Kate percebeu que era uma tola de pensar assim. Daniel Craven era um vigarista, sem dúvida. Também era um grande galanteador e muito mulherengo. Mas não era um assassino. Ora, ele era preguiçoso demais para engendrar algo tão complicado quanto um *assassinato*.

— É que... — Kate tentou inventar uma explicação, qualquer uma que pudesse parecer plausível. Qualquer coisa diferente da verdade, isto é, que o considerava um assassino a sangue frio, soaria plausível, então não foi difícil. — É só que eu não o via... o Sr. Craven... desde antes da morte dos meus pais. Isto é, não falava com ele. Ele e meu pai eram muito próximos, mas ele, o Sr. Craven, nem sequer se preocupou em ir ao enterro. Considerei uma impertinência ter falado comigo daquele jeito tão íntimo. E fazê-lo diante do senhor... Eu tinha certeza de que me demitiria imediatamente, ainda mais depois do que aconteceu com Freddy. E fiquei... ah, eu fiquei nervosa.

— Nervosa — repetiu o marquês, de cenho franzido. — Não tive a impressão de que era uma pessoa nervosa, Srta. Mayhew. — Mas, pelo modo como lorde Wingate a fitava, com aqueles olhos verdes demais, Kate de fato estava ficando nervosa. — Eu não sou o monstro que a senhorita pensa. Sinto muito, Srta. Mayhew, pela morte dos seus pais. Quando isso aconteceu?

Kate respondeu, quase sem som:

— Faz sete anos.

— E posso saber como?

— Houve um incêndio.

Houve um incêndio. Três palavras bastante simples. No entanto, para Kate, eram as três piores palavras de seu idioma, que sempre lhe provocariam calafrios. De fato, ela fechou mais as lapelas do paletó com que lorde Wingate a cobrira, como que para se proteger de uma repentina queda de temperatura.

Em seguida, para aumentar seu nervosismo, Kate sentiu os dedos da mão desenluvada do marquês deslizarem sobre seu queixo e segurá-lo, erguendo seu rosto para que ele pudesse vê-lo.

— Esta — disse lorde Wingate, tão baixo que era como se estivesse falando consigo mesmo — eu ainda não tinha visto.

Sem saber a que ele se referia, mas ao mesmo tempo paralisada pelo seu toque, Kate perguntou:

— Como?

— A senhorita tem um rosto extremamente expressivo — esclareceu, ainda num murmúrio. — E já percebi que tem uma incapacidade evidente de esconder suas emoções. A senhorita parece ser uma pessoa alegre por natureza, mas quando mencionou o incêndio... Bem, fiquei surpreso com o que vi nos seus olhos.

Incapaz de afastar o olhar do marquês, Kate perguntou, baixinho:

— E o que viu nos meus olhos, lorde Wingate?

Não queria provocá-lo. Perguntou por estar mesmo curiosa. Teria ela parecido amedrontada? Esperava que não. Não tolerava a covardia, embora soubesse que não agira com muita coragem diante da súbita aparição de Daniel Craven.

Ou será que parecia estar apenas triste? Houvera épocas em que a solidão de Kate pela falta dos pais — isto é, pela falta de qualquer pessoa além de Freddy com quem tivesse uma história, com quem pudesse falar de sua vida antes do incêndio que a transformara para sempre — parecia ser mais do que ela podia suportar. Qual teria sido sua expressão? O que ele vira em seus olhos?

Mas Kate jamais saberia. Lorde Wingate estava a ponto de responder, segurando-lhe o rosto com afeto — um afeto que, como o paletó sobre seus ombros, deveria ser tranquilizador, mas que fazia o coração de Kate bater a um ritmo irregular —, quando as portas francesas se abriram, e Isabel, com o rosto corado, exclamou:

— Finalmente os encontrei! Já procurei por toda parte! Está na hora de Sir Roger. Vocês vêm?

No instante em que ouviu a voz de Isabel, o marquês largou o queixo de Kate. Ela, por sua vez, virou o rosto rapidamente para o outro lado, já deixando que o paletó escorregasse de seus ombros.

Como Isabel continuava ali à espera de uma resposta, Kate disse, devolvendo o paletó ao dono:

— Obrigada pelo seu paletó, lorde Wingate. Estou bem melhor agora.

O marquês pegou o paletó sem dizer nada, mas Isabel não teve o mesmo tato.

— Ah, não precisa se preocupar com aquele homem que a deixou tão pálida, Srta. Mayhew. Ele saiu logo depois que papai a retirou de lá. Quem era ele, afinal? Algum antigo admirador? Era muito bonito. Não sei por que não se casou com *ele*.

— Ele não era ninguém importante — explicou lorde Wingate, antes que Kate pudesse responder. Vestindo o paletó, o homem pegou a filha pelo braço e continuou: — Um antigo conhecido do seu pai, com quem mantinha relações de negócios, e ela não o via há algum tempo. E então, que história é essa sobre Sir Roger?

— Começa em cinco minutos — disse Isabel. — Todos devem participar, senão não será engraçado. Você e a Srta. Mayhew precisam estar lá. Vocês vêm, papai? Srta. Mayhew? Por favor?

Kate, que se reanimara com o clarete — e mais ainda com o calor que o toque de lorde Wingate lhe provocara —, usou seu tom de voz normal, firme e eficiente:

— Sabe muito bem, lady Isabel, que não posso acompanhá-los. Mas ficarei feliz de me sentar e ver a senhorita e seu pai dançarem.

Isabel fez uma careta ao entrarem no salão.

— Eu e papai? Dançarmos? Não, obrigada. Geoffrey já me pediu a dança. Papai, se a Srta. Mayhew não dançar, você terá de encontrar outro par.

Kate notou que lorde Wingate deu um sorriso enigmático.

— Verei o que posso fazer.

E então eles foram engolidos pela multidão. Isabel, logo encontrando o Sr. Saunders, correu para ele. Kate viu lorde Wingate ser interpelado por uma mulher alta carregada de joias, que se virou quando ele inadvertidamente a tocou ao tentar abrir caminho para passar.

— Wingate — exclamou a mulher em voz alta. — Eu não sabia que estava aqui! Já tinha visto a adorável lady Isabel, mas não você. Quando chegou? Como pôde desaparecer e não me procurar?

Kate não esperou para descobrir como o marquês lidava com o cumprimento daquela mulher autoritária. A conversa deles no terraço — aliás, a noite inteira — havia sido constrangedora, e era um grande alívio poder escapulir na esperança de que o patrão se distraísse com a admiradora e não percebesse sua ausência.

Passados vinte minutos, porém, quando Kate já estava de volta ao seu lugar no cantinho das solteironas, espantou-se ao vê-lo de novo e descobrir que o olhar penetrante do marquês a seguira, apesar do burburinho das mulheres esplendidamente vestidas que o rodeavam. Ele a fitava por sobre as cabeças das admiradoras — que não pareciam nada preocupadas com a reputação do marquês de Wingate, violenta ou não — e ergueu uma das mãos, sinalizando para ela.

Ao ver aquela mão, Kate sentiu uma emoção diferente. E logo corou diante do absurdo de sua reação. Afinal, era um simples *aceno* para que ela soubesse que não se afastara despercebida, que ele estava perfeitamente ciente de seu desaparecimento e se preocupara em descobrir para onde exatamente tinha ido.

No entanto, para Kate, era mais que um simples aceno. Era uma indicação de que, pela primeira vez em muito tempo, ela não estava sozinha. Kate de fato nunca estivera *totalmente* só... Afinal, tinha Freddy. No entanto, embora Freddy sempre tenha sido um bom amigo, não era necessariamente o mais fiel — e agora, sabendo da história da soprano, Kate entendia por quê. Se Freddy estivesse cercado de admiradoras, não lhe ocorreria procurar por Kate, onde quer que ela estivesse no salão, e acenar para ela.

Isso a levou a se perguntar o que, afinal, lorde Wingate estava fazendo no baile. Tinha a impressão de que ele não suportava eventos sociais como aquele. Então o que fazia ali? Não podia ser para vigiar Isabel. Isso era tarefa *dela*. Teria o marquês duvidado de sua capacidade de controlar a filha? Teria ele vindo ao baile para ver como ela se saía?

Ou haveria outra razão para ter ido até ali, com toda essa chuva? *Eu temia que algo assim pudesse acontecer.* Essas foram suas palavras ao levá-la para um canto mais reservado. Teria ele temido que ela ficasse tentada a abandonar o emprego, como as aparências indicavam quando ele entrou e a viu nos braços de Freddy?

Ainda assim, não a repreendera por aquilo. Na verdade, se desculpara por Freddy, acreditando que o conde tivesse tomado liberdades indevidas.

E quando Daniel Craven a abordara, o marquês a protegera, levando-a do salão ao perceber que não se sentia bem...

Eu temia que algo assim pudesse acontecer.

Meu Deus. Kate endireitou-se na cadeira de repente, como se tivesse se recostado num alfinete esquecido por descuido no encosto. Era *isso*. *Só podia* ser.

Lorde Wingate estava olhando por ela. Cuidando dela.

Ele o fazia naquele exato instante, diante de seus olhos. Pois embora tivesse baixado a mão, seus olhos paravam nela com frequência, mesmo ao cumprimentar seus conhecidos ou tomar um gole de uma taça de champanhe. Ele a vigiava. Também vigiava a filha, mas...

Nao deixava de cuidar da dama de companhia.

Era ridículo, claro. Chegava a ser engraçado. Ali estava um homem cuja reputação era a pior possível: divorciara-se da esposa e tentara matar o amante dela; mantivera Isabel, o fruto dessa união, afastada da mãe com o intuito de puni-la por amar outro homem; duelara com sabe Deus quantos homens, tivera casos com mulheres por toda a Europa, e, além disso tudo, logo após conhecê-la, tentara fazer amor com ela...

Ainda assim, ali estava Kate, sentindo carinho e gratidão e — devia admitir — *afeto* por seu patrão.

Como ela podia gostar de um homem assim? Como ela, Kate Mayhew, cheia de bom senso, podia sentir afeto por um homem como Burke Traherne, tão desprovido de moral? Qual era o problema com ela? O que estava *pensando*?

Mas Kate sabia exatamente o que estava pensando — e seria *difícil* não pensar: que fazia muito tempo que ninguém se preocupava em cuidar dela.

Ah, Freddy se preocupava com ela, quando se lembrava, o que costumava ser quando a mãe dele viajava para fora de Londres. Mas o marquês tomara a iniciativa de vir ao baile com o propósito explícito de ver como Kate estava se saindo. Chegara inclusive a se desculpar pelo que pensara ser uma ofensa a ela, cometida por alguém de seu círculo social.

E fazia muito tempo, muito tempo mesmo, que alguém se desculpava com Kate por alguma coisa. O fato de o marquês tê-lo feito provocou-lhe a sensação de acolhimento, de não estar só.

Era algo simples, ridículo. Mas aconteceu. Kate sentiu que não estava só, que pertencia... não necessariamente a alguém, mas a *algo*... a uma família. E não era como os livros que poucas horas antes explicara a Isabel serem a única família que lhe restara. Era uma família de verdade, de carne e osso.

Kate jamais se sentira fazendo parte de qualquer uma das outras famílias com quem vivera desde a morte de seus pais — não aos Piedmonts nem aos Heathwells, e muito menos aos Sledges. Sabia que não era bom para uma pessoa na sua profissão se afeiçoar demais às crianças ou às jovens sob seus cuidados. As crianças cresciam, e a governanta — neste caso, a dama de companhia — deixava de ser necessária. Isso lhe acontecera inúmeras vezes em sua carreira relativamente curta. A única atitude a tomar era se obrigar a ser forte e partir para a próxima missão. O que mais poderia fazer?

Ah, ela poderia se casar com Freddy. Sempre poderia se casar com Freddy... desde que conseguisse suportar a mãe dele, claro.

E a soprano.

Mas Kate não estava pronta para desistir, e se casar com o conde seria exatamente isso. Estava convencida de que o homem certo para ela estava em algum lugar. Embora, aos 23 anos, já estivesse em idade avançada para o mercado casamenteiro, não se renderia sem lutar. Afinal, conhecia moças de 28 anos — até mesmo de 30 — que tinham encontrado o amor e se casado. Por que o mesmo não lhe aconteceria?

Assim, o que devia fazer era continuar trabalhando para o seu sustento e encarar cada dia como mais uma oportunidade de encontrar o amor que com certeza a aguardava. Pois tudo o que sempre lera nos livros lhe mostrava que o amor chega para quem tem paciência e bondade no coração. E Kate se considerava possuidora de ambas as qualidades. O amor certamente estava por perto. Katherine Mayhew só precisava encontrá-lo.

Porém, enquanto isso não acontecia, parecia ter encontrado uma família. Uma família despedaçada, é verdade, mas ainda assim Kate sentia que fazia parte dela.

E essa sensação de acolhimento fez com que se sentisse amada, algo que não experimentava há tempos. Era uma sensação que lhe agradava.

Era uma sensação à qual Kate temia se acostumar.

Capítulo 13

— Não! — decretou lady Isabel Traherne, impaciente. — Não foi isso que pedi. Pedi fatias de laranja com açúcar, não de pêssego. — Ela voltou a se recostar na pilha de travesseiros, levou um lenço ao nariz vermelho e gemeu: — Ai, tire isso daqui. Apenas tire isso daqui.

Brigitte, a aia de lady Isabel, olhou magoada para Kate, que estava sentada por perto. A mulher estava fazendo tudo que podia por sua ama durante a gripe. Esforçava-se para descobrir meios de alegrá-la.

Kate, por outro lado, achava muito difícil não rir do comportamento teatral de lady Isabel. Desta vez, só conseguiu se manter séria devido à prática que adquirira ao longo da semana, durante a qual o resfriado da jovem — o que, segundo o médico lhes garantira, não passava de um resfriado de primavera — evoluíra de ruim para pior.

A ideia de Kate sobre ter finalmente encontrado um lugar ao qual pertencia não mudara, embora Isabel se tornasse cada vez mais irritante e menos agradável à medida que o resfriado progredia. As idas a óperas, bailes, jogos de cartas, corridas, almoços e lojas de roupas em busca do chapéu perfeito estavam momentaneamente interrompidas. Kate estava tendo a oportunidade de conhecer muito bem toda a equipe de criadagem e gostou de todos os companheiros do número 21 da Park Lane.

A criada, Sra. Cleary, era uma mulher inteligente e sensata. Parecia adorar a nova dama de companhia por sua capacidade de disciplinar a obstinada Isabel, cujas atitudes eram extremamente inapropriadas antes de Kate assumir o cargo. O mordomo Vincennes, era completamente diferente do Sr. Phillips. Um bom parceiro de xadrez, sempre se aproximava e perguntava se Kate tinha tempo para um joguinho. Até mesmo Brigitte, a aia francesa de lady Isabel, que não fazia muito além de fofocar e rir, era uma companhia muito agradável, embora Kate desconfiasse que sua aproximação se devesse ao fato de a dama de companhia falar um pouco de francês. Brigitte, sentindo falta da língua nativa, gostava de conversar em seu próprio idioma de vez em quando.

Realmente, a única pessoa de quem Kate tinha algum receio era o dono da casa... e só porque o via muito raramente. Para um homem que, segundo sua própria filha, gostava de ler acima de qualquer coisa, parecia-lhe que o marquês nunca passava tempo suficiente em casa para poder desfrutar do prazer da leitura. Durante a doença de Isabel, Kate foi obrigada a destinar muito de seu tempo à busca de livros para distraí-la na biblioteca de lorde Wingate, e não o encontrou lá nem uma vez. Ela o via muito mais antes da doença de Isabel, enquanto espiava do cantinho das solteironas e o avistava na multidão, com um olho invariavelmente na filha, e o outro na sua direção.

Era algo que não a incomodava nem um pouco. Verdade seja dita, deparar-se com Daniel Craven naquela primeira noite a deixara muito nervosa. Não sabia exatamente o motivo. Pensando de maneira racional, concluíra que Daniel não podia ter nenhuma participação na morte trágica de seus pais. Mas, lá no fundo, algo lhe dizia que ele tinha algum envolvimento. Kate afastava esse pensamento, mas ele sempre volta... principalmente nos sonhos, os quais, desde que reencontrara Daniel, tendiam a girar em torno do incêndio. Kate acreditara estar livre desses pesadelos. No decorrer do primeiro ano após a morte de seus pais, eles a atormentavam quase todas as noites. Passados sete anos, porém, já tinham cessado quase que totalmente. Até o dia em que Kate acreditara ter visto Daniel Craven na Park Lane... e depois quando de fato o viu em pleno baile.

Agora, os pesadelos tinham voltado, sem uma regularidade, mas não apenas ocasionalmente. Neles, ela mais uma vez tentava desesperadamente atravessar o corredor em chamas para alcançar os pais, e, como antes, algo — alguém — a puxava para impedi-la. Em seus sonhos, Kate nunca via quem era essa pessoa.

Ao acordar, contudo, ela sabia. O nome Daniel Craven, Daniel Craven, Daniel Craven ecoava em sua cabeça todas as manhãs, como sinos de igreja batendo as horas.

Felizmente Kate não o viu mais depois daquela primeira noite. Procurava por ele — sempre o fazia, agora que sabia que Daniel voltara para Londres. Mas, por sorte, ao que parecia, ele não era convidado para as mesmas festas que a filha do marquês de Wingate. Isso convinha a Kate. Embora não tivesse se saído bem no primeiro encontro, não tinha nenhuma vontade de se colocar à prova em outro. Quanto mais longe Daniel Craven estivesse, mais feliz se sentiria.

Mas não sentia o mesmo com relação a outro cavalheiro que parecia evitá-la. Kate sabia muito bem que deveria ter mantido a boca fechada sobre a soprano de Freddy, mas, uma noite, de algum modo, escapuliu. Eles observavam Isabel dançando no salão de baile com um rapaz que não era Geoffrey Saunders — o que levara o Sr. Saunders, que estava próximo, a reclamar:

— Não compreendo. Ela me prometeu todas as danças logo que chegou, e agora, sempre que a vejo, está dançando com algum outro sujeito.

Feliz de vê-lo tão frustrado, Kate observara, ao pegar uma taça de champanhe na bandeja que um garçom lhe oferecia:

— As mulheres são seres volúveis, instáveis.

Freddy lançara-lhe um olhar divertido.

— Isso não está na Bíblia, não é, Kate?

— Por Deus, não. — Ela tomara um gole do champanhe. — Isso é de Virgílio.

Freddy se aproximara mais um pouco.

— Veja, Kate. Lá está Traherne, ao lado daquele vaso de planta, com os olhos em você. Não sei o que *ele* está fazendo aqui. Diria que não é o tipo de evento que apreciaria. Acha que está aqui para espioná-la?

— Tive a impressão de que ele estava apunhalando você com o olhar. Afinal, não tira sempre a filha dele para dançar?

— Só porque *você* não dança comigo — dissera Freddy, ofendido. Em seguida, como se tivesse lhe ocorrido naquele instante, perguntara: — Ele contou alguma coisa a meu respeito naquela noite em que nos pegou dançando?

— Você quer dizer, quando me forçou a dançar?

— Sim. Peço desculpas por aquilo. Não sei o que me deu. Acabei me deixando levar pelo momento.

— Não — respondera Kate. — O marquês não comentou nada.

A moça também não comentara nada sobre Daniel Craven ter voltado à cidade. Freddy não o vira naquela noite no baile, pois se envolvera em mais uma discussão acalorada sobre cavalos com o jovem Sr. Saunders. Para Kate, não fazia diferença, pois Freddy havia sido uma das muitas pessoas que não acreditaram quando ela afirmara ter visto Daniel Craven na noite do incêndio. Ele, como os outros, insistira que se tratava de uma espécie de alucinação causada pela inalação da fumaça. O fato de Kate ter praticamente desmaiado ao ver Daniel sete anos depois apenas confirmaria a tese de que sua antipatia por ele não tinha fundamento. Afinal, Daniel não a cumprimentara com toda educação e cortesia no baile? E ela fugira, completamente abalada.

Em vez de contar tudo isso, Kate dissera, maliciosa:

— Lorde Wingate se perguntou o que você fazia aqui e concluiu que ela devia estar ocupada naquela noite.

Freddy olhara para Kate.

— Concluiu que quem devia estar ocupada naquela noite? Minha mãe?

— Claro que não. — Kate tomara mais um gole do champanhe. — A sua soprano de Viena.

Freddy ficara de queixo caído. Olhou na direção do marquês que, se tivesse percebido, teria se sentido pouco à vontade.

— Aquele canalha — resmungara Freddy em voz baixa, porém com veemência. Em seguida, dirigira-se a ela: — Ouça, Katie, ela não significa nada para mim, eu juro. É só uma maneira de... Bem, você não me encoraja e... — Freddy lançara um olhar mortífero para o marquês. — Eu irei matá-lo. — Kate o ouvira murmurar. — Juro que farei isso.

Kate respondera batendo com o leque de leve no braço de Freddy.

— Ah, Freddy, pare com isso. Fiquei feliz por saber que você não passa todos os momentos em que está longe de mim ansiando pela minha companhia. Admito ter sido um choque para o meu ego, e fiquei desapontada por você nunca ter me falado sobre ela, pois achava que não havia segredos entre nós — *bem, quase nenhum*, corrigira-se ela, culpada, para si mesma —, mas creio que sobreviverei.

Freddy estava consternado demais para retrucar. E deve ter ficado muito envergonhado com o simples gracejo despreocupado da dama de companhia, pois quase não falara mais com Kate naquela noite. Agora, parecia evitar todos os eventos em que ela podia estar, e nunca mais a convidara para sair aos domingos, seu único dia de folga.

Kate ficara surpresa e concluíra que a soprano significava mais para Freddy do que ele demonstrara.

Quanto a lorde Wingate, embora sua filha estivesse doente — um resfriado bobo, é verdade, mas ainda assim desagradável —, ele raramente estava em casa. Aparecia no quarto de Isabel antes do café da manhã para ver como ela passara a noite e, às vezes, voltava para vê-la depois de uma saída noturna, mas nada além disso. Kate chegara à conclusão de que ele tinha encontrado uma substituta para a Sra. Woodhart, com quem terminara o relacionamento, segundo Isabel — que sabia muito mais sobre a vida romântica do pai do que seria apropriado para uma filha. Mas a garota rejeitava a ideia de ele ter encontrado uma substituta para a amante achando que, se o pai pensasse sobre o assunto, veria que essa não era a melhor atitude a se tomar. Estava na hora de ele se casar, segundo Isabel, e quanto mais cedo melhor, pois Geoffrey Saunders logo pediria sua mão.

Por mais que a garota quisesse, porém, a probabilidade de o marquês se casar era vista pelos criados com ceticismo. Mais de uma vez eles o ouviram desprezar a ideia de casamento. Quando algum criado anunciava sua intenção de se casar, ele costumava desaconselhá-lo. Se o infeliz se mantivesse firme em seu propósito, o marquês suspirava de tristeza e lhe entregava um presente com os votos sinceros de que ele encontrasse a felicidade, num tom que sugeria que tal felicidade era algo extremamente raro.

Certo dia, Kate soubera pelo *valet* de lorde Wingate que ultimamente ele passava todo seu tempo no clube, e não em busca de uma nova amante. Pelo menos era para lá que Duncan levava as camisas limpas do patrão.

Não que Kate tivesse começado a ouvir fofocas da cozinha. Porém, parecia ser inevitável que o nome do marquês fosse mencionado sem que ela prestasse atenção. Como na história da Sra. Cleary, por exemplo, sobre uma véspera de Natal em Wingate Abbey em que nevara tanto que a governanta, católica, se resignara a abrir mão da missa, temendo escorregar e cair no caminho. Imagine a surpresa dela quando acordou na manhã do Natal com o som de alguém se movendo lá fora e, ao olhar pela janela, encontrou o patrão — que dera folga à criadagem — limpando um caminho na neve alta para ela.

— E não aceitou um agradecimento sequer — informara a Sra. Cleary, uma noite em que tomava chá com Kate, depois que Isabel, ainda resfriada, caíra no sono. — Não queria nem ouvir. E ele nem vai à missa! Mas o patrão Burke sempre foi assim, desde pequeno. Sempre pondo os outros na frente dele, mas às escondidas, para que ninguém soubesse, a não ser que o surpreendessem no ato. Algumas pessoas dizem que o marquês tem um temperamento violento. — A Sra. Cleary baixara a voz e continuara, em ar conspiratório: — E não mentirei para a senhorita. Ele tem mesmo. Mas só quando está irritado. O resto do tempo, ele é o melhor dos homens. O melhor.

Kate poderia ter imaginado que era um pouco de exagero da Sra. Cleary, pois as mulheres mais velhas, em especial as criadas, tendem a ser assim, principalmente ao falarem dos patrões. No entanto, ouvira histórias semelhantes de todos os outros funcionários de lorde Wingate. Ao que parecia, o pai de Isabel era muito generoso e de uma bondade incomparável, e em geral era visto exatamente como a Sra. Cleary teimava em descrevê-lo: o melhor dos homens.

À exceção do temperamento, claro, que todos concordavam ser extremamente difícil. Kate fora aconselhada a ficar bem longe de qualquer tema que pudesse provocar a ira do patrão, e até recebera uma lista com os assuntos, que incluíam, dentre outras coisas, casamento e flanela.

Embora tivesse memorizado a lista, achava altamente improvável que surgisse uma oportunidade para que qualquer um desses tópicos ofensivos fosse trazido à tona, de tão pouco que o via. Na verdade, já fazia quase um mês que estava morando ali quando sentara-se à mesa com lorde Wingate para uma refeição. Fora uma situação muito constrangedora. O marquês, que nitidamente esperava tomar seu café da manhã sozinho, folheando o jornal, tentara encontrar um assunto que pudessem debater, mas não conseguira e, por fim, saíra da mesa com uma desculpa qualquer.

Kate, como qualquer mulher em seu lugar, ficara aborrecida. Era evidente que lorde Wingate a evitava agora, assim como antes a seguia. Estranhamente, essa atitude a consternava muito mais do que ser vigiada. Não se iludia achando que o marquês estava apaixonado por ela, apesar do que acontecera na biblioteca dos Sledges. Porém, antes, acreditava que ele *gostava* dela, ao menos um pouco.

Contudo, ao que tudo indicava, fora uma impressão equivocada, pois o homem agora provava que preferia ficar bem longe dela.

Outros homens não se mostravam tão volúveis em seus sentimentos. O Sr. Geoffrey Saunders continuava sendo um admirador constante, como Brigitte comprovava agora, pronta para desaparecer com os repulsivos pêssegos adoçados e revelando uma carta sobre uma salva de prata.

— Talvez isto faça lady Isabel sorrir — disse Brigitte em seu sotaque francês acentuado. — Acabou de chegar pelo correio. Deve ser mais uma carta de amor.

Isabel resmungou de olhos fechados.

— Ai, como a minha cabeça dói! Não tenho forças para ler. Coloque-a na mesa com as outras, Srta. Mayhew, por favor.

Kate abandonou o livro que lia em voz alta — *Nosso amigo comum*, de Charles Dickens, depois de *Orgulho e preconceito* ter sido finalmente encerrado na véspera —, levantou-se e pegou a carta na salva de prata que a criada lhe estendeu.

— Ah, mais uma carta do Sr. Saunders — comentou Kate, reconhecendo a caligrafia no envelope.

Isabel sentou-se rápido, como se alguém tivesse dito que as cobertas da cama estavam pegando fogo.

— De Geoffrey? É mesmo? Ah, pode me dar, por favor, Srta. Mayhew!

Kate entregou-lhe a carta, e Isabel começou a ler, ansiosa.

— Ah! — exclamou ela, feliz. — Ele está com saudades, Srta. Mayhew! Confessa estar se consumindo de saudades.

— Como deveria — comentou Kate.

— Mas suponha que ele acabe se machucando por sentir tanto a minha falta? Ele diz aqui que isso poderia acontecer, que não pode prometer que isso não aconteça. Ah, eu posso responder esta, Srta. Mayhew? Por favor, só essa!

— Não sei. — Kate franziu a testa fingindo meditar. — Quantas foram esta semana?

— *Quatro*, Srta. Mayhew! Depois de quatro cartas implorando para saber por que eu não mandei uma resposta a nenhuma das outras, e sugerindo que ele machucaria a si mesmo caso eu não responda a esta, certamente que eu posso.

Kate suspirou.

— Creio que a senhorita pode mandar uma nota breve explicando que está doente e... — Porém, ao ver que Isabel estava pulando da cama e se encaminhando para a escrivaninha, Kate gritou: — Aonde pensa que vai, milady? Volte já para as cobertas. Ouviu o que o médico disse.

— Como eu posso me importar com o que o médico diz — gemeu Isabel, lutando contra as mãos de Kate —, quando meu amado Geoffrey está se consumindo por mim?

— A senhorita se importará bastante — disse Kate asperamente — se pegar alguma coisa pior que uma gripe e tiver de ficar longe dele por muito mais tempo. Imagine qual a probabilidade de ele realmente machucar a si mesmo nesse caso.

Isabel parou de lutar na mesma hora.

— Ah — disse ela, voltando para os travesseiros. — Tem razão, Srta. Mayhew. Querida Srta. Mayhew, como eu estaria sem a senhorita? Está sempre certa.

Kate, puxando as mangas que Isabel amarrotara na louca tentativa de sair da cama, aproveitou para afirmar:

— Eu *estou* sempre certa, milady. Ajudaria muito se a senhorita não se esquecesse disso. Agora, fique quieta enquanto vou pegar um bloco de anotações. E cuidado para não derramar tinta nos lençóis de novo. Eu não me responsabilizarei.

Mas Kate mal dera dois passos na direção da escrivaninha de Isabel, quando a voz assustada de Brigitte a interrompeu.

— Ah, senhorita! — exclamou ela, quando um vulto cinza e branco passou por baixo de sua saia e saiu para o corredor, passando pela porta que havia deixado aberta. — *La chatte! La chatte!*

Kate saiu correndo antes que Brigitte terminasse de falar. Isabel adotara Lady Babbie como sua, e a gata, apaixonada por suas constantes ofertas de leite e arenque com creme, trocara a cama de Kate pela dela na hora de dormir. A dama de companhia não se importara pois sabia que, tão logo Isabel recuperasse a saúde, esqueceria Lady Babbie, que então voltaria para o seu leito original.

Enquanto isso, todavia, era um desafio manter Lady Babbie no quarto da doente, pois a porta sempre era esquecida aberta, permitindo que a gata escapasse e explorasse partes da casa onde não era necessariamente bem-vinda. Desta vez, enquanto seguia o animal, Kate notou que se dirigia para o andar dos cômodos particulares de lorde Wingate, onde havia sido expressamente proibida de entrar. Com o coração disparado, Kate se abaixou para pegar a fugitiva, mas não conseguiu segurá-la antes de entrar no quarto.

Kate não hesitou. A porta fora deixada entreaberta, provavelmente pelo *valet*. Ele estava fazendo um inventário dos coletes do patrão, e naquela manhã sentira falta de um deles. Era provável que o próprio lorde Wingate tivesse se desfeito da peça por ser de flanela. Duncan, porém, não deixava nada ao sabor do destino, e decidira fazer uma busca minuciosa nos armários do patrão.

Kate abriu bem a porta e procurou por Lady Babbie, ansiosa para encontrá-la o mais rápido possível e levá-la dali antes que Duncan percebesse a invasão.

O *valet*, contudo, não estava à vista. E, pela primeira vez, Kate se via diante da oportunidade de entrar no quarto. Abismada com a imensidão do cômodo, ficou imóvel, ofegante por ter corrido atrás da gata, esquecendo-se por completo do motivo de estar ali.

O quarto era três vezes maior que o seu. Em frente a uma enorme lareira havia um arranjo confortável de poltronas e um sofá de couro. Acima do console um conjunto de espadas cruzadas de aparência sinistra estava preso à parede. No canto oposto havia uma cama igualmente grande. Cortinas de um tom azul-escuro caíam do dossel da cama, varrendo o chão do estrado elevado sobre o qual a cama se encontrava. As cortinas das quatro janelas francesas que davam para o parque eram feitas do mesmo tecido azul-escuro, e o tapete também acompanhava esse tom.

Era um cômodo majestoso. No entanto, olhando para ele, um sentimento de piedade inundou Kate. Pois era um quarto grande demais para uma pessoa só, e pareceu-lhe que o marquês devia se sentir muito solitário ali. Concluiu que sem dúvida esta poderia ser a razão para ele passar tanto tempo fora de casa e, consequentemente, longe do quarto.

Kate estava com esse pensamento ridículo na cabeça quando ouviu um barulho de água caindo. Virando-se, viu uma porta entreaberta, atrás da qual havia um grande espelho fixo na parede.

— Duncan?

O sangue de Kate congelou nas veias. Era a voz de lorde Wingate.

— Duncan, onde você deixou as toalhas?

E então, para pavor de Kate, viu algo tão perturbador que não pensou em mais nada e saiu voando do quarto, sem parar de correr até alcançar seu próprio quarto e se trancar.

Algum tempo depois, foi obrigada a abrir a porta, diante da voz irritada do *valet* do marquês:

— Srta. Mayhew! Srta. Mayhew, a senhorita está aí?

Recobrando-se do susto, Kate aproximou-se da porta, destrancou o trinco e a abriu o mínimo possível. No corredor, Duncan segurava nos braços Lady Babbie, molhada e furiosa.

— Srta. Mayhew — disse Duncan, parecendo ofendido, entregando-lhe a gata. — Posso lhe pedir que no futuro controle esta criatura? Eu a encontrei há pouco, encharcada do banho do marquês.

Kate pegou a gata sem dizer nada e ia fechar a porta quando Duncan a impediu, preocupado.

— Srta. Mayhew? Está bem? Quer que eu chame a Sra. Cleary? A senhorita parece ter visto um fantasma.

Mas o que Kate vira fora o oposto de um fantasma, pois estava bem vivo. Tão vivo que a visão ficara gravada em sua memória, e Kate teve certeza de que nunca mais se apagaria.

— Ah, não. Eu estou bem — afirmou ela, sorrindo para Duncan. Em seguida fechou a porta e se apoiou nela, sem sequer perceber que Lady Babbie tentava escapar de seus braços.

Pois o que ela tinha visto era, obviamente, lorde Wingate, nu em pelo...

Capítulo 14

AMBOS ESTAVAM DE volta na biblioteca dos Sledges. Usavam a mesma roupa do dia em que lorde Wingate fizera sua extraordinária oferta. Como naquela vez, o sol entrava fraco através da janela de vitrais. E, exatamente como acontecera no outro dia, o marquês, de repente, sem nenhum aviso, segurou-a pela cintura e a puxou para si.

Só que, desta vez, Kate não o impediu. Ela nem tocou no álbum que estava próximo. Em vez disso, abraçou o pescoço de lorde Wingate e ergueu o rosto para ele, de um jeito escandaloso...

E não se importou com o que aconteceu.

E quando ele a beijou, ah, foi muito bom. Aliás, mais que isso. Parecia que Kate desejava aquele momento há semanas.

E quando ele a envolveu com seus braços fortes, e ela se viu cercada pelos contornos do corpo musculoso e definido de Burke Traherne, o calor do corpo dele parecia queimá-la através da roupa, e isso também foi bom. Tanto que lhe pareceu perfeitamente natural correr as mãos por aqueles músculos bem-desenhados, primeiro sob as mangas do paletó, depois sob a camisa, ao longo do peito cabeludo, nos músculos que formavam os sulcos da barriga, e, finalmente, mais abaixo, de modo que podia sentir as coxas firmes sob a calça.

Só que agora, convenientemente, lorde Wingate estava sem a calça. Ele estava completamente nu, e ela também. No instante seguinte, eles estavam deitados no sofá de couro velho de Cyrus Sledge, com as pernas, os braços e as línguas entrelaçados...

Foi nesse momento que Kate acordou, ofegante, e com a mão entre as pernas.

E isso não foi tudo. Quando retirou a mão que pressionava aquela parte de seu corpo que pulsava de maneira tão ardente, notou que estava molhada.

Sentada na cama, tentando recobrar o fôlego, Kate percebeu que estava toda molhada. Havia filetes de suor entre os seios, não apenas entre as pernas.

Olhou ao redor no quarto escuro. Tudo estava exatamente como antes de ir para a cama poucas horas atrás. Mas, aparentemente, havia algo de diferente, algo que não estava certo.

E então Kate se lembrou. Sim, claro. A diferença estava *nela*.

Era claro que aquilo não era nada bom. Por mais que se esforçasse, Kate não conseguia se livrar da imagem que vira no quarto de lorde Wingate. Como poderia? Jamais em sua vida se deparara com um homem nu, exceto em pinturas, e, de vez em quando uma ou outra estátua. E, francamente, na sua opinião de recém-iniciada, as pinturas e as esculturas não fazem justiça à realidade. As estátuas não tinham pelos, e as pinturas... Kate só podia pensar que a maioria dos artistas eram homens, e que, quando se viam diante de um modelo semelhante a lorde Wingate, sem dúvida — por pura inveja, se por nenhuma outra razão — eles minimizavam a imensidão das... *coisas*, conscientes de que a deles não era nada assim.

Ao menos foi o que Kate supôs. Realmente não havia nenhuma outra explicação racional. A *coisa* era imensa. Lorde Wingate era um homem grande, de fato. Porém, já tinha visto muitas pinturas e esculturas de homens grandes, e as *coisas* deles nunca eram de um tamanho tão avantajado quanto a do marquês.

E isso não era tudo, embora bastasse. Kate vira o homem por inteiro — com exceção da cabeça, pois o espelho cortara sua imagem pelo pescoço. Mas, como já sabia como era a cabeça de lorde Wingate, isso não fez diferença. Foi o que Kate avistara abaixo do pescoço que ela não conseguia esquecer por nenhum instante.

O marquês estava de costas para ela, mas o espelho refletira tudo o mais. Nada fora deixado à sua imaginação, desde o largo peitoral, coberto densamente por pelos encaracolados e escuros; os mamilos cor de cobre, ocultos sob a pelagem; os músculos abdominais definidos ao longo da barriga firme; as concavidades dos lados externos das nádegas macias e alvas; até mesmo o caminho espesso de pelos entre as pernas, do centro do qual se dependurava aquele membro que tanto convencera Kate de que os artistas através dos séculos infelizmente não tiveram bons modelos, ou preferiram retratá-los com modéstia.

Era a visão do homem *por inteiro* que não saía da cabeça — e agora dos sonhos — da dama de companhia, apesar de todo o esforço para expurgar essa lembrança.

As horas tranquilas de leitura com Isabel não serviram de nada para afastar a memória de sua mente. Enquanto pronunciava as palavras de Dickens, continuava pensando: *Ora, os ombros dele são tão grandes quanto eu imaginava.* E também: *Eu não deveria estranhar o fato de as coxas de lorde Wingate serem tão fortes. Afinal, ele cavalga todos os dias. Não sei se também luta esgrima. Certamente tem a aparência de quem luta.*

Inúmeras vezes, Isabel precisara chamar a atenção de Kate pelo fato de ela parecer ter pulado uma página. Em sua distração, ela de fato pulara.

— Está se sentindo bem, Srta. Mayhew? — perguntara Isabel.

— Claro — respondera Kate, rápido demais. — Por que pergunta?
— Não parece. As maçãs de seu rosto estão muito coradas.

Kate as cobrira com as mãos. Os dedos de fato pareciam bem mais frios em contato com o rosto quente.

— Ah. Não é nada. A noite está quente, e as janelas estão cerradas para a senhorita não piorar do resfriado.

— Talvez a senhorita também esteja ficando doente — dissera Isabel, aparentemente animada com a possibilidade. — Ah, assim eu poderei cuidar da senhorita. Isso não será divertido?

Kate achara a ideia de ser cuidada por lady Isabel Traherne muito engraçada. Porém conseguira permanecer séria e apenas comentara:

— Como é caridosa, milady.

Ainda assim, mais tarde, antes de ir dormir, Kate examinara sua imagem no espelho e concluíra que Isabel tinha razão. As bochechas *estavam* coradas, e os olhos tinham um brilho diferente. O brilho de um novo conhecimento, pensara Kate com ironia. Como poderia encarar lorde Wingate agora, sabendo que seus pelos se espalhavam num amplo arco no peitoral, depois desciam se estreitando próximo à barriga e afinavam até formarem uma estreita faixa sob o umbigo, antes de se alastrarem até um ninho espesso na virilha? Como poderia sentar-se à comprida mesa de jantar e dar atenção às tentativas educadas do marquês de conversar, ao mesmo tempo que imaginava como o vira da última vez? Seria possível não pensar na pele lisa e bronzeada dos seus bíceps, ou na força óbvia das suas costas largas e rijas?

Que situação impossível!

E agora, poucas horas depois — embora lhe parecessem apenas minutos, pois, apesar dos pensamentos conturbados, Kate caíra no sono logo após encostar a cabeça no travesseiro —, ela acordara quente e ofegante, como se tivesse corrido. A roupa de cama estava retorcida em torno do corpo suado, e, em algum momento durante a noite, ela se livrara da camisola.

Mas nada disso era tão perturbador quanto o sonho — ou o fato de uma das mãos estar enfiada entre as pernas.

Kate horrorizou-se ainda mais quando, ao afastar rapidamente aquela mão, continuou sentindo no local uma sensibilidade que pulsava de forma rápida e intensa. Pior, a sensibilidade se transformava em dor a cada instante que ela mantinha a mão afastada.

Sentando-se, o cabelo úmido caindo em ondas sobre os ombros, Kate balançou a cabeça, tentando desanuviá-la.

Naquele instante, algo bateu na vidraça da janela, e ela quase gritou de susto.

O vidro não quebrou, mas logo em seguida o som se repetiu. Kate percebeu que aquele som a acordara. A princípio, considerando a hora e a época do ano, acreditou serem morcegos. Logo em seguida, raciocinou: *Ora, alguém está jogando pedras na minha janela!*

Imediatamente se levantou para ver quem era.

Somente no último instante se lembrou de que a camisola encontrava-se encharcada sob um dos travesseiros. Vestiu-a e se dirigiu para outra janela que, devido ao calor, deixara aberta.

As três janelas do quarto davam para os fundos da casa, onde havia um pequeno jardim com lindos canteiros de flores muito bem-cuidados, um gazebo e um pequeno lago com peixes e uma fonte. Era um lugar tranquilo para tomar café da manhã ou chá, e Kate frequentemente ficava ali quando Isabel não precisava dela.

Ao olhar pela janela, não se surpreendeu muito ao ver um homem louro ao lado de uma das árvores perto do gazebo. Não se surpreendeu, mas se preocupou, para dizer o mínimo. Ao vê-lo, Kate imediatamente se afastou da janela, com o coração batendo descompassado.

Pois evidentemente, embora Kate não conseguisse ver com nitidez as feições da pessoa, deduziu que só podia ser Daniel Craven.

Ora, quem mais seria? Qualquer outro conhecido seu — isto é, seu *único* outro conhecido, Freddy — a teria procurado da maneira tradicional. Somente Daniel Craven, por não saber como seria recebido depois da reação dela na noite em que se deparara com ele, semanas atrás, teria razão para jogar pedrinhas na janela de seu quarto. Kate não parou para pensar como Daniel descobrira qual era a sua janela nem como conseguira entrar no jardim de lorde Wingate em Londres. Segurando com força a gola da camisola, com a boca seca e o coração descompassado, só conseguiu pensar que ele a descobrira. Ele a descobrira.

Era desnecessário dizer que, agora que Daniel sabia onde morava, encontraria uma maneira de arruiná-la.

Kate não compreendia de onde vinha sua certeza. Afinal, sua relação pessoal com Daniel Craven sempre fora agradável — até o dia em que ele fugira com todo o dinheiro.

E a noite do incêndio, claro.

O que ele queria? Houvera um tempo — de fato, por um breve período, sete anos antes — em que ela e as amigas admiravam o jovem sócio de seu pai, comentando sobre ele e trocando risinhos às escondidas. Naquela época, Kate achava que Daniel, lisonjeado com a paixonite da jovem, gostava de flertar com ela.

Seria por esse motivo que a procurava de novo? Será que imaginava que, tanto tempo depois, poderia recomeçar um flerte com ela, como se nada tivesse acontecido?

Se era isso, Daniel se surpreenderia. Além de não mais admirá-lo, Kate suspeitava, em seus momentos de fraqueza, que fora ele o assassino de seus pais...

Concluiu que não podia ser esse o motivo para Daniel Craven procurá-la. Era um homem manipulador; que utilidade ela teria agora? Há sete anos, Kate tinha dinheiro, mas essa já não era a sua realidade. Seria possível que estivesse planejando enganar lorde Wingate, assim como fizera com o pai dela, e quisesse usá-la para esse fim?

Se era isso que ele queria, receberia algo bem diferente...

Mais uma pedrinha bateu na vidraça, esta com mais força que as outras. Kate assustou-se com o barulho, imaginando que terminaria por acordar outras pessoas na casa, até mesmo Isabel, cujo quarto era ao lado do seu. O que podia fazer? Se lorde Wingate descobrisse, seria obrigado a despedi-la. Não convinha que a filha tivesse uma dama de companhia que recebia visitas de cavalheiros no meio da noite...

Mais uma pedrinha bateu contra a janela, desta vez com força suficiente para quase quebrar o vidro.

Foi o bastante. Agora Kate não tinha escolha. Se não descesse para ver o que ele queria, a casa inteira acabaria acordando. Ela engoliu em seco, vestiu o penhoar, calçou os chinelos, abriu a porta e olhou o corredor. Não havia ninguém por perto, claro. Já devia passar de três horas da manhã. Com alguma sorte, conseguiria livrar-se dele e voltar para a cama antes que alguém acordasse...

Havia duas portas que davam para o jardim. A primeira ficava na biblioteca de lorde Wingate; a segunda, na sala de café da manhã. Kate usou a porta da biblioteca por ser a mais próxima. Embora toda a casa estivesse às escuras, não precisou acender nenhuma vela, pois o luar que entrava pelas janelas iluminava seu caminho. Passou pela sombra lúgubre que era a mesa de lorde Wingate e abriu as portas francesas que davam para os degraus que levavam ao jardim. Kate agora enxergava nitidamente o homem louro através da vidraça, e o que viu a fez hesitar.

Pois obviamente não era Daniel, e sim...

— Sr. Saunders!

Kate estava ao luar, com as mãos na cintura, olhando furiosa para o jovem que parecia pronto para lançar mais uma salva de pedrinhas em sua janela. Assustado com o som da sua voz, ele deixou cair as pedras e olhou para a dama de companhia.

— Senhorita... Mayhew? — sussurrou ele. — É a senhorita?

— Claro que sou eu.

O alívio de Kate foi como água fresca num dia quente de verão. *Não é Daniel Craven*, era apenas isso que conseguia pensar. *Graças a Deus não é Daniel Craven.* Seu coração voltou ao ritmo normal, e ela se censurou por ter imaginado que era ele. Daniel Craven não tinha nenhuma razão para procurá-la e não o faria, nunca mais.

Geoffrey Saunders, por outro lado... Mas qual era o motivo para esta visita noturna?

Kate desceu os degraus de pedra que levavam ao jardim, seu robe transparente esvoaçante formando ondas atrás de si como se fosse uma vela de navio enfeitada com rendas.

— Sr. Saunders, o que o senhor pensa que está fazendo aqui?

Saunders a fitava boquiaberto. Ele era um rapaz bonito, mas, boquiaberto, parecia um tolo.

— Eu... — gaguejou. — Eu...

— Se está à procura de lady Isabel — alertou Kate, mantendo a voz baixa —, devo dizer que sua mira deixa muito a desejar.

Saunders olhou para a janela de Kate.

— Ah — disse ele, recuperando-se um pouco. — Quer dizer que eu atingi as janelas do quarto errado?

— Obviamente.

Talvez Kate não fosse tão ríspida se não o tivesse confundido com Daniel Craven — e ele não a tivesse acordado daquele sonho. Mas, da forma como tudo acontecera, ela agora estava extremamente impaciente e sem ânimo para perder tempo com jovens bonitos e inúteis.

— Sr. Saunders — prosseguiu de modo imperioso. — Confesso-me envergonhada pelo seu comportamento. Como ousa se infiltrar sorrateiro na propriedade de lorde Wingate no meio da noite, como se fosse um ladrão?

Saunders sorriu para ela, meio tolo, mas charmoso. Sem dúvida era um jovem muito atraente.

— O que posso dizer? — Ele deu de ombros, com suas costas largas. — Sou um homem apaixonado, Srta. Mayhew. Entrego-me à sua mercê. Faz quase uma semana que não tenho notícias de lady Isabel. Ela me esqueceu? Serei descartado como uma luva manchada?

Kate suspirou.

— Seria melhor se admitisse que bebeu, Sr. Saunders. Guarde para si os devaneios poéticos. Lady Isabel está de cama há cinco dias, com um forte resfriado.

O semblante de Geoffrey Saunders iluminou-se.

— Um resfriado? Ora, ora, Srta. Mayhew. Foi bom a senhora me informar, e não tentar me engambelar, como outras mulheres teriam feito. — E com um sorriso malicioso, comentou: — Eu lhe disse que nós dois formaríamos um ótimo time, Srta. Mayhew. — Ele passou os olhos pelo penhoar de Kate. — E devo acrescentar que sua roupa é simplesmente deslumbrante. É uma pena a senhorita não ter usado isso na casa da baronesa. Eu seria obrigado a afastar todos os rapazes à força.

Kate considerou a hipótese de dar um tapa no Sr. Saunders. Em vez disso, contudo, cruzou os braços friamente em frente ao peito, pois era para o decote que os olhos dele se desviavam. Todos os seus vestidos de baile tinham sido acrescidos de panos na frente, mas não lhe ocorrera que alguém pudesse vê-la em suas roupas de dormir, e que elas algum dia pudessem ser consideradas ousadas demais para uma dama de companhia.

— Sr. Saunders. Saia desta propriedade imediatamente. Se algum dia eu souber que tentou de novo entrar em contato com lady Isabel desta maneira, irei diretamente a lorde Wingate.

— Não vestida como está, espero — acrescentou o Sr. Saunders. — Do contrário, temo que, como eu agora, lorde Wingate seja incapaz de prestar atenção nas suas palavras...

— Talvez — falou Kate, abaixando os braços, com o rosto em chamas —, o senhor preste atenção nisto, então.

Ao dizer "nisto", Kate pisou o mais forte que pôde no pé do rapaz. E como estava usando chinelos de salto fino, teve a satisfação de ver o Sr. Saunders arfando de dor, esticando os braços em direção ao próprio pé, dentro da bota.

— Pense nisso, Sr. Saunders — sugeriu ela, o mais altiva possível —, apenas como uma amostra do que provavelmente receberá de lorde Wingate, se ele por acaso souber do seu comportamento esta noite. O mais provável é que enfie uma bala nessa sua cabeça dura. E eu, por sinal, não derramarei uma lágrima no seu enterro.

Kate deu meia-volta e subiu os degraus em direção às portas francesas. Atrás dela, o Sr. Saunders pulava, esforçando-se para não gritar de dor, o que parecia ser um grande sacrifício. Quando ela já estava segura dentro de casa, após trancar novamente a porta para evitar que ele a seguisse — caso tivesse isso em mente —, ficou a observá-lo padecer de dor por algum tempo. Queria acreditar que conseguira lhe incutir medo suficiente da ira do marquês para que ele não voltasse a escalar a parede daquele jardim, como evidentemente fizera. Por outro lado, um homem desesperado nem sempre faz as escolhas mais inteligentes. Ela ficaria de sobreaviso, até ter certeza que ele se fora...

Foi nesse instante que Kate ouviu a maçaneta da biblioteca girar. Ela se virou e, em seguida, com um candelabro na mão, lorde Wingate entrou.

Capítulo 15

— Lorde Wingate — exclamou Kate, quando conseguiu falar.

O marquês, espantado. Não a vira, e Kate percebeu tarde demais que poderia ter escapado despercebida se tivesse permanecido calada.

Por outro lado, se ele a tivesse visto, e ela não tivesse falado nada, poderia pensar que estava escondendo alguma coisa.

O que era a mais pura verdade.

— Srta. Mayhew? — Lorde Wingate ainda não estava com a vista acostumada à luz da lua e precisou levantar o candelabro para vê-la diante das portas francesas. Quando conseguiu, arregalou os olhos e soltou a maçaneta que, até aquele instante, ainda segurava. — Srta. Mayhew — repetiu, num tom de surpresa. Embora Kate estivesse morando naquela casa há várias semanas, o marquês aparentemente não considerara a possibilidade de um encontro fortuito entre eles. — O que...?

Sem dúvida ele pretendia concluir a frase dizendo "a senhorita está fazendo na minha biblioteca às três horas da manhã". Mas estava surpreso demais para continuar. Aparentemente só conseguiu ficar ali e fitá-la. Era sem dúvida um encontro estranho, considerando os trajes de ambos. Estavam de robe. Mas Kate achou a expressão incrédula do patrão fora de proporção para a situação. Afinal, ela não estava nua.

Ao ter esse pensamento, Kate recordou-se da última vez que vira lorde Wingate e enrubesceu. Deus do céu! O sonho! Esquecera-se do sonho despudorado. E aqui estavam os dois, numa biblioteca. Não era a mesma do sonho, mas ainda assim era uma biblioteca. Pior, estavam com muito menos roupas do que no início do sonho. Não era para menos que lorde Wingate estivesse tão desconcertado — embora não tivesse tido o mesmo devaneio, nem soubesse do dela...

Kate percebeu que o homem esperava alguma resposta, e disse a primeira coisa que lhe veio à cabeça.

— Minha gata.

Lorde Wingate ficou ainda mais perplexo, se é que isso era possível.

— Sua gata, Srta. Mayhew?

— Sim, a minha gata — respondeu Kate, com o pouco de lucidez que conseguiu reunir. — Ouvi gatos brigando no jardim e achei que Lady... — Sua voz sumiu, pois se lembrou que não contara ao patrão o nome ridículo da gata, e não havia nenhuma razão para fazê-lo agora. Ela pigarreou. — Pensei que minha gata tinha saído.

Sob a luz do candelabro, Kate viu o marquês erguer as sobrancelhas. Nunca lhe ocorrera antes, mas ela percebeu que o rosto escuro e os traços marcados do patrão lhe conferiam um ar diabólico. Quando ele elevou as sobrancelhas sob a luz do candelabro, lembrou-se das pinturas de Lúcifer.

— E?

A voz autoritária de lorde Wingate tirou-a de seus devaneios.

— O... quê? — gaguejou Kate como uma tola.

— E... — repetiu o marquês, com uma paciência impressionante — ... era... a... sua... gata?

Kate olhou para trás e precisou reprimir um suspiro profundo. O idiota do Geoffrey estava no jardim, sentado num banco de pedra, sem a bota, examinando os dedos do pé que ela pisara, certamente procurando por alguma fratura. Que estúpido! Ele *queria* ser decapitado? Pois era isso certamente que aconteceria se o marquês de Wingate o descobrisse ali...

— Ah — disse Kate com uma risada alegre, afastando o olhar das vidraças. — Ah, não, não era, afinal. Mas o que o traz à biblioteca tão tarde da noite, milorde? — Enquanto falava, ela se afastou das portas francesas, esperando desviar a atenção de lorde Wingate do que estava acontecendo do lado de fora. O olhar do marquês a seguiu, como Kate esperava. Ele a fitava com cautela, como se ela tivesse enlouquecido e pudesse a qualquer instante lançar mão de um dos acessórios de ferro da lareira e espetá-lo.

— Eu desci — respondeu ele, ressabiado — porque não conseguia dormir, e o livro que estou lendo não se mostrou particularmente... tranquilizante.

— Ah? — Kate, ainda desconfortável com a proximidade do marquês do jardim, aproximou-se dele e olhou para o livro que retirara do bolso do robe. — Ah, *O último dos moicanos*. Sim, entendo o que o senhor quis dizer.

Lorde Wingate parecia não desviar o olhar do rosto de Kate, e ela achou isso ótimo, dadas as circunstâncias. O homem pigarreou.

— Estou tendo dificuldades em me concentrar. Não consigo passar do prefácio.

Kate franziu o nariz.

— O prefácio? Por que se preocupar com o prefácio?

Kate teve a impressão de que o marquês pareceu mais estupefato que nunca ao ouvir suas palavras. Porém, convencida de que agora conseguira distraí-lo totalmente das portas francesas, não se importou que ele a considerasse uma pessoa inculta por pular prefácios. Tomou o livro da mão dele e disse, gentilmente:

— O que o senhor necessita, milorde, é de algo que o faça dormir. E saiba, eu tenho a receita. Onde o senhor guarda o *s*?

Lorde Wingate continuou a fitá-la. Seus olhos, sob a luz da vela, estavam mais verdes do que nunca.

— O o quê?

— O *s*. — Kate apontou para as fileiras de livros que cobriam as paredes. — Eles devem estar arrumados por autor, não é?

— Ah. — Lorde Wingate sinalizou com a cabeça indicando a parede à direita da lareira. — Ali.

— Excelente. — Kate deu-lhe o braço, um movimento corajoso, sem dúvida, mas necessário sob aquelas circunstâncias, e o guiou naquela direção. Lorde Wingate não resistiu, e Kate começou a acreditar que a noite talvez terminasse sem um assassinato, afinal.

— Deixe-me ver — disse ela, examinando os títulos arrumados em prateleiras que iam do chão ao teto. — Levante um pouco mais a luz, por favor, milorde? — Ele imediatamente obedeceu. — Ah, assim é melhor. Bem, o que temos aqui? *Sab, Sal, Saw...* Ah, encontrei. *Sc.* Bem lá no alto. Ah, meu Deus, vejo que terei de subir bastante.

Kate soltou-se do braço do marquês e pegou a escada com rodinhas que alguém deixara convenientemente à mão. Devolvendo-lhe o exemplar de *O último dos moicanos*, pediu, educadamente:

— Segure isto por um instante, por favor. — Sem mais delongas, Kate ergueu a bainha da camisola e começou a subir os degraus.

— Srta. Mayhew — disse lorde Wingate, um pouco preocupado, rapidamente deixando o livro de lado e segurando-lhe o cotovelo. — Srta. Mayhew, eu lhe asseguro que sou perfeitamente capaz de cuidar de meu próprio material de leitura...

— Ah, não se preocupe, milorde — respondeu Kate. De sua nova posição elevada, ela olhou furtivamente pela janela em arco acima das portas francesas. Para seu alívio, viu que o Sr. Saunders já calçara a bota de novo e se ocupava em arrumar o chapéu. Rapaz idiota. Ela voltou para os livros que tinha à sua frente. — Não tenho nenhum medo de altura.

— Dá para notar — comentou lorde Wingate, secamente. Ele não largava o cotovelo de Kate, só que agora ela estava tão no alto que ele precisou se esforçar para não soltar. — Ainda assim, eu me sentiria muito melhor se me permitisse...

— Ah. — Kate encontrou o que procurava e retirou o livro de uma das prateleiras mais altas. — Aqui está. — Segurou o objeto num ângulo tal que permitisse a lorde Wingate ver o título de onde estava. — *Ivanhoé*. Sir Walter Scott. Certamente fará qualquer um dormir. As partes com Rebecca são boas, mas todo o restante é de fazer bocejar.

— Sim — concordou o marquês, um pouco impaciente. — Já o li, Srta. Mayhew. Agora desça daí, antes que acabe caindo.

Kate deu mais uma olhada para o jardim. O Sr. Saunders finalmente havia partido, e ela suspirou, aliviada. Não conseguia entender o que a levara a proteger o tolo rapaz. Mas, se a notícia de que o marquês de Wingate atirara no namorado da filha no jardim de sua casa em Londres se espalhasse, ela sabia melhor que ninguém que os fofoqueiros não sossegariam, e já havia rumores demais sobre o marquês...

Não que Kate se importasse com o que dissessem sobre seu patrão. Estava pensando na filha dele. Por mais que o pai tenha cometido erros, Isabel não deveria sofrer suas consequências. Kate não pensava no bem-estar de lorde Wingate, de modo algum.

Ou assim ela quis acreditar.

— Tanto melhor que já o tenha lido — disse ela, descendo pelos degraus da escada. — Assim dormirá ainda mais rápido.

— Muito obrigado pela sua preocupação — Lorde Wingate segurou mais firme o cotovelo de Kate. — Cuidado com os degraus, Srta. Mayhew, a senhorita quase pisou no seu... hmm... robe.

— Ah, mas eu não pisei — assegurou-lhe Kate alegre.

Foi só falar e ela tropeçou, pisou no robe e perdeu o equilíbrio.

Kate tentou se agarrar aos degraus superiores, mas, como não queria deixar o livro cair — parecia ser uma edição original, portanto, muito cara —, não pôde usar as duas mãos e não conseguiu se reequilibrar. Com o coração na boca, ela só teve tempo de pensar, antes de cair, *que situação constrangedora. Espero que a camisola não vá parar na minha cabeça.* Pois é claro que não estava usando nada por baixo.

Só que não caiu. No último instante, lorde Wingate largou o candelabro e a pegou.

O castiçal de prata bateu no chão de parquê com um grande baque, e o impacto apagou as velas. Subitamente mergulhada na escuridão, Kate precisou esperar que sua visão se ajustasse à luz da lua, muito mais tênue, que entrava pelas janelas. Não que houvesse muito para ela ver. Afinal, seu rosto estava pressionado contra o peitoral de lorde Wingate — o mesmo peitoral que, poucas horas antes, admirara em silêncio, ao vê-lo refletido num espelho. Agora, de perto, mostrava ser dez vezes mais interessante. É bem verdade que não conseguia ver nada, mas dava muito bem para *senti-lo*, e o que ela *sentia* era tão interessante quanto o que vira.

O marquês estava usando um robe de cetim. E, sob ele, o que aparentava ser uma camisa de um tecido igualmente macio. Porém, nenhuma das peças era realmente grossa, e Kate sentiu através delas os pelos que vira em seu peito.

E eram tão encaracolados quanto pareciam no espelho. Sob eles, conseguia ouvir a batida firme do coração contra a parede de músculos quentes em que apoiava o seu rosto, músculos que eram tão fortes quanto aparentavam. Os braços que ela observava há tanto tempo a envolviam, mantendo seu equilíbrio, mas também se mostravam, com o aperto daquele abraço, tão fortes quanto imaginara. Ele a segurava como se Kate não pesasse mais que um edredom.

Porém, não foi só isso que a dama de companhia sentiu. Pois, ao mover a perna um pouquinho, percebeu, através do tecido fino de seu penhoar, a coxa do marquês, tão rija quanto aparentara ser no reflexo do espelho. Mas, logo além daquela coxa, um pouco mais para a esquerda, havia algo que não era nem um pouco rijo como o resto do corpo. Ela percebeu isso ao esfregar acidentalmente a perna ali enquanto tentava se segurar, ainda sem saber que o marquês a apoiava com firmeza.

Mesmo assim, essa coisa macia emanava um calor surpreendente através dos tecidos das roupas de ambos. A única coisa mais quente que essa parte era a respiração de lorde Wingate em sua testa. Kate olhou para ele e descobriu que conseguia enxergar melhor do que supunha. Tão bem, que ficou pasma ao ver os lábios do marquês a poucos centímetros dos seus.

Kate concluiu que havia luz bastante no ambiente para olhar lorde Wingate nos olhos. E, no instante em que o fez, estava perdida. Inteiramente perdida.

Estava convencida de que lorde Wingate a beijaria. Afinal, ele a tinha nos braços, e os dois corpos estavam tão unidos quanto era possível. Ela só precisava, erguer as pernas e abraçar-lhe a cintura para que fosse exatamente como no sonho, apesar de eles ainda não estarem nus...

Deus do céu! Que pensamento louco era esse? Kate sentiu o calor tomar conta de seu rosto e torceu para que a luz da lua não fosse bastante para revelar seu rubor. Como pôde se lembrar daquele sonho infame numa hora dessas? Precisava pensar. Lorde Wingate iria beijá-la. Ela estava perfeitamente convencida disso. Deveria permitir? Não havia nenhum álbum de gravuras por perto, e ele sabia disso. Ele *tinha* de beijá-la. Ele simplesmente *tinha* de fazer isso.

Enquanto Kate refletia, algo curioso começou a acontecer. Aquela sensação pulsante misteriosa que percebera entre as pernas ao acordar do sonho retornou de súbito, e ela ficou novamente molhada.

E Kate não foi a única a ser afetada nesse sentido. O calor que emanava daquela área do marquês, que a atraíra tanto, de repente subiu alguns graus... e não era só a temperatura que subia. Aquela parte de lorde Wingate, que pouco antes ela avaliara como o único pedaço macio no corpo duro como pedra, parecia inchar contra ela, pressionando com firmeza sua virilha.

De repente, pareceu-lhe que seu sonho tinha muitas chances de se tornar realidade. Por um instante, Kate não conseguia decidir se aquilo era algo que ela queria ou não. Uma parte sua — aquela parte traiçoeira entre as pernas — queria muito. Mas...

Mas então a questão perdeu o sentido quando lorde Wingate, sem dizer nada, a colocou no chão e a soltou.

— Está bem, Srta. Mayhew? — perguntou ele educadamente.

Bem? Confusa, Kate analisou a palavra. *Bem?* Seu corpo, em todos os pontos que estiveram em contato com o dele, parecia doer. *Bem? Você ia me beijar. Você ia me beijar e então não me beijou. Não, eu não estou bem!*

— Sim — respondeu Kate. — Muito bem, obrigada.

— A senhorita não deveria subir em escadas com essa roupa — aconselhou lorde Wingate.

Desconcertada, Kate só conseguia fitá-lo.

— Tem razão.

— Bom. — Lorde Wingate pegou o livro das mãos dela e em seguida abaixou-se para pegar o candelabro. — Obrigado pela sugestão de leitura. E agora é melhor nós dois voltarmos para nossos respectivos quartos. É muito tarde. Ou cedo, dependendo do ponto de vista.

Kate acenou com a cabeça, em silêncio, e saiu andando quando lorde Wingate fez sinal para que ela seguisse na frente. Chegou ao quarto sem saber como. Lorde Wingate, ao que lhe pareceu, falou bobagens por todo o caminho, elogiando-a pelo progresso que via no comportamento da filha e perguntando se ela estava gostando da casa e se precisava de alguma coisa.

Sim, respondeu Kate mentalmente. De você.

— Não — respondeu ela em voz alta. — Obrigada.

Kate logo se viu em seu próprio quarto, com a porta fechada, e lorde Wingate havia partido. Estava a sós — exceto por Lady Babbie, que dormia enroscada ao pé da cama.

Movimentando-se mecanicamente, Kate desamarrou o penhoar e deixou que ele escorregasse de seus ombros. Depois voltou para a cama, desfazendo-se da camisola pelo caminho. Sob os lençóis frios, perguntou-se o que havia acontecido. Como ela pôde perder a cabeça? Como pôde ficar ali, apoiada nos braços de lorde Wingate, e desejá-lo tanto? Ele era um devasso sem escrúpulos que não se importava de partir o coração das mulheres. Freddy não lhe assegurara isso?

Pois então que ideia fora aquela de erguer o rosto quase o desafiando a beijá-la? Estava louca?

Provavelmente. Na verdade, tudo começara com a visão do corpo nu de lorde Wingate. Isso provocara tudo. Estava tudo muito bem até aquela tarde. Uma olhadela para o que havia sob aqueles coletes de cetim e aquelas calças bem-ajustadas, e a calma e serena Katherine Mayhew se transformara numa mulher ardente de desejo.

E mais, Kate nem sequer tinha muita certeza de que *gostava* dele.

Ok, certo. Ela *gostava* dele. Mas certamente não estava apaixonada por ele. Ela só o desejava.

Com um suspiro de desgosto, Kate cobriu a cabeça com o lençol, certa de que o sono demoraria muito a chegar.

Capítulo 16

— Ela é simplesmente encantadora, milorde. — A baronesa ergueu o *lorgnon* e olhou através dele. — De fato, é a moça mais bonita neste salão.

Olhando na mesma direção que a velha senhora, Burke só conseguiu acenar a cabeça concordando. Era verdade. Ela *era* a moça mais bonita no salão. E isso era verdade em qualquer ambiente. Inevitavelmente, ela era sempre a mais bonita de todas as moças presentes.

— Tão graciosa — disse a baronesa. — Tão cheia de charme. Ela não permanecerá disponível por muito tempo, lorde Wingate, guarde minhas palavras.

Como se ele não soubesse.

— E sabe, milorde — continuou a baronesa —, creio que meu filho, Headley, talvez seja o rapaz perfeito para ela. Para ser sincera, nenhum dos dois faz o tipo intelectual. Duvido muito que tenham aberto um livro desde que saíram da escola.

Burke fitou a senhora com um olhar espantado, e, finalmente, sentindo-se ridículo, percebeu que ela falava de Isabel, não de Kate

Mayhew. Kate Mayhew se mantinha num canto da sala, como deveria. Uma mulher como a baronesa Childress não se preocuparia em especular sobre as opções de pretendentes de uma dama de companhia. O tempo todo ela se referia a Isabel, que rodopiava na pista de dança, como sendo a garota mais adorável do salão.

A baronesa obviamente estava louca.

Não que Burke relutasse em concordar que Isabel tinha um certo charme. Mas a mulher havia perdido o juízo — ou então teria sido ele a perder — se não via que a única mulher no salão merecedora de tantos elogios era a dama de companhia de sua filha.

— Na minha opinião, eles combinam bem — continuou a baronesa. — E não precisa se preocupar, lorde Wingate, pois não tenho a opinião antiquada de outros nobres menos esclarecidos. Penso que o divórcio, no seu caso, era o único caminho racional a ser seguido.

Não. Definitivamente era ele quem estava louco.

Essa loucura começara aos poucos, até tomá-lo por inteiro. Que outra coisa o traria a este baile horrível, se não a sua insanidade? Afinal, contratara a Srta. Mayhew para acompanhar Isabel em eventos deste tipo. Pois então o que estava fazendo seguindo as duas? Era a tal loucura que começara a se instalar naquela noite chuvosa, quando pela primeira vez decidira se certificar de que a dama de companhia da filha não estava sendo importunada por membros do seu grupo social. Uma missão inútil, pois a única coisa que ele constatara fora que não era o primeiro homem a admirá-la. E com certeza não seria o último.

— Meu marido pensa diferente, como o senhor deve estar ciente. Pensei que seria melhor informá-lo que apoio Headley em todas as suas iniciativas, e que meu marido, em algum momento, concordará comigo.

Após descobrir suas piores suspeitas confirmadas naquela primeira noite, Burke acreditara que se sentiria satisfeito. Afinal, só se aventurara a sair naquela chuva horrível para assegurar-se de que a

Srta. Mayhew não corria nenhum risco de ser molestada por algum dos rapazes de seu círculo social.

O fato de ver que suas piores suspeitas tinham fundamento — e de ter sido obrigado a impedir não apenas um, mas dois "cavalheiros" de a assediarem — não deveria causar tamanha raiva.

Mas era óbvio que sentira, naquele baile a sensação familiar de que, se não atacasse alguém, poderia entrar em combustão espontânea. Não devido à satisfação de constatar que, mais uma vez, acertara em supor o pior do gênero humano. O que sentira fora uma fúria incandescente, do tipo que não experimentava há séculos.

Burke não se aventurou, na ocasião, a se perguntar o motivo real de sua reação ao descobrir que outros homens também se sentiam atraídos pela Srta. Mayhew. Naquele momento, simplesmente concluiu estar furioso por ela ser a dama de companhia de sua filha e não poder cuidar de Isabel da maneira adequada enquanto era assediada por todos os devassos de Londres.

— Ah, lorde Wingate. — A baronesa pousou a mão no braço dele para que lhe dedicasse plena atenção. — Permita-me que eu lhe conte sobre a herança de Headley. Ele recebe três mil libras por ano, como herança de meu falecido pai. Sei que não é muito, mas o barão tem a intenção de lhe doar certa quantia quando ele escolher uma noiva ajuizada. E como a sua filha é uma moça bastante ajuizada...

Seria possível que ela estivesse dizendo a verdade naquela noite, ao insistir que Bishop era apenas um amigo da família? Não lhe parecia que Katherine Mayhew fosse uma mulher mentirosa. Ainda assim, era difícil acreditar que seus pais, que deviam ter sido comerciantes ou educadores, pudessem ter uma relação de amizade com um conde. Burke, um marquês, não tinha um amigo sequer fora de sua própria classe.

Não lhe ocorreu que, mesmo em sua classe, tinha muito poucas amizades.

E o outro rapaz... Se não estava enganado, Kate chamou-o de Craven. Um sócio do pai dela? Absurdo. Qual seria a explicação para sua palidez ao ser cumprimentada por um antigo sócio do pai? Burke estava convencido de que havia algo mais ali. E com certeza descobriria o que era.

Enquanto isso, orgulhava-se de ter descoberto a verdade por trás do relacionamento da Srta. Mayhew com o conde de Palmer. Bishop era de fato amigo da família Mayhew. Mas só porque, sem dúvida atraído pelos belos lábios da moça, ele de algum modo deve ter se insinuado no círculo social da família dela.

Burke fizera tudo ao seu alcance para se distrair da tentação daquela boca. Mantivera-se o mais distante possível. Passara dias inteiros — e até algumas noites — no clube que antes não frequentava devido à sua aversão ao tipo de local que aceitaria um homem como ele como sócio.

Mas pelo menos o mantinha longe de casa, onde a probabilidade de se deparar com a Srta. Mayhew era grande. Afinal, de algum modo, ela parecia atraí-lo para si como o ar atrai o fogo.

A única coisa que Burke não tinha tentado foi apagar esse fogo.

E não fora por falta de ofertas. Sara Woodhart persistia em sua tentativa de recuperá-lo. E havia várias outras mulheres — a esposa de um membro do parlamento, uma bailarina, até mesmo uma princesa russa de virtude questionável, mas sem dúvida de sangue nobre — que, a qualquer momento, ele poderia ter de diversas formas. Contudo, por alguma razão, Burke simplesmente não estava interessado.

Essa falta de interesse nos prazeres mais carnais da vida era o que mais o preocupava. Pois não é que não quisesse ter uma mulher, mas só queria *aquela* mulher.

E aquela, ele não podia ter.

Burke tinha plena consciência de que até mesmo um homem de baixo caráter e com uma reputação infame como ele não podia corromper a dama de companhia da filha, por mais tentadora que ela pudesse ser numa camisola. E estava convencido de que era só por isso que a desejava tanto. Por ela ser absurdamente atraente.

Não tinha nada a ver com a *personalidade* da Srta. Mayhew, somente com o aspecto físico. Certamente não era por seu bom coração. Bondade não era mais considerada uma característica importante numa jovem. Embora, ao que parecia, a dama de companhia de sua filha não estivesse a par disso, pois em várias ocasiões a vira dar moedas ou dizer uma palavra doce para crianças maltrapilhas na rua, e até mesmo, para o horror dele, ajudar idosos com suas sacolas pesadas.

Também não era por sua paciência infinita com todos os seres vivos, desde os Sledges — que, na opinião de Burke, deveriam ir para Papua-Nova Guiné e ficar por lá — até sua filha Isabel, em quem o próprio marquês já quisera dar umas palmadas mais de uma vez, mas que nunca fora alvo de nenhuma palavra ríspida da Srta. Mayhew.

E não tinha nada a ver com seus modos impecáveis: ela era tão cortês com os outros criados quanto com os vizinhos do patrão, dentre eles um duque.

Nem era por sua franqueza encantadora. Com certeza não era por ela ser sempre sensata e prática e nunca gritar ou ter explosões de raiva, uma grande diferença de outras mulheres que Burke já conhecera. Não era sua risada que algumas vezes lhe chegava aos ouvidos, vinda do quarto de Isabel, principalmente quando mais tentava evitá-la.

E certamente não era por ela de fato prestar atenção nas suas palavras quando lhe falava, ou por lhe responder sempre com sinceridade, a mais rara das virtudes.

Nisso ele não conseguia acreditar, não depois de tantos anos ouvindo mentiras de tantas mulheres, a começar por sua própria esposa.

Não era por nada disso. Era pelo lado físico, pura e simplesmente. Sim, Burke nunca se vira atraído por nenhuma mulher tão baixa ou tão loura ou tão... virginal. Mas havia algo na Srta. Mayhew que o fazia desejá-la mais do que jamais desejara qualquer mulher.

Devia ser aquela boca. Burke quase nunca conseguia tirar aquela boca da cabeça. Por outro lado, o fato de a Srta. Mayhew ter uma tendência a andar pela casa no meio da noite num penhoar enfeitado de rendas e numa camisola transparente também não era ruim. Como Burke conseguira se conter para não deitá-la sobre a mesa da biblioteca e violá-la ali mesmo de dez maneiras diferentes, ainda não sabia. E concluiu que, apesar de tudo, ainda devia ter algum autocontrole.

Porém não fora fácil. Precisara usar toda sua força de vontade para devolver a moça ao chão depois de ela ter aterrissado milagrosamente em seus braços. Quando vira aquela boca que não lhe saía da cabeça tão perto da sua, quase satisfizera o desejo que se tornara quase uma obsessão nas últimas semanas e a beijara.

E ela também o queria. Burke tinha certeza disso. A Srta. Mayhew segurava um livro grande, uma edição completa de alguma obra de Scott, e nem chegara a apertar o livro com força. Estava preparada para receber seu beijo.

E, ainda assim, Burke não a beijara. No último instante, afastara-se e a soltara.

Por quê?

Porque estava louco. Era isso. Completamente louco.

— E não precisa se preocupar, milorde — dizia a baronesa. — É verdade que tivemos alguns problemas financeiros ultimamente... Bem, o barão *tinha* intenção de investir naquelas minas de diamantes alguns anos atrás, e todos sabemos o que aconteceu. Mas a quantia que o senhor der à sua filha com certeza continuará sendo dela. Somos pessoas modernas. Até mesmo o barão começa a acreditar que as mulheres são muito capazes de cuidar de suas próprias finanças. Quero dizer, com o auxílio de um contador, claro.

Burke virou-se para ela e disse:

— Baronesa Childress.
Ela sorriu para ele, confiante.
— Milorde?
— Se o seu filho... A senhora disse que o nome dele é Headley, não? Se Headley se aproximar dois palmos da minha filha, eu pessoalmente lhe arrancarei o fígado. A senhora entendeu?
O rosto da baronesa ficou quase branco sob o pó de arroz.
— Lorde Wingate... — gaguejou ela, mas Burke já se afastara, margeando a pista de dança, abrindo caminho pela multidão.
Isso porque avistara a Srta. Mayhew com alguém. Um jovem louro se unira a ela. Para seu desapontamento, não era o conde de Palmer, cujo rosto teria enorme prazer em esfregar no chão de parquê. Não, era o outro, Craven, aquele que tanto a afligira.
Burke não conhecia o rapaz e nunca ouvira falar dele. Isso, no entanto, não era excepcional, pois não conhecia muitas pessoas e tinha o hábito de não ligar para fofocas, tendo sido ele próprio objeto de várias. Sabia que não seria tão divertido afugentá-lo quanto se fosse Bishop. Ainda assim, imaginou que teria satisfação em intimidar o rapaz, que parecia estar deixando a dama de companhia de sua filha muito nervosa, pelo que a palidez dela indicava.
— Ah, sim — falava a Srta. Mayhew, naquela voz curiosamente rouca que ela fazia, num tom baixo demais para alguém de seu tamanho e que, em mais de uma ocasião, deixara os pelos do braço de lorde Wingate arrepiados. A voz não refletia o desconforto que sua dona aparentava sentir. — Lady Babbie sobreviveu. Foi encontrada escondida num armário no dia em que o fogo finalmente foi extinto.
— Ah, olá! Que surpresa! — exclamou o rapaz, com um entusiasmo exagerado. — Veja, Katie, seu amigo veio juntar-se a nós. De novo.
"Katie" virou-se na cadeira com uma rapidez surpreendente.
— Ah.
De repente, toda a cor que se esvaíra de seu rosto voltou, inundando-lhe as bochechas a ponto de quase queimá-las. Burke observou

assombrado e ficou sem palavras perante aquela visão. Jamais tinha visto algo assim.

Kate se levantou e começou a torcer a alça da bolsa de seda em volta de um dedo.

— Ah — repetiu ela. — Eu... Eu...

Burke a ignorou — ao menos tanto quanto era capaz de ignorar Katherine Mayhew — e, estendendo o braço além dela na direção de Craven, que sorria laconicamente, cumprimentou-o com uma voz calorosa:

— Como parece estar se tornando um hábito, suponho que devo me apresentar. Burke Traherne, marquês de Wingate.

Craven apertou sua mão com muito menos força que ele.

— Daniel Craven — apresentou-se com um sorriso agradável. — Muito prazer. — Em seguida, recolheu a mão e deu uma piscadela para Kate, o que enfureceu Burke, mais ainda que os dedos que pousara no encosto da cadeira dela, e continuou: — Subindo na vida, Katie? Por que contentar-se com um conde quando pode conseguir um marquês, não é?

Toda a cor que retornara ao rosto da Srta. Mayhew desapareceu. Por um instante, ela pareceu desequilibrar-se sobre os pequenos pés, como se a grosseria a tivesse abalado fisicamente. Mas, antes que Burke pudesse golpear o rosto do homem, Kate disse, numa voz muito fraca:

— Lorde Wingate é meu patrão, Daniel. Sou a dama de companhia da filha dele, lady Isabel.

Craven desviou os olhos de Kate para o punho fechado de Burke.

— Ah, eu não quis ofender, milorde. Katie e eu somos velhos amigos. Era só uma brincadeira.

— Não creio que a Srta. Mayhew aprecie suas brincadeiras, Sr. Craven — retrucou Burke num tom áspero. — Eu certamente não aprecio. No futuro, convém o senhor procurar outra pessoa para provocar.

Craven não era um homem baixo. Era tão alto quanto Burke, e um pouco mais magro. Numa luta entre os dois, seria difícil dizer quem sairia vitorioso. Exceto, claro, que Burke nunca perdera uma luta na vida, e a simples ideia de isso acontecer era absurda. Ele torcia para que Craven atacasse primeiro, embora uma troca de socos no salão de baile de lady Tetmiller não fosse a melhor maneira de conseguir um marido adequado para Isabel. Ainda assim, poderia aliviar um pouco da tensão que o tomara nas últimas semanas...

Mas Craven não ergueu um dedo sequer, ao contrário:

— Ah, sinto muito, eu não sabia. Peço desculpas se fui rude. — Em seguida, providencialmente, informou ter avistado algum conhecido na multidão. — Ah! Lá está Barnes. Perdoem-me por sair tão rápido...

E ele se foi, para o desapontamento do marquês.

Mas Kate não pareceu nada desapontada. Ficou aliviada ao vê-lo se afastar. Tanto que Burke perguntou, categórico:

— Srta. Mayhew, quem *é* esse homem para a senhorita?

Numa fração de segundos, o alívio desapareceu dos olhos de Kate e deu lugar a certo nervosismo.

— Eu já disse. Ele era sócio...

— Do seu pai, nos negócios. — Burke terminou a frase por ela.

— Sim, a senhorita já disse. — Percebendo que não conseguiria mais nenhuma informação sobre o assunto, avisou: — Se ele a importunar novamente, faça a gentileza de me comunicar.

— Comunicar-lhe? — repetiu Kate, com os olhos arregalados. — Mas o que o senhor pode fazer?

Burke limitou-se a sorrir diante da inocência de Kate e informou:

— Deixe por minha conta.

Mas Kate não era tão inocente quanto ele supunha.

— Não pode matá-lo, milorde — afirmou, com certa rispidez.

Burke a encarou.

— Não? E por quê? Espero não ouvir que está apaixonada e que não suportaria vê-lo sangrando, quando é óbvio que o rapaz a apavora.

— Ele não me apavora — contestou ela, de queixo erguido. — E não é por isso que não pode matá-lo.

— Ah?

Burke notou que a expressão de teimosia lhe caía muito bem. Realmente, diante das moças que se locomoviam usando rosas e rendas, das irmãs mais velhas e das mães enfeitadas de rubis e veludo, era surpreendente constatar que a mulher mais bonita do baile era uma ex-governanta, uma mera dama de companhia, usando um vestido simples de seda cinza, sem nenhuma renda ou joia.

No entanto, era a mais pura verdade. Talvez algum homem pudesse negá-lo, mas, francamente, Burke não se importava com a opinião de ninguém além da sua própria. E, para ele, Kate Mayhew era a mulher mais bonita que já tinha visto.

Por isso, naquela noite em que a vira pela primeira vez, a noite em que ela o interpelara com o guarda-chuva, ele deveria ter fugido para bem longe.

— Por que então não posso matá-lo?

— Porque só provocaria um escândalo — explicou Kate com certa impaciência. — E sua filha não teria outra escolha além de se casar com Geoffrey Saunders, pois ele seria o único a aceitá-la.

Burke refletiu, enquanto, a seu lado, Kate parecia estar muito interessada no conteúdo de sua bolsa, pois a examinava de maneira determinada. Ele lembrou-se de que esta era a primeira vez que se encontravam desde o incidente da biblioteca, uma semana atrás. Deduziu que Kate estava nervosa com sua presença, o que seria natural, considerando sua juventude e inexperiência. Caberia a ele, portanto, trazer certa normalidade à situação e fazê-la saber que, de sua parte, nada mudara entre eles.

Isto é, quase nada.

— Eu presumo que Isabel esteja bem — afirmou Burke, observando a Srta. Mayhew retirar um pequeno relógio de ouro da bolsa e examiná-lo com mais atenção do que seria necessário, considerando o brilho da luz do candelabro sobre suas cabeças. — Ela não está se cansando demais de tanto dançar?

— Ah, não. — A Srta. Mayhew devolveu o relógio ao fundo da bolsa sem encará-lo. — Ela já está bem. Esta tarde, o médico a declarou totalmente curada. Temo que tenha voltado a venerar o Sr. Saunders de perto, em vez de a distância.

— Entendo — disse Burke.

Ele queria que Kate olhasse nos seus olhos. Não suportava esse constrangimento detestável. Se ao menos ele não tivesse deixado de lado *O último dos moicanos* naquela noite e permanecido no quarto, nunca teria encontrado a Srta. Mayhew em trajes de dormir, e não saberia que o corpete que ela agora usava era uma futilidade desnecessária. Sua cintura já era naturalmente fina. E aqueles seios que se escondiam sob toda aquela seda eram, embora pequenos, os mais perfeitos que já vira. E ele não apenas os observara — realmente, que tipo de dama de companhia anda pela casa em trajes de dormir transparentes? — mas os sentira através dos tecidos. Os mamilos, duros como pequenas pedrinhas, pareciam queimar buracos através das lapelas do cetim preto do robe dele. Desde então, Burke se perguntava qual seria a sensação deles contra a palma de sua mão.

A Srta. Mayhew, que descobrira um fio solto numa das luvas, usava-o como desculpa para evitar o olhar dele. Estaria furiosa com Burke? Ou simplesmente constrangida? Seria possível que ele estivesse se iludindo ao imaginar que ela desejava um beijo seu?

O marquês tinha tanta certeza de que Kate nunca fora beijada quanto de sua virgindade. Mas não sabia exatamente como proceder para seduzir uma virgem sem assustá-la. Não adiantaria lembrar-se de como acontecera no caso de Elisabeth, pois, claro, ele descobrira na noite de núpcias que ela não era tão virginal quanto se esperaria, tendo se casado de branco.

Burke chegou a uma súbita conclusão e declarou:

— Srta. Mayhew, eu só quis dizer que, se aquele homem ou qualquer outro a incomodar, ficarei feliz de cuidar para que deixe de fazê-lo.

Kate o fitou como se estivesse convencida de que ele tinha problemas mentais.

— Lorde Wingate, eu já lhe disse, o Sr. Craven não é nada para mim, apenas um velho amigo...

Burke rangeu os dentes.

— Pode ser verdade. — Quando se inclinou para falar-lhe ao ouvido devido ao barulho do salão, mal conseguiu ser coerente, pois reparou que a orelha da Srta. Mayhew era encantadora, muito pequena e muito limpa, como tudo o mais nela. — Mas, ao que parece, as intenções dele com relação à senhorita vão além da amizade...

Antes que a Srta. Mayhew abrisse aquela boca adorável para responder, alguém começou a puxar a manga do marquês.

— Lorde Wingate? — Uma voz familiar perguntou.

Ele balançou a cabeça, não querendo que a conversa com a Srta. Mayhew fosse interrompida, sem se importar com o que acontecia com o restante do mundo. Contudo a mulher em seu cotovelo persistia.

— Milorde? — Mais um puxão. E então seu nome foi pronunciado por aquela voz suave e sedutora que ele já tinha ouvido tantas vezes, geralmente em meio a uma confusão de lençóis e travesseiros:

— Burke?

Sentiu o sangue gelar nas veias. O que *ela* fazia ali? Certamente não havia sido convidada. *Não* combinava com um baile de debutantes. Por outro lado, algumas anfitriãs ficavam tão desesperadas para tornar suas festas um sucesso que convidam qualquer pessoa que, mesmo remotamente, pudesse ser considerada membro da alta sociedade.

Até as atrizes.

— Não vai me apresentar sua nova amiguinha, Burke? — perguntou Sara, com a voz manhosa, ao entrelaçar o braço no dele.

O marquês olhou para Sara. Como sempre, estava lindamente produzida e muito bem-vestida. Era difícil acreditar que sob aqueles seios generosos — dos quais uma boa parte estava à mostra — batia um coração que, segundo ela insistia em afirmar em cartas e mais cartas, estava ferido para sempre devido ao "seu cruel abandono".

Mas não acreditava nela. Respondeu à pergunta com um curto "não" e tirou a mão dela de seu braço.

Sara piscou os olhos acentuados pelo rímel preto, imitando a expressão ferida de um animal abatido. Era uma expressão que aperfeiçoara durante horas de prática em frente ao espelho. Burke sabia disso porque havia um tempo em que achava encantador observá-la em seu treino.

— Lorde Wingate — disse ela, agora com a voz sofrida, como se fosse de uma criança. — É assim que se trata uma velha amiga?

Antes que Burke respondesse, a Srta. Mayhew se adiantou:

— Claro que não, Srta. Woodhart. Mas, veja bem, eu não sou a nova amiguinha de lorde Wingate. Sou a Srta. Mayhew, dama de companhia da filha dele.

Embora o sofrimento tenha abandonado o belo rosto da Sra. Woodhart, ele foi substituído por uma nova emoção. Burke reconheceu-a como desconfiança.

— Ah — disse ela, com ar de quem sabe das coisas. — A *dama de companhia*.

— Vi um cartaz em que aparecia como Lady MacBeth há poucos meses, Sra. Woodhart — continuou Kate. — Por isso a reconheci.

— É mesmo? — perguntou Sara.

Suas duas sobrancelhas se ergueram e ficaram esticadas ao limite máximo. Burke sabia que isso não era um bom sinal. Significava que estava pronta para dizer alguma impertinência. A fim de poupar a

Srta. Mayhew e evitar qualquer constrangimento para si mesmo, rapidamente estendeu a mão e segurou o braço roliço da atriz.

— Sra. Woodhart — começou, meio desesperado. — Posso ter o prazer desta dança?

— Certamente, Burke.

O marquês, porém, não conseguiu levá-la para longe com a rapidez necessária, pois tão logo eles pisaram na pista de dança, Sara falou, em tom sugestivo:

— Agora vejo o que tem ocupado todo o *seu* tempo nas últimas semanas, Burke.

Kate ouviu, claro. Todos ouviram. Era isso o que Sara queria. Considerava-se a parte prejudicada, por mais que Burke salientasse ter sido ele o traído. O marquês sentia orgulho por seus relacionamentos anteriores terem tido um fim amigável, à exceção do casamento. O rompimento com Sara Woodhart, contudo, estava destinado a ser amargurado.

Quão amargurado, Burke não imaginava, mas logo foi informado. Aconteceu enquanto valsavam e recebia um tapa no rosto, instantes após tê-la informado que não havia mais lugar para ela em sua vida. Além de ter acrescentado que, se voltasse a ser interpelado em algum evento social no qual ele estivesse acompanhando a filha, cuidaria para que fosse cortado o patrocínio financeiro do espetáculo em que Sara trabalhasse na ocasião.

A maior parte dos convidados, e provavelmente a anfitriã, assistiu ou ouviu o tapa, e todos viram Sara sair correndo do baile, com a saia do vestido balançando intensamente de um lado para outro enquanto andava.

Inclusive, claro, Kate Mayhew.

Capítulo 17

— Geoffrey disse que tem algo a me pedir, Srta. Mayhew — falou Isabel, sonhadora, em seu canto da carruagem.

Do outro canto, Kate não fez nenhum comentário. Sua cabeça estava ocupada demais para prestar atenção na tagarelice da jovem.

— Ouviu, Srta. Mayhew? — Isabel inclinou-se um pouco. — Eu disse que Geoffrey quer me propor alguma coisa.

— O Sr. Saunders — corrigiu-a Kate automaticamente. — Falar de um rapaz pelo primeiro nome é vulgar, a não ser que haja uma relação de parentesco.

— Está bem. O *Sr. Saunders* quer me fazer uma pergunta, Srta. Mayhew.

— Ah. — Sua mente realmente estava ocupada. Poderia dizer que estava preocupada, talvez até extremamente preocupada. Mas não convinha Isabel saber disso. Assim, perguntou: — Por que o Sr. Saunders não fez o pedido esta noite, se era tão importante? Não lhe faltaram oportunidades. Quantas danças ele teve com a senhorita?

— Quatro — respondeu Isabel, na mesma voz sonhadora.

— Portanto ele teve tempo. Às vezes, acho que o jovem Sr. Saunders é um pouco desprovido de inteligência.

Isabel não aceitou tamanha blasfêmia contra seu amado.

— Creio que ele não me pediu no baile por preferir uma atmosfera mais romântica. O ambiente da casa de lady Tetmiller não era nada romântico, não é mesmo, Srta. Mayhew?

Kate não respondeu de imediato. A atmosfera de romance — ou a falta dele — na casa de lady Tetmiller era o que menos importava. Não conseguia tirar da cabeça a lembrança do que acontecera imediatamente antes de elas saírem do baile: Daniel Craven, que a deixara em paz durante toda a noite depois do aviso de lorde Wingate, de repente, segurara sua mão, levara-a para trás de uma coluna e perguntara, preocupado:

— Katie? Está tudo bem? Lorde Wingate me passou a sensação de que talvez...

A dama de companhia estivera mais preparada dessa vez do que uma hora antes, quando ele viera sabe-se lá de onde e começara a conversar amigavelmente sobre os conhecidos que tinham em comum. Daquela vez, ela havia sequer empalidecido. Ao contrário, segurando calmamente o xale que retirara da chapeleira, respondera:

— Está tudo bem, Sr. Craven. Eu só gostaria...

— Sr. Craven? — Com ar desapontado, segurara-lhe uma de suas mãos entre as dele e apertara. — Lembro-me de um tempo em que me chamava de Daniel.

Baixando os olhos para as mãos unidas de ambos, Kate respondera:

— Eu também me recordo desse tempo, Sr. Craven. Mas isso ficou no passado. Antes do incêndio, lembra-se...

— Dane-se o incêndio — retrucara Daniel, com veemência. — Como pode um maldito incêndio mudar tanto as coisas, a ponto de você não ter mais tempo para os velhos amigos?

Kate o fitara, pasma.

— Mas é claro que pode, Sr. Craven. O incêndio mudou tudo. O senhor deveria saber. Afinal, estava lá.

Daniel largara a mão de Kate como se ela subitamente tivesse ficado em chamas, tal qual seu passado.

— O que quer dizer com isso? — perguntara ele rápido demais, com os olhos claros fixos em seu rosto. — Que história é essa? Eu não estava lá, Kate. Estava longe de...

Kate não ouvira o resto das palavras, pois Isabel começara a chamar por ela, nervosa com o aparente sumiço de uma luva. Agora, contudo, balançando na carruagem de volta para casa, Kate se perguntava o que a levara a afirmar que Daniel estava lá naquela noite. O que tinha na cabeça? Ele não estava lá. Não estava.

— Srta. Mayhew? — chamou Isabel, trazendo-a de volta ao presente. — Não concorda comigo? Sobre a casa de lady Tetmiller não ter uma atmosfera romântica?

Kate recobrou-se e respondeu com uma risada:

— Romance? Não sou muito qualificada para responder a essa pergunta, considerando que, segundo a senhorita, estou velha demais para ter esperanças de que um homem possa se interessar por mim.

— Ah — disse Isabel, acenando com a mão no ar. — Sei de pelo menos um homem que a quer muito, Srta. Mayhew. Mas agora estamos falando de mim. Acho que Geoffrey vai me pedir em casamento.

— E ele pretende que vivam de quê? Do brilho da lua e do orvalho da manhã? Sabe que o Sr. Saunders deve muito mais dinheiro do que ganha.

— Eu simplesmente terei de convencer papai a pagar as dívidas dele — explicou Isabel, dando de ombros. — Assim, nós começaremos do zero.

— Seria mais fácil seu pai aprovar seu casamento com um nativo da Papua-Nova Guiné do que com Geoffrey Saunders.

A jovem, mais uma vez, acenou com a mão para o ar.

— Eu cuidarei de papai. Ele fará o que eu disser depois da cena constrangedora desta noite.

Kate olhou pela janela da carruagem.

— Não sei a que a senhorita se refere — mentiu.

— Ora, Srta. Mayhew, não finja que não viu. A Sra. Woodhart deu um tapa nele, tão forte que devem ter ouvido em Newcastle. Nunca fiquei tão envergonhada em minha vida. De verdade. Todos os meus amigos concluíram que ele tinha dito algo lascivo para ofendê-la.

Kate olhou para Isabel, de sobrancelhas erguidas.

— Lascivo? — repetiu ela.

— Sim. Não é uma palavra deliciosa? Aprendi num dos seus livros, não me recordo qual.

Kate virou-se para a janela e, após um instante de silêncio, disse:

— Estou certa de que eles apenas brigaram. A Sra. Woodhart é uma atriz e provavelmente gosta de gestos dramáticos como o desta noite. Com certeza sua atitude não foi causada por nada lascivo.

— Eles não estavam brigando — afirmou Isabel, como quem conhece a situação. — Papai terminou o relacionamento com ela faz meses. Ele não tem uma amante desde que a senhorita veio morar conosco, Srta. Mayhew.

Kate fingiu estar distraída com uma charrete que passava.

— Eu jamais entenderei como a senhorita fica sabendo dessas coisas.

— Ah, é simples. Duncan me contou.

Kate balançou a cabeça.

— Lady Isabel, sabe muito bem que não deve ficar ouvindo as conversas dos criados.

— Ora, bobagem. É evidente para todos na casa, e a esta altura talvez até para toda Londres, que meu pai está apaixonado pela senhorita, Srta. Mayhew.

Com o rosto vermelho de tão horrorizada, Kate teve de tirar os olhos da janela e fitar Isabel.

— Lady Isabel! — exclamou, com a voz entrecortada.

— Ora, mas é verdade. — A moça, parecendo Lady Babbie depois de capturar um rato especialmente gordo, curvou-se no banco em frente a Kate e murmurou: — A senhorita já deve ter percebido que ele a evita quando estamos em casa. Mas então vai a qualquer evento em que estivermos, com a precisão de um relógio. Não consegue se conter. Creio que papai acorda todas as manhãs e diz para si mesmo... — Isabel fez uma imitação incrivelmente perfeita da voz grossa do pai, descendo a sua em muitas oitavas: — "Hoje eu com certeza evitarei a Srta. Mayhew." Mas quando escurece, a resolução dele cai por terra, porque a senhorita é realmente irresistível, Srta. Mayhew. Como chocolate.

Com toda a seriedade que podia reunir, Kate a repreendeu:

— Lady Isabel, *precisa* parar de fazer esse tipo de provocação. Não é respeitoso com seu pai, e é indelicado comigo.

A jovem a ignorou.

— Até a Sra. Cleary fez um comentário outro dia. Ela disse: "Lorde Wingate nunca perde o jantar. Mas ele não tem ficado em casa nos últimos três meses." E três meses é o tempo que a *senhorita* está conosco. Ele a evita, provavelmente porque só de vê-la fica num frenesi de luxúria.

Percebendo que, quanto mais protestasse, mais tempo Isabel continuaria no tema, Kate apenas questionou:

— Onde aprendeu *essa* expressão? Certamente não foi em nenhum livro *meu*.

— Três meses foi o máximo de tempo que papai já passou sem ter uma amante — continuou Isabel. — Já ficou seis semanas sozinho, mas só porque se machucou num passeio a cavalo. Tão logo se recuperou, saiu para arranjar outra. Ele deve realmente estar apaixonado pela senhorita, ou já teria arranjado uma substituta para a Sra. Woodhart.

— Ah, veja, chegamos à Park Lane — comentou Kate com a voz tensa. "Graças a Deus."

— Talvez — conjecturou Isabel, pensativa —, nós possamos realizar um casamento duplo. A senhorita e papai, e Geoffrey e eu.

Não seria maravilhoso, Srta. Mayhew? Seria uma festa de casamento incrível. A senhorita e papai ficam muito bem juntos, porque a senhorita tem esses lábios tão pequenos e sorridentes, e os de papai são grandes e curvados para baixo.

Kate não podia mais continuar ignorando o assunto.

— Lady Isabel! Espero que não esteja falando sério. Não pode acreditar que um homem da posição do seu pai conceba se casar com alguém como eu.

Isabel parecia estar falando sério.

— Por que não, Srta. Mayhew? — perguntou ela. — A senhorita não é nenhuma atriz nem — ela estremeceu — uma dançarina.

— *Marqueses* — esclareceu Kate, com seriedade suficiente para pôr um fim na conversa — *não se casam com as damas de companhia das filhas*.

Isabel empinou o nariz.

— Casam, sim — retrucou ela —, se o marquês em questão for o meu pai, e a dama de companhia for *a senhorita*.

A carruagem parou. Kate quase se catapultou do assento na pressa de deixar o veículo e aquela conversa cruel.

Quando o cocheiro a ajudou a descer, mal conseguira encará-lo. *Meu Deus*, refletiu. *Será que Bates acha que lorde Wingate está apaixonado por mim?* E, no vestíbulo, quando o Sr. Vincennes se aproximou para perguntar se lady Isabel queria alguma coisa antes de se retirar para seus aposentos, Kate ponderou: *Certamente o Sr. Vincennes não pensaria tal coisa!* E quando, já a salvo em seu próprio quarto, tirava o vestido e ouviu a risada da aia de Isabel no quarto ao lado, pensou: *Ah, não. Brigitte, não.*

Kate estava nua quando se enfiou debaixo das cobertas. Desistira de usar camisolas desde o dia em que vira lorde Wingate saindo do banho. Invariavelmente acordava com o que estivesse usando retorcido em torno dos quadris, portanto decidiu facilitar sua vida, passando a não usar nada. Perguntou-se pela milésima vez por que não acabava logo com isso e se casava com Freddy. Tudo seria mais simples. É verdade que não o amava, mas começava a achar que o amor não era algo prazeroso, afinal. É claro que o conde não renovara o pedido ultimamente, e o relacionamento deles parecia ter sido abalado com a novidade da soprano vienense, mas Kate acreditava que Freddy não lhe recusaria caso ela trouxesse o assunto à tona.

O problema desse plano — além da mãe de Freddy, claro — era que, se por um lado ele certamente a afastaria de lorde Wingate, não era uma garantia de que o afastaria de sua mente. Ele não saíra da cabeça dela durante toda a semana desde aquela noite fatídica na biblioteca. Não seria justo consigo mesma casar-se com Freddy sabendo que amava outro... Se, de fato, o que sentia pelo marquês era amor. Kate não estava totalmente convencida de que "amor" era a palavra certa. A expressão de Isabel, "um frenesi de luxúria", talvez fosse mais apropriada.

Embora ultimamente estivesse com dificuldade para dormir, naquela noite o sono veio logo. Para variar, sonhava com lorde Wingate — desta vez, *ambos* estavam na escada da biblioteca e nus, claro — quando foi acordada por um som que logo reconheceu. Sentou-se rapidamente e virou-se para olhar pela janela, sem acreditar.

Aquele barulho de novo. O som de pedrinhas contra o vidro. O rapaz idiota estava repetindo seus truques. Depois de todas as ameaças dela, estava fazendo aquilo de novo, sem dúvida para fazer a Isabel aquele "pedido" infernal do qual ela não parava de falar.

Pois desta vez ele se arrependeria. Ela chamaria lorde Wingate. Ora se não o faria.

Afastando os lençóis, Kate vestiu rapidamente a camisola e o penhoar. Mas foi só botar os pés no corredor para perceber que não poderia acordar lorde Wingate de modo algum. Isso resultaria num duelo, pois era improvável que um homem com o temperamento do marquês se satisfizesse com uma simples repreensão verbal. A notícia de um embate entre eles sem dúvida não ficaria entre quatro paredes, os boatos inevitáveis se espalhariam rapidamente, e com toda certeza as pessoas diriam que o pai de Isabel encontrara o Sr. Saunders no quarto da filha e o lançara pela janela...

Não. Kate não acordaria o marquês. Lidaria com o problema sozinha. Relembraria a Geoffrey Saunders o quanto ela podia ser desagradável.

Todavia, ao escancarar as portas francesas para os degraus que davam no jardim, Kate descobriu que estava errada. Não quanto à sua capacidade de ser desagradável quando devidamente motivada, mas quanto à identidade do homem que se encontrava ali.

Pois não era Geoffrey Saunders. Na verdade, era Daniel Craven.

— Ah, finalmente você apareceu — disse ele, abaixando a mão com um punhado de pedrinhas que evidentemente pretendia jogar na janela dela. — Graças a Deus. Eu estava preocupado de ter errado de janela.

Kate não conseguia falar, apenas olhava para ele, pasma. Em alguma parte remota do cérebro, concluiu que ele devia estar bêbado. Não havia outra explicação.

— Espero que não esteja aborrecida, Kate — prosseguiu Daniel, largando as pedrinhas e esfregando os dedos na perna da calça. — Perguntei àquele rapaz por quem lady Isabel está apaixonada qual seria o melhor meio de encontrá-la. Quero dizer, sem aquele monstro do seu patrão. E foi isto que ele me recomendou. Não está zangada comigo, não é, Kate?

Ela balançou a cabeça — não em resposta à pergunta de Daniel Craven, mas por não conseguir acreditar no que via.

— O que está *fazendo* aqui? — sussurrou ela com a voz rouca.

— Não é óbvio, Kate? — Daniel sorriu para ela. A moça enxergou perfeitamente o sorriso à luz da lua. Sabia que tinha o intuito de tranquilizá-la, mas só conseguiu lhe provocar um frio na espinha. — Eu precisava vir. Depois do que você disse esta noite...

— O que eu disse? O que eu poderia ter dito que o induziria a fazer algo tão... idiota?

— Idiota? — Daniel pareceu não gostar do que ouviu. O sorriso desapareceu. Kate ficou agradecida por isso. — Que idiotice pode haver em eu querer vê-la?

— Pode me ver pela manhã — retrucou Kate —, como uma pessoa normal, entrando pela porta principal. Mas isto é loucura, Daniel. Eu preciso deste emprego. Você, de todas as pessoas, deveria saber. Quer que eu seja despedida?

Daniel pareceu relaxar um pouco.

— Claro que não. Como pode imaginar tal coisa? Só que você ouviu o que lorde Wingate disse esta noite. Ele parece não gostar muito de mim. Não creio que me deixasse ver você pelos meios habituais. O que passou pela sua cabeça quando concordou em trabalhar para um homem como ele?

Kate foi severa:

— Lorde Wingate é um homem muito bom, e agradeço se você mantiver suas opiniões para si mesmo. Além do mais, não tive muita escolha, sabe. Algumas pessoas precisam trabalhar para ganhar seu sustento. Nem todos são proprietários de minas de diamantes.

Daniel recuou como se ela o tivesse estapeado.

— Kate — protestou numa voz que supostamente deveria soar gentil.

— Sinceramente, Daniel — cortou-o Kate rapidamente. — Acho melhor você ir embora.

Daniel pareceu ficar ainda mais magoado.

— Kate — insistiu ele, abrindo os braços. — Como pode dizer isso? Temos tanto a conversar. Ora, ainda não tive oportunidade de dizer o quanto lamentei o que aconteceu entre seu pai e eu. Não foi verdade o que ele contou a todos a meu respeito. Quero dizer, é natural que você acredite nele, e não em mim. Mas, Kate, juro que não roubei o dinheiro de ninguém. Não o culpo por ter procurado um bode expiatório, mas...

Kate o encarou friamente.

— Está sugerindo que foi o meu pai quem roubou, então?

— Ah, não, Kate. Juro que não sei o que aconteceu com o dinheiro. Talvez ir embora tenha sido covarde, mas pareceu-me a melhor coisa a fazer naquele momento. Desde então, lamento ter agido assim. Você não sabe o quanto me arrependo. Assim como me arrependo de não tê-la ajudado depois do incêndio. Aquele terrível incêndio. Seu pai era um grande homem, Kate. Um homem excelente, apesar do que... bem, do que as pessoas pensam. Você e eu conhecemos a verdade.

Kate percebeu que, enquanto Daniel falava, ele se aproximava, cauteloso. Ela, por sua vez, recuava, até que suas costas encontraram as portas francesas ficando encurralada.

— Eu acho — disse ela, calmamente — que é melhor você ir embora, Daniel.

— Eu me senti péssimo — continuou Daniel, ignorando o pedido. — Não tinha ideia de que o seu pobre pai estava sendo tão duro consigo mesmo. Quero dizer, ele não me parecia o tipo de pessoa que se suicidaria, que dirá que levaria a sua pobre mãe com ele...

Kate estava a ponto de gritar para ele a suspeita que guardava no coração desde aquela noite fatídica. Na verdade, chegou a respirar fundo e se preparava para acusá-lo, apesar da lógica e de todo o seu lado racional dizerem que estava errada, que *tinha* de estar errada, quando viu o rosto de Daniel empalidecer.

No instante seguinte, ele se virou e saiu correndo em direção ao muro dos fundos da casa. Kate não podia imaginar por que desistira tão facilmente ou o que o amedrontara de repente, até que sentiu a maçaneta da porta francesa atrás de si se mover, e em seguida ouviu a voz grossa e obviamente irritada de lorde Wingate com uma raiva evidente:

— *Srta. Mayhew.* Acho que devemos conversar.

Capítulo 18

— Milorde — disse Kate ofegante, virando-se rapidamente. — Posso explicar...

Porém, ela não teve essa oportunidade. Ao vê-lo, sua voz sumiu. O marquês não lhe parecia um homem particularmente bonito no estrito senso da palavra, apesar da atração que ela sentia por ele. No entanto, jamais o vira como naquele momento. A raiva assenta bem em algumas pessoas, mas não era o caso do marquês de Wingate. Seu rosto transformara-se numa máscara lívida, os lábios curvaram-se para trás, as narinas alargaram-se, e os olhos — aqueles olhos verde-jade que, segundo Posie, brilhavam como os de um gato — pareciam faiscar na escuridão que envolvia a biblioteca, pois desta vez ele não trazia nenhuma vela na mão.

Kate emitiu um som — não uma palavra, mas quase um arquejo — e então, antes que pudesse pensar em qualquer coisa, algo saiu da escuridão que circundava o marquês e apertou-lhe a cintura. Tarde demais, percebeu que se tratava da mão de lorde Wingate, e que, se ela tivesse um mínimo de bom senso, acompanharia Daniel Craven e correria para se salvar.

Mas estava totalmente distraída pelo fato de lorde Wingate, embora ainda em seus trajes formais, ter afrouxado a gravata e desabotoado a maioria dos botões da camisa, deixando à vista o peitoral coberto de pelos. Ficou ali parada, feito uma tola, perguntando-se qual seria a sensação de correr os dedos por aquela barriga reta formada de puro músculo, quando subitamente percebeu estar vendo aquilo mais de perto do que esperava, pois o marquês quase a ergueu no ar e a puxou para a escuridão.

Kate, que jamais tivera problemas de fala, parecia incapaz de usar a voz. Talvez porque, ao entrar na biblioteca, o marquês fechou a porta que dava para o jardim com um chute, pegou-a pelos ombros e girou-a para que ficasse de frente para ele. Na opinião, a fúria que via nos olhos dele não condizia com a situação.

— Foi a sua *gata* que eu vi lá fora, Srta. Mayhew? — perguntou ele rispidamente. — Sinto muito, mas temo que essa desculpa não funcione desta vez. Eu o vi, nitidamente, portanto não insulte a minha inteligência tentando mentir.

Kate fixou os olhos nele. Era evidente que lorde Wingate tinha bebido, pois sentia o hálito de uísque. Se estava embriagado ou não era outra questão completamente diferente. Não parecia estar, uma vez que não arrastava as palavras nem estava trôpego. Por que então se comportava como um marido ciumento?

— Seria melhor ter me informado que sentia falta de uma companhia masculina, Srta. Mayhew — reclamou ele, rangendo os dentes de ódio. — Embora eu não tenha a beleza de lorde Palmer, sou mais conveniente, considerando que para me encontrar a senhorita não precisaria sair furtivamente para o jardim depois da meia-noite. Como sabe, meu quarto fica a poucos metros do seu no corredor.

Aos poucos, Kate começou a entender. Lorde Wingate achava que vira Freddy no jardim, e não Daniel Craven. Era um homem louro, e ele concluíra...

Ai, Deus.

Kate só teve tempo de refletir, *Mas se está tão revoltado, acreditaria na verdade se eu lhe contasse*, antes de lorde Wingate, com um som que parecia um gemido, puxá-la para si e a beijar.

Kate passara mais tempo do que gostaria de admitir fantasiando sobre aquele momento. Mas nenhum sonho a preparara para a realidade. Pois, nos sonhos, o bigode do marquês não lhe espetava a pele suave do rosto. Nem os lábios dele eram tão intensos, tão insistentes sobre os seus. E quando Kate relaxava seus próprios lábios para que o homem pudesse fazer o que tanto parecia querer, a língua dele não se arremessava para dentro de sua boca. Não nos seus sonhos.

Além disso, o marquês nunca a abraçava tão apertado, esmagando-a contra seu peitoral rijo, nos seus devaneios. As mãos dele nunca passeavam para cima e para baixo em suas costas e nos lados do corpo, acariciando-a através do tecido sedoso de seu penhoar. E nunca, nem uma vez sequer, uma daquelas mãos subia para se fechar sobre um de seus seios.

Mas esse é o problema dos sonhos. Às vezes, a realidade é definitivamente melhor.

No instante em que Kate sentiu os dedos do marquês cobrindo-lhe o seio, suas pálpebras, que tinham se fechado quando o homem começara a beijá-la, se abriram totalmente. *O que ele está fazendo?*, ela se perguntou.

A resposta era evidente, ou deveria ser, para o mais obtuso dos indivíduos. Lorde Wingate estava fazendo amor com ela — de um jeito rude e violento.

E Kate estava gostando. Estava gostando um bocado.

Ela já havia sido beijada antes. Não assim, claro. Nada do que experimentara antes fora assim. Ela jamais permitira que um homem a tocasse da forma como o marquês a tocava... Kate nunca *quisera* que um homem a tocasse assim. Era absurdamente vergonhoso o quanto desejava que ele a tocasse. Ora, tão logo os dedos dele se fecharam sobre seus seios, ela ficou na ponta dos pés e jogou os braços em torno do pescoço dele, até onde eles alcançavam, forçando seu mamilo ainda mais contra a palma daquela mão. E tão logo Kate sentiu a língua dele entrando em sua boca, levou a sua a seu encontro. Que tipo de garota deixava um homem fazer essas coisas? Que tipo de garota *gostava* disso?

Kate Mayhew, aparentemente.

Paciência, pensou. E então não conseguiu pensar mais, pois os dedos que lhe cobriam o seio moveram-se, e de repente seu penhoar transformou-se numa mancha indistinta e transparente no chão. E depois, as *duas* mãos do marquês estavam nos seus seios. Ele a beijava ao mesmo tempo de uma maneira tão profunda e tão agressiva, que a língua parecia ter o propósito de explorar cada pedaço de sua boca. Kate de repente achou difícil respirar, ou mesmo continuar de pé, pois ele era tão alto, e ela precisava ficar na ponta dos pés para continuar a beijá-lo...

Mas isso, afinal, não foi problema nenhum, porque lorde Wingate pareceu notar sua aflição. Ele se inclinou e segurou-lhe as nádegas com as mãos que antes estavam nos seios, e a ergueu contra seu corpo. Nesse momento, pareceu a Kate que o melhor a fazer seria envolver-lhe a cintura com as pernas, pois agira assim no sonho.

Só que, no sonho, ao fazer isso, ela acordava antes de sentir a coisa extremamente dura que forçava a frente da calça de lorde Wingate. Pareceu-lhe perfeitamente natural pressionar seu próprio corpo contra aquilo, e Kate o fez com entusiasmo. Assim provocou nele outro daqueles sons, algo entre um soluço e um gemido, e concluiu ser um incentivo para repetir o movimento.

Kate não conseguia ver para onde lorde Wingate a levava, pois seu campo de visão estava inteiramente tomado por ele. Mas logo sentiu algo plano e rígido sob o corpo e concluiu que ele a apoiara na borda da mesa. Não era ali que eles tinham feito amor no sonho, mas Kate começava a achar que seus sonhos eram terrivelmente sem graça se comparados à realidade.

Ainda mais quando o marquês, continuando a beijá-la, aparentemente sem nenhuma intenção de abandonar sua boca, tirou-lhe a camisola, deixando-a nua.

E então, para desapontamento de Kate, ele parou de beijá-la. O som de suas bocas se separando soou alto no ambiente escuro. Contudo, havia luar suficiente para ver que ele estava de pé, sem tirar os olhos dela, com a camisola numa das mãos. Kate supôs que deveria tentar se cobrir, afinal, estava completamente pelada. Mas calculou que, se ela já tivera a vantagem de vê-lo sem nenhuma roupa, deveria estender a mesma cortesia ao marquês.

Além disso, gostou da forma como ele a fitava, como se não conseguisse desviar o olhar. E então se inclinou para trás, apoiando-se nas mãos e deixando que ele a admirasse, até que, com mais um daqueles gemidos, o homem deixou cair a camisola no chão e voltou para ela, desta vez firmando a boca num dos mamilos, em vez de em seus lábios.

Isso era algo que Kate não esperava, e quase deu um pulo com o susto. Não por se sentir ofendida, mas pela sensação que o calor da boca do marquês provocou em seu seio nu, diferente de tudo o que experimentara antes. A sensação de ânsia entre as pernas retornou com ímpeto no instante em que Kate sentiu a língua de lorde Wingate contornar primeiro um mamilo, depois o outro. Afundando os dedos nos cabelos escuros do marquês, Kate fechou os olhos e deixou a cabeça cair para trás, espalhando os cabelos compridos sobre a mesa. Ah, isto era errado de uma forma tão deliciosa...

Mas não era nada comparado ao que Kate sentiu quando os dedos do marquês foram parar entre suas pernas. Mais uma vez, ela quase pulou da mesa. Mas ele havia apoiado uma das mãos em sua nuca quando Kate inclinava a cabeça para trás, impedindo sua fuga, beijando-lhe a frente do pescoço e pressionando os dedos no ponto exato que Kate pressionava havia quase uma semana. Ela estava tão abismada com a habilidade dele, imaginando que, de algum modo, comunicara seu desejo por telepatia, que abriu a boca para expressar sua perplexidade. Lorde Wingate, porém, mais uma vez, usou os lábios e a língua para silenciá-la, e Kate decidiu que provavelmente isso não era tão importante assim.

O que parecia importante mesmo era sentir a pele daqueles ombros que admirava há tanto tempo. Correu os dedos sob o tecido da camisa do marquês e o que sentiu a surpreendeu. O corpo de lorde Wingate era tão forte e tão rijo quanto imaginara, mas tinha a pele tão macia quanto a sua nos pontos que não eram cobertos por pelos pretos. Ele pareceu notar sua curiosidade e, prestativo, tirou o paletó e a camisa, com tanta força que ela ouviu o tecido rasgar.

Lorde Wingate, contudo, não pareceu ter se importado com isso quando a envolveu com os braços nus e a puxou para mais um daqueles beijos que a deixavam desnorteada. Agora, o que pressionava Kate entre as pernas não eram os dedos, mas a ereção do marquês, com força total. Ela a sentia através do tecido da calça dele, insistindo para ser libertada, e pareceu-lhe justo que o fizesse. Mas não sabia como os homens fechavam as calças. Tocando com pressa a parte da frente do tecido, procurou algum tipo de abertura, mas aparentemente o machucou, pois ele se afastou, e depois olhou para ela por uns instantes, como se estivesse surpreso.

Kate não conseguiu ver a expressão no seu rosto, que estava contra a luz da lua que entrava pelas janelas e portas francesas. Os olhos estavam ocultos na escuridão, e os traços do rosto apareciam em planos de cinza e de preto. Porém, havia luz suficiente para ver as mãos dele se moverem. E então, miraculosamente, as calças de lorde Wingate tinham desaparecido, e quando ele voltou para ela, aquela parte do marquês que parecera ansiosa por se libertar estava livre... e ela notou o calor dele entre suas pernas.

Então, aquela ânsia que Kate sentia, a sensação de vazio que vinha experimentando desde seu primeiro sonho com o marquês, de repente fez sentido. *Claro*. Aquela ânsia era porque ela precisava que ele a preenchesse. E se seus próprios dedos, com os quais agora tocava aquela parte dele que a pressionava com tanta insistência, não a estivessem iludindo, ele seria mais do que capaz de executar a tarefa. Seria capaz de preenchê-la muito bem.

Na verdade, talvez houvesse ali um pouco *mais* do que seria necessário para ela. Mas Kate achou que talvez ele não conseguisse se tornar um pouco... *menos*.

Quando ergueu a cabeça para perguntar sobre essa possibilidade, os lábios de lorde Wingate voltaram a unir-se aos seus, impedindo-a de falar. E, para seu total espanto, ele parecia na verdade *crescer* em sua mão. Kate não conseguia acreditar, pois ele já parecia absurdamente grande antes, mas não havia como negar. Aquilo que seus dedos envolviam estava de fato *crescendo*.

E, antes que Kate soubesse o que estava acontecendo, as mãos do marquês novamente seguraram-lhe as nádegas, e ele a deslizou para a borda da mesa, para ficar bem contra aquela parte crescente. Lorde Wingate continuava a beijá-la, a língua invadindo-lhe a boca da mesma maneira que aquela outra parte invadia a área entre suas pernas. E, por alguns segundos, Kate recebeu com prazer o peso dele, a largura dele, a sensação emocionante de enfim estar sendo preenchida...

Até que uma dor lancinante a fez interromper o beijo com uma arfada e afundar as unhas naqueles ombros que admirara por tanto tempo. Precisou morder o lábio inferior para não gritar.

Mas era tarde demais. Kate estava quebrada. Tinha tanta certeza disso quanto de estar sentada ali. Ele a quebrara ao meio, e agora devia estar morrendo. Segurou-se a ele, as lágrimas correndo pelos cantos dos olhos. Iria morrer, bem ali, nos braços de lorde Wingate.

E ela supôs que merecia.

Porém, passado um instante, a dor pareceu ceder um pouco. Com a respiração quente em seus cabelos, o marquês disse:

— Srta. Mayhew.

Por alguma razão, isso a fez rir. Embora fosse difícil fazê-lo, com ele a preenchendo daquela maneira.

— Creio que neste momento é melhor me chamar de Kate.

— Kate, então — corrigiu-se ele, erguendo a cabeça para poder fitá-la. Deve ter visto as lágrimas, pois segurou-lhe o rosto entre as mãos e, com os polegares, enxugou-as. — Linda Kate — murmurou ele, novamente abaixando a cabeça, até pousar a testa na dela. — Kate — repetiu, desta vez com uma nota de desespero na voz. E depois, como se não pudesse evitar, como se tentasse se conter, mas não conseguisse, simplesmente não conseguisse, mergulhou mais fundo ainda dentro dela...

E a dor parou. Kate percebeu logo, quando as mãos de lorde Wingate, ainda segurando-lhe o rosto, levaram sua boca à dele, como se para silenciar qualquer protesto que ela pudesse fazer. Mas não protestou, nem mesmo quando os lábios e a língua do marquês começaram mais um dos ataques que a deixavam desnorteada. Pois já não doía mais. Na verdade, era uma sensação boa tê-lo dentro de si. Mais do que boa, perfeita, como se ele fosse algo que estivesse lhe faltando a vida inteira. E ela, de repente, se sentiu plena.

Talvez, só talvez, não estivesse morrendo afinal.

Não, concluiu Kate, logo em seguida, quando lorde Wingate começou a se movimentar dentro dela, a princípio lentamente, e depois com um ritmo crescente. A não ser que ela já tivesse morrido, sem saber, e agora estivesse subindo alguma espécie de escada em direção ao paraíso.

Pois era essa sua sensação, com ele a preenchendo tão plenamente. Como se estivesse indo em direção ao céu. Voltou a envolvê-lo com as pernas, e agora se segurava a ele como se o marquês fosse a única coisa estável num mundo confuso, pressionando seu corpo o máximo possível contra o dele, sem soltá-lo, por mais forte que a penetrasse. E ele a penetrava com força, usando as mãos para apoiar-lhe as costas ao curvar o corpo dela mais e mais para trás...

E foi quando aconteceu aquilo que vinha lhe acontecendo a semana inteira, sempre que apertava aquele lugar com a mão e pensava nele. Só que nunca havia sido exatamente assim. Não, nunca *assim*.

De repente, pareceu que aquela escada celestial que Kate subia explodiu em mil caquinhos de ouro, e ela caía...

Mas era uma queda deliciosa, lânguida, com os pedaços da escada brilhando como estrelas, despencando com ela e aterrissando sobre ela, beijando-lhe a pele em todos os lugares, como se estivesse sendo tocada por milhares de asas de anjos...

Quando Kate abriu os olhos, estava na mesa da biblioteca de lorde Wingate, e ele, respirando muito intensamente, desmoronara sobre ela.

Dentro dela, uma voz baixinha disse: *Ah, não.*

Capítulo 19

— Claro que você vai deixar a função de dama de companhia de Isabel imediatamente — disse lorde Wingate do outro travesseiro.

Kate olhou assustada para o dossel azul-escuro sobre sua cabeça. Parecia bem distante. O teto no quarto do marquês era muito alto, e o dossel sobre a cama quase o alcançava, diferentemente daquele que cobria a sua, que não chegava nem perto do alto pé-direito da casa.

— Vou? — perguntou Kate. — Por quê?

Ela se fazia essa pergunta havia várias horas, desde quando se dera conta do que fizera. Mas desta vez não quis dizer: *Por que eu deixei isso acontecer?*

— Ora, você não quer ter as noites livres? — perguntou lorde Wingate com o mesmo tom preguiçoso que sua voz adotara desde a primeira vez que fizeram amor, muitas horas atrás. — Para passar comigo?

— Ah, claro.

— Há muitas coisas que eu quero lhe mostrar — afirmou o marquês.

Ele estava deitado na cama ao lado de Kate, com a cabeça numa das mãos, apoiada pelo cotovelo. Com a outra mão, acariciava-lhe a pele clara dos quadris. Não parava de acariciá-la de um jeito ou de outro — mexendo no cabelo dela, alisando seu rosto, segurando sua mão — desde aquele momento lá embaixo, quando afastara o rosto do pescoço dela, onde o havia enterrado no momento em que a paixão o dominara, e dissera, baixinho, mas ainda audível:

— Minha.

Fora só aquilo, uma única palavra: *minha*.

Não que Kate esperasse um pedido de casamento ou uma declaração de amor, ou mesmo um obrigado. Não era uma mulher experiente, mas não era totalmente ingênua.

Ainda assim, pareceu-lhe uma coisa esquisita para se dizer. Mais estranho ainda foi a convicção selvagem que usara, da mesma maneira que Kate imaginava que um bárbaro guerreiro exultaria as suas conquistas, em batalha. Porém, o marquês de Wingate, apesar de transpirar masculinidade, não era o que alguém chamaria de bárbaro... a não ser que esse alguém o tivesse visto arremessar algo, ou alguém, pela janela.

Ainda assim, Kate não necessariamente se considerava uma conquista.

Não que ela não compreendesse que lorde Wingate estivesse sentindo certa *satisfação*. *Isso* ela conseguia entender. Ela mesma se sentia muito melhor agora, ao menos fisicamente.

Sob a perspectiva emocional, porém, estava convencida de ter cometido o pior erro de sua vida.

Lorde Wingate não parecia ter essas dúvidas. Na verdade, desde o instante em que, triunfante, a declarara "sua", começara a falar sem parar sobre o futuro deles juntos. Um futuro, Kate logo constatou, no qual deixaria de trabalhar para ele como dama de companhia da filha. Não, esse cargo parecia ter sido perdido para sempre. Agora, havia uma nova posição, cuja remuneração era muito melhor:

A de amante do marquês.

— Logo depois do café — disse ele, ainda passando os dedos pelos quadris de Kate — sairemos para visitar propriedades à venda. Eu soube que há algumas casas para alugar muito bonitas em Cardington Crescent. Gostaria de morar lá?

— Por que eu não posso continuar morando aqui?

— Porque as pessoas irão comentar, Kate. E não queremos que Isabel descubra, não é?

Kate voltou a fitar o dossel da cama, pois lhe doía olhar para lorde Wingate, nu daquela forma. Ainda o achava absurdamente atraente, apesar de terem feito amor tantas vezes que ela já perdera a conta. Kate sentia-se ainda mais atraída pelo marquês. Além de ser um amante muito experiente e intenso, também se mostrara extremamente gentil. O tipo de pessoa que a Sra. Cleary havia descrito para a Kate. Depois de murmurar o misterioso "minha", lorde Wingate a erguera da mesa com a delicadeza com que se carrega um bebê. Subira a escada com ela nos braços e a deitara na cama, não na dela, como ela supunha que seria, mas na dele.

Depois, o próprio marquês preparara-lhe um banho — afinal, já passavam das três horas da manhã, tarde demais para chamar um criado. Ele a fizera entrar na banheira e, ternamente, lavara com as próprias mãos a prova do crime... embora pouco depois de ele envolvê-la numa toalha tenham cometido o mesmo crime, desta vez na enorme cama de lorde Wingate.

Como ela poderia ter forças para resistir, se ele não parava de acariciá-la, dizer que ela era linda e beijá-la... Como a beijava! Parecia que não conseguia parar. Que a boca dela existia com o firme propósito de ser beijada pelo marquês de Wingate. Ela não conseguia resistir. Nenhuma mulher conseguiria resistir a algo tão prazeroso, tão maravilhoso, por mais pecaminoso que pudesse ser...

Mas isto... Isto não era maravilhoso. *A isto*, Kate sentiu que poderia resistir sem nenhum problema.

Ela rolou na cama, ficou de barriga para baixo e, com o rosto virado para a cabeceira esculpida do móvel, perguntou:

— Então quer dizer... Lorde Wingate, está dizendo que não poderei mais ver a sua filha?

— Tenha dó — protestou ele, pegando uma mecha do cabelo de Kate e roçando-a nos lábios. — Use o meu nome, Burke.

— Está bem. Burke. — Kate repetiu o nome, embora a sensação fosse estranha. — Nem mesmo para visitar? Nem por uma tarde?

Mas ele já não a ouvia mais. Ouvir seu nome sendo proferido pelos lábios de Kate o afetou. E ele já se aproximava de novo, puxando-a para si e beijando-a mais uma vez. A boca dela estava dolorida pelas atividades daquela noite, mas não conseguia impedi-lo porque era incrível ser beijada por ele. Realmente incrível.

Quando Burke a soltou, no entanto, para admirá-la um pouco sob a luz da vela, Kate quis confirmar:

— Então não poderei falar mais com a sua filha. É isso?

Burke corria um dedo pelo pescoço de Kate.

— Não acho apropriado, nas circunstâncias atuais. Mas não precisa se preocupar com Isabel. Encontrarei uma nova dama de companhia para ela, para que nós — Burke segurou-lhe os ombros e, com ar brincalhão, empurrou-a contra o colchão — tenhamos nossas noites livres para *isto*.

Ela não precisou perguntar o que era *isto*, pois ele lhe mostrou, levando a boca a um de seus mamilos e acariciando-o com a língua.

Kate fitava novamente o dossel, com os dedos nos cabelos grossos e escuros de Burke.

— Então deverei ficar sentada o dia inteiro na minha casa nova e esperar que você vá me ver à noite?

Burke disse algo que soou como "uhummm", mas era difícil distinguir, pois ele falava com a boca ocupada.

— Creio que ficarei entediada. E solitária, morando sozinha num casarão.

Burke ergueu a cabeça e sorriu para ela. Um sorriso tão bonito que fez o coração de Kate doer. Homens não costumam ter sorrisos bonitos. Talvez para qualquer outra pessoa o de lorde Wingate não o fosse. Mas para ela era e lhe ofuscava a visão a ponto de precisar desviar os olhos.

— Solitária? — repetiu Burke. — Não se sentirá assim quando eu contratar para você a melhor aia de Londres. Além de uma cozinheira, um mordomo, empregados, cocheiros... Kate, já a vejo dando a volta no parque num fáeton preto com enfeites amarelos. Quer ter um fáeton, Kate? Com um par de cavalos cinzentos para combinar com os seus olhos?

— Suponho que sim. Não terei nada mais a fazer.

— É isso que a preocupa? — Burke deu uma risada e a beijou novamente. — Você terá muitas coisas para fazer. Eu garanto. Terá a obrigação, sabe, de me manter tão feliz quanto me fez esta noite, e essa tarefa tomará muito do seu tempo. E quanto a se sentir sozinha, fingirei que não ouvi isso, pois eu já disse que estarei com você sempre que puder. Mas... — Burke tocou-lhe a ponta do nariz. — Se isso realmente a preocupa tanto, todo esse tédio que supostamente você terá de suportar, creio que eu poderia montar uma lojinha para você. Talvez uma loja de flores. Melhor ainda, uma livraria! Sei o quanto gosta de livros. Gostaria de ter uma livraria? Ser uma mulher de negócios?

Kate olhou para ele. Não poderia respondê-lo com sinceridade, claro. Se o fizesse, diria: "Não, obrigada, não faço nenhuma questão de ser uma mulher de negócios. Prefiro ser a sua esposa."

Mas obviamente não poderia dizê-lo, porque o marquês não tinha a menor intenção de se casar com ela. Nem agora, nem nunca.

Não que Kate tivesse se iludido quanto a isso. Freddy lhe informara meses atrás que o marquês de Wingate havia jurado nunca mais se casar, pois não pretendia jamais voltar a colocar seu coração e seu bom nome em risco. Ela sabia disso muito bem.

E mais, ainda que o marquês a *tivesse* pedido em casamento, ela não poderia aceitar. Como poderia?

Mesmo assim, Kate ainda fora capaz de cometer a maior tolice de sua vida. Talvez a maior idiotice que qualquer mulher no mundo jamais tenha cometido.

E não se tratava de fazer amor com o marquês de Wingate. Ah, não. Isso não era nada.

O que ela fizera era muito pior que isso.

Ela se apaixonara por ele.

Que garota tola, estúpida!

Fazia muitos anos que Kate se convencera de que era incapaz de se apaixonar. Chegara a duvidar que o amor existisse. Ah, certamente amara seus pais, e amava Freddy também, ao seu modo. E, como todas as outras garotas, sofrera de paixonites ocasionais, quando, durante algum tempo, admirava em especial algum dos rapazes que conhecia, como foi o caso com Daniel Craven. Contudo, a sensação sonhadora e apaixonada que Isabel sempre declarava ter, a compulsão de escrever páginas e páginas de poesia triste — ou, pior, de compor uma canção... Não, Kate estava convencida: outras pessoas, talvez. Mas não ela. Seus pés estavam firmemente plantados no chão. E, aos 23 anos, tinha idade e juízo demais para se preocupar com essas tolices.

Ah, sim, isso certamente acontecia nos livros. Mas amor? Amor verdadeiro? Jamais na vida real, exceto talvez para alguns sortudos...

Porém, era justamente o que lhe acontecia agora, e Kate não se considerava nada sortuda. Na verdade, se achava a mulher menos sortuda de todos os tempos.

— Tão séria — comentou o marquês, que desta vez acariciava-lhe os lábios com a ponta do dedo, sorrindo para ela, pensativo. — Uma expressão tão séria. Não me lembro de tê-la visto assim antes, meu amor. O que está pensando?

Mas Kate não podia lhe contar. Era covarde demais para isso. Sabia que, se lhe contasse que não podia ficar com ele e fazer o que pedia, ele tentaria convencê-la, e não precisaria se esforçar muito. Era só beijá-la de novo. Estava certa de que faria qualquer coisa no mundo pelos beijos do marquês de Wingate.

Felizmente foi poupada de responder.

— Que cabeça a minha — disse ele. — Você deve estar exausta. Está se perguntando se em algum momento vou deixá-la dormir? Então, eu vou. — Ele se sentou e apagou a vela. Em seguida, voltou a se deitar e a puxou para si, enroscando o corpo dela no seu, de modo que Kate ficou com as costas aconchegadas em seu peito, numa espécie de ninho que ele formou com os braços. — Agora durma, Kate — recomendou ele, beijando-lhe o topo da cabeça, desta vez sem nenhuma intenção de excitá-la. — Teremos muito a fazer amanhã.

Kate apoiou o rosto na pele macia do bíceps de lorde Wingate — aquele braço musculoso que ela tanto admirara, sem jamais sonhar que algum dia poderia servir de apoio para sua cabeça —, mas não fechou os olhos. Nem mesmo quando, instantes depois de acreditar que ele finalmente dormira, ele a puxou mais para si, sussurrou seu nome outra vez, e delicadamente beijou seu rosto.

Apenas o seu nome. E o mais suave dos beijos na bochecha. No entanto, foi o bastante para fazer Kate chorar. O pranto veio silencioso, para não acordar o marquês, mas as lágrimas desceram de toda forma. E ela temeu que ele sentisse o braço molhado e acordasse.

Porém, isso não aconteceu. A respiração de lorde Wingate ficou mais profunda e regular. Passados vinte minutos, Kate levantou o braço dele para ver se a puxaria de novo para si, mas não houve nenhuma reação. Saiu, então, sem ser notada e voltou quase nua para o próprio quarto, pois não conseguiu achar suas roupas de dormir.

Era perto do amanhecer, e a cozinheira acordava com a luz do dia para começar a preparar o café da manhã elaborado de lorde Wingate, que constava de presunto, bacon, arenque defumado, bolinhos e café com creme. Kate sabia que não teria muito tempo.

Vestiu-se apressadamente e só arrumou o que conseguiria carregar. Depois providenciaria que alguém pegasse o resto de suas coisas. Lady Babbie não ficou nada feliz de ter sido enfiada numa cesta, nem se acalmou quando sua dona fechou a tampa sobre sua cabeça. Mas Kate não podia fazer nada quanto a isso. Rezou para que ninguém ouvisse o choro da gata quando passasse pelo corredor e descesse a escada para alcançar a porta da casa.

Da soleira do quarto, Kate olhou para trás. Sobre a cama onde não dormira naquela noite, deixava apenas uma carta endereçada a lady Isabel Traherne. Achou que Isabel a veria quando viesse ao quarto para conversar sobre os planos para o dia. Ao pensar nisso, seus olhos novamente se encheram de lágrimas, e ela logo saiu para o corredor e fechou a porta.

Já na rua, embora ainda não fossem cinco horas da madrugada, Kate encontrou um grande movimento, pessoas indo e vindo, e não teve o menor problema em conseguir um coche.

PARTE II

Capítulo 20

Burke ocupou seu lugar habitual na cabeceira da mesa e apanhou o jornal que Vincennes lhe deixara, muito bem-passado a ferro. Abriu o caderno de esportes, a única seção que o dono da casa se dava ao trabalho de ler. As outras notícias costumavam ser desanimadoras, e ele preferia não tomar conhecimento de grande parte delas.

Hoje, porém, lorde Wingate achou que seria capaz de encará-las. Lia com atenção a primeira página, tranquilamente, quando Isabel se aproximou e se sentou à cabeceira oposta.

Burke esperou um pouco, aguardando a chegada de Kate, que em geral acompanhava Isabel no café da manhã, sentando-se no meio da mesa comprida. Sua filha parecia mais irritada do que de costume. Após se acomodar, a jovem perguntou com ar petulante por que não havia nenhum hadoque. Lorde Wingate não conseguiu mais se conter:

— A Srta. Mayhew ainda está dormindo?

Burke sorriu ao fazer a pergunta, pois sabia que era o culpado pelo cansaço de Kate, e não se arrependia disso. Imaginava que ela também não se arrependia.

— Não sei — respondeu Isabel friamente. — A Srta. Mayhew não está aqui.

Lorde Wingate quase se engasgou com o café.

— Não está aqui? — repetiu ele, quando conseguiu falar. — O que quer dizer com isso?

Isabel olhou para o prato de hadoque que Vincennes lhe entregava com um floreio.

— Exatamente o que eu disse. Ela não está aqui. Foi obrigada a nos deixar. Não, eu não quero hadoque. Vou querer ovos.

Com o jornal esquecido nas mãos, Burke olhou para a filha, perplexo.

— Foi obrigada a nos deixar? O que significa isso, Isabel?

A garota desviou o olhar dos ovos que o mordomo servia em seu prato.

— Ela não deixou uma carta para o senhor? Para *mim*, ela deixou.

— Não — respondeu Burke, começando a ficar levemente apreensivo. — Ela não me deixou nenhuma carta.

E tampouco esperava que Kate o fizesse. Quando acordou e viu que estava sozinho no quarto, deduziu que ela havia ido para os próprios aposentos a fim de evitar fofocas dos criados. Jamais lhe ocorrera que...

E por que deveria lhe ocorrer qualquer coisa? Como ela podia ter ido embora? Era impossível!

— Ah. — Isabel deu a primeira garfada nos ovos, fez uma careta e apoiou o garfo no prato. — Na carta, explicou que foi obrigada a nos deixar por um tempo porque recebera notícias de que um parente estava muito mal. Se bem que — prosseguiu, novamente erguendo o garfo, desta vez usando-o para espetar um pedaço de presunto — não posso imaginar como ela conseguiu receber notícias sobre um parente doente antes de o carteiro chegar.

Burke olhou para o mordomo.

— Vincennes, algum mensageiro deixou uma carta para a Srta. Mayhew esta manhã?

O mordomo não tirou os olhos do chá que servia na xícara de Isabel.

— Não, milorde.

— O mais estranho — continuou Isabel — é que a Srta. Mayhew nunca *me* falou de nenhum parente. Ela *me* contou que sua única família eram seus livros.

— Seus o quê? — perguntou Burke.

— Seus livros. Ela me disse que não tinha mais nenhum parente vivo, portanto os livros eram sua única família. De onde surgiu esse parente doente, não posso imaginar. Não tem leite, Vincennes? Não quero creme. Quero leite.

Com uma tranquilidade que chegou a assustá-lo, Burke indagou:

— Ka... A Srta. Mayhew mencionou quando pretende voltar da visita a esse parente doente?

— Não. — Isabel deu uma mordida numa torrada. — Mas não creio que seja tão cedo. Ela levou Lady Babbie.

— Lady quem? — questionou Burke, confuso.

Isabel olhou para o pai e revirou os olhos.

— Ora, francamente, papai. O senhor não sabe *nada* sobre a Srta. Mayhew?

Burke franziu o cenho. Havia alguma coisa que ele *não* soubesse sobre Kate Mayhew? Certamente sabia de tudo o que era importante. Por exemplo, sabia que, quando lhe falava, o fazia com aquela franqueza encantadora — beirando o limite da impertinência, mas sem nunca cruzá-lo — que o atraíra desde o primeiro encontro, apesar do guarda-chuva com que lhe espetara o peito. E sabia que, quando ela erguia aqueles olhos cinzentos para encará-lo, era possível ler neles a promessa secreta de brasas que precisavam apenas de um pouco de combustível para transformarem-se em chamas de calor e paixão. Ele sabia que, quando beijava aqueles lábios que o fascinaram e enfeitiçaram durante meses, eles se abriam da maneira mais convidativa imaginável. E que, quando a penetrava, ela ficava sem ar, ofegando a cada estocada devido ao tamanho do órgão dele, e, no entanto, generosamente o recebia por inteiro em seu corpo tão pequeno...

E Burke sabia que, quando ela pronunciava seu nome, ele esquecia tudo. Tudo o que sempre soubera, tudo o que sempre fora, tudo o que jamais esperara ser, exceto o desejo aparentemente insaciável de ouvi-la dizer seu nome outra vez...

— Lady Babbie — continuou Isabel, felizmente sem tomar conhecimento dos pensamentos lascivos do pai — é a gata da Srta. Mayhew, claro. E se a Srta. Mayhew levou a gata consigo, concluí que pretende demorar. E não a culpo, já que tenho certeza de que você foi horrível com ela.

A observação de Isabel afastou Burke das agradáveis lembranças das atividades com a Srta. Mayhew na noite anterior. De inquieto, ele passou a alarmado. Balançou a cabeça, tentando livrá-la de um repentino zunido nos ouvidos.

— *Quando? Quando* eu fui horrível com ela?

— Na noite passada, é óbvio. Quando afugentou o Sr. Craven e depois gritou com ela. Mas *a Srta. Mayhew* não foi culpada por ele entrar no jardim e jogar pedrinhas na janela dela.

— O Sr. Craven? — Burke largou o jornal e se levantou, apoiando os punhos fechados na mesa, temendo usá-los para alguma outra coisa. — Daniel *Craven*? O que diabos *Daniel Craven* tem a ver com isso?

— Papai — falou Isabel, balançando a cabeça e colocando os cachos pretos em movimento. — O senhor sabe muito bem. Eu ouvi tudo. Também acordei com aquelas pedrinhas que ele jogou. Mas, francamente, ela logo mandou que ele fosse embora. Sabe que a Srta. Mayhew não gosta dele, papai. Agiu muito errado gritando com ela daquele jeito. Ele não devia ter boas intenções entrando aqui escondido...

— *Daniel Craven?* — Burke continuava com os punhos exatamente no mesmo lugar. Do contrário, tinha certeza de que poderia fazer um buraco no encosto da cadeira. — Quem estava ontem à noite no jardim com a Srta. Mayhew era *Daniel Craven*?

— Sim, claro. Quem achou que fosse?

Burke teve a sensação de que seus ossos tinham amolecido. Ou de que seu esqueleto se transformara subitamente em gelatina. Sentou-se na mesma hora, pois estava convencido de que iria cair.

Daniel Craven. Daniel Craven. Todo esse tempo ele supunha ser Bishop o homem que estivera lá fora no jardim com Kate. Mas não era. Era *Daniel Craven.* Ele acusara Kate... Não estava muito certo do que exatamente a acusara. Essa parte da noite estava meio obscura. Mas a acusara de ter feito alguma coisa com o conde de Palmer.

Porém, não era Bishop. Era Daniel Craven, um homem cujo olhar, se lorde Traherne não estava enganado, aterrorizava Kate completamente. E ele, estúpido, tivera a audácia de acusá-la de...

Não que Kate o tenha culpado por isso. Disso ele não se lembrava. Não, ela não havia se mostrado ressentida com a insinuação, quando ele a beijara...

Mas Burke a acusara de alguma coisa. Alguma coisa terrível, quando ela era absolutamente inocente.

E agora Kate se fora. Não era para menos.

— Não precisa ficar com essa cara — repreendeu Isabel.

Burke olhou para a filha sem entender. Ela estava sentada com um cotovelo na mesa, o queixo equilibrado na mão, e mexia o chá com uma colher de prata. Olhava para o pai com um sorriso no rosto — o sorriso mais meigo que ele já vira no rosto dela.

— Com certeza, ela perdoará o que quer que tenha dito à Srta. Mayhew ontem à noite, papai. Algumas manhãs, eu sou terrível com ela, e ela sempre *me* perdoa.

Burke não tinha uma resposta para aquilo. O que poderia dizer? Que sentia como se alguém tivesse aberto o seu peito, retirado seu coração e o jogado no chão?

E, até a noite anterior, lorde Wingate sequer sabia que *tinha* um coração.

— A Srta. Mayhew voltará logo — afirmou Isabel, confiante. — Afinal, ela deixou os livros.

Porém, a Srta. Mayhew não voltou logo. Certamente não voltou naquele dia. Tampouco mandou notícias a respeito de seu paradeiro ou alguma explicação sobre quanto tempo seria obrigada a ficar longe. Burke ficou o dia todo em casa à espera do correio. E cada vez que Vincennes lhe apresentava a salva de prata com a correspondência, não havia nenhuma carta, nem sequer um bilhete de Kate Mayhew.

O correio também não trouxe notícias no dia seguinte. Ou no outro.

Foi então que Burke, antes frustrado e sofrendo, começou a sentir raiva.

Não sabia o motivo para esse sentimento. Afinal, Kate não o roubara nem o traíra fugindo com outro homem. Nada disso. Ela simplesmente desaparecera. Ela desaparecera sem uma palavra, e depois de uma noite como a que passaram juntos. Uma noite diferente de todas as que Burke já vivenciara, ainda mais sendo um homem experiente em tais prazeres.

De fato, nos seus 36 anos de vida, Burke jamais tivera uma noite como aquela com Kate. Como uma mulher podia simplesmente ir embora depois de ter passado uma noite daquelas, ele não compreendia. Não entendia por que ela havia partido, ou o que ele podia ter feito para afastá-la assim. Certamente estava errado quanto a Daniel Craven. Porém, Kate o perdoara por isso. Ele tinha certeza de que fora perdoado no instante em que suas bocas se encontraram. Então por quê? *Por quê?*

Burke estava convencido de ter agido com extrema delicadeza o tempo todo. Isto é, não o tempo *todo.* Mas a *maior parte* do tempo, depois daquela estocada inicial, aquela estocada que destruíra o fino tecido de sua virgindade — da inexperiência e inocência de Kate. Burke exercera um autocontrole ferrenho, mantendo até mesmo seus orgasmos, os mais intensos que já conhecera, sob controle, temendo machucá-la ou assustá-la. Kate era tão jovem e tão pequena que ele tinha medo de quebrá-la.

No entanto, o corpo delicado que Burke havia levantado com a facilidade com que se levanta uma criança e mantido no alto com um único braço, aquela criatura miúda, abrigava o espírito mais sensual, mais apaixonado, mais generoso, mais *tudo* que qualquer outra mulher que ele jamais conhecera.

E agora Kate havia partido, apesar do prazer que tiveram, do cuidado com que ele agira, até da oferta que fizera de uma casa e de uma carruagem, e até mesmo — o que ele tinha na cabeça? — de uma livraria. Burke nunca havia sido tão generoso com nenhuma de suas outras amantes.

Contudo, tinha de admitir que jamais se sentira assim com nenhuma das outras amantes. Nem mesmo com sua mulher, verdade seja dita.

Foi no quinto dia de ausência de Kate que Burke reuniu os criados e os questionou, um por um, sobre para onde a dama de companhia poderia ter ido. Embora a preocupação de todos quanto ao sumiço da jovem fosse genuína, nenhum deles sabia o destino da Srta. Mayhew. Não, ela nunca lhes mencionara nenhum parente doente. Na verdade, afirmara categoricamente que toda sua família estava morta. O passo seguinte de Burke foi enviar a Sra. Cleary à casa dos Sledges e fazer as mesmas perguntas a eles e aos criados. Burke sabia ser absurdo sair pela vizinhança à cata de notícias sobre alguém que trabalhava para ele, mas não via outra maneira de agir. Cyrus Sledge deve ter estranhado, mas Burke não ligava a mínima para o que o sujeito poderia pensar. Só queria encontrar Kate Mayhew.

Evidentemente, lorde Wingate não tinha intenção de alarmar a filha, portanto evitou que ela soubesse de sua preocupação com o desaparecimento da dama de companhia. E Isabel, absorta em seu romance com Geoffrey Saunders, só de vez em quando se referia a ela, dizendo frases como: "Eu gostaria que a Srta. Mayhew voltasse logo para casa. Tenho muitas coisas para lhe contar", ou "Se ao menos esse parente horrível da Srta. Mayhew morresse logo para ela voltar para nós". De tudo isso, Burke só podia agradecer uma coisa: na ausência da Srta. Mayhew, Isabel não tinha muito interesse em comparecer às inúmeras festas para as quais era convidada e não pedia ao pai para acompanhá-la. Segundo ela, não adiantaria ir aos bailes sem a Srta. Mayhew para ajudá-la com o penteado. Geoffrey deixaria de gostar dela se por um acaso visse o ninho de rato que estava crescendo na sua cabeça.

Já era o décimo dia após a partida abrupta e misteriosa da Srta. Mayhew, quando, atravessando o corredor do andar superior da casa, Burke por acaso passou em frente à porta do quarto de Kate e reparou que estava aberta. Os sons que vinham de seu interior indicavam estar havendo alguma atividade ali dentro.

Inúmeras emoções inundaram-lhe o peito: alívio por Kate finalmente estar em casa; ultraje por ela tê-lo abandonado tão friamente; e certa alegria libidinosa diante do prospecto de mais uma vez ouvir seu nome pronunciado por aqueles lábios adoráveis. Porém, quando Burke entrou no quarto, viu somente a Sra. Cleary com um dos criados guardando os livros de Kate em uma caixa. Ao ouvir os passos, a senhora ergueu os olhos e ficou vermelha. Era a primeira vez que Burke via a velha senhora corar.

— Ah, milorde — atalhou a criada. — Sinto muito tê-lo incomodado.

Burke olhou para a caixa. Olhou para os livros nas mãos do empregado. Olhou para o rosto corado da criada.

— Onde ela está? — perguntou.

Lorde Wingate não gritou, não socou nada ao dizer aquilo. Apenas fez a pergunta numa voz que considerou tranquila, moderada.

— Ah, milorde. — A Sra. Cleary se levantou e, apertando as mãos rechonchudas cheias de covinhas, explicou: — Eu recebi a carta nesta manhã. Teria mostrado ao senhor imediatamente...

— Sim? — disse o marquês, novamente numa voz que considerava extremamente calma.

Contudo, para a Sra. Cleary, evidentemente ele não soava tão tranquilo, pois ela logo enfiou uma das mãos no bolso do avental e retirou uma folha de papel.

— Veja — falou ela, correndo na direção de lorde Wingate. — Aqui. Não foi escrita pela Srta. Mayhew, como o senhor pode ver. Mas diz que ela não acredita que será possível voltar para Londres num futuro próximo e pede que o informemos, milorde, que é melhor contratar uma nova dama de companhia...

Burke pegou a carta das mãos da mulher e a leu.

— Eu só hesitei em contar ao senhor, milorde — continuou a Sra. Cleary —, porque sabia o quanto isso entristeceria a pobre lady Isabel. Ela gosta muito da Srta. Mayhew, e tenho certeza de que o sentimento era mútuo. A Srta. Mayhew nunca usou uma palavra dura com milady, e o senhor sabe, milorde, tão bem quanto eu, como ela pode ser... difícil. Ah, creio que as jovens são difíceis por natureza. Mas nunca vi ninguém melhorar tanto quanto lady Isabel desde que a Srta. Mayhew veio morar nesta casa. Parece outra pessoa.

Burke chegara à parte da carta em que era solicitado que a Sra. Cleary fizesse a gentileza de enviar os pertences da Srta. Mayhew para um determinado endereço. Lorde Wingate não tirou os olhos do endereço enquanto a Sra. Cleary falava.

— Temo que lady Isabel sofra muito com a notícia. Muito mesmo, milorde.

Mas Burke mal a ouviu. Porque já se virara e se encaminhava para a porta.

Capítulo 21

A CRIADA QUE abriu a porta olhou fixamente para o cartão que Burke lhe apresentou.

— Lorde Wingate para falar com lady Palmer. Pois não, milorde. Verei se ela está.

A mulher fugiu apressada, com as tiras do avental esvoaçando atrás de si. Burke ficou na sala de estar, de pé, com um vago pensamento de que destruiria a casa, pedra por pedra, até encontrar Kate. Porém, achou que isso talvez não agradasse a anfitriã.

Pouco tempo depois, uma porta se abriu, e uma senhora idosa, embora nada frágil, com o pescoço e as mãos repletos de joias, entrou usando um vestido que estivera na moda no ano anterior. De qualquer maneira, quando se alcança os 70 anos, estar em dia com as últimas tendências não é necessariamente uma grande preocupação.

— Lorde Wingate — cumprimentou a viúva lady Palmer, batendo a bengala de cabo de marfim muito delicadamente no chão ao caminhar na direção dele. — Mal pude acreditar em meus olhos quando Virginia me entregou seu cartão. O senhor é corajoso, meu jovem, vindo me fazer uma visita. Como sabe, ainda é malvisto pela alta sociedade por ter se divorciado de sua bela esposa. Alguns bajuladores talvez queiram esquecer tal afronta, principalmente porque já faz muito tempo. Mas não eu. Considero o divórcio um pecado, meu jovem. Um pecado mortal. Não me importa se ela possuía um ou vários amantes.

Burke entreabriu a boca e o que disse saiu mais como um rosnado do que qualquer outra coisa.

— *Onde está ela?*

— Onde quem está? — A viúva acenou para ele com a bengala. — Não sei a quem se refere.

— Sabe muito bem de quem estou falando. — Burke pensou que seria prazeroso, apesar da idade e do sexo de lady Palmer, segurar-lhe o pescoço flácido e sufocá-la até a morte. — Katherine Mayhew. Sei que ela está aqui. Vi a carta com o pedido de que os pertences dela fossem enviados para este endereço. Peço que me deixe vê-la.

— Katherine Mayhew? — A viúva parecia verdadeiramente chocada. — Seria tolo o suficiente para pensar que só porque recebi um homem tão vulgar como o senhor, eu admitiria na minha casa a filha do responsável pela morte prematura de meu marido? Deve estar louco, lorde Wingate. Aliás, é o que aparenta. Nunca vi nenhum nobre com uma aparência tão deplorável quanto a sua. Há quanto tempo não faz a barba?

— Sei que ela está aqui — insistiu Burke. — Se for preciso, partirei esta casa em pedacinhos até encontrá-la. Mas eu a encontrarei.

A viúva bufou.

— Veremos. Virginia! Virginia! — A bonita criada mostrou a cabeça pela porta entreaberta. — Chame Jacobs imediatamente. Quero que esse louco seja retirado da minha casa.

No entanto, tão logo a criada fechou a porta, ela se abriu novamente, e o conde de Palmer entrou, com uma expressão irritada.

— Que gritaria infernal é essa, mamãe? Mal posso ouvir meus pensamentos. — Ao pousar os olhos no marquês, eles se arregalaram.

Burke não hesitou. Cruzou a sala como um raio e deu um soco no rosto do conde com uma força semelhante ao golpe de martelo de um ferreiro. O conde foi ao chão, levando consigo uma mesinha e o vaso de flores que estava sobre ela. A viúva deu um grito e, com um desmaio, juntou-se ao filho no chão. Mas Burke não se importou. Abaixou-se, agarrou Bishop pela gola e o puxou para cima.

— Onde ela está? — perguntou Burke, balançando o outro.

Porém, o conde só estava dissimulando estar inconsciente. Com um violento soco de direita, atingiu Burke no queixo. O marquês cambaleou para trás e caiu sobre um móvel de canto cheio de pastorinhas de porcelana, que escorregaram e se estilhaçaram no chão de parquê.

— Ela não está aqui, seu imbecil — respondeu Bishop. — E, mesmo se estivesse, você seria a última pessoa a quem eu admitiria isso.

Burke, levantando-se dos estilhaços das pastorinhas de porcelana de Dresden, golpeou o nariz de Bishop com um soco firme, e o sangue jorrou num arco vermelho, saindo do rosto do conde em direção ao sofá azul-claro.

— Ela *está* aqui — insistiu Burke. A essa altura, sua respiração era pesada, mas nem pensava em dar aquilo por encerrado. Devia ter dez anos a mais que o conde, mas ainda se encontrava em plena forma para lutar. — Minha criada recebeu uma carta sua esta manhã com a instrução de que os pertences dela fossem enviados para este endereço.

— Correto. — Bishop passou pelo marquês com cautela. — Porque exatamente esta manhã eu recebi uma carta de Kate pedindo que fizesse a gentileza de permitir que ela guardasse suas coisas aqui por algum tempo...

— Uma história plausível — afirmou Burke, afastando com um pontapé uma otomana que o separava do conde. O sofá aterrissou na lareira que, com o calor do dia, felizmente não estava acesa. — Imagino que você diria qualquer coisa para ficar com ela, não é?

Bishop ainda recuava, cobrindo o nariz que sangrava com as pontas da gravata.

— Eu diria. Na verdade, eu diria qualquer coisa se achasse que isso manteria um animal como você longe de Kate.

Essa declaração rendeu ao conde mais um soco na cabeça derrubando-o sobre o sofá azul-claro já todo manchado de sangue. Burke foi atrás, mas se arrependeu quando Bishop chutou suas pernas, fazendo com que caísse de costas ao lado do conde, ruidosamente.

— A verdade — prosseguiu Bishop, afastando-se do sofá para subir sobre o corpo de Burke e segurar-lhe o pescoço — é que ela não está aqui. É loucura sua pensar assim. Seria mais fácil minha mãe permitir que Átila, o Huno, estragasse os lençóis de hóspedes do que receber Kate Mayhew.

Burke, que lutava para tirar as mãos de Bishop de seu pescoço, fez uma pausa em seus esforços para perguntar:

— Por quê?

— Por quê? — O rival estava com os dentes cerrados, tentando estrangular o marquês. — Como pode fazer essa pergunta? Sabe a resposta.

Cansado da brincadeira, o marquês acertou a têmpora de Bishop com um soco e o jogou contra a parede, onde ele caiu, sangrando profusamente e respirando com dificuldade. Burke, menos machucado, mas ainda com muita dor, arrastou-se em direção a ele e apoiou-se na parede.

Enquanto os dois estavam ali exauridos, respirando com dificuldade, uma porta lateral se abriu e um mordomo entrou na sala, seguido de dois criados enormes.

— Milorde — disse ele ao ver a sala arruinada. — O senhor precisa de ajuda?

Bishop olhou para Burke.

— Uísque? — ofereceu ele. Burke confirmou com a cabeça. — Uísque, Jacobs.

Com um último olhar para as pastorinhas estilhaçadas, o mordomo assentiu e se retirou, acompanhado pelos criados que carregavam a viúva inconsciente.

— Por que a sua mãe odeia Kate? — indagou Burke quando sua respiração começou a se regularizar.

— Você é um grande idiota — acusou Bishop, enojado, esfregando delicadamente a manga do paletó no nariz. — Você não sabe nada sobre ela?

— É claro que sei. — Burke ficou tentado a contar ao jovem o quanto de fato a conhecia, mas concluiu que seria uma atitude desprezível e só acrescentou: — Sei tudo o que preciso saber sobre ela.

— Pois eu achava que você teria investigado um pouco mais o passado dela antes de contratá-la.

Burke fitou Bishop sem entender.

— Se vai me dizer que Kate é uma ladra — ameaçou ele, já fervendo de raiva outra vez —, só posso dizer que você é quem não a conhece.

— É claro que ela não é uma ladra — retrucou Bishop. — O ladrão era o pai dela.

Burke o encarou.

— *O pai dela?*

A porta se abriu novamente, e desta vez o mordomo entrou sozinho, com uma bandeja de prata que apoiava um *decanter* de cristal lapidado contendo um líquido âmbar e dois copos. Observando que, na briga, eles tinham derrubado todas as mesas da sala, o mordomo se abaixou, apoiando-se num joelho, e depositou a bandeja no chão ao lado do conde. Em seguida, destampou o *decanter* e cuidadosamente derramou dois dedos de uísque em cada copo, entregando um a Bishop, e o outro a Burke.

— Obrigado, Jacobs. Minha mãe está bem?

— Desmaiada, milorde — respondeu Jacobs. — Nós a levamos para o quarto, e a aia está lhe dando alguns sais de cheiro.

— Ótimo. É só, Jacobs. Pode deixar a bandeja.

— Claro, senhor. — O mordomo levantou-se e saiu fechando a porta silenciosamente, após uma última olhada para as pastorinhas sem cabeça.

— O pai de Kate. — Burke quis incentivar Bishop a continuar, depois de beber quase todo o líquido do copo.

— Ah — exclamou o conde. Ele bebeu com mais cautela que Burke, pois aparentemente tinha alguns dentes bambos. — Certo. Você vai me dizer que não sabe quem era o pai dela?

Burke inclinou a cabeça para trás e apoiou-a na parede forrada com um papel florido. Eles estavam sentados sob uma janela e, do lado de fora, um pássaro cantava.

— Não.

— Por acaso o nome Peter Mayhew lhe soa familiar?

— Peter Mayhew? Na verdade, sim. Por alguma razão já ouvi falar dele.

— Por alguma razão. — Bishop revirou os olhos. — A razão de soar familiar, Traherne, é que sete anos atrás todo mundo falava nesse nome. Pelo menos tanto quanto o seu, uma década antes.

— Por quê? — Burke fitava o conde com sarcasmo. — Ele também se divorciou da esposa que o traiu e jogou o amante dela pela janela?

Bishop fez a mesma expressão de nojo.

— Claro que não. Peter Mayhew era um banqueiro muito importante em Londres. Morava com a mulher e a filha aqui em Mayfair.

— Mayfair? — repetiu Burke, com as sobrancelhas erguidas.

— Sim. Mayfair — confirmou Bishop com um ar orgulhoso. Isto é, tão orgulhoso quanto um homem com o nariz quebrado pode parecer. — Na Pall Mall. Aliás, na casa ao lado desta aqui.

— Então — disse Burke, tentando reprimir um desejo irracional de pegar o rosto do conde e amassá-lo contra o chão — você e Kate de fato cresceram juntos.

— Correto. — Bishop estendeu a mão, tirou a tampa do *decanter* novamente e serviu mais uísque no copo de Burke. — O pai dela cuidava de várias contas importantes, inclusive a dos meus pais. Oito anos atrás, Mayhew teve a falta de sorte de conhecer um jovem que se dizia proprietário de uma mina de diamantes na África. Segundo esse jovem, ele só não escavara a mina por falta de apoio financeiro. Eu não conheci esse cavalheiro, se é que ele era um cavalheiro, o que duvido muito, mas Mayhew pareceu acreditar nele o suficiente para encorajar amigos e vizinhos a investirem na mina.

— Que não existia — disse Burke.

— Claro que não. O jovem roubou o dinheiro de todos os clientes do Sr. Mayhew, inclusive a maior parte da fortuna do próprio banqueiro, e fugiu. Pelo menos essa foi a versão de Mayhew.

— Havia motivo para duvidar dela?

— Digamos que havia razão suficiente para duvidar, a ponto de muitos daqueles que perderam dinheiro, inclusive meu próprio pai, acharem que a providência apropriada seria denunciar Mayhew à justiça.

Burke lambeu os lábios. Eles estavam salgados, e concluiu que um deles estava sangrando.

— E depois?

Bishop pareceu surpreso.

— Como assim?

— O que aconteceu, afinal?

Bishop piscou, surpreso.

— Você não sabe? Kate não lhe contou?

Burke respirou fundo e contou devagar, mentalmente...

— Não — respondeu ele, quando conseguiu ter certeza de que conseguiria se segurar e não atacar o jovem mais uma vez. — Kate não me contou.

— Bem... O caso nunca foi levado à corte. Porque o réu, Peter Mayhew, morreu na véspera do início do julgamento.

— Morreu? — Burke encostou a manga da camisa no lábio que sangrava. — Você quer dizer, no incêndio?

Bishop o fitou.

— Kate contou sobre isso, então?

Burke fez que sim com a cabeça.

— Ela contou que os pais morreram nele.

— Exato — confirmou Bishop com um aceno. — Eles morreram. Eu não estava aqui naquela noite, estava na universidade. Mas alguns dos nossos criados ainda falam sobre isso. As chamas subiam de seis a nove metros de altura em direção ao céu. É incrível que todos tenham sobrevivido, à exceção dos pais de Kate. Todos os criados e a própria Kate conseguiram fugir. Até mesmo aquela maldita gata sobreviveu. O incêndio ficou contido em apenas numa parte da casa, do lado oposto ao da rua, e os novos donos fizeram um milagre na reconstrução. Somente o quarto dos pais de Kate foi destruído. Estranho, não acha?

Burke franziu o cenho.

— O que está insinuando?

— Veja bem, um fogo tão intenso deveria tomar a casa toda, mas, depois da explosão de chamas inicial, ele se apagou aos poucos. A ponto de conseguirem extingui-lo com facilidade...

— O que está sugerindo? — perguntou Burke, olhando firme nos olhos do conde. — Não tenho tempo para brincadeiras, Bishop. Se quer dizer alguma coisa, é melhor ir direto ao assunto...

— Está bem. — O homem fez uma careta. — Você nunca foi de muita conversa mesmo. O fato é que, depois, suspeitou-se de que o incêndio tenha sido provocado. Sentiram um cheiro forte de querosene, mais do que se fosse o caso de um simples lampião virado.

— Você quer dizer — disse Burke lentamente — que alguém assassinou os pais de Kate?

— Ah, por Deus, não! — Bishop balançou a cabeça. — Não, na ocasião pensou-se que o próprio Peter Mayhew tivesse provocado o incêndio com o intuito de evitar a humilhação de um julgamento.

Burke olhou fixamente para Bishop.

— Suicídio?

— Assassinato e suicídio, tecnicamente. Quero dizer, não creio que a mulher dele tivesse algum envolvimento. Ela foi encontrada ainda na cama, ou melhor, no que sobrou da cama. Não sei se chegou a acordar...

— Meu Deus — exclamou Burke através dos lábios que estavam dormentes, mas não devido aos socos de Bishop ou ao uísque. — Eu... Eu não sabia.

— Não. — Aparentemente cansado de beber o uísque no copo cuja borda interferia com a gravata que ele segurava junto ao nariz, Bishop preferiu destampar o *decanter* e beber diretamente dele. — Suponho que seria difícil você saber. Estava em todos os jornais, mas...

— Eu só leio a seção de esportes — confessou Burke.

— Ah, então não teria meios de saber. E Kate não lhe contaria. Ela nunca fala nisso... O que é muito compreensível. Mas também... Bem, creio que ela prefira esquecer. E quem não faria o mesmo? Não creio que qualquer um dos vários patrões anteriores de Kate saiba quem ela é e que antes desfrutava dos mesmos privilégios que muitas das crianças e jovens sob seus cuidados.

Burke pegou o *decanter* na mão de Bishop e derramou uma boa quantidade de uísque goela abaixo.

— Kate nunca voltou a ser a mesma. Os criados a encontraram inconsciente numa escada e alguém a carregou para fora da casa. Mas ela nunca foi capaz de dizer como chegou à escada. Alguns acreditam que o pai dela a colocou ali, antes mesmo de começar o incêndio, a fim de garantir que ela escapasse. Mas Kate...

Burke olhou para ele.

— Sim?

— Kate sempre insistiu que o que aconteceu foi um pouco diferente. Não se pode censurá-la. Não deve ser agradável a ideia de o próprio pai matar a si mesmo e à esposa apenas para evitar a prisão e, obviamente, a humilhação pública. Assim, Kate inventou uma história que, aparentemente, até hoje considera verdadeira.

— E qual seria essa história? — perguntou Burke, embora acreditasse já conhecer a resposta.

— Pois bem. Aquele rapaz, o que inventou a mina de diamantes, teria voltado no meio da noite e atiçado o fogo, para evitar que Peter Mayhew testemunhasse. Porque era óbvio que Mayhew e seus advogados estavam determinados a provar sua inocência, se ao menos pudessem encontrar o jovem que fugira com todo o dinheiro...

Daniel Craven. Quem mais poderia ser? Quando ele perguntara a Kate por que ela ficava tão angustiada com o Sr. Craven, o que ela respondera? Que era porque ele não comparecera ao enterro dos pais dela? Deus, como Burke havia sido um idiota. Ela desconfiava que o sujeito fosse o assassino de seus pais. Por isso ficava lívida quando ele se aproximava...

E, Burke, imbecil que era, a acusara, naquela noite no jardim, de confraternizar — uma palavra educada para o que supunha que ela estivera fazendo — com esse homem. O homem que ela acreditava ter queimado seus pais vivos.

Burke fitou o conde. Sabia que já estava bastante embriagado àquela altura. Afinal, ainda era cerca de meio-dia, e ele consumira mais de um quartilho de uísque. Mas isso ainda não explicava o pensamento que não lhe saía da cabeça.

— Então — disse Burke, se expressando com cuidado, pois conhecia sua tendência a engolir palavras quando estava bêbado —, no fim das contas, o pai de Kate não era na verdade um ladrão.

— Não — confirmou Bishop. — Apenas um tolo.

— Um tolo — repetiu Burke —, mas também um aristocrata.

— Um aristocrata tolo.

— Mesmo assim — insistiu Burke. — Ele era um aristocrata. Consequentemente, Kate é filha de um aristocrata.

— Sim — concordou Bishop, depois de refletir um pouco. — Porém, que diferença isso faz? Filha de aristocrata ou não, um homem tem a obrigação de tratar com respeito uma mulher.

Burke o encarou.

— Está dizendo que eu não a respeitei? Foi isso que ela escreveu na carta para você?

— Não. Ela só informou que não poderia mais ficar em Londres e pediu que eu fizesse a gentileza de lhe enviar seus pertences. — Bishop pegou o *decanter* das mãos de Burke e deu um bom gole. — É só o que eu sou para ela. Um endereço para ela guardar suas coisas. — O conde apertou os olhos. — E o que exatamente o leva a chamá-la de Kate? Ela deveria ser Srta. Mayhew para você, Traherne. A não ser que exista um motivo que eu desconheça para ela ter saído da sua casa tão às pressas.

— E para onde ela pediu para você enviar suas coisas? — perguntou Burke numa voz que ele imaginou ser calculadamente desprovida de ênfase.

Quando Bishop abaixou a garrafa, estava rindo.

— Você acha que sou idiota, Traherne? Acha que eu lhe diria? Mesmo que ela não tivesse pedido, muito explicitamente, devo acrescentar, que eu não lhe fornecesse o endereço, por mais que me esmurrasse?

Burke riu com ele.

— Mas é claro que vai me dizer, porque agora somos bons amigos, você e eu, e você sabe que eu só quero o melhor para Kate.

— Mas não é verdade — contestou Bishop. — Sei perfeitamente que não é isso que quer. Você tem o mesmo interesse em Kate que eu tenho. A única diferença, claro, é que eu quero me casar com ela.

— Como sabe que não quero o mesmo?

— Você? — Bishop soltou uma gargalhada. — Casar-se com Kate? Impossível!

— Por quê? — indagou Burke, enfurecido. — Por que é impossível?

— Todo mundo sabe que você jurou nunca mais se casar depois do divórcio, Traherne. Até ela sabe disso.

Burke o fitou com cautela.

— E como exatamente Kate soube disso? Eu nunca lhe contei nada.

— Não precisou. Eu contei. Contei que você provavelmente só iria seduzi-la e depois se livraria dela quando se cansasse. — Bishop quase deixou cair o *decanter* quando se virou para encarar acusadoramente seu novo companheiro de copo. — Não foi por isso que ela fugiu, não é? Você a seduziu, seu canalha?

Burke não encontrou uma resposta. Na verdade, ele a seduzira, embora na ocasião não lhe parecera ser assim. E o marquês sabia que essa era a causa de Kate ter partido. Mas certamente não admitiria isso para o conde de Palmer. Burke supôs que não podia colocar toda a culpa do que acontecera no conde, pois ele próprio também havia sido um participante ativo... Afinal, descrevera para Kate em detalhes o futuro deles juntos em pecado. Quando, na verdade, deveria ter feito planos de casamento.

Porém, como poderia saber? Kate nunca tinha dito uma palavra sobre sua origem. Como saberia que ela era filha de um aristocrata?

Isso não era desculpa, claro. Ele não deveria tratar nenhuma mulher da maneira como tratara Kate, filha de aristocrata ou não. Mas fazia dezessete anos que a ideia de casamento não lhe passava pela cabeça.

Burke deveria ter pensado nisso. Se tivesse, não estaria sentado ali, numa sala de estar destruída, bebendo uísque diretamente do gargalo numa tarde de segunda-feira, perguntando-se como um homem que não tinha coração podia ter tanta certeza de que o seu estava despedaçado.

Capítulo 22

CARO LORDE WINGATE, dizia o bilhete.

Mas é claro. O que ele esperava? Que Kate o tratasse pelo primeiro nome? Ela o tratara assim uma única vez, e só porque ele pedira. Não o faria numa carta que havia sido escrita para lhe explicar por que não poderia vê-lo nunca mais.

Caro lorde Wingate, dizia ela.

> *Sei que o senhor deve estar furioso comigo, mas senti que precisava ir embora. Receio que eu não possa ser sua amante. Gostaria muito de ter tentado, mas sei que não fui talhada para isso, e terminaria por provocar infelicidade a nós dois. Espero que me perdoe, e que não se importe de eu enviar esta carta por intermédio de lorde Palmer. Seria muito melhor eu não o ver ou receber notícias suas por algum tempo. Por favor, transmita a Isabel meu carinho e procure fazer com que ela compreenda por que precisei me afastar, obviamente sem contar a verdade. E não a deixe fugir com o Sr. Saunders. Ele comentou comigo que poderia insistir em algo do gênero.*
>
> *Só posso acrescentar meu desejo de que Deus o abençoe.*
> *Atenciosamente,*
>
> *Kate Mayhew*

Depois de ler a carta, Burke voltou ao início da página e a releu. Quase nem era uma página de verdade. Era meia página escrita numa folha de papel pautado, o tipo que podia ser comprado numa papelaria em qualquer cidade. Kate não escreveria para o marquês no papel timbrado de um hotel, pois poderia ser facilmente localizada. E então leu outra vez.

Contudo, não importava quantas vezes lesse, as palavras continuavam as mesmas.

Nenhuma recriminação. Nunca, em nenhum momento, Kate o amaldiçoava. Também não havia nenhum sinal de ter chorado enquanto escrevia. A tinta não apresentava nenhum borrão. Burke se perguntou quantos rascunhos ela teria feito até se decidir por este. Sabiamente, ela evitara incluir qualquer palavra que pudesse servir de pista para encontrá-la. E não expressara nenhuma esperança, nem mesmo inconscientemente, de que o marquês pudesse procurá-la.

Burke achou que era mais do que merecia. Não esperava receber nenhuma carta de Kate. E mal pôde acreditar quando Bishop a colocara em suas mãos quando deixara a casa do conde, consideravelmente ensanguentado e alcoolizado. Na verdade, pensara que fosse uma cobrança escrita às pressas pelos estragos que fizera na sala de estar da viúva.

— É de Kate — informou o conde com a voz abafada pelo tecido que mantinha sobre o nariz ainda sangrando. — Ela mandou com a minha carta. Eu não pretendia entregá-la a você, mas, vendo-o agora, penso que é melhor que a receba.

Instintivamente, Burke virou a carta para ver o outro lado, examinando o lacre. Bishop, ainda bastante embriagado, deu uma risada amarga.

— Não se preocupe — disse ele. — Não li. Não quis. Não sei o que aconteceu entre vocês... Para dizer a verdade, simplesmente não me interessa saber.

Burke concordou com ele. Ele também não queria saber. Queria esquecer. Queria esquecer tudo o que acontecera desde aquela noite de nevoeiro em que haviam se encontrado pela primeira vez. Por essa razão, seis horas mais tarde, estava no escritório — e não na biblioteca — de sua casa. Não conseguia mais ficar na biblioteca, desde a noite em que ele e Kate... Isso era outra coisa que queria apagar de sua mente.

Ele ficou ali, sentado, tomando seu uísque e lendo e relendo a carta de Kate. Sabia que essa atividade não o levaria propriamente a esquecê-la, mas, ao que parecia, não conseguia largar o papel, pois era só o que tinha dela. Isto é, à exceção da camisola e do penhoar que Kate esquecera no chão da biblioteca e ele resgatara antes que fossem encontrados por uma das criadas, e que mantinha sob os travesseiros de sua cama.

Sentimental? Sim. Insuportavelmente triste? Também.

No entanto, não conseguiria se separar deles, ou da carta, nem por todo dinheiro do mundo.

Quando Burke lia a carta pelo que devia ser a centésima vez, com a esperança de que alguma frase pudesse mudar, a porta do escritório foi escancarada.

— Desculpe — resmungou, sem erguer os olhos. — Mas eu fechei essa porta por um motivo.

— E eu a abri por um motivo. — Isabel usava um vestido de festa e se aproximou dele com lágrimas nos olhos. Os cabelos estavam puxados para trás, muito apertados, e dali se espalhavam numa profusão de cachos. O penteado não lhe caía bem. Kate não teria permitido que a menina saísse de casa assim.

— Acabei de ir ao quarto da Srta. Mayhew — disse Isabel, contendo as lágrimas — para devolver um livro que ela me emprestou, e o que acha que eu descobri? Hein?

Burke levou o copo aos lábios e bebeu todo o líquido. Tudo bem. Tinha mais numa garrafa ao alcance.

— Ela não vai voltar! — Isabel falava com a voz entrecortada de um jeito dramático. — Papai, ela foi embora! Os livros não estão mais lá! A Srta. Mayhew *não voltará!*

— Sim — confirmou Burke, servindo-se de mais uísque. — Eu sei.

— Sabe? O senhor *sabe?* O que quer dizer com isso de *o senhor saber?*

— A Srta. Mayhew achou que o parente doente precisa mais dela do que nós. Por isso, embora lamente, ela pediu demissão. — Burke falou numa voz sem expressão, e, em seguida, olhou para Isabel para ver se a mentira funcionara. Aparentemente, sim. Ela estava pálida, e lágrimas se formavam sob os longos cílios pretos. Porém não parecia zangada.

— Mas não entendo. — Isabel balançou a cabeça, e os cachos balançaram também. — Papai, a Srta. Mayhew não tinha nenhum parente. Ela me contou. Quem é essa pessoa doente então?

Burke tomou um gole da bebida. O uísque possui uma virtude: ele entorpece a pessoa de uma maneira agradável. E quando o marquês acordaria na manhã seguinte com dor de cabeça, só precisaria beber mais uísque. A dor de cabeça iria embora. Se ele pudesse garantir que um suprimento regular de uísque fosse derramado em sua garganta de manhã, no meio do dia e à noite, poderia ficar bem.

— Espere aí. — Isabel apertou os olhos verdes perigosamente. Mas Burke estava embriagado demais para notar o perigo. Pelo menos naquele momento. — Espere — repetiu ela. — O senhor está mentindo.

Burke ergueu uma sobrancelha.

— Como?

— Você me ouviu. Está mentindo para mim, papai. A Srta. Mayhew não tem nenhum parente doente.

— Não sei do que está falando, Isabel. Ela escreveu para você contando...

— Ela também estava mentindo. Ninguém escreve numa carta dizendo que um *parente* está doente. Eles escrevem "minha tia" ou "meu primo", ou "a esposa do irmão do meu avô". Ninguém diz *"meu parente"*. A Srta. Mayhew estava mentindo, e o senhor também está.

Burke apoiou a cabeça no encosto da poltrona de couro e suspirou.

— Isabel.

— Conte-me — pediu a garota. — Precisa me contar. Não sou mais uma criança. Sou uma mulher adulta, praticamente noiva...

— Você *não* está praticamente noiva — decretou Burke, enfático. — Não enquanto eu não disser que você está praticamente noiva.

— Está bem — cedeu Isabel. — Não estou noiva. Mas sou uma adulta de toda forma e peço que me conte. Onde está ela, papai?

Burke examinou o teto.

— Eu não sei — respondeu simplesmente.

— O que quer dizer com isso de o senhor não saber? — questionou Isabel, a voz subindo um tom. — Para onde os livros dela foram enviados?

— Para a casa de lorde Palmer — declarou Burke ainda com os olhos no teto. — Ele os enviará para ela, onde quer que ela esteja.

— Como assim, onde quer que ela esteja? O senhor não sabe onde ela está?

Burke balançou a cabeça.

— Não, eu já expliquei. Ela não quer contar. — Em seguida, finalmente olhando para a filha e, ao ver o quanto ela estava sofrendo, acrescentou, estendendo a mão: — Eu sinto muito, Isabel.

— *Sente muito?* — A voz dela subiu mais uma oitava. A emoção que explodiu em seu rosto tomou a jovem. A Burke, parecia ser uma crise de histeria. — *Sente muito?* O que fez a ela, papai? O que o senhor *fez*?

Burke não podia contar. Só lhe restava balançar a cabeça um pouco mais. Depois, para sua surpresa, Isabel ficou de joelhos diante da poltrona dele e caiu num choro de partir o coração.

— *O senhor* fez alguma coisa — afirmou ela, socando-lhe a perna. — Naquela noite no jardim, quando o Sr. Craven estava lá, *o senhor* fez alguma coisa à Srta. Mayhew. Ficou fora de si, se irritou e perdeu a paciência com ela, não foi? *O senhor* provocou a partida dela. Foi *o senhor*. — Isabel balançou a cabeça com tanta violência que a explosão de cachos se espalhou pelos ombros, ao mesmo tempo em que as lágrimas desciam pelo seu rosto. — Como *pôde* fazer isso, papai?

Burke a fitou, sentindo-se terrível.

— Isabel, sinto muito. Eu disse que lamento.

A garota enxugou as lágrimas com o punho — um gesto que lembrou tanto Burke de quando ela era criança que ele precisou piscar algumas vezes, achando, por um instante, graças à bebedeira, que a filha voltara aos 4 anos.

— Claro que sente — disse Isabel, num tom de voz mais razoável. — Pobre papai. — Ela fungou um pouco e piscou para ele. — Está muito triste? *Parece* triste.

Na verdade, Burke estava mesmo muito bêbado. Porém, não podia dizer isso à filha. Como também não podia lhe contar o motivo verdadeiro da partida repentina de Kate.

— Sinto muito por você, papai — continuou Isabel, acariciando-lhe o rosto. Mas ela rapidamente retirou a mão como se a tivesse queimado. De certa forma, era verdade. — Papai — falou ela, com ar reprovador —, há quanto tempo não se barbeia?

— Não sei.

— O senhor está muito largado. — Isabel ajustou-lhe a gravata. — E como conseguiu esse corte no olho? Andou brigando de novo?

— Sim — afirmou ele, dando de ombros.

— O senhor é um péssimo pai — repreendeu Isabel, tirando um lenço do bolso do colete dele e colocando-o sobre o corte com toda delicadeza. — Péssimo por não se cuidar. O que a Srta. Mayhew pensaria do senhor, se por acaso voltasse?

— Ela não voltará, Isabel.

A jovem estalou a língua.

— Convenhamos, papai, não pode ter certeza disso. Ela diz isso agora porque está furiosa. Merecidamente, tenho certeza. O senhor pode ser muito mau quando se enfurece. Mas a Srta. Mayhew o ama, papai. É claro que ela voltará.

Burke inclinou-se para a frente, ansioso, e segurou os ombros de Isabel.

— Ela disse isso a você? Ela falou que me amava?

— Não — respondeu Isabel, e então, quando ele a soltou e voltou a se recostar na poltrona, acrescentou com uma pequena risada: — Meu tolo paizinho. Ela não precisava me contar que o ama. Qualquer um com um mínimo de juízo podia ver que sim. Quase tanto quanto o senhor a ama.

Afundado em sua poltrona, Burke fitou a filha.

— O que a faz pensar que amo a Srta. Mayhew? — perguntou ele, cauteloso.

Isabel revirou os olhos.

— Ora, papai. É *evidente* que a ama. Todo mundo sabe disso.

— Quem é *todo mundo*? — perguntou Burke, desconfiado.

— Ah, tenha dó! — Isabel jogou o lenço ensanguentado para o lado, segurou a barra do vestido e se levantou. — Está querendo me dizer que não está apaixonado pela Srta. Mayhew? Porque se é isso, ficarei feliz em mencionar dezenas de ocasiões em que o senhor deixou perfeitamente óbvio que está, começando pelo fato de resolver pagar tanto dinheiro a ela para convencê-la a morar aqui...

— Isso — defendeu-se Burke, levantando-se da poltrona e tentando criar uma boa distância entre si e a acusação da filha — foi porque você estava me enlouquecendo! — Ele ergueu a voz em uma imitação zombeteira da filha. — "Eu quero que a Srta. Mayhew seja minha dama de companhia. Por que não posso ter a Srta. Mayhew como dama de companhia?" Você me deixou outra escolha?

— E como — devolveu Isabel, cruzando os braços e observando o pai com um leve sorriso nos lábios — o senhor explica o fato de, depois de tê-la contratado, ficar indo a bailes e festas que dizia odiar tanto, só para poder vigiá-la?

— Eu não estava a vigiando — declarou Burke, agora próximo à janela —, estava preocupado com a segurança da Srta. Mayhew. Era evidente que ela tinha uma inocência absurda com relação aos homens.

— Por favor, papai. Admita. O senhor a ama. É por isso que está se comportando como um urso desde que ela se foi, rugindo para todo mundo. Por isso não tem se barbeado nem se lavado, e nem sequer mudou de roupa desde a manhã em que descobrimos que ela havia partido. É por isso que tem se metido em brigas e bebido tanto. O senhor a ama, sabe que a culpa de ela ter ido embora é inteiramente sua, e seu coração está despedaçado.

— Não está — retrucou Burke com o máximo de dignidade que conseguiu exibir, considerando que, como Isabel mencionara, estava sem se barbear, sem se lavar, sem roupa limpa e consideravelmente bêbado. — Meu coração não pode estar despedaçado porque não tenho coração.

Isabel revirou os olhos.

— Sim, sim, eu sei. O senhor não tem coração porque mamãe o despedaçou dezessete anos atrás. Eu também já ouvi essa história. Só que, diferentemente do senhor, não acredito nela. Seu coração está aí, e está sofrendo muito, merecidamente, pois estou certa de que agiu muito mal. Mas papai, eu lhe asseguro, do fundo do *meu coração*, a Srta. Mayhew voltará. Ela *precisa* voltar.

Burke fitou a filha com curiosidade.

— Por quê?

— Porque se o amor que ela tem pelo senhor for pelo menos uma fração do meu, não conseguirá permanecer longe.

Em seguida, com um sorriso radiante, Isabel saiu do escritório, deixando o pai sozinho com esse consolo totalmente insatisfatório.

Capítulo 23

Frederick Bishop, o nono conde de Palmer, gostava muito de seu clube. Era um clube muito prestigioso, que só admitia indivíduos também de muito prestígio. Somente sócios com títulos, da mais alta nobreza e das famílias mais antigas passavam por aquelas paredes cobertas de quadros e desfrutavam do almoço de rosbife. Políticos e intelectuais eram rigorosamente proibidos, para que a conversa nunca tratasse de outros assuntos que não esporte, charutos e... esporte. A sociedade era tão seletiva, de fato, que Freddy podia se sentar numa das poltronas de couro do salão principal perto da lareira e não ser perturbado por ninguém por horas a fio.

Para um homem que morava com uma mulher como sua mãe, isso não era algo a ser desprezado.

Por isso, ele se surpreendeu quando um dos empregados do clube o abordou, saudando-o com uma reverência servil, e murmurou:

— Com licença, milorde, mas há um homem no vestíbulo...

Freddy, consciente de que se tornara o alvo de inúmeros olhares desagradáveis de outros sócios, rapidamente respondeu com outro sussurro:

— E o que tenho a ver com isso?

— O homem insiste em vê-lo, milorde. Ele diz que se não puder vê-lo, porá fogo no clube. Já derrubou três funcionários que enviei para se livrarem dele. É muito insistente, milorde, e eu diria que está um pouco alcoolizado.

Freddy ficou curioso para ver quem poderia ter golpeado três funcionários — todos eles contratados devido à sua estrutura física, pois uma das mais importantes funções de um clube exclusivo era justamente manter sua exclusividade. E, sem entender por que essa pessoa insistia em vê-lo, levantou-se da poltrona confortável na qual cochilava e seguiu o empregado até o vestíbulo do clube.

Ali, encontrou o marquês de Wingate destruindo metodicamente o lugar, basicamente levantando empregados do clube pela garganta e esmagando-os contra as paredes. Retratos dos importantes fundadores balançavam. Havia um baronete agachado atrás do que outrora havia sido uma pata de elefante e agora servia como porta-guarda-chuva e um duque atrás de um vaso de samambaia, ambos aparentemente torcendo para não serem vistos pelo marquês.

— Pelo amor de Deus, Traherne — disse Freddy, desgostoso, quando o marquês levantou um criado de 1,90m e lançou-o por cima de um corrimão. — Você precisa mesmo fazer um escarcéu em todo lugar que vai?

O marquês olhou para ele.

— Deus do céu! — exclamou Freddy. — É você mesmo, Traherne? Está num estado lamentável. Solte esse rapaz e venha até aqui... — Ao perceber as expressões de espanto dos empregados do clube, Freddy disse, irritado: — Sim, sim, eu o conheço. Olhando para ele agora, não é possível acreditar, mas na verdade é um marquês e costuma estar mais bem-vestido. Por favor, alguém nos traga uma bebida.

As ordens do conde de Palmer foram rapidamente atendidas. Burke foi levado para uma saleta privada onde os membros do clube costumavam fazer os cheques mensais para seus procuradores, suas amantes e seus charuteiros. Ali, Burke foi orientado a se sentar, o que ele fez, subitamente exausto. O sofá era de couro e muito macio. Parecia envolver-lhe o corpo, abraçando-o com sua maciez. Sem dúvida era um truque para fazê-lo esquecer do propósito de sua visita.

— Aqui — ofereceu Palmer, depois de servir o conteúdo da garrafa em algumas taças que um dos garçons do clube havia trazido. — Beba isto.

Burke olhou para a garrafa que o conde lhe apresentava.

— Isso não é uísque — comentou.

— Não, é conhaque. Mas que diferença faz para você? É álcool do mesmo jeito, meu velho. E você parece estar precisando muito.

Com expressão rancorosa, Burke pegou a taça grande demais, na qual o conde derramara uma quantidade ínfima da bebida, e bebeu. Conhaque. Ah, sim. Era uma bebida que conhecia bem. Aliás, tinha o hábito de tomar muito conhaque antes de sua vida se tornar uma sucessão infindável de ressacas de uísque. Um calor subiu pela garganta e o acalmou.

Bishop estava certo num ponto: ainda era álcool. Burke estendeu a taça vazia.

— Está bem. — Bishop serviu-lhe novamente. — Mais devagar desta vez. Eles me cobram a garrafa, e essa aí é de um de 12 anos.

Burke bebeu mais conhaque e sentiu a queimação garganta adentro.

— Espero que não se importe com o que vou dizer, meu velho — disse Bishop sentando-se na poltrona de couro em frente ao sofá de Burke —, mas essa mania de invadir os lugares e atacar as pessoas está virando um hábito. Eu achei que tínhamos resolvido isso da última vez que nos vimos. Quando foi mesmo, já faz dois meses, não é? Veja como o meu nariz se recuperou bem. — Bishop virou-se para lhe mostrar seu perfil. — Dá para ver a protuberância, claro. Todos a percebem. Mas até que eu gostei dela. Meu rosto era meio delicado antes de você quebrar o meu nariz. Realmente, Traherne, me fez um favor. Fico desapontado de ver que não consegui produzir nenhuma cicatriz permanente em você. Porém, diante da sua aparência miserável, estou disposto a esquecer isso. — Ele tomou um gole de sua taça. — E então... Suponho que me dirá o motivo desta visita. Só peço que não me pergunte onde Kate está. Ela ainda não me deu permissão para contar.

— Ela foi embora. — Burke sentiu o coração apertar dentro do peito. Era como se uma mão no interior do seu corpo comprimisse os órgãos vitais até ele não ter mais nenhum ar para respirar e nenhum sangue sendo enviado para a cabeça.

Bishop pigarreou e falou:

— Mas é claro que ela foi embora, meu caro. Já conversamos sobre isso no nosso último encontro.

— Não Kate. — Burke falava em rosnados entrecortados. Era a única maneira de conseguir se expressar sem lançar o rosto de alguém na parede. — Isabel.

— Isabel? — O queixo de Bishop caiu. — *Lady* Isabel? A sua filha?

— Não. — Burke se ergueu do sofá confortável e se aproximou da lareira, onde um fogo agradável queimava, embora não fizesse frio do lado de fora, pelo menos até onde ele tinha condições de sentir o clima que fazia. — Não — repetiu Burke com uma raiva contida. — Lady Isabel, a macaca que dança no gelo, seu idiota. Claro que é minha filha. Ela se foi. Ela me abandonou.

Bishop soltou um assobio.

— Elas parecem fazer isso com você com frequência, hein, me velho? Quero dizer, abandoná-lo.

No instante seguinte, Bishop se arrependeu do assobio e de sua petulância, quando o marquês o segurou pela gola do paletó, tirando-o da poltrona ao erguê-lo no ar.

— Você vai me dizer onde ela está — ordenou Burke, enunciando cuidadosamente as palavras para que o conde entendesse.

Os pés de Bishop estavam muitos centímetros acima do piso. Ele olhou para baixo como que sentindo falta do chão.

— Hmm, Traherne — balbuciou, enunciando as palavras com o mesmo cuidado que o marquês. — Como eu saberia para onde a sua filha fugiu?

— Não Isabel, Kate — retrucou Burke, em poucas palavras.

Bishop tossiu.

— Mas, sinceramente, Traherne, não vejo... — Ele interrompeu a frase com um som estrangulado quando o marquês apertou sua garganta.

— Ela fugiu. — A voz de Burke já não passava de um grunhido extremamente ameaçador. — Isabel fugiu com aquele canalha, Craven.

— *Craven?* — repetiu Bishop. — *Daniel Craven?*

— Conhece algum outro?

— Mas... — Bishop balançou a cabeça, verdadeiramente desconcertado. — E que fim levou o Saunders?

Que fim levou o Saunders? Mesmo enquanto segurava noventa quilos de conde no ar, a mente de Burke voltou à noite anterior, quando Isabel o confrontara em seu escritório. Ele estava jogado numa poltrona diante da lareira, como se tornara seu hábito noturno, com um copo de uísque na mão e a garrafa a uma distância conveniente. Ouvira os passos de Isabel ao chegar, mas não pensou em se preparar para o que se seguira.

Isabel não estivera nada solidária durante as semanas que se passaram desde a deserção cruel — ou pelo menos era assim que Burke considerava — de Kate. Ele esperava que a filha dissesse palavras de encorajamento, ou quem sabe sugerisse que ele cortasse os cabelos, como o fizera uma ou duas vezes. Não estava preparado para Isabel se dirigir a ele como se fosse um vagabundo.

— De novo embriagado — repreendera ela, desgostosa, quando se aproximara e vira a garrafa quase vazia, o que não importava, pois Vincennes lhe trazia outra sempre que o chamava. — Então é assim que vai ser de agora em diante? Vai beber até morrer? É esse o plano?

Burke olhara para a filha com os olhos inchados e vermelhos.

— É tudo o que eu consegui pensar em fazer até agora. Por acaso tem alguma outra sugestão?

— Sim. Na verdade, tenho sim. Por que não levanta esse rabo daí e vai atrás dela?

Burke fitara a filha com um olhar desaprovador.

— Não use esse tipo de linguagem na minha casa.

— Ou então vai fazer o quê? — Vestida para sair, Isabel balançara a cabeça. — O que vai fazer comigo?

— Dar-lhe umas palmadas.

Isabel dera uma risada. Não era uma risada agradável, e sim de desprezo.

— Eu queria vê-lo tentar. O senhor não deve conseguir levantar um rato no seu estado atual. Qual foi a última vez que fez uma refeição decente? Ou que respirou um pouco de ar fresco?

Burke fizera uma carranca e se virara para o fogo. Sabia que não adiantaria dizer a Isabel que, para ele, qualquer comida tinha o gosto de serragem, e que o ar, dentro ou fora de casa, era fétido. Em vez disso, falara:

— Ainda estou em condições de cortar sua mesada.

— Claro que sim — concordara Isabel secamente. — Mas eu vasculharei sua carteira logo que perceber que está inconsciente da bebida. E se o nível dessa garrafa pode indicar qualquer coisa, isso deverá acontecer dentro de quinze minutos.

— Isabel, o que você quer? — perguntara Burke, impaciente. — É dinheiro? Vejo que vai sair.

— Vou mesmo. Sozinha, devo acrescentar. Eu me tornei o escândalo da temporada, saindo desacompanhada, como tem acontecido recentemente, graças ao senhor.

— Graças a você. Não sou eu que estou há três meses me jogando para aquele jovem desprezível...

— Não menospreze Geoffrey — interrompera Isabel, erguendo a mão enluvada. — Conheço muito bem seus sentimentos com relação a ele.

— É mesmo? Mas por que eu tenho a sensação de que você ainda se encontra com ele às minhas costas?

— Venha comigo ao baile desta noite e veja por si mesmo. Creio que terá uma feliz surpresa. Não tenho mais interesse em meninos como Geoffrey. O senhor ficará feliz quando souber quem me faz companhia atualmente.

Burke olhara para Isabel. Ela estava muito diferente de quando Kate supervisionava seu guarda-roupa e seus penteados. Garotas de 17 anos, quando não são bem-aconselhadas, tomam decisões insensatas quanto a como se arrumar. Naquela noite, o problema era uma franja de cabelo frisado que Burke nunca tinha visto nela. Podia ser a última moda para os cabeleireiros de Londres, mas ficava ridículo em Isabel. Burke se perguntara se seria uma meia-peruca e ficara tentado a puxá-la. Porém decidira que isso exigiria muito esforço de sua parte.

Assim como sair de casa.

— Não, obrigado — respondera e virara-se para o fogo.

— Ah! — exclamara Isabel batendo com o pé no chão. — Francamente, papai! O que aconteceu com o senhor? Lembro-me de um tempo em que não ficava assim sem atitude, permitindo que uma mulher o tratasse desta forma. Não entendo por que simplesmente não vai atrás dela e...

— Porque — interrompera-a Burke, falando por entre os dentes — eu não sei onde ela está.

— Ah, e um homem com sua riqueza e conexões não tem meios de descobrir?

Burke assobiara para o fogo.

— Não vejo sentido em procurá-la quando ela deixou bem claro que não quer me ver de novo.

— Papai, ela estava furiosa quando escreveu aquilo. Tenho certeza de que já não se sente da mesma maneira, agora que teve tempo de refletir. Deve estar lá, onde quer que seja, pensando que o senhor não faz questão de *vê-la*.

— E estaria correta de pensar assim — acrescentara Burke, tomando um bom gole do uísque.

— Não estaria, não. Se a Srta. Mayhew entrasse por essa porta agora, papai, o senhor cairia de joelhos e lhe beijaria os pés. — Isabel vestira a luva com ar desgostoso. — Embora eu duvide muito que ela fosse ter uma boa impressão ao vê-lo como está, sujo e desarrumado e com o rosto áspero da barba crescida. E não a culparia. O senhor se transformou num perfeito selvagem. Ora, Daniel diz...

— Daniel? — Burke olhara para a filha com a visão turva do álcool. — Quem é Daniel?

— Daniel Craven, claro — respondera Isabel.

Num instante, Burke estava de pé e não se sentia nem um pouco alcoolizado. Também não resmungava sobre Kate. A ira tem a capacidade de tomar conta e diminuir a importância de tudo que não seja a sua causa.

— Se você chegar perto desse homem de novo, Isabel, partirei seu pescoço em dois.

— Ele não é o que você pensa, papai. E nem o que a Srta. Mayhew pensava. Ele é absolutamente encantador. Só foi muito mal compreendido. Ah, ele sente tanto por...

— Você não pode chegar perto dele — determinara Burke, furioso. — Não pode falar com ele, dançar com ele, nem mesmo *olhar* para ele, entendeu?

— Não preciso da sua permissão para vê-lo, papai — retrucara Isabel friamente. — Já sou maior de idade. Se eu quiser, me caso com ele. E não teremos de nos preocupar com os proclamas do casamento, só precisaremos cruzar a fronteira e...

Burke se aproximara da filha. Jamais a agredira e não tinha intenção de fazê-lo agora. Mas ela não sabia disso e recuara.

— Isabel — dissera ele, ameaçador —, estou avisando. Se você chegar perto daquele homem mais uma vez, eu o matarei. Primeiro será ele, e depois você.

Isabel jogara a cabeça para trás.

— Daniel avisou que o senhor reagiria assim. Eu disse que ele estava errado, mas, pelo que vejo, estava certo. O senhor está sendo horrível. Eu o amo, papai, e me casarei com ele com ou sem a sua permissão.

Burke nunca estivera tão perto de surrá-la. Em vez disso, golpeara a janela com o copo de uísque que tinha na mão. A vidraça se estilhaçara primeiro, e, instantes depois, fora a vez do copo de uísque, ao cair na rua embaixo. Isabel, que abaixara a cabeça, se endireitara e fitara o pai. Ele jamais se esqueceria do olhar que ela havia lhe lançado, ainda que vivesse cem anos. Era um olhar de absoluto desprezo, mesclado com um sentimento de piedade. Burke tivera a sensação de ter levado um soco na barriga.

— Isabel — insistira ele, desesperado.

Porém, era tarde demais. Ela se virara e, sem mais nenhuma palavra, fora embora do escritório.

Burke não a vira mais. Na manhã seguinte, a Sra. Cleary, com lágrimas rolando pelo rosto, lhe trouxera o bilhete. Isabel havia partido com Craven para Gretna Green. Ela assegurava que voltaria casada. E, se ele quisesse ver os netos, não faria nada para impedi-lo.

— Ouça. — Bishop, que ouvira com paciência a versão resumida de Burke, falou friamente: — Isso é de fato complicado. Por que não me coloca no chão para que nós possamos juntos pensar sobre o assunto?

Burke devolveu-o ao chão, mas não com delicadeza.

— Já pensei em tudo — respondeu ele, passando a mão nos cabelos compridos demais. — A única solução é encontrar Kate. Kate precisa ir comigo para a Escócia. Isabel não me ouvirá, mas ouvirá Kate.

Bishop deu de ombros. Aparentemente, o forro de seu paletó sofrera com o tratamento grosseiro de Burke.

— Creio que tem razão, amigo. Mas está esquecendo algo muito importante. Kate não quer que eu conte seu paradeiro. Você se lembra disso, não é?

— Mas trata-se de uma emergência — argumentou Burke.

— Tenho certeza disso. Pelo menos para você. Mas precisa entender que não me interessa muito que você encontre Kate. Tampouco interessa a ela, acredito.

Burke mostrou-se surpreso.

— Certo — disse ele, através dos lábios sem cor. — Você a quer para si.

— Certamente. Quero dizer, ela não sente o mesmo por mim, mas com o tempo...

— E a sua soprano? — perguntou Burke, educadamente, pois não estava nem um pouco interessado na vida amorosa do conde.

— Sim, ela é uma complicação a mais. Mas Kate é uma mulher muito compreensiva...

— Não tanto quanto você pensa.

Bishop lançou-lhe um olhar especulativo.

— Talvez você tenha razão quanto a isso. Não sei o que dizer, meu velho. Estou de mãos atadas, pois dei minha palavra que não contaria a ninguém.

Burke respirou fundo.

— Bishop. Minha filha é uma garota inexperiente de 17 anos. Ela se jogou nos braços de um canalha sem sentimentos que é, no mínimo, um ladrão, e que pode ter queimado vivas duas pessoas enquanto dormiam. E esse poderá ser meu genro. *Esse* é o tipo de homem que será o pai dos meus netos.

Bishop franziu a testa.

— É uma falta de sorte...

— Pense em Kate — interrompeu-o Burke, numa última tentativa desesperada de fazer o rapaz entender. — Pense no que Kate diria se soubesse que Isabel se jogou nos braços e está sob o poder de Daniel Craven. O que ela diria? O que Kate faria?

Bishop, que até esse momento estava irredutível, mudou visivelmente. Descruzou os braços e disse:

— Por Deus, você tem razão. Peço que me desculpe, meu velho. É claro que contarei onde ela está. Kate jamais me perdoaria se, sob essas circunstâncias, eu *não* dissesse. — Ele respirou fundo. — Ela está em Lynn Regis, numa casa alugada onde mora sua antiga babá. Se não me engano, o nome é White Cottage. Não tenho o endereço exato aqui comigo, mas se puder esperar um instante, enviarei um rapaz...

Bishop interrompeu a frase no meio ao descobrir que falava para uma sala vazia.

— Ora. — Foi só o que restava dizer.

Capítulo 24

WHITE COTTAGE ERA a última casa no final de uma rua que parecia ser usada basicamente por ovelhas. Aos olhos de Burke, era mais agradável do que a maioria das ruas de Lynn Regis, que lhe pareceu um vilarejo muito movimentado, apesar das nuvens de temporal que se formavam no mar e se aproximavam da terra rapidamente.

White Cottage em si era exatamente como o nome dizia, um chalé simpático, pequeno, coberto de várias trepadeiras de rosas de floração tardia. Para chegar à porta de entrada, Burke atravessou o jardim e foi obrigado a se inclinar sob uma pérgula cheia de flores. Se não estivesse tão nervoso, teria parado para admirar o jardim bem-cuidado e os vasos de crisântemos e outras flores outonais sob as janelas. No estado em que se encontrava, contudo, só foi possível se conter para não derrubar a porta com o ombro.

Antes de bater para anunciar sua chegada, ainda conseguiu passar a mão pelos cabelos, para dar uma impressão melhor. Cedera ao pedido do *valet*, Duncan, de se barbear antes de viajar, mas não ao de cortar os cabelos, o que, segundo o criado, era necessário. Burke tinha pressa e julgou que Kate não se preocuparia com sua aparência. Ela só podia detestá-lo, e merecidamente. Portanto, que diferença um corte de cabelo poderia fazer?

Só que, agora que estava tão próximo de revê-la, lamentou não ter permitido que Duncan os aparasse.

Contudo, sendo esse o menor dos seus arrependimentos, descartou-o facilmente e bateu à porta.

— Já vou — anunciou uma voz que não era a de Kate.

Demorou quase um minuto até que a pessoa chegasse à entrada. Um longo minuto durante o qual Burke se virava e olhava para o cocheiro na carruagem. O homem, alerta a qualquer comando de seu senhor, também não afastava o olhar, se perguntando se o marquês desejava alguma coisa. Mas o que Burke queria, o cocheiro não poderia lhe dar.

A porta se abriu, e uma senhora que se apoiava numa bengala de madeira apareceu, com os olhos azuis semicerrados.

— Ah, é o senhor — disse ela, depois de examinar Burke, com seus cabelos compridos demais, e a carruagem que o trouxera. — Deve estar procurando Katie.

Burke sentiu-se um pouco relaxado devido ao alívio.

— Sim, estou. Ela está aqui, senhora?

— Senhora... — Ela sorriu. Era um sorriso bondoso e simpático, em especial porque, felizmente, ela ainda tinha todos os dentes. — Ninguém me chama de "senhora" há muito tempo. Eu me chamo Hinkle.

Burke fez uma oração silenciosa pedindo que Deus o livrasse da velha senhora sem nenhum incidente violento.

— Entendo — respondeu Burke, tentando não demonstrar sua impaciência. — Sra. Hinkle, eu posso incomodá-la e pedir que me informe se a Srta. Mayhew está em casa? É muito importante que eu...

— Ah, sou a *Srta*. Hinkle — corrigiu-o a velha senhora com um brilho nos olhos, embora enxergasse muito pouco. — E saiba que ainda recebo um ou dois olhares nas manhãs de domingo, meu jovem.

Burke sentiu o coração apertar e teve a impressão de que ele explodiria com a pressão.

— Srta. Hinkle. — Ele conseguiu dizer numa voz suficientemente normal. — Onde posso encontrar a Srta. Mayhew?

— Nos fundos — afirmou a velha senhora, apontando para trás da casa. — Ela está recolhendo a roupa do varal porque vai chover. Eu mesma o faria, mas meu pé voltou a dar problema e...

A frase foi interrompida porque Burke se afastou, atravessando o jardim e contornando a lateral da casa. Atrás de White Cottage havia alguns platôs. Mais ao longe, o mar encrespado de um tom cinza-ardósia tinha uma aparência agourenta sob as nuvens de chuva que se aproximavam. Não muito distante da casa, no centro de um desses platôs, havia uma árvore em cujo tronco retorcido e nodoso se prendia uma linha de cerca de seis metros que ia até outra árvore, formando um varal. Nele, meia dúzia de lençóis brancos, algumas fronhas e outras peças de linho agitavam-se violentamente com o vento. Por detrás desses tecidos, Burke notou a silhueta fina de uma mulher e, a seu lado, uma cesta no chão. As saias dela, a única coisa que era visível, encontravam-se grudadas às suas pernas devido à ventania. Os braços estavam levantados acima da cabeça, e ela se esticava para tirar os pregadores que mantinham a roupa no varal. De vez em quando, precisava ficar na ponta dos pés.

Embora Burke não conseguisse ver seu rosto, não teve a menor dúvida de que ali, afinal, estava Kate.

O marquês aproximou-se do varal, sem ligar para o vento e o mar, e parou diante de um lençol que se balançava. Logo atrás do pano, Kate lutava com um pregador especialmente resistente, até que, por fim, conseguiu arrancá-lo, e o lençol se soltou do varal.

Kate não mudara. Parecia estar mais bonita do que nas lembranças de Burke. O vento salientava a cor de seu rosto, e nem mesmo o choque de vê-lo ali conseguiu lhe tirar totalmente o corado saudável. Se o marquês esperava que ela estivesse sofrendo como ele nos meses em que não se viram, decepcionou-se. Kate continuava magra, mas seu corpo tinha uma leveza nova, o rosto estava mais suave, e os olhos claros tinham adquirido mais brilho. E os lábios — aqueles lábios que sempre o perseguiam nos sonhos — estavam mais cheios, e, se é que isso era possível, mais atraentes e mais beijáveis.

Depois de Kate fitá-lo por um bom tempo, seus lábios finalmente se abriram, e, naquela voz baixa que ele conhecia tão bem, ela disse:

— Você está horrível.

Burke surpreendeu-se. Durante toda a interminável viagem de Londres, ele imaginara o que diriam um ao outro quando finalmente se reencontrassem. Pensara em tudo, desde que Kate o abraçaria e beijaria com aqueles lábios cuja falta tanto sentira, até que lançaria mão de objetos e o atacaria com eles.

Mas ele jamais a imaginara comentando sua aparência de maneira assim tão direta e casual.

Burke não conseguia responder. Era como se de repente tivesse desaprendido a falar. Tentou pensar em algo para dizer — qualquer coisa —, mas nada vinha a sua mente. Só conseguia ficar ali parado, admirando cada detalhe nela: o vestido de algodão azul e branco que não conhecia, o xale verde de lã jogado sobre os ombros, e a maneira como o vento jogava em seu rosto algumas mechas longas dos cabelos louros que tinham se soltado do coque no topo da cabeça.

— Ora — disse Kate, passado mais um tempo, enquanto afastava uma dessas mechas dos olhos. — Não fique aí em pé sem fazer nada. Logo começará a chover, ajude-me a levar a roupa para dentro da casa.

Kate então começou a tirar os pregadores de mais um lençol.

Burke não conseguia falar, mas descobriu que conseguia se mover. Começou a ajudá-la a tirar os pregadores que ela não alcançava e depois a auxiliou no processo de dobrar os lençóis segurando as pontas opostas de cada um. Era um trabalho complicado, considerando a ventania, e ocasionalmente os dedos de ambos se tocavam. Quando isso acontecia, eles tomavam o cuidado de evitar se olhar.

Mesmo assim, quando se tocavam, ao menos para Burke, era como se ocorresse uma espécie de explosão nas extremidades das mãos, tamanha a sensibilidade ao mais leve toque. O marquês tinha consciência de que aquilo era uma fraqueza. Uma fraqueza insuportável, tanto quanto seu amor por ela. Porém, não havia nada que pudesse fazer, exceto torcer para que Kate sentisse o mesmo.

Com uma sensação de imenso alívio, ele não demorou a perceber que ela também o amava. Só podia ser. Qual outro motivo existiria para que seus dedos tremessem como se o vento, que não estava particularmente frio, tivesse baixado a uma temperatura ártica? Burke concluiu que Kate apenas fingia uma falta de sentimento, mas no fundo ela o amava, e não era pouco.

A questão, porém, era descobrir um jeito de fazê-la admitir isso.

"Kate está com raiva", pensou Burke. A carta que lhe enviara não continha nenhum ressentimento, nenhuma recriminação, e era doce, ao menos no final. Não refletia a raiva que ela exibia agora. E com todo direito. Afinal, ele a insultara. Mais que isso, a humilhara, na tola suposição de que receberia com prazer a oferta de se tornar sua amante. Para não mencionar o que Burke pensara sobre ela e Craven.

Kate tinha o direito de estar com raiva.

— Eu sou perfeitamente capaz de carregar os meus lençóis — afirmou a mulher, quando ele se curvou e tomou a cesta de roupas dela, agora que estava cheia.

Burke não largou a cesta.

— Não com os dedos tão trêmulos como estão.

Kate os escondeu, cruzando os braços e mantendo as mãos enfiadas sob eles.

— Estou com frio — defendeu-se.

— Quer meu paletó?

Os olhares de ambos se encontraram, e Kate logo desviou os seus, como se ela também estivesse se lembrando de outra ocasião em que ele lhe emprestara o paletó.

— Não — retorquiu ela, com a voz fraca. — Não é necessário. Obrigada.

Burke achou que seria difícil suportar sua frieza e indiferença, mesmo que ela estivesse fingindo.

— O que você fez, afinal, para conseguir que Freddy contasse onde eu estava? — perguntou ela, irritada, com os olhos no chão. — Ameaçou contar à mãe dele sobre aquela soprano?

Burke balançou a cabeça em negativa.

— Eu falei a verdade. Que precisava de você.

Ele deveria ter parado ali. Porque os olhos de Kate que antes estavam frios e estoicos como o mar logo além dos penhascos se tornaram perceptivelmente mais brandos.

Porém, o amor era uma novidade para Burke, e a experiência que possuía não o ajudava a entender o sentido daquela brandura. Então, em vez de se calar, ele continuou, num murmúrio:

— É Isabel.

A brandura nos olhos de Kate transformou-se em preocupação.

— Isabel? O que aconteceu? Ela está bem?

Burke balançou a cabeça.

— Ela fugiu, Kate.

A mulher olhava para o marquês, aparentemente sem notar que o vento soltara uma mecha de seus cabelos que lhe golpeava o rosto.

— Fugiu — repetiu ela. — Fugiu? Para onde?

— Para a Escócia. Com Daniel Craven.

Kate ficou boquiaberta.

— *Daniel*? — repetiu ela, numa voz que Burke interpretou como apavorada. — Mas como? O que aconteceu com...

— Precisa me ajudar, Kate — interrompeu-a Burke, desesperado. — Só você poderá convencê-la a voltar para casa. Sei que não tenho o direito de lhe pedir isso... Mas não tinha alternativa. Você tem de me ajudar, pelo bem de Isabel.

Ela baixou os olhos, e Burke não conseguiu ver sua expressão. Mal a ouviu murmurar:

— Sim, sim, claro.

E então ela apressou os passos em direção à casa, deixando-o para trás.

Mas até aí Burke só sabia que Kate concordara em acompanhá-lo. Ele não viu seus olhos se apertarem, o que poderia até ser atribuído ao vento. Porém, o que ela esperava, afinal? Ele levou quase três meses para procurá-la, e só o fez porque Isabel estava em apuros.

Apuros sérios, ao que parecia. Daniel Craven.

O que diabos Daniel podia querer com *Isabel*?

Com a cesta nos braços, Burke apressou-se em alcançar Kate e caminhar ao seu lado. "Ela está com raiva", pensou. "É claro que ainda sente raiva. Mas posso explicar tudo, não é tarde demais. Enquanto ela não se casar com Bishop, não é tarde. Até lá, ainda tenho uma chance."

Babá Hinkle, no entanto, não parecia pensar assim.

— Então o senhor é o tal — disse ela, dez minutos mais tarde, sentada com Burke junto à mesa da cozinha. Kate subira para "arrumar algumas coisas" e fornecera à senhora uma explicação sucinta: "Lorde Wingate e eu iremos viajar por alguns dias, Babá. Apenas alguns dias, numa missão urgente. E depois eu voltarei."

Kate acrescentara esta última frase com um rápido olhar para Burke, como se ele pudesse contestá-la. E de fato ele chegara a respirar fundo para fazê-lo. Pois Burke decidira, enquanto voltava do varal, que a única possibilidade de Kate voltar para White Cottage seria numa visita ocasional, talvez com os filhos deles, depois que se casassem. Agora que a reencontrara, não tinha a menor intenção de perdê-la de vista novamente.

Entretanto, ele não podia expressar sua intenção enquanto Kate ainda estivesse ressentida e indignada. Babá Hinkle, por sua vez, parecia querer uma explicação mais detalhada. E Burke optou por lhe fornecer:

— A Srta. Mayhew está tentando ser discreta. Mas este é um segredo que eu posso compartilhar com a senhorita. Minha filha fugiu com um rapaz, e eu preciso que a Srta. Mayhew me ajude a convencê-la a voltar para casa.

— Ah — disse Babá Hinkle.

Ela tinha feito chá e colocado na frente de Burke um prato com bolinhos. Parecia que já esperava sua visita. Mas isso obviamente era impossível.

Logo que Kate subiu, a velha senhora o encarou e disse:

— Não vai funcionar.

Burke deixou o chá esfriar a sua frente. Não bebia uma gota de uísque havia 24 horas, mas isso não era razão para se conformar com o tipo de bebida que as mulheres idosas apreciam.

A princípio, Burke pensou em disfarçar e fingir que não tinha a menor ideia do que a senhora estava falando.

— Creio que não entendi — respondeu ele educadamente.

— Penso que entendeu, sim. — Babá Hinkle colocara em sua xícara quatro colheradas de açúcar, e agora, com certa repugnância, Burke a assistia tomar goles da bebida quente como se estivesse deliciosa. — Eu criei Katie desde que nasceu e a acompanhei até os 16 anos. Ainda não conheci alguém mais teimoso.

Do lado de fora, um raio cortou o céu, e, em seguida, um relâmpago soou ao longe. Burke observou a casa. Era um lugar de aparência agradável, embora o pé-direito dos tetos de ripa de madeira fosse baixo para uma pessoa de sua altura. Ele gostou de saber que, diferentemente de todas as suas loucas suposições, Kate estivera ali o tempo todo. Era um bom lugar para se estar, pensou. Um lugar seguro. Embora certamente essa senhora não fosse a babá amável que aparentava ser.

— Srta. Hinkle, verá que eu também posso ser muito teimoso — afirmou ele, quando seu olhar bateu numa gata malhada que reconhecia. Lady Babbie se enroscara nos lençóis limpos da cesta no instante em que Burke a pousara no chão.

— Não tanto quanto *ela* — insistiu Babá Hinkle, olhando de novo para o teto —, do contrário, o senhor não estaria aqui.

Burke observou a gata abrir a boca num elaborado bocejo, depois amassar os lençóis com as patas dianteiras.

— Talvez não. Mas ela irá comigo, não é? — salientou Burke, meio convencido.

— Por causa da sua filha. — A babá mordeu um dos bolinhos. Quando voltou a falar, lançou migalhas na direção de Burke, mas sem parecer se importar. — Só isso.

Burke, irritado, e não só devido às migalhas, retrucou:

— Não creio que seja só isso, que ela esteja indo só por Isabel.

— Tem o direito de pensar como quiser, milorde — disse Babá Hinkle, dando de ombros.

O marquês a fitou.

— Não pode me afastar dela, Srta. Hinkle. A senhorita pode continuar me dizendo o quanto ela é teimosa, e eu continuarei concordando educadamente, mas não pode me afastar dela.

— Não? — Ela o encarou e sorriu. — Não, vejo que não posso. É uma pena. O senhor se desapontará.

Da escada estreita, ouviu-se a voz de Kate, um tanto desconfiada.

— Babá, o que está contando a ele?

— Não estou contando nada, minha querida — gritou de volta a senhora, num volume que mostrava ser falsa sua fragilidade aparente. Em seguida, baixando a voz, ela disse a Burke: — Eu me lembro de quando o seu divórcio estava em todos os jornais.

Burke retesou-se.

— Ah? — Foi tudo o que ele disse, cauteloso.

A senhora balançou a mão cheia de veias no ar.

— Foi um grande escândalo — comentou ela.

— Srta. Hinkle, por acaso está querendo sugerir que não sou bom o bastante para Kate?

Ela o fitou.

— O senhor deve saber sobre os pais dela, claro.

Surpreso com a maneira direta como ela introduziu o novo tópico, Burke fez que sim com a cabeça.

— As pessoas também consideraram aquilo um escândalo. E saiu em todos os jornais, como o seu divórcio. — Babá Hinkle tomou um gole do chá. — Os amigos deles, gente da elite como o senhor, os abandonaram. Eles não podiam ir a lugar algum sem serem perseguidos por zombarias e sussurros de quem antes se dizia amigo. Essas experiências deixam marcas.

— Sem dúvidas — concordou Burke, sem saber ao certo onde exatamente a velha senhora queria chegar.

— O senhor ficou marcado — acrescentou ela. — Mas de uma maneira diferente de Katie.

— O que está querendo me dizer? — perguntou Burke, perdendo a paciência.

— Ela não voltará. — A senhora o encarou sem piscar.

Burke concluiu então que a velha senhora sabia o que ele fizera, no que ele tentara transformar Kate. O que era certamente constrangedor. Mas também era um ponto discutível, pois Burke pretendia corrigir o erro.

Por conta disso, o marquês recostou-se na cadeira e disse:

— Penso que a senhora me subestima.

A velha senhora suspirou.

— E eu penso que o senhor subestima Kate. Mas de que adiantaria lhe contar isso agora? Por que me ouviria? Sou uma mulher idosa. E ninguém ouve os velhos.

Kate apareceu no topo da escada com uma valise na mão, usando um traje próprio para a viagem.

— Eu ouço — contestou ela. — Babá, você ficará bem enquanto eu estiver fora? Vou parar na casa da Sra. Barrow no caminho para a cidade e pedir que ela lhe ajude. Não esqueça que temos sobra da torta de carne de sábado na despensa. E o leite chega amanhã...

A expressão de Babá Hinkle mudou quando Kate voltou para a sala. Voltou a ser a doce babá, em contraposição à inquiridora de olhar aguçado que fora quando estava a sós com o marquês.

— Ah — exclamou ela quando Burke se levantou e se apressou a segurar a valise de Kate. Ele notou que estava absurdamente leve. — Você não está se esquecendo de uma coisa, minha querida? E quanto a Lady Babbie?

— Ah, Babá, estou certa de que voltarei dentro de poucos dias — respondeu Kate, ocupada com os laços do chapéu. — Não passará disso.

Babá Hinkle lançou para Burke um olhar que lhe pareceu ser de triunfo. Somente depois de Kate se despedir com um beijo na mulher e aceitar um fardo de bolinhos embrulhado às pressas, Burke se inclinou para beijar a mão da idosa.

— Nós voltaremos — anunciou ele com uma confiança que na verdade não era plena. — Pela gata.

— *Ela* voltará — corrigiu-o Babá Hinkle, com um olhar sagaz para Kate, que já estava no jardim.

— Não creio.

— Então — afirmou a babá — o senhor tem tudo para acabar de coração partido.

Capítulo 25

ENTÃO O SENHOR *tem tudo para acabar de coração partido*. As palavras da velha senhora não saíam da mente de Burke.

Passado algum tempo, ele ainda as ouvia, repetidamente. O que *ela* sabia a respeito de tudo aquilo, afinal? Tudo bem, conhecia Kate desde sempre. Mas e daí?

Realmente, Burke não sabia o quanto Kate contara à babá sobre o que de fato acontecera entre eles. Porém, isso não significava que ele estava destinado ao fracasso. Pois sabia muita coisa sobre Kate que babá Hinkle não tinha conhecimento.

Por exemplo, sabia que, quando Kate comprimia os lábios — como na maior parte do tempo em que os dois estavam fechados na carruagem um de frente para o outro, numa viagem difícil, de muitas horas e pouca conversa —, ela não estava necessariamente irritada. Na verdade, às vezes aquilo significava apenas que estava pensando.

Burke achou provável que Kate pensasse em Daniel Craven. Ela lhe pedira um resumo dos acontecimentos que levaram à fuga de Isabel e ouvira com paciência sua descrição dos fatos — uma versão resumida, pois Burke não podia repetir as palavras de Isabel sobre o relacionamento do pai com sua antiga dama de companhia. Na opinião de Kate, o fato de Isabel ter revelado seu destino no bilhete era um indicador de que a jovem queria ser encontrada antes que o casamento acontecesse. "Que outra razão haveria para ela contar para onde iam?", Kate lhe perguntara.

Na suposição de Burke, naquele exato instante, ela estava planejando uma estratégia para lidar com Isabel. O marquês conseguia ver bem o seu rosto, embora as nuvens tivessem escurecido o céu, dando a impressão de estar anoitecendo, ainda que seu relógio de bolso mostrasse ser pouco além das quatro horas da tarde. Kate estava vestida de forma muito apropriada, na opinião dele. Usava um capote marrom simples e um chapéu da mesma cor, que salientava o tom claro de seus cabelos louros. E seu rosto, embora longe do vento, ainda estava muito rosado. Assim como os lábios.

Pareceu-lhe que talvez Kate não fosse deixar uma palavra sequer escapar daqueles lábios durante toda a viagem. Ela nunca fora tagarela, mas também nunca fora tão silenciosa.

Está com raiva, repetiu Burke para si mesmo. *E tem todo direito de estar*. Aquele silêncio era culpa dele. Precisava fazer alguma coisa a respeito, do contrário enlouqueceria.

— Sinto muito, Kate — desculpou-se, num tom de voz suficientemente alto para ser ouvido acima do barulho das rodas da carruagem e do som ritmado dos cascos dos cavalos.

A mulher desviou os olhos da paisagem.

— Como assim? — disse ela, claramente surpresa.

— Eu sinto muito pelo que aconteceu. Aquela última noite em Londres, eu não pensei... Eu julguei ter visto Bishop no jardim com você. Não sabia que se tratava de Daniel Craven...

Tão logo Burke pronunciou essas palavras, percebeu que deveria ter ficado calado. Jurara a si mesmo que não mencionaria nada que pudesse fazê-la sofrer.

As maçãs do rosto dela pareciam estar em chamas. Kate logo desviou o olhar.

— Por favor, esqueça — pediu ela, numa voz estrangulada.

— Não posso — insistiu Burke, querendo que ela o fitasse. — Como poderia esquecer, Kate? Só penso nisso desde então. Por que você não me disse nada?

Kate balançou a cabeça, os olhos fixos na janela.

— Não faria nenhuma diferença.

— Como assim? Faria toda a diferença do mundo. Se ao menos você tivesse me contado um pouquinho do seu passado...

Os olhos de Kate estavam sob a sombra da aba do chapéu, mas então ela virou o rosto para encará-lo.

— Mas eu contei. Contei sobre o incêndio.

Num instante, Burke saiu do lugar em que estava e sentou-se ao lado dela antes que terminasse a frase.

— Mas não a história inteira — retrucou ele, segurando-lhe a mão —, tudo o que aconteceu, quem você era...

— Que importância teria isso?

— Eu saberia quem era o seu pai...

Kate ficou boquiaberta, e Burke teve uma visão tentadora de sua língua, até que ela percebeu e fechou a boca de novo.

— Está querendo dizer que, se soubesse que meu pai era um aristocrata, não teria...

— Não — atalhou Burke. — Tenho certeza de que ainda teríamos... Mas, Kate, se eu soubesse, teria feito naquela ocasião o que pretendo fazer agora.

Kate olhou para ele.

— O quê?

— Pedir que se case comigo, claro.

Kate ficou branca e puxou a mão para Burke soltá-la.

— Solte-me — ordenou ela, num tom de voz que o marquês não reconheceu.

Em vez de soltar, ele segurou mais forte.

— Não. Ouça, Kate...

— Já ouvi — declarou ela. E Burke notou que não reconhecera sua voz porque ela estava chorando. — Por favor, solte minha mão e volte para o seu lugar.

— Kate — disse ele, tentando ser gentil —, sei que está zangada comigo. Reconheço que tem todo direito. Mas creio que...

— Se não soltar a minha mão — ameaçou ela, parecendo estar sufocando — e voltar para o seu lugar, eu direi ao cocheiro para me deixar descer na próxima esquina.

— Kate, você não está entendendo. Eu...

— Não, é *você* quem não está entendendo — corrigiu ela com a voz tão trêmula quanto seus dedos estavam ao tirar a roupa do varal. — Vou abrir essa porta e pular, juro por Deus, se você não fizer o que estou pedindo.

Por um instante, Burke teve vontade de *ele mesmo* abrir a porta e pular. Ou ao menos de jogar alguma coisa carruagem afora. Porém, como isso não resolveria nada, fez o que Kate pediu e voltou para o banco em frente, de braços cruzados, perplexo, e a encarou.

O que havia de errado com ela? Burke fizera de tudo para reparar seu erro, e a mulher reagira como se estivesse novamente sugerindo que ela fosse sua amante. Kate tinha o direito de estar com raiva pelo que ele fizera. Mas por que continuava irritada depois de ter recebido um pedido de casamento? Até onde Burke sabia, as mulheres valorizavam mais pedidos de casamento do que até mesmo diamantes. Estaria Kate se sentindo ofendida porque o pedido não havia sido acompanhado de uma aliança? Ora, ele não tivera ainda a oportunidade de comprá-la. Estava preocupado em impedir a filha de fugir com um salafrário, não tinha tempo para pensar nessas coisas.

Em frente a ele, Kate se aconchegou o máximo possível no canto do banco e virou o rosto para o lado oposto. Queria evitar que ele visse suas lágrimas. A chuva começara, uma pancada forte acompanhada de muitos raios e trovões que ficavam mais barulhentos a cada estrondo. A tempestade riscava o vidro da janela. Contudo, Kate era incapaz de ver coisa alguma graças às lágrimas. Naquele momento, só conseguia pensar: *O que eu fiz? Kate, o que diabos você fez? O homem a pede em casamento, a coisa que você mais deseja ouvir há três meses, e você responde com um não? Por quê? Por quê?*

Ela obviamente sabia a resposta. Porque era uma perfeita idiota. Era por isso. Para começar, havia sido uma perfeita idiota de aceitar um emprego na casa dele. Sabia desde o começo que não seria uma boa ideia. Era só olhar para o homem! Ele não era tudo o que ela despreza? Rico, arrogante e totalmente seguro de si...

E estava certa. Veja o que aconteceu.

O pior. Sua única atitude razoável nos últimos seis meses havia sido a de partir da casa dele antes que ficasse envolvida demais a ponto de não conseguir mais se libertar.

Não que tivesse se libertado. Quando tirou o lençol do varal e o viu ali, foi como se o tempo não tivesse passado desde a última vez que o vira — exceto, claro, que ele estava muito diferente, tão vulnerável e ferido, mas de uma forma tão atraente.

Porém, isso era devido à sua preocupação com Isabel, e não por estar com o coração partido pela partida de Kate, como ela inicialmente imaginara, no primeiro momento de esperança que tivera desde que o abandonara. Naquele instante, Kate precisou ter muita força de vontade para não se jogar nos braços dele e beijá-lo mil vezes, como fantasiava todas as noites desde que viera de Londres.

Mas então ela se lembrou.

Quando chegara à casa de Babá Hinkle, no dia seguinte após aquela noite maravilhosa e insone — mas, por fim, terrível — que passara com o marquês de Wingate, seu único sentimento fora tristeza. Entretanto, com o passar dos dias, que se transformaram em semanas, que se transformaram em meses sem sinal dele... Kate percebeu que teve muita sorte por escapar por pouco de uma situação que, no final, seria horrível.

E depois lorde Wingate apareceu. Tão repentinamente como se o sopro do vento o tivesse trazido para ela.

Mas não fora o vento, fora Daniel. O que Daniel queria? Não podia estar apaixonado por Isabel. Homens como ele são incapazes de sentir amor por alguém, só amam a si mesmos. Então o que Daniel Craven estava planejando? O que ele esperava obter? Isabel tinha dinheiro, verdade, mas Daniel também, agora que pagara as contas da mina. Se ele não fugira com Isabel por amor nem por dinheiro, *por quê*?

Um frio lhe apertava o peito desde quando Burke citara o nome "Daniel Craven" perto do varal. Tinha uma sensação horrível de que sabia o que Daniel queria. Esperava estar errada.

Porém, nenhuma outra explicação fazia sentido.

Não pretendia dividir seus temores com Burke, que já tinha preocupações suficientes. Era melhor ele pensar que Daniel realmente pretendia se casar com Isabel do que saber a verdade...

Por Deus, a verdade. Burke descobrira a verdade — uma delas, pelo menos — e agora queria se casar com ela. Porque agora sabia quem era seu pai. Por saber que ela era filha de um aristocrata, agora queria fazer o que deveria ter feito independentemente de sua *origem*.

Pois bem, isso não aconteceria. Kate não *permitiria*.

O único problema, claro, é que não seria fácil seguir seu propósito. Agora mesmo, com ele à sua frente, e o olhar verde-jade fixo nela, Kate notou que as costas das mãos do marquês de Wingate tinham o mesmo pelo preto irregular que lhe cobria todo o corpo, as partes que só ela vira — ou melhor, ela e metade das atrizes de Londres. Vendo aqueles pelos agora, Kate lembrou-se da ocasião em que o vira sem roupa alguma. E isso a remeteu a algo que ela tentava esquecer, à noite que passaram juntos, à única vez na vida em que ela se sentira completamente viva. O que Burke a levara a sentir naquela noite jamais se repetiria.

Essa conclusão a fez chorar ainda mais.

— Kate — chamou Burke do canto escuro em que estava sentado.

Lá fora, a chuva apertava e tornava o céu mais escuro. Os pingos batiam no teto da carruagem, que fora obrigada a diminuir o passo devido à lama da estrada e à escuridão que impedia o cocheiro de enxergar o caminho.

Kate não respondeu. Não podia. Chorava em silêncio, esperando que a ausência de luz no interior da carruagem impedisse Burke de ver suas lágrimas. Se falasse, se trairia. Não queria que isso acontecesse.

— Eu não entendi — disse ele, ignorando o silêncio de Kate — por que você decidiu fugir. Se não queria ser minha amante, por que não disse logo? Eu não a obrigaria. Não pode achar que sou baixo *a esse ponto*.

Kate mordeu o lábio inferior. A voz de Burke na escuridão era doce e suave, como não se lembrava de algum dia tê-la ouvido.

— Entendo que você esteja zangada comigo — continuou ele, pois ela não se manifestava. — Só estou pedindo para tentar compreender. Naquela noite, eu não sabia o que estava falando. Não a pedi em casamento agora por saber que você é filha de um aristocrata. Eu deveria tê-lo feito naquela noite... E *teria* feito na manhã seguinte, eu juro, se você tivesse ficado. Logo que foi embora, eu percebi que estava apaixonado...

Burke continuou falando, claro. Ele não se contentou com isso. Falou durante algum tempo e com muita emoção. Porém, Kate não ouviu mais nada, nada depois de ele ter dito que estava apaixonado por ela. *Ele tinha dito que estava apaixonado por ela.*

Ah, céus. De tudo o que ele podia dizer, por que escolheu logo *isso*? Justo o que a deixaria sem defesas! *Como ele sabia?* E como ela conseguiria se manter inflexível agora? Não era verdade, não podia ser verdade. Ele só estava dizendo isso por saber — ele *sabia*, diabos — o que isso provocaria em Kate. Estava usando armas contra as quais ela não tinha nenhuma defesa. *Ah, céus.*

— Eu sei que deveria ter percebido antes — dizia Burke, quando ela conseguiu se concentrar nas palavras dele. — Mas fazia tanto tempo que eu não sentia nada além de ódio e rancor que não reconheci, e... Afinal, Kate, você sabe como o meu primeiro casamento terminou. Eu não estava exatamente ansioso para repetir a experiência. Mas depois que você foi embora, fiz tudo o que era possível para acabar logo com essa minha vida vazia e estúpida...

Lembre-se, disse Kate para si mesma, querendo se indignar. Afinal, ele era o inimigo. Todos eles. Um membro da alta sociedade, a mesma que tinha traído sua família e permitido que seu assassino se livrasse impune. Ele não era confiável.

Com a voz tensa, Kate falou:

— Um fáeton *preto*. Com enfeites *amarelos*.

— Kate! — Burke saiu de seu lugar e desta vez não pegou a mão dela, mas ela inteira, e a abraçou como se ela não fosse mais pesada que uma boneca. — O que eu preciso fazer para que você esqueça o que falei? — Burke a sacudia, com o rosto pálido próximo ao dela. — O que eu preciso fazer? Isto?

E então ele a beijou.

Simples assim, ele a beijou, e ela...

Ora, ela derreteu.

Burke Traherne beijava bem. Muito bem. Não que Kate não soubesse disto. Ela lembrava muito bem. Mas, como se o marquês, quisesse se certificar — sem sombra de dúvida —, ele a relembrou, sua boca movendo-se sobre a dela, sondando o território. Não era hesitante, de modo algum, mas agia como se lhe fizesse uma pergunta para a qual somente ela, Kate, tinha a resposta.

Quando sentiu a língua de Burke invadir sua boca, percebeu que de algum modo tinha respondido, embora mal soubesse como, muito menos qual era a pergunta... Até que, de repente, não havia nele mais nenhum questionamento. Após lançar a primeira saraivada de tiros, percebera que as defesas de Kate tinham desaparecido. Então essa era a pergunta. Agora, ele atacava, implacável.

Foi então que Kate notou, com um choque, que aquele era um beijo diferente, e que talvez ela não tivesse tanto controle da situação quanto gostaria. E embora lutasse contra o repentino e incrível ataque aos seus sentidos, não conseguiu mais se libertar do encantamento hipnótico dos lábios de Burke, nem do abraço tão apertado. Ela ficou totalmente sem força nos braços dele, exceto pelas mãos, que, como se tivessem vontade própria, acariciavam-lhe o pescoço, emaranhando-se nos cabelos surpreendentemente macios da nuca. Kate se perguntou por que a língua de Burke em sua boca parecia ter uma relação direta com uma contração repentina e muito perceptível entre suas pernas.

Mesmo no seu estado de elevada excitação, Kate notou que Burke parecia estar sofrendo de um desconforto semelhante. Ela o sentia, pressionando com ansiedade através dos aros da anágua. O marquês soltara um gemido fraco, sufocado pelo beijo, quando ela lhe acariciara o pescoço, e agora também, quando seu desejo por ela forçava a parte da frente da calça, e os braços fortes de Burke a apertavam num abraço possessivo. Dedos calosos a acariciavam através do tecido fino do vestido e se moviam cada vez mais próximos aos seus seios. Kate sabia que se permitisse que ele a tocasse *ali*, estaria perdida.

E Kate *precisava* interrompê-lo porque ela não era Sara Woodhart, que podia aproveitar sem remorso as atenções dos homens que não tinha intenção de desposar. Ela era Kate Mayhew e tinha uma reputação a zelar. É bem verdade que sua reputação não era propriamente sem máculas, mas era tudo o que possuía.

Mas eis que aqueles dedos fortes, ao mesmo tempo incrivelmente suaves, fecharam-se sobre um dos seus seios, cujo mamilo já estava intumescido contra o calor daquela mão.

Kate afastou os lábios de Burke e procurou refreá-lo com a mão contra seu largo peitoral, dirigindo-lhe olhares acusadores. Ficou perplexa com o que viu: uma boca cheia de desejo e olhos verdes cheios de... Kate não conseguiu dar um nome ao que viu no fundo daquelas órbitas, mas era algo que a amedrontava e a excitava ao mesmo tempo.

Precisava pôr um fim a essa loucura antes que as coisas fossem de novo longe demais.

— Burke — disse ela, através dos lábios dormentes pela intensidade do beijo dele. — Solte-me.

O marquês ergueu a cabeça, confuso como se o tivessem acordado de um sonho. Sua expressão indicava que ele a ouvira. No entanto, sua mão, ainda sobre o seio de Kate, firmou-se ali, como se ele não tivesse nenhuma intenção de soltá-la.

— Ah, não — protestou ele, com a voz rouca, engolindo as palavras. — A última vez que isso aconteceu, levei três meses para conseguir vê-la de novo.

Que mal faria se, em resposta, ela segurasse seu rosto entre as mãos e o puxasse para si, encontrando os lábios dele novamente? Quem poderia culpá-la? Não era algo que ela conseguiria evitar. Não que a capacidade dele de deixá-la impotente em suas mãos, ao menor toque, a deixasse feliz. Em especial quando essas mãos *faziam* coisas com ela, como agora. Pois embora ele mantivesse uma das mãos firmemente na nuca de Kate, obviamente para evitar que se afastasse — como se fosse tola de fazê-lo —, a outra ainda lhe queimava o seio através do tecido do vestido e ameaçava mergulhar ainda mais...

Mas não antes de o cocheiro bater na porta da carruagem avisando-lhes que as estradas estavam enlameadas demais para prosseguir a viagem e sugerir que esperassem o temporal passar na hospedaria em frente à qual estavam.

Capítulo 26

KATE FOI ACORDADA pelo trovão agitando o vidro da janela ao lado de sua cama.

Ela se sentou no escuro e se esticou para afastar a cortina. Do lado de fora era só escuridão, coberta por uma manta de água corrente. Sabia que devia ser muito tarde, pois não conseguia ver As luzes da hospedaria que ficava do outro lado da rua. O vilarejo no qual eles foram obrigados a fazer essa parada não planejada estava dormindo. Ela imaginou que todo mundo na Inglaterra estivesse dormindo.

Exceto ela.

Foi uma sorte o trovão acordá-la. Estivera presa em mais um daqueles sonhos terríveis e maravilhosos que invadiam seu sono desde o fatídico dia em que vira o marquês no banho, e que continuava tendo desde que abandonara a casa dele. Toda vez que acordava após um deles, estava quente e sem fôlego, com uma das mãos entre as pernas. Era chocante. Não era o comportamento de uma dama.

No entanto, impedir esses sonhos era tão possível quanto parar de respirar.

Por fim, foi obrigada a desistir de tentar evitá-los, e agora nem sequer se preocupava em vestir a camisola, pois sabia perfeitamente bem que terminaria sem ela, e, de manhã, a encontraria enrolada nos lençóis. E quando Kate acordava com a mão apertada entre as pernas, simplesmente a mantinha ali.

Parecia ser a melhor forma de lidar com a situação. Certamente melhor do que fazer o que tinha vontade, isto é, voltar para Park Lane, bater à porta de lorde Wingate e implorar que ele a aceitasse de volta.

Contudo, agora ele não estava em Londres, a quilômetros de distância. Estava no quarto ao lado, dormindo profundamente, como qualquer bom cidadão britânico deveria estar àquela hora. Ele havia sido educado e atencioso com ela durante o jantar e não renovara a proposta de casamento feita na carruagem. Possivelmente porque tivera tempo para refletir e percebeu que se casar com a filha do famoso Peter Mayhew não era a atitude mais sábia a se tomar.

Não que Kate pudesse culpá-lo.

Um relâmpago iluminou o quarto. Dez segundos depois, Kate ouviu o estrondo de uma trovoada, não tão alto quanto antes. O temporal que os acompanhava desde Lynn Regis se afastava, afinal. Com alguma sorte, até a manhã do dia seguinte já teria passado, e as estradas para a Escócia estariam livres.

E era por isso que ficar ali, acordada no escuro, era uma tolice; precisava dormir um pouco. Um longo e árduo dia de viagem a aguardava.

Kate tinha acabado de fechar os olhos quando ouviu algo que não era trovão, tampouco chuva. Abrindo os olhos novamente, sentou-se na cama e examinou o quarto escuro. As hospedarias de estrada eram famosas por serem infestadas de ratos, embora esta parecesse mais limpa que a maioria e Kate tivesse visto alguns gatos passeando por ali. Ainda assim, até mesmo Lady Babbie já havia deixado escapar uma ratazana. Passou a mão pelo chão, pegou um pé da bota e lançou-o na direção de onde ouvira os barulhos.

Kate, que sempre foi boa de mira, soube ter acertado quando ouviu alguém dizer "ai!"

Mas ratos não dizem "ai".

Em seguida, depois de um barulho que sem dúvida era o pé da bota caindo no chão, a voz de lorde Wingate atravessou a escuridão.

— Mas que inferno, Kate — reclamou ele. — Sou eu.

Era lorde Wingate, abrindo a pequena porta contígua entre os dois quartos, uma porta que Kate nem pensara em trancar antes de ir dormir. Ela certamente não pensara que Burke pudesse ter a coragem de tentar uma invasão noturna. Pedira, um pouco nervosa, que eles tivessem quartos separados, e lorde Wingate não discutira.

Agora ela entendia. Eles ficaram em quartos separados, realmente. Separados por uma porta.

Ela ouviu o barulho de um fósforo sendo aceso e logo a luz inundou o pequeno quarto. Lorde Wingate trouxera um castiçal e agora o levantava, olhando para ela sob a luz da chama. Tarde demais, Kate se lembrou de que não estava usando nenhuma roupa e puxou os lençóis para cobrir o peito.

— O que você quer? — Ela desviou os olhos daquilo que as velas revelavam, isto é, que ele usava apenas um roupão cuja frente se abrira acima da faixa ao erguer o castiçal, revelando um longo V de seu peitoral.

— Tive a impressão de tê-la ouvido me chamar.

— Eu não chamei.

Na verdade, contudo, Kate não tinha certeza. Estivera sonhando com ele, e poderia ter gritado seu nome durante um dos momentos mais eróticos.

— Kate — disse ele, depositando o castiçal na mesa de cabeceira.

— Eu ouvi perfeitamente. Estava lendo e...

Quanto mais ele se aproximava da cama, mais Kate puxava os lençóis para cima...

— Eu posso tê-lo chamado — admitiu ela, relutante —, mas só durante o sono. Sinto muito se o incomodei.

Só que, infelizmente, em vez de se sentir insultado e ir embora, lorde Wingate se sentou no colchão ao seu lado, apoiando os cotovelos nos joelhos, e o rosto nas mãos.

— Não faz mal. Eu não conseguia dormir mesmo — afirmou ele, olhando para o chão. — Nós não conseguiremos chegar lá a tempo, Kate. Não com toda essa chuva.

Isabel. Era o que ele queria. Falar de Isabel.

— Ah, não — discordou Kate, com uma certeza que estava longe de ter. — Nós a encontraremos. Claro que sim.

— Não. — De costas para Kate, não conseguia ver seu rosto, mas tudo o mais nele transmitia a enorme dor e a culpa que tinha no coração. — Chegaremos tarde demais. E depois ela *terá de* se casar com ele.

Impressionada com a emoção na voz profunda e masculina de lorde Wingate, Kate esticou o braço e acariciou as costas fortes e largas num gesto de compaixão. Pois a situação era muito mais grave do que Burke imaginava. Daniel Craven não se casaria com Isabel, e Kate sabia disso. Mas não podia dizer isso ao pai da moça.

— Não necessariamente — disse Kate, com um otimismo que não sentia. — Quero dizer, Isabel é teimosa, mas não é tola, lorde Wingate.

— Tenha dó — disse ele, e pareceu a Kate que ele falava entre dentes, embora não pudesse afirmar, pois ele continuava de costas para ela. — Use meu nome, Kate. Quando você diz "lorde Wingate", parece tão frio que não consigo suportar.

Kate hesitou.

— Está bem. Burke, então. Certamente você conversou com a sua filha sobre... ah, sobre o que acontece entre um homem e uma mulher. Não é?

Burke não se virou.

— Claro que não — respondeu ele, amargo. — Eu pensei que você tinha conversado sobre isso.

— Eu? — Kate ergueu as sobrancelhas. — Claro que não! O que o faria pensar que...

— Ora, você ensinou tudo mais a ela. Ensinou-a a se vestir, a pentear os cabelos, e eu deduzi...

— Mas lorde... quero dizer, Burke, francamente, cabe aos pais conversar com os filhos sobre essas coisas...

— Mas eu não conversei, está bem?

Então o marquês se virou e olhou para Kate. Ela imediatamente lamentou que ele o tivesse feito. A luz da vela colocava em alto relevo os traços do rosto de lorde Wingate, que, embora não fossem de fato bonitos, tinham uma força e uma inegável masculinidade, absolutamente irresistíveis. E agora, vincado de preocupação com a filha, o rosto dele estava mais atraente do que nunca.

— Nunca me ocorreu — confessou ele. — Eu a criei desde bebê, Kate. Era eu quem cuidava para que ela comesse, tomasse banho e estivesse vestida de maneira adequada. Não podia fazer tudo. Sabe como Isabel é. O máximo que eu conseguia era garantir que ela saísse de casa vestida. E ela nunca expressou curiosidade sobre esse assunto. Não que eu teria sabido o que dizer. Há certas coisas... muito poucas, mas há... que pais simplesmente não podem explicar a filhas.

Kate baixou os olhos. Se não o fizesse, arriscaria transferir sua mão das costas para o rosto dele, mesmo com a barba de um dia. *Lembre-se*, disse ela para si mesma.

— Se ele tentar alguma coisa, talvez Isabel se assuste e o abandone — refletiu Kate.

Sentia o olhar dele nela, embora não tivesse coragem de encará-lo.

— Foi Craven — disse ele abruptamente.

— Não entendi.

— Foi Craven — repetiu Burke. — Isabel me contou que, naquela noite, quem estava no jardim não era lorde Palmer, e sim Craven. Mesmo assim, você me deixou acreditar que era. Por quê?

Espantada com a súbita mudança de tema, Kate engoliu em seco, ainda sem erguer os olhos do cobertor que chutara para o pé da cama durante o sono.

— Não importa. Não mais.

— Mas é claro que importa — insistiu Burke. — E muito. Por que não me contou?

Ela lambeu os lábios que de repente ficaram secos demais.

— Ora. Creio que por não querer que você o matasse. Achei que causaria mais um escândalo, e você já tinha suficiente...

— Você estava me *protegendo*? — perguntou ele, incrédulo. — Deixou que eu acreditasse numa coisa horrível a seu respeito para me proteger?

Kate cometeu o erro de erguer os olhos nessa hora.

— E a Isabel — acrescentou ela, para Burke não pensar que havia sido apenas por sua causa. Do contrário, poderia supor que ela se importava com ele. O que não era verdade. Definitivamente.

Porém, quando Burke olhou nos olhos de Kate, ela teve a impressão de que ele não acreditaria naquilo por muito tempo. Pois tinha certeza de que aquele olhar penetrante enxergara a farsa que ela tentara construir com tanto zelo. Assim como ele podia enxergar através daquele lençol que a cobria até o pescoço, como se o fino tecido pudesse protegê-la do que, com um misto de excitação e nervoso, sabia que estava a ponto de acontecer.

— Então — continuou Burke, naquela mesma voz aparentemente gentil que tinha usado na carruagem — você devia gostar um pouco de mim, Kate. Quero dizer, se queria me proteger de um escândalo.

Mais do que tudo, Kate queria desviar o rosto. Por que então não conseguia? Parecia só conseguir ficar ali sentada, olhando nos olhos dele, e reparando, agora que estava sentado muito próximo, que eles não eram totalmente verdes. Tinham pontos amarelados, como se fossem peixinhos dourados nadando num lago verde.

— Acho que sim. Naquela época.

— Mas não gosta mais? — perguntou Burke, estendendo a mão para o lençol que ela segurava.

— Correto — confirmou Kate, agarrando mais forte o fino tecido.

— Então por que está aqui? — Burke puxou delicadamente o lençol.

— Já expliquei, eu vim por causa de Isabel...

Porém, foi só isso o que Kate conseguiu dizer antes de Burke se inclinar e lhe calar com um beijo.

No que diz respeito a beijos, Kate considerou aquele devastador. Não era ansioso e possessivo como os daquela noite na biblioteca. Nem como os doces, curiosos, que trocaram depois no quarto dele, antes das conversas loucas sobre livrarias e fáetons. Era mais parecido com o da carruagem...

Embora também não fosse exatamente como aquele. Porque este tinha algo que Kate não conseguia identificar, que não conhecia. Porém, enquanto lorde Wingate, ou melhor, *Burke* — quando se lembraria de chamá-lo de Burke? — a beijava, ela começou a compreender o que era.

Era saudade.

Quando identificou, Kate não teve dúvida, pois ela sentia o mesmo. Sentia-se assim desde que haviam se separado. Embora racionalmente não interpretasse desta maneira, era como se o seu corpo soubesse que ali estava um outro corpo que já lhe havia proporcionado um imenso prazer.

E agora Kate só queria experimentar aquele prazer novamente.

O que explicaria ela não ter protestado quando Burke deu um último puxão vigoroso no lençol e o soltou de suas mãos. Tentou impedi-lo e agarrar o pano, às cegas, enquanto ele a beijava, acabando facilmente a resistência imposta pelos lábios dela com sua língua.

Mas ela só conseguiu tocar o peito dele onde o robe estava aberto, encontrando aquela parede musculosa e os pelos escuros encaracolados. Burke levou a mão que afastara o lençol a um dos seios quentes e nus de Kate e... Pronto.

Ela estava perdida.

Foi muito fácil ceder aos beijos inicialmente cheios de saudade, logo repletos de um desejo intenso. Era tão mais fácil ceder do que lutar contra ele. O que conseguiria lutando? Nada. Talvez alguma satisfação pessoal. Contudo, isso era pouco diante do enorme prazer que aqueles dedos lhe proporcionavam, primeiro formando pequenos círculos em torno de seus mamilos intumescidos, depois provocando suspiros ao acariciar a pele macia de sua barriga. Era um ataque, Kate sabia disso. Um ataque habilidoso a todos os seus sentidos, com o intuito de fazer com que ela esquecesse tudo o que havia acontecido antes, exceto o que ele a fizera sentir um dia.

E isso ela não esquecera. Não poderia, quando tudo nele fazia com que se lembrasse, desde o perfume inebriante, um odor almiscarado que só Burke possuía, que deixava suas pernas bambas, até a carícia daqueles dedos calosos em sua pele macia.

Não apenas lhe despertava lembranças como a incitava a atacá-lo também. Kate tocou-lhe a pele nua do peitoral e começou a afastar o robe; com uma ansiedade constrangedora, procurava, desajeitada, desfazer o nó da faixa que o mantinha fechado. Era óbvio que Burke não precisou ter essas preocupações, pois encontrou Kate convenientemente nua sob o lençol que afastara. Ele desceu os lábios pelo seu pescoço, em direção ao seio que segurava, roçando a barba áspera nesses lugares e arranhando-os um pouco.

Mas Kate não desistiria. Ela puxou mais uma vez o nó, e, não conseguindo desfazê-lo, mergulhou a mão sob o robe e se satisfez ao segurar o órgão tenso que a roupa mantinha oculto.

Burke, que a essa altura já conquistara com a boca um dos mamilos e estava ocupado deixando sua marca com a língua, soltou o ar com um sibilo e ergueu a cabeça. Ele a fitou com olhos impenetráveis, e Kate o segurou o com mais força, curiosa em ver o que aconteceria.

Burke imediatamente segurou-lhe o pulso, para em seguida prender sua mão ao travesseiro, próximo à cabeça.

— O que você está fazendo? — murmurou ele com a voz rouca.

— Quer terminar isto antes de sequer ter começado?

Com a mão que estava livre, Kate puxou a faixa do robe de chambre.

— Tire isto.

Não foi preciso pedir duas vezes. O robe se foi.

E quando ele foi posto de lado, Burke enfiou uma perna entre as de Kate, separando-as para conseguir o espaço necessário para mergulhar entre elas. Ficou sobre ela, com as mãos cobrindo-lhe os seios. Em seguida, beijou-a de novo, desta vez num beijo que revelava sem dúvidas o quanto estava próximo de atingir o orgasmo, como se já não estivesse óbvio para Kate pelo tamanho da ereção que insistentemente a pressionava.

E, mais uma vez, como se não dependesse da mente de Kate, o corpo dela lembrou-se do que fazer, reagindo instintivamente ao cheiro familiar e ao peso de Burke. Ela ergueu os quadris e os empurrou contra o corpo dele.

Com um murmúrio ininteligível que ficou perdido no beijo, Burke a penetrou, enterrando-se tão fundo quanto era possível, sentindo o calor e a umidade o envolverem muito mais do que a mão de Kate conseguiria. Como na primeira vez, ela ficou sem ar quando ele a penetrou. Mas esta noite não houve lágrimas, somente um inesperado mergulho de suas unhas nos ombros dele, aos quais se segurava como um marinheiro à deriva se agarraria a um pedaço de madeira flutuante.

Talvez, de certa forma, Kate visse aqueles ombros assim, como a única coisa estável num mundo subitamente inundado de desejo.

Ondas de pura luxúria a cobriam quando ela erguia os quadris de encontro aos dele, a cada investida. Desta vez, Burke não estava sendo cuidadoso. Como poderia? Na primeira noite, cuidara para não assustá-la com a intensidade de seu desejo. Hoje, o desejo era forte demais, depois de tanto tempo insaciado. Não conseguia controlar. E a cada vez que a penetrava, a empurrava mais contra o colchão de penas.

E a cada vez era como se estivesse voltando para casa, perdido no prazer.

Kate se afogou primeiro. Ela simplesmente soltou seus ombros e deixou que a maré a levasse, sem se importar se estava afundando ou não, incapaz de manter a cabeça sobre a água. Foi sugada num turbilhão violento, e caiu, girando, mergulhando cada vez mais. Até que de repente bateu na praia, como se uma imensa onda a tivesse carregado para lá.

E ali Kate ficou, exausta e ofegante sob o corpo de Burke, sem se dar conta de que, num dado momento, ele também a acompanhara no turbilhão e agora desmoronara por cima dela, com o coração batendo contra o peito em ritmo acelerado.

Ela abriu os olhos e viu que a vela se apagara. Estavam na escuridão. Ouviu-se o ribombar de um trovão em algum lugar distante, mas a chuva já não batia na janela ao lado da cama. O temporal passara, dentro e fora do quarto.

Burke pareceu perceber o mesmo. Sem dizer nada, saiu de cima de Kate, que quase reclamou do frio quando o ar bateu na pele que o corpo dele antes cobria.

Porém, o marquês não permaneceu longe dela por muito tempo. Apenas se sentou para procurar a coberta que Kate havia atirado para o lado durante o sono e cobriu os dois. Enfiou com cuidado as bordas do cobertor em torno dela, abraçou-lhe a cintura e a aninhou contra seu corpo.

Eles precisavam conversar sobre alguns assuntos. Kate pensou nisso, sonolenta, e até chegou a abrir a boca para Burke não achar que mudara de opinião só por causa do prazer que ele lhe provocava.

Mas, aparentemente, Burke captou o que ela pretendia dizer.

— Shhh — sussurrou ele. Depois afastou-lhe do rosto uma mecha de cabelos e lhe deu um beijo de boa-noite.

E, sinceramente, Kate estava cansada demais para discutir.

Capítulo 27

Burke estava sonhando. Só podia estar. Havia um peso sobre seu peito, e, ao abrir os olhos para identificar o que era, viu Kate. Durante a noite, ela tinha colocado o corpo sobre o dele, e agora o rosto estava sobre seu coração, e o cabelo se espalhava como ouro escovado sobre todo seu ombro, sendo que uma mecha lhe provocava cócegas no queixo.

Mas ele logo percebeu que não poderia estar dormindo, pois eles não estavam na sua enorme cama em Park Lane, e sim num quarto pequeno, de pé-direito baixo, numa hospedaria de estrada próxima a alguma cidadezinha obscura; e dava para ouvir os sons da esposa do proprietário começando a preparar o café da manhã no andar de baixo. Da pequena janela ao lado da cama, era possível ver o sol nascendo — pelo menos parecia ser isso. Era difícil dizer com a névoa intensa. A chuva havia parado durante a noite, mas o céu continuava muito cinzento e também parecia estar frio. O outono estava mesmo chegando. Mais uma razão para ficar na cama, pensou Burke.

Porém, eles não podiam ficar na cama. Era preciso pensar em Isabel que, a cada minuto que passava, escapava mais de seu alcance.

No entanto...

No entanto, era pouco provável que Isabel fosse a qualquer lugar tão cedo numa manhã de névoa densa como aquela. E aqui estava ele com Kate nos braços, finalmente.

Também era pouco provável que ele fosse a qualquer lugar tão cedo.

A beleza de Kate ainda o impressionava. Ah, não era a beleza tradicional de uma Sara Woodhart. À exceção dos imensos olhos claros, os traços de Kate eram muito pequenos para serem considerados uma beleza clássica. E os cabelos não era nem tão claros para serem considerados verdadeiramente louros, nem tão escuros que pudessem ser considerados castanhos. Era um meio-termo, uma cor impossível de classificar. E ela era pequena, poderia parecer insignificante, com ossos delicados, quadris e seios estreitos demais para o que *alta sociedade atualmente considerava belo*.

No entanto.

No entanto, sua pele era alva, sem imperfeições e macia como seda. Sua cintura era fina o bastante para ele a cercar com as mãos e fazer os dedos se encontrarem no meio. Abaixo da cintura, suas pernas eram esguias e magras, com tornozelos encantadoramente delgados, e pés graciosos. E entre essas pernas havia um chumaço de pelo sedoso que o atraía como o de nenhuma outra mulher, pois ali podia enterrar todo seu comprimento numa parte tão estreita e de um calor tão doce que não dava vontade de sair.

Porém, isso não era tudo. Havia as mãos de Kate, que de tão pequeninas sumiam entre as suas. Mãos graciosas de uma bailarina ou de uma musicista, cujos dedos dançando por seu corpo na noite anterior quase o levaram à perdição. E havia aquela boca cujo formato ele agora delineava com o dedo, com Kate dormindo tão tranquila por cima dele. Gostava de sentir o peso dela sobre si, os seios suaves de encontro ao seu peitoral.

Talvez Burke gostasse *demais*, pois algo começava a crescer sob o lençol que o cobria apenas parcialmente, e sua ereção logo formou uma tenda sob o tecido. E lhe ocorreu que desta vez, diferentemente de outras manhãs em que acordava com essa sensação, podia fazer algo a respeito.

E fez. Só que, em vez de inverter as posições e penetrá-la, como inicialmente lhe ocorrera, Burke teve uma ideia melhor, e com certa dificuldade a posicionou montada por cima dele. Isso a acordou. Kate ergueu a cabeça, sonolenta, e piscou os olhos diante da luz cinzenta da madrugada.

— O quê? — perguntou ela com a visão ainda turva.

Burke respondeu segurando-lhe os quadris e lentamente a penetrando. Kate ainda estava escorregadia da noite anterior, portanto ele sabia que não a machucaria. Ainda assim, ela abriu os olhos e, como sempre acontecia quando a penetrava, ficou sem ar.

— O que você está *fazendo*?

Ele mostrou, movimentando-lhe os quadris para a frente e para trás, enquanto mantinha os seus imóveis. Novamente, ela ficou sem ar, mas desta vez por outra razão. Tentou mover os quadris sozinha, do jeito que Burke lhe mostrara, e foi recompensada com um gemido que ela sentiu até nas coxas, que envolviam a cintura dele. O barulho não foi tanto devido à sensação maravilhosa de quando ela se movia, mexendo também o órgão dele, envolvendo-o com seu calor, mas à visão dela por cima, os cabelos jogados para trás como uma manta gloriosa sobre as costas, os mamilos apontando para o teto. Burke queria segurá-los, roçá-los com as palmas das mãos, mas foi compelido a não largar os quadris dela, pois, de repente, não conseguia mais continuar imóvel e a penetrou com uma força que ameaçava parti-la em duas.

Mas Kate não era tão frágil quanto aparentava e prendia-o a cada golpe, jogando a cabeça para trás e deleitando-se com as incontáveis maneiras com que sua parte macia podia acomodar o órgão teso que lhe proporcionava *sensações* incríveis antes totalmente desconhecidas.

E ela se afastava e voltava para aquele vórtice entre o prazer e a dor, e o buscava, segurando às cegas as mãos, os ombros, qualquer coisa que a mantivesse por mais um pouco naquele estado prestes a gozar... Mas foi tarde demais. Suas costas arquearam-se, a cabeça caiu para trás, os cabelos se espalharam e roçaram os joelhos de Burke.

E, sob ela, ele assistia a tudo quando o clímax tomou conta de seu corpo, e maravilhou-se de ver seus lábios se separarem para ela soltar um grito suave de abandono... E então Burke a acompanhou com um orgasmo que lhe deixou desnorteado, que o fez estremecer da cabeça aos pés, até se convencer de que iria afogá-la no seu esperma.

Quando Kate retornou a si, notou que se jogara sobre o peito dele. Ela ergueu a cabeça e olhou para o rosto sorridente de Burke, muito próximo do seu. Viu que seus cabelos se espalharam e os cobriram formando uma tenda sedosa. Moveu-se para afastá-los, porém Burke segurou-lhe a mão e disse:

— Não faça isso. Eu gosto.

E Kate teve de beijá-lo, claro. O que mais poderia fazer?

Porém, quando ele voltou meia hora mais tarde, depois de ter ido se informar com o cocheiro sobre a condição das estradas, nem Kate estava preparada para sua repentina mudança de humor. A causa fora, obviamente, o fato de ela ter passado muito mal logo após a saída de Burke. Tentara vomitar repetidas vezes, mas não conseguira, com o estômago vazio.

Quando Burke voltou e a encontrou na cama do mesmo jeito, teve a reação que qualquer um teria em seu lugar.

— Kate? Não vai se levantar?

— *Saia*. — Foi tudo que ela conseguiu dizer em resposta.

Burke continuou ali, saudável e descansado, enquanto ela mal conseguia se mexer sem provocar ondas de enjoo.

— Kate — repetiu ele, nitidamente irritado, embora procurasse não demonstrar. — Como você sabe, temos de partir logo...

— *Saia!* — Desta vez, o pedido, que na verdade não era bem um pedido, foi acompanhado do outro pé da bota que ela havia lançado em sua direção na véspera.

Burke apressou-se a obedecer e desceu para tomar o café da manhã, perguntando-se o quanto aquele ataque de mau humor os atrasaria. Segundo o cocheiro, a estrada para a Escócia estava ruim, mas era possível continuar a jornada. Se viajassem numa marcha acelerada, poderiam fazer a maior parte do caminho até o anoitecer. Mas isso só poderia acontecer se não partissem tarde, o que, graças a Kate, parecia ser o caso.

Burke já terminava o café quando Kate apareceu na sala de refeições, sem nenhuma explicação para seu comportamento estranho. Ela evitou os ovos com bacon que ele lhe ofereceu e aceitou apenas uma torrada e uma xícara de chá. Quando terminou, declarou-se pronta para partir, numa voz sem muita convicção.

Burke supôs que o comportamento de Kate era por constrangimento ou inibição. Afinal, ela passara a madrugada em atividades que fariam uma mulher casada corar. E aqui estava ela, obrigada a encarar os outros hóspedes que tinham dormido sob o mesmo teto que testemunhara seu comportamento lascivo.

O marquês pagou o proprietário da hospedaria e agilizou a ida de Kate para a carruagem, a fim de não prolongar seu constrangimento.

Contudo, se ele esperava que ela percebesse seu cavalheirismo, desapontou-se. Tão logo se sentou ao lado dela e a abraçou, Kate se empertigou e apontou para o banco em frente.

— Não. Acho melhor você se sentar lá.

Burke a fitou, incrédulo.

— Não vai começar isso de novo, não é, Kate? Achei que tínhamos resolvido essa situação.

— Resolvido o quê? Não me lembro de ter decidido nada. Concordei em acompanhá-lo para ajudar a encontrar a sua filha. Nada mais.

— Se isso é verdade, por que me chamou ontem à noite?

— Eu já expliquei — respondeu ela, virando-se para a janela. — Estava sonhando.

— Pois então é melhor prestar mais atenção aos seus sonhos, Kate — retrucou Burke sério. — Talvez eles estejam dizendo o que aparentemente você não consegue formular, isto é, que me ama e quer se casar comigo...

Ainda sem olhar na direção dele, Kate balançou a cabeça em negativa.

— Está me dizendo — indagou Burke, com muito cuidado — que mesmo depois da noite passada, para não mencionar esta manhã, você ainda não quer se casar comigo?

— Exatamente — retrucou Kate, voltada para a janela.

Burke teve uma vontade enorme de quebrar alguma coisa. Fechou as mãos em punho, mas teve o cuidado de mantê-las longe da vista de Kate. Disse a si mesmo que não tinha nenhuma intenção de usá-las.

— Sua pequena hipócrita — resmungou.

Kate finalmente virou-se para ele, com os olhos claros arregalados diante da ofensa.

— *Hipócrita?*

— Bem, esse é o termo educado — retorquiu Burke com uma calma que chegou a impressioná-lo.

Os olhos claros, já muito arregalados, aumentaram mais ainda.

— Termo educado para o *quê?*

— Para uma mulher que tem o seu comportamento, Kate. Você diz que não quer nada comigo, mas na noite passada e nesta manhã fez amor como se estivesse gostando muito. Como não estou pagando por esse tipo de serviço, só posso deduzir que você agiu assim por gostar pelo menos um pouco de mim, o que faz seu comportamento atual parecer, se me permite, hipócrita.

O rosto de Kate já não estava muito corado. Agora, o pouco de cor que tinha desapareceu num instante. Ela o fitava com os lábios levemente separados, como se fosse incapaz de falar. Depois, ele assistiu a toda a cor que anteriormente havia se esvaído voltar num fluxo repentino e inesperado, deixando os lábios e as bochechas vermelhas.

— Eu... Isso foi porque você... Se você não tivesse...

Furiosa por só conseguir gaguejar, Kate desviou o olhar e, com o rosto queimando, continuou, olhando para o chão:

— A culpa é toda sua. Se tivesse saído quando eu pedi... Não entendo como espera que eu resista, se você é tão... — Ela baixou a voz até se tornar um sussurro difícil de ser ouvido com o barulho das rodas. — Irresistível.

— Kate. — Burke aliviou os punhos e relaxou os músculos da barriga. Não tanto devido às palavras dela, embora isso já fosse mais que suficiente para acalmar a sua ira. Foi mais pelo modo como ela falou, a voz trêmula, o rosto vermelho, a dificuldade de encará-lo. Até que o motivo por trás daquela hostilidade ficou claro. Ao menos foi o que ele pensou. — Kate — repetiu, evitando segurar-lhe a mão, pois já conseguira uma vitória só pelo que ela admitira. — Repare nas suas palavras. Você ouviu o que acabou de dizer? Se o que disse é verdade, como pode pensar em não se casar comigo?

Para o espanto absoluto de Burke, a equilibrada e racional Kate soluçou. Ela desviou o rosto para que ele não visse por baixo da aba larga do chapéu... Mas ele notou os ombros estreitos balançarem e teve certeza de ouvir um soluço.

Contudo, quando Burke instintivamente estendeu a mão para ela, os ombros se enrijeceram de pronto. E, em seguida, ela se aproximou o máximo possível da lateral da carruagem, afastando-se dele, e exclamou, ainda sem fitá-lo:

— Pelo amor de Deus, não pode ficar sentado aí e me deixar em *paz*?

Burke fez o que Kate pediu, mas só por ter observado que ela não estava em condições de ser chamada à racionalidade. Recostou-se no assento e a fitou, imaginando se em algum momento da noite — ou melhor, da madrugada, talvez depois que ele saíra para falar com o cocheiro — alguém tinha entrado e levado a Kate doce e ponderada que ele conhecia e a trocado por essa, insensata e descontrolada. Durante muito tempo ele tivera a impressão de Kate ser a mulher mais equilibrada que já tinha conhecido, sem as mudanças de humor e os ataques a que se acostumara com outras mulheres que conhecia, em especial sua própria filha.

No entanto, agora descobria que qualquer mulher, por mais que aja com coerência na maior parte do tempo, pode ser tomada por essas mudanças de humor inexplicáveis.

A não ser, claro, que houvesse alguma razão para Kate se comportar assim. Isto é, além de ainda estar zangada com ele pela tentativa de torná-la sua amante. Mas Burke já pedira desculpas por isso e procurara reparar o erro pedindo-a em casamento. Então por que ainda estava tão zangada? O marquês não a considerava uma pessoa rancorosa. Do contrário, ela jamais teria aceitado ajudá-lo a procurar Isabel.

Kate vai superar tudo isso, pensou Burke. Quando tudo terminar, depois que encontrassem Isabel e a convencessem a desistir do plano maluco de se casar com o canalha do Craven, como certamente conseguiriam, Burke repararia seu erro.

Sem sombra de dúvida.

Capítulo 28

Quando eles chegaram a Gretna Green já passava da meia-noite. Fazia tempo que Kate dormia um sono inquieto, sem muito conforto, e mesmo quando a carruagem finalmente parou, ela não acordou. Ao contrário, aconchegou-se mais no assento, aproveitando o fim dos solavancos que suportara por horas a fio.

No entanto, não conseguiu dormir por muito tempo. Logo estava sendo sacudida, não pelo movimento da carruagem, mas por uma mão no seu ombro.

— Kate, acorde — falou Burke ao pé do seu ouvido com o hálito morno. — Chegamos.

Ela virou-se para o outro lado, irritada. Não foi um movimento fácil, no assento estreito e com as saias muito largas. Porém, sentia-se mais confortável naquele momento do que durante o dia todo e não suportou a ideia de sair dali.

— Não me importa — retrucou ela, mantendo os olhos fechados como se isso o fizesse desaparecer dali. — Deixe-me dormir.

— Não pode dormir na carruagem, Kate.

A voz de Burke trazia algo indefinível. No estado de torpor em que se encontrava, Kate teve a impressão de que ele estava achando engraçado e quis dizer, *Eu não sou uma criança,* embora soubesse que agia como uma. Mas estava *tão cansada.* Por que ele não ia embora e a deixava dormir?

Porém, quando se deu conta, Burke a tinha pegado no colo, com um braço atrás de suas costas e outro sob os joelhos, e a tirava da carruagem.

Kate acordou de imediato, muito desgostosa. Expressou essa infelicidade com um soco no peito de Burke.

— Solte-me. Não sou uma inválida, posso andar.

O marquês olhou para o chão.

— Mas Kate...

— Eu disse para me colocar *no chão.*

Burke suspirou e fez o que Kate pediu. Ela imediatamente afundou até os tornozelos numa enorme poça de lama.

— Ah! — Apavorada, Kate ergueu a bainha da saia e olhou para os pés encharcados. A seu lado, Burke também observava enquanto ela virava o tornozelo para um lado e para outro, examinando o estrago à luz que vinha das janelas da hospedaria.

— Eu tentei avisar — disse Burke, já sem a voz tolerante, mas definitivamente divertido. — Mas você só quis me bater...

— Eu sei.

— Foi você quem insistiu em ser colocada no chão.

— Eu sei.

— Se não considerasse a minha proximidade tão repugnante, eu teria muito prazer em carregá-la até o quarto lá em cima.

— Eu *sei* — repetiu Kate, desta vez com os dentes cerrados. A água estava mesmo gelada.

A seu lado, Burke suspirou. Depois, se abaixou e a ergueu no colo de novo.

Desta vez, Kate não protestou. Pelo contrário, agarrou-se ao pescoço dele e não o soltou enquanto passavam pelo pátio da cocheira, subiam a escada para a porta da hospedaria e entravam na sala aquecida por uma lareira...

Onde Kate viu muitas pessoas olharem para eles das mesas que ocupavam. Ela enterrou o rosto no ombro de Burke para não as encarar. Ele notou e achou *aquilo* engraçado também. Kate ouviu o som de sua risada no fundo da garganta.

Ora, não era ótimo lhe proporcionar tamanha diversão?

— Não é engraçado — disse ela com a voz abafada pelo sobretudo.

— Não — falou Burke quando começava a subir a escada para o segundo andar. — Mas você é.

— Não sou — retrucou Kate com a voz ainda abafada. — Estou com vergonha. Além de cansada, esfomeada, molhada e infeliz. Não preciso que me olhem com essa expressão de espanto.

— Não precisa se preocupar — informou Burke, compreensivo. — Eles pensam que somos casados.

Kate ergueu a cabeça.

— Pensam? Por quê?

— Informei isso quando descobri que só havia um quarto vago. — Burke parou de andar. — E chegamos a ele.

Ele abriu a porta e colocou Kate delicadamente num sofá macio em frente a uma lareira, onde o fogo crepitava. O calor penetrou-lhe as botas e meias molhadas, e Kate percebeu pela primeira vez que, além de cansada, esfomeada, molhada e infeliz, também sentia muito frio.

Entretanto, o calor, por mais reconfortante que fosse, não a impediu de observar que Burke Traherne possuía uma tendência irritante a conseguir tudo ao seu jeito no que se referia a ela.

— O jantar está a caminho — avisou Burke, levantando-se para tirar as luvas e o sobretudo. — Não posso garantir que esteja aceitável a esta hora da noite, mas o proprietário me garantiu que a mulher dele tinha guardadas umas duas tortas de carne. Se não forem de miúdos de carneiro, deve dar para comer.

Kate sentiu o calor da lareira aquecer-lhe o rosto e as mãos, assim como os pés gelados. Era uma sensação deliciosa, sair de um desconforto imenso para uma situação tão prazerosa. Aliás, nem tanto. Ainda precisava tirar as botas, o que exigiria algum esforço, considerando que os cadarços deviam estar encharcados, e portanto difíceis de se mexer.

— Ah. — Ela ouviu Burke dizer quando bateram na porta. — Deve ser o jantar.

Ele desapareceu, e Kate ficou sozinha no sofá, o que não foi de todo ruim, considerando a letargia que a invadia, a sonolência deliciosa que retornava. Realmente, não havia necessidade de criar uma confusão com o fato de Burke ter conseguido armar tudo de modo que eles tivessem de mais uma vez compartilhar a cama. Ela poderia dormir ali mesmo no sofá. Era isso o que faria. Dormiria ali sem nem mesmo se importar com as botas. Os dedos dos pés estavam molhados? Secariam durante a noite. E, na manhã seguinte, quando ela provavelmente se sentisse enjoada de novo, seria menos uma coisa com que se preocupar...

— Aqui. — Burke aproximou de seu nariz algum líquido vaporoso. — Beba isto.

Kate teve de admitir que o vapor tinha um cheiro delicioso.

— O que é? — indagou, já segurando a alça da caneca e a aproximando da boca.

— Rum quente com manteiga.

Kate fez uma careta e devolveu-lhe a caneca. Mas ele a empurrou para ela.

— Isso pode ajudar.

— Estou bem. Mas se beber *isso*, amanhã com certeza não estarei.

Burke pegou a caneca e, com uma expressão desaprovadora, afastou-a de Kate. Porém, quando ela novamente começou a relaxar um pouco, ele voltou. Desta vez, ajoelhou-se ao lado do sofá e lhe segurou o tornozelo esquerdo.

— O que você pensa que está fazendo? — perguntou ela, endireitando-se no estofado.

— Não pode ficar com essas botas molhadas, Kate. — Burke erguera-lhe o pé direito e o apoiara sobre a perna. Desamarrava os cadarços da bota sem olhar para ela, aparentemente absorto em sua tarefa. — Vai se resfriar.

Kate sabia que ele tinha razão. Aquilo era muito menos chocante do que outras atividades das quais participaram na noite anterior. Ainda assim, sua reação de recato — o pouco que lhe restava — foi repleta de indignação.

— Você não pode simplesmente... — esbravejou ela, logo baixando a voz, ao perceber que falava alto demais e poderia ser ouvida no corredor, talvez até no térreo. — Não pode simplesmente começar a tirar as minhas *botas* assim.

— Claro que posso — afirmou Burke, com uma calma irritante.

— Não, não pode. E não pode dizer às pessoas que somos casados quando sabe perfeitamente que não somos.

— O que queria que eu fizesse, Kate? — perguntou ele com a mesma calma.

— Ora, este é o único hotel em Gretna Green? Nós não podíamos encontrar um que tivesse *dois* quartos vagos?

— Depois da meia-noite? Num tempo destes? Nesta época do ano, no auge da temporada de caça? — Ele a fitou bem-humorado. — Além do mais, para quê? Você sabe que nós acabaríamos juntos de novo.

Kate inspirou fundo.

— Burke, o que aconteceu na noite passada foi um...

— Erro — completou ele, voltando a cuidar dos cadarços encharcados. — Sim, eu sei. Esta manhã também. Você deixou muito claro o que sente a respeito. Pode virar o pé um pouco para este lado, por favor, querida?

— E isso é outra coisa. Não pode me chamar de querida. Eu não sou a sua querida. — Burke tirou a bota esquerda e subiu as mãos pela perna de Kate por baixo da saia. Ela imediatamente afastou o pé. — O que pensa que está fazendo? — perguntou, ofegante.

Burke pegou o pé e colocou no mesmo lugar de antes.

— Tirando a sua meia — afirmou ele, segurando-lhe o tornozelo com firmeza. — Está ensopada.

Ele tinha razão, a meia estava ensopada. E inclinar-se para tirá-la ela mesma, com as barbatanas do espartilho incomodando e as saias subindo, não seria muito prazeroso. Estava exaurida. E os dedos de Burke eram tão cuidadosos e quentes...

O que ela estava dizendo? Ah, sim. Estava lembrando a ele — e a si mesma — que o sonho de um dia eles poderem ser felizes juntos era inútil.

— Eu *não* sou a sua querida — repetiu Kate, quando ele voltou à tarefa de tirar-lhe a meia, que estava abotoada à bainha das calçolas. — Eu sou a antiga dama de companhia da sua filha, a quem você seduziu e...

— Eu não a seduzi — interrompeu-a Burke, concentrado nos botões que por acaso estavam muito longe da barra das saias, logo acima do joelho. — Você me seduziu.

Kate sentia o hálito de Burke e o calor da lareira em suas pernas. Era uma sensação diferente, embora ainda tivesse o linho das calçolas para atuar como um escudo entre sua pele nua e o calor do hálito de Burke e do fogo.

Apesar dessas distrações, Kate continuou, altiva demais para uma mulher cujo amado estava com a cabeça entre seus joelhos.

— Caso tenha se esquecido, eu era *virgem*. As virgens são incapazes de seduzir alguém.

— Que tipo de virgem sai pela casa no meio da madrugada vestida como você estava naquela noite? — Burke queria saber, após soltar os botões, agora tirando com cuidado a meia de seda pela panturrilha, os dedos deslizando pela pele alva e macia da perna de Kate.

— Você está dizendo que eu *não era* virgem?

— Não — disse Burke, depois de passar a meia pelo calcanhar e pelos dedos dos pés e finalmente jogá-la para o canto do sofá. — Eu só disse que qualquer mulher que proteja sua inocência com tanto zelo como você parece crer que protegia a sua escolheria um traje de dormir menos... provocante.

Burke recolocou sobre o sofá o pé esquerdo de Kate, que agora estava despido, e pegou o pé direito.

— Isso é a coisa mais ridícula que já ouvi em toda a minha vida.

— A pessoa que induz o outro ao pecado através do uso da sua sensualidade — prosseguiu Burke, soltando os cadarços da bota direita com muito mais rapidez do que a outra, já tendo adquirido experiência em como desamarrar botas femininas — é, por definição, a sedutora. O que a torna, Srta. Mayhew, a parte culpada. Aliás, não é culpada somente de me seduzir, mas também de me abandonar cruelmente no dia seguinte.

— Só porque você quis me tornar sua amante.

— E depois — continuou Burke, como se ela não tivesse falado —, quando eu pedi a sua mão, novamente fui recusado friamente.

— Você só me pediu em casamento porque descobriu que eu venho de uma família que já teve dinheiro e propriedades.

— Não quero ofendê-la, Kate — declarou Burke, enquanto voltava a subir a saia lentamente e começava a tirar a meia direita, depois de retirar a bota com facilidade. — Pois embora eu tenha certeza de que você amava muito o seu pai, que deve ter sido um cavalheiro um dia, ele morreu sob circunstâncias muito adversas...

— Não é verdade — decretou Kate com ar agressivo. — O que todos dizem sobre ele não é verdade.

— No entanto, mesmo sabendo dessas circunstâncias, eu ainda quero me casar com você. Como explica isso?

— Insanidade mental? — sugeriu ela.

Mas se tornava cada vez mais difícil falar com as mãos de Burke de novo a tocá-la. Os nós dos dedos roçavam-lhe a parte interior da perna. Essa sensação, muito mais do que a sensação do calor da lareira, tornava difícil lembrar qual era o tema da discussão, até mesmo se eles estavam discutindo.

— Eu tive sanidade mental suficiente para conseguir que chegássemos à Escócia em tempo recorde, não tive? — argumentou Burke.

— Só por temer que a sua filha tivesse o mesmo destino que eu.

— Não exatamente — retorquiu Burke, passando a meia delicadamente pela curva da panturrilha. — Se eu achasse que Daniel Craven ama Isabel metade do que eu amo você, não me oporia ao casamento.

Kate de repente achou muito difícil falar. Ela pigarreou.

— Isso — disse ela, precisando pigarrear novamente para limpar a garganta. — Isso...

— É verdade — insistiu Burke. Ele correu a mão pela perna de Kate por onde havia tirado a meia. — Você sabe que é.

— Eu não — balbuciou Kate, com mais dificuldade ainda para falar. — Eu não posso...

E então a fala se tornou de todo impossível porque Burke abaixara a cabeça e beijava o lugar onde antes estavam suas mãos. Kate quase pulou do sofá quando sentiu o bigode na pele macia da coxa, seguido imediatamente da carícia infinitamente suave dos lábios dele, e depois da língua quente, mas leve como uma pluma.

Kate aproximou a mão da cabeça de Burke, sem saber o que queria fazer, se impedi-lo ou encorajá-lo a continuar. Porém, quando encontrou os cabelos grossos e cheios, seus dedos curvaram-se instintivamente para puxá-lo para si em vez de afastá-lo. Não, definitivamente ela não o afastou.

— Burke — chamou Kate, mas o nome soou engraçado, mais como um suspiro do que uma palavra.

E não teve o efeito que ela pretendia. Em vez de parar e erguer a cabeça, o marquês se tornou mais persistente. Ele levantou as bainhas das calçolas e elas se dobraram na altura da virilha de Kate. A boca dele subia por sua perna, parecendo queimar cada centímetro de pele que encontrava pelo caminho, de uma maneira semelhante ao modo como o fogo incandescente diante deles rapidamente transformava a lenha em cinza. Kate sentiu como se a língua do marquês *a* transformasse em cinza...

E ser consumida pelas chamas não era uma sensação desagradável. Ah, não. De modo algum.

E, então, os dedos astutos e experientes de Burke deslizaram pela abertura no fundilho das calçolas. Kate inspirou fundo quando eles roçaram sua parte quente e molhada — não uma vez, o que poderia ser acidental, nem duas, mas três vezes, e cada contato lhe provocava ondas de prazer.

E eles ficaram ali, enquanto seus dedos fortes e competentes pressionavam aquela parte dela que por muito tempo ansiara pelo seu toque. Kate agarrou os cabelos de Burke com mais força, a ponto de provocar dor se ele estivesse num estado mental capaz de perceber qualquer coisa que não fosse a excitação ofegante dela e as batidas ansiosas do próprio coração.

Mas, quando substituiu os dedos pela boca, Kate experimentou um turbilhão de sensações diferente de tudo que já conhecera. O calor molhado da boca dele no mais sensível de todos os pontos, a suavidade infinita de seus lábios contrastando com os golpes decididos de sua língua, e a aspereza da barba do queixo e do maxilar arranhando a pele suave de Kate... Aquilo era demais. Era maldade. Era errado. Tinha de ser errado, porque nada que provocasse uma sensação tão boa podia ser certo.

Kate queria dizer isso, pedir que parasse. Afinal, pelo amor de Deus, ela ainda estava de *chapéu*. Não pode ser certo ter a cabeça de um homem entre as pernas quando ainda se está de chapéu.

Mas estava muito difícil pensar em certo e errado quando os lábios e a língua de Burke faziam coisas que causavam sensações que jamais imaginara serem possíveis. Uma parte de Kate queria fugir, afastá-lo, fechar as pernas, puxar as saias de volta para o lugar e olhar para ele com um ar recatado e escandalizado. De que outro modo poderia preservar sua sanidade? No entanto, outra parte, a mais forte, não valorizava tanto assim a sanidade e questionava a finalidade de afastá-lo, quando, a cada investida de sua língua, a cada movimento de seus lábios, ele a aproximava mais do paraíso.

Além do mais, ainda que desejasse, Kate não poderia afastá-lo. Os braços de Burke seguravam os quadris dela, e os ombros largos separavam seus joelhos. Seu rosto estava enterrado entre as coxas dela. Neste instante, Kate não o tocava em nenhum lugar, ao menos não propositalmente. Ela tinha erguido os braços acima da cabeça e segurava o encosto do sofá como se de algum modo aquele contato com o mundo pudesse mantê-la ligada à terra.

Foi então que, quase inconsciente de prazer, Kate falou o nome de Burke — na verdade, num sussurro ofegante, apenas um movimento dos lábios. Mas ele ouviu. E, como sempre, o nome proferido pelos lábios de Kate foi sua perdição. Antes que pudesse compreender o que estava acontecendo, ela viu a cabeça de Burke se erguer, o bigode arranhando-lhe a pele sensível da maneira mais deliciosamente dolorosa, e os braços apertarem seus quadris.

E então foi levantada do sofá, com as saias amontoadas em torno da cintura, o coração acelerado como o de um coelho, o fundilho das calçolas molhado de excitação. Ele ergueu-a no ar, enquanto Kate empurrava alucinadamente os aros da anágua, à procura dos ombros dele para se segurar e se equilibrar. Mas quando finalmente os encontrou, em meio a tanta lã e tanta renda, Burke já a colocava na cama. Ela sentiu o colchão ceder sob suas costas, e logo o marquês estava de novo entre suas pernas, só que desta vez usando um joelho para separá-las, enquanto tentava se livrar dos calções.

Ela o observava, entorpecida de satisfação, percebendo que as mãos dele tremiam e que, quando finalmente conseguiu se livrar da roupa, seu órgão estava enorme de desejo por ela. *Ah*, pensou ela. *Eu causei isso. Eu provoquei isso nele.*

Porém, Kate nem teve chance de pensar em mais nada, pois de repente, sem sequer uma carícia, Burke lhe penetrou.

Não que Kate se importasse. Ah, fora uma atitude surpreendente, o suficiente para fazê-la arfar com o choque, embora não fosse a primeira vez que fizessem aquilo. Mesmo assim, era inesperado ter esse volume grosso e duro de repente invadindo o local onde há poucos instantes era coberto com os beijos mais suaves. Era inesperado sentir todo o peso dele sobre seu corpo. Era inesperado estender a mão e sentir as dobras engomadas da gravata, já que ambos ainda estavam inteiramente vestidos.

Contudo, talvez o mais surpreendente mesmo fosse o fato de nada daquilo a incomodar, e do quanto ela ansiava por isso; do quanto se sentia vazia antes, e agora, plena, mais que isso, transbordando... transbordando, com *ele*. Foi só Burke penetrá-la, e Kate já estava à beira do clímax. Só porque ele a excitara com os lábios e a língua, disse Kate a si mesma. Essa era a única razão. Não era porque o desejava. Não era por precisar dele.

Os lábios de Burke estavam em seu pescoço, logo abaixo da orelha. Segurou seus punhos junto ao colchão quando ela quis tocá-lo, como se seu toque fosse de algum modo perigoso. Ele a penetrava e a afundava cada vez mais na cama. E ela levantava os quadris para encontrá-lo a cada investida.

Tudo bem, tudo bem. Ela o queria. Precisava dele.

E logo Kate estava mais uma vez fora de si. Não queria chegar a esse ponto, preferia que não fosse tão cedo. Mas Burke a levava a isso com a emoção de seus beijos, com a força de suas investidas. Ela queria segurar-se nele para não se perder no prazer para o qual estava sendo guiada. Mas Burke ainda lhe prendia os pulsos, como se ela fosse uma prisioneira que não pudesse escapar, pois pretendia praticar nela as mais doces torturas...

Kate se rendeu.

Ondas de luxúria rolaram por ela. Presa por aquelas garras inexoráveis, só lhe restou contorcer-se sob o corpo de Burke com as costas arqueadas e os quadris elevados, comprimindo seu corpo contra o dele. Kate emitiu um som — um grito de abandono — e ele finalmente soltou seus pulsos e pegou seu rosto com as mãos, quando seu corpo também era levado à liberação do clímax.

Ela sentia-se muito melhor do que ao longo de todo aquele dia, mas um pouco envergonhada.

— Eu nem consegui tirar o chapéu — resmungou, encabulada, quando conseguiu falar, como se o fato de estar de chapéu o tempo todo fosse muito mais assombroso do que tudo mais que acontecera.

Burke afastou o rosto do pescoço de Kate, onde o havia enterrado após o último espasmo que extinguira o pouco de energia que ainda lhe restava. Observou os lábios avermelhados e os olhos cinzentos de Kate. Uma mecha longa de cabelos louros fugira do chapéu e cruzava o pescoço dela. Burke apoiou-se sobre os cotovelos, tirando um pouco do peso do próprio corpo de cima da frágil Kate, e afastou aquela mecha.

— Muito inadequado — comentou, levando os fios sedosos aos lábios. — No futuro, eu me lembrarei sempre de primeiro tirar seu chapéu.

— Assim espero — afirmou ela, sonolenta, esquecendo que um futuro com ele era a última coisa que queria.

Ou seria a *única* coisa que ela queria?

Capítulo 29

Quando Kate acordou na manhã seguinte, não tinha noção de onde estava ou de como chegara ali.

Sabia que devia ser muito cedo, pois ainda não estava enjoada. E sempre se sentia enjoada antes das oito horas, como um relógio.

Quando estendeu a mão para acariciar a pelagem sedosa de Lady Babbie e sentiu um pelo muito mais áspero, percebeu que não estava em White Cottage. Ao abrir um dos olhos para investigar, verificou que sua mão descansava sobre um ninho de pelo escuro. E percebeu, ao se inclinar para examinar mais de perto, que pertencia ao peito do marquês de Wingate, que se encontrava na sua cama, praticamente nu.

Ou será que ela estava nua na cama *dele*? Não sabia ao certo.

Os eventos da noite anterior voltaram-lhe à lembrança, e ela afundou na pilha de travesseiros.

— Ahhhh... — Foi sua exclamação de compreensão.

Claro. Estavam em Gretna Green para encontrar Isabel, que fugira com Daniel Craven. Daniel Craven, que no passado tirara tudo o que ela amava, e agora, por razões que ela não podia sequer imaginar, tentava fazer o mesmo a Burke Traherne.

Eles estavam num hotel cujos proprietários acreditavam que eram casados.

E certamente se comportaram como se o fossem. Se é que as pessoas casadas faziam coisas desse tipo, o que Kate duvidava. Não acreditava que seu pai jamais tivesse... ou sua mãe...

Com as maçãs do rosto coradas, achou melhor não pensar nesse tipo de coisa. O que acontecia na cama de seus pais não tinha nenhuma relação com o que acontecera na sua. Nenhuma mesmo. Ainda mais quando as atividades na sua cama incluíam Burke.

Burke. Kate voltou os olhos para ele. Ainda dormia, e o peitoral cabeludo subia e descia no sono pesado. Era assim que pensava nele agora, como Burke. Não como lorde Wingate. Burke era um nome estranho, mais parecia um sobrenome, e era muito pequeno para o homem complexo que o usava. Burke.

Kate apoiou-se num dos cotovelos para observá-lo mais de perto.

Meio espantada, viu que havia alguns fios de cabelo branco misturados aos pretos, tanto na cabeça quanto no peito. Ora, e por que não? Afinal, o marquês estava no final da casa dos 30 anos, e tinha uma filha quase adulta. Qual era a idade dele quando Kate nascera? Tinha 13 anos.

Ah, uma diferença de 13 anos não era tão grande. E ele certamente não aparentava a idade que tinha. Talvez 30 anos. Ou 31, 32. Mas não 36. Ah, não. Era vigoroso demais, saudável demais para uma idade tão avançada. Não que alguém com 36 anos fosse velho. Só parecia uma idade avançada demais para um homem que capaz de fazer... o que eles tinham feito, e tantas vezes quanto fizeram nos últimos dias.

Mas precisariam pôr um ponto final *nisso*, pensou Kate consigo mesma, afastando a mão do peito de Burke. Pois, depois de encontrarem Isabel e de Kate evitar que o marquês matasse Daniel Craven, como poderiam continuar? Não funcionaria. Seria impossível. Ela não poderia se casar com ele.

Kate aproximara a mão de novo para tocá-lo. Burke parecia levá-la a fazer isso. Ela constantemente sentia vontade de tocá-lo. E por isso o obrigara a permanecer no assento em frente ao dela durante as longas horas que passaram juntos na carruagem. Não podia tê-lo tão próximo, ou começaria a acariciá-lo. Não tinha esse autocontrole. Ele a atraía para si. Era chocante o que lhe provocava.

Chocante. Aliás, patético.

Pois bem, ela não deixaria que isso se repetisse. Na verdade, podia cortar o mal pela raiz agora se ao menos conseguisse se levantar e se vestir antes de Burke... e antes de a náusea começar. O enjoo nunca durava muito, e se Kate conseguisse ao menos se vestir sem acordá-lo...

Tarde demais. Foi só ela afastar o cobertor e apoiar um pé no chão gelado. Um movimento muito leve, mas Burke acordou. De repente, o peito coberto de pelos que admirava há pouco estava sobre ela, e o peso do corpo dele a prendia à cama. Seus dois punhos estavam seguros por apenas uma das mãos de Burke, presos ao travesseiro acima da cabeça enquanto ele a fitava, com o rosto muito próximo ao seu.

— Vai a algum lugar? — perguntou ele, despreocupado, como se tivessem retornado à casa de Park Lane e se encontrassem no corredor.

— Ah, não — respondeu Kate, com a sensação de que a língua se transformara em chumbo.

— Fico feliz de saber. Porque me ocorreu que esta é uma maneira muito agradável de acordar. Não acha?

Kate não poderia responder que não, com o calor pesado de Burke a pressioná-la... especialmente entre as pernas, que ele separara com o joelho sem dificuldades.

— Na verdade — continuou ele, com a voz arrastada —, é assim que pretendo acordar todas as manhãs. — Com o polegar da mão livre, ele traçou o contorno dos lábios de Kate, os outros dedos em torno do pescoço dela. — Quero dizer, com você embaixo de mim.

— Isso poderia ser... — comentou Kate numa voz rouca. Burke moveu-se, e ela surpreendeu-se ao sentir que o membro dele já estava teso. Para ser franca, também ficou feliz. — Desconfortável — concluiu enfim.

— Desconfortável? — Ele agora a beijava no local em que antes o polegar ocupara, nos cantos da boca, no ponto onde o lábio superior se curva, formando uma espécie de arco. — Como assim, desconfortável?

— Bem, você pesa muito.

— Ah. — Agora Burke beijava suas pálpebras. — Posso resolver isso.

No instante seguinte, o marquês estava embaixo de Kate, as pernas dela ao redor de seus quadris, sem saber exatamente como chegara ali. Mas, quando afastou o cabelo dos olhos, viu que ele parecia estar incrivelmente satisfeito consigo mesmo.

— Que tal nós acordarmos *assim* todas as manhãs? — perguntou com um sorriso torto. — *Eu* por baixo de *você*?

Sob seu corpo, Kate sentiu a ereção de Burke pressionar a área entre as pernas dela com ansiedade. E, para sua vergonha, reagiu ao toque com uma onda quente naquela parte do corpo, facilitando que a penetrasse, sem sequer precisar se movimentar.

Kate inspirou fundo e dirigiu-lhe um olhar arregalado de reprovação. Mas era difícil indignar-se, uma vez que ele lhe proporcionava um prazer indescritível.

— Ou, melhor ainda — prosseguiu Burke, sorrindo para ela —, acordar dentro de você. Assim é melhor. — Burke ergueu os quadris e se enterrou nela mais fundo.

Kate estava pronta para lembrá-lo de que não estavam ali para isso, e sim para encontrar Isabel. Não era?

Mas, quando o homem estava dentro dela, era muito difícil pensar em qualquer outra coisa. Tão difícil quanto era para ele pensar em qualquer coisa que não fosse Kate quando ela estava por perto.

Ela certamente não podia pensar em nada além daquelas mãos cobrindo-lhe os seios e os acariciando como fazia agora. Tampouco conseguiu tirá-lo da cabeça quando ele se movimentou, entrando e saindo com tanta lentidão que afetou até os seus dedos dos pés. E quando ele segurou sua nuca e puxou seu rosto para ficar no mesmo nível do dele, como poderia se lembrar de qualquer coisa além da sensação dos lábios dele nos seus?

Burke beijou-a, a língua forçando seus lábios a se abrirem, assim como ele forçara suas pernas a fazerem o mesmo. Os mamilos roçavam-lhe o peito coberto de pelos. Até que, apesar de suas melhores intenções, Kate começou a se mexer um pouco sobre o corpo de Burke. Não foi uma reação consciente nem um grande movimento, mas o bastante para que ele lhe segurasse as nádegas puxando-a mais para si.

Não era *assim* que Kate planejava começar o dia. Depois da noite anterior, imaginava que... Meu Deus, esse homem era insaciável?

Aparentemente, sim.

E tudo indicava que ela também, pois se agarrava a ele de uma maneira vergonhosa, não apenas com os lábios e as mãos, mas também o apertava com as pernas como se estivesse montada num cavalo.

Mas não era como cavalgar, não um cavalo comum. Talvez um cavalo alado... Pois Kate tinha a sensação de estar voando... ou de ser levada a voar, cada vez mais alto. Não em direção ao sol, o que seria muito desagradável. Tampouco em direção à lua fria e distante. Mas em direção às estrelas brilhando num céu negro. Tinha a impressão de que, se esticasse bem o braço, poderia tocá-las...

E como se ela tivesse voado alto demais e batido com a cabeça naquele céu escuro, de repente todas as estrelas estavam caindo à sua volta como uma chuva. Kate estava presa numa chuva de diamantes. Mas não se importou. Estendeu os braços tentando pegar quantas estrelas pudesse, rindo, maravilhada...

Até que abriu os olhos e percebeu que caíra sobre o peito de Burke, que ria para ela. Na verdade, ele não estava propriamente rindo. Não tinha fôlego para isso. Além do mais, seu coração batia forte e acelerado contra os seios de Kate, mas parecia satisfeito consigo mesmo.

— Você está bem? — perguntou ele, muito ofegante.

Kate moveu-se um pouco sobre Burke. Será que ele tinha... Ah, sim, certamente. Ela afastou o cabelo dos olhos e o fitou, tentando não expressar coisa alguma.

— É claro que estou bem. Por que não estaria?

Burke parecia tão satisfeito consigo mesmo que Kate achou incrível a cabeça dele não estourar.

— Com tantos gritos, temo que alguém bata à nossa porta achando que a matei.

Indignada, Kate saiu de cima dele.

— Cuidado — avisou Burke. — Ou colocará em risco nossas chances de termos uma família.

— Creio — afirmou Kate secamente, puxando os lençóis até o queixo para se cobrir de novo — que não precisaremos nos preocupar com esse tipo de coisa.

Burke não entendeu. Achou que ela se referia ao futuro deles juntos — ou melhor, à inexistência dele — e reagiu de acordo, inclinando-se para segurá-la pelos ombros.

— Você não pode estar dizendo — disse ele, irritado — que *ainda* não pretende se casar comigo. Depois *disso*? E da noite passada?

Devia ser quase oito horas. Começavam os primeiros sinais do enjoo iminente.

— Você não acha... — Kate fez uma pausa, engolindo em seco — que deveria estar preocupado em encontrar a sua filha, em vez de querer saber se vou ou não me casar com você?

Burke abriu a boca, mas não foi capaz de encontrar uma resposta adequada. Contrariado, ele a soltou e se afastou.

Mesmo irritado, o marquês de Wingate sem roupa era digno de ser admirado. E Kate de fato o observou, embora já começasse a se sentir enjoada. Movia-se nervoso pelo quarto, vestindo a calça, em seguida a camisa. Não olhou para ela. O que foi bom. Quanto mais a ignorasse, mais fácil seria, no final...

Meia hora depois — devia ser isso porque Kate estava no auge do enjoo —, Burke retornou. Trazia consigo uma bandeja enorme que exalava um aroma de bacon e café. Aromas muito agradáveis em circunstâncias normais. Mas, na atual, insuportáveis.

— Aqui, Kate — disse Burke, fechando a porta com o pé. — Peguei isto com a camareira no corredor. Achei que não teria se levantado. Engraçado, eu não imaginava que fosse preguiçosa. É melhor sair da cama agora e tomar o café.

Ela só conseguiu cobrir a cabeça com o lençol.

Burke não achou engraçado.

— Vamos, Kate. Lembre-se de que não temos o dia todo. Será muito difícil encontrar Craven. Sabe em quantos lugares eles podem estar se escondendo? É verdade que a cidade é pequena, mas...

Foi demais para Kate. Sentir o cheiro e ver o bacon... De repente, ela afastou o lençol, sentou-se e se debruçou sobre a borda da cama.

Evidentemente, não tinha nada no estômago para vomitar. Não comera nada no jantar na véspera. Mesmo assim, forçava o vômito sem sucesso. E, enquanto forçava, chorava. Não podia evitar. Sentia-se humilhada, mais ainda porque Burke correu na sua direção. Com uma das mãos, ele apoiou sua testa, e com a outra, afastou os cabelos do seu rosto. Depois a abraçou, sussurrando palavras carinhosas enquanto ela tentava vomitar.

— Shhh — murmurou Burke quando ela tentou, sem êxito, declarar seus sentimentos por ele, que não eram muito amigáveis naquele momento. — Está tudo bem. Desculpe, Kate, eu não sabia.

Burke afastou mechas de cabelos da testa molhada e do pescoço para que o ar frio a refrescasse. Após um intervalo de tempo que pareceu ser longo, mas que não devia ter durado mais do que cinco ou dez minutos, Kate começou a melhorar. Fez um movimento e Burke a soltou. De volta sobre os travesseiros, olhava para todos os lados, menos para ele.

Mas, sendo homem, Burke não percebeu. Sentou-se ao lado dela, e os olhos verdes suaves demonstravam sua preocupação.

— Por que, Kate? — perguntou, afastando-lhe mais uma mecha do rosto suado. — Por que não me contou?

Kate só conseguiu balançar a cabeça.

— Não ficou triste por eu não ter adivinhado, não é? Eu deveria ter concluído pela sua demora em se levantar da cama ontem. Fui um pouco lento. Mas agora... Claro que já entendi. — Ele a fitou. Sua expressão já não era de compaixão. — O que me leva de volta à pergunta original. Por que não me contou, Kate?

Ela se afastou, mas Burke estava sentado sobre o lençol. Kate tentou puxá-lo. Quando ele se moveu, com um suspiro, ela se enrolou no lençol e deu-lhe as costas. Estava convencida de que só assim sobreviveria à conversa que temia desde quando o vira no varal em White Cottage.

— Eu não queria contar — disse, virada para a parede.

— Por que, Kate? — A voz rouca de Burke indicava sua perplexidade.

Ela suspirou. Sabia que isso aconteceria. Se ao menos não tivesse dormido com Burke, nada disso estaria acontecendo. Furiosa consigo mesma, enxugou os cantos dos olhos com o pulso.

— Você não entende.

— Não, eu não entendo. — A voz de Burke era doce e cheia de preocupação, mas denotava sua dificuldade em compreender. Ele não fez mais nenhum movimento para tocá-la, e Kate sentiu-se grata. — Você está grávida de um filho meu e nem sequer pretendia me contar. Você me contaria algum dia?

Se respondesse, voltaria a chorar.

— Contaria, Kate?

Ela inspirou fundo.

— Eu queria, mas não podia. Porque, veja bem, eu não posso...

Burke franziu o cenho.

— Não pode o quê?

— Não posso me casar com você. — Kate respondeu rapidamente para terminar logo com aquilo. — Eu simplesmente não posso, Burke.

O marquês passou de preocupado a exasperado.

— Por que diabos não pode?

— Eu não posso voltar — respondeu ela entre dentes.

— Voltar? — Burke balançou a cabeça. As palavras de Kate eram estranhamente familiares, no entanto, ele não conseguia se lembrar onde as ouvira. — Voltar para onde?

— Para o seu mundo, aquele... que já foi o meu um dia.

— Meu mundo? Do que está falando?

— Londres. Você não sabe... não pode saber... o que foi a minha vida depois de meu pai ser acusado de ter enganado toda aquela gente. — Kate balançou a cabeça com o olhar distante. — Aquelas pessoas eram nossas amigas, ao menos era o que diziam. Mas todas se voltaram contra nós. *Ninguém* acreditou na inocência de meu pai. Ninguém acreditou que foi Daniel, e não meu pai, que...

Kate interrompeu-se, engolindo o choro. Burke a fitava em total silêncio quando lhe veio à memória o porquê de as palavras de Kate soarem tão familiares. Babá Hinkle. Babá Hinkle tentara avisá-lo. *Ela não voltará,* dissera a velha senhora. Então era isso o que a frase significava.

Burke abriu a boca para dizer alguma coisa, mas Kate continuou num murmúrio entrecortado:

— E depois que ele morreu... Embora oficialmente o incêndio tenha sido considerado acidental, *todos* acreditaram no boato de que havia sido provocado pelo meu pai, de que ele deliberadamente tinha se matado e à minha mãe. Acharam que ele não aguentara, que meu pai não suportara a vergonha.

Os olhos foram da cabeceira da cama a Burke.

— Mas não é verdade — disse ela, inflamada. — Meu pai não roubou aquele dinheiro nem provocou o incêndio. Eles não tinham o direito de afirmar isso. Nenhum direito! Entende agora, Burke? Não tenho condições de voltar. Mal consegui fazê-lo antes. Foi preciso você me oferecer trezentas libras. Mas agora... Agora eu preciso pensar no bebê. Não voltarei para aquele mundo. E sei que não posso pedir a você que abandone tudo.

Burke olhou fixo para Kate.

— Não pode?

— Não entende? — Kate balançava a cabeça, nervosa. — Prefiro criar esta criança sozinha na desgraça do que entre as pessoas que deixaram Daniel Craven...

— Deixaram Daniel Craven fazer o que, Kate? — disse Burke com muito cuidado, quando viu que ela não terminou a frase.

Desta vez, quando a mulher olhou para ele, não tinha olhos distantes. Ela estava ali com ele, e seus olhos traziam uma emoção que ia além da dor e da raiva. Se Burke não estava enganado, havia medo também.

— Nada — respondeu ela, rápido demais.

— Kate. — Com uma das mãos, Burke cobriu os dedos que retorciam o canto do lençol que a cobria. — Conte-me. As pessoas que deixaram Daniel Craven fazer o quê?

A voz dela, embora não passasse de um murmúrio, pareceu cortar o silêncio entre eles como um grito.

— Escapar — murmurou ela, sem conseguir encará-lo — depois de cometer um assassinato.

Capítulo 30

— Chegamos — anunciou Kate, olhando para o pedaço de papel que segurava na mão enluvada. Os dois caminhavam a pé por uma rua estreita. Para qualquer pessoa que os observasse, poderiam se passar por um casal feliz visitando amigos ou família. Um exame mais cuidadoso, porém, revelaria que o maxilar do cavalheiro estava tenso, e que a dama parecia temer pela integridade dos próprios dedos, que envolviam os músculos cada vez mais contraídos do braço dele. — Número 29 — disse Kate, com os olhos nos números em latão ao lado da luminária a gás apagada em cima da porta. — Deve ser aqui.

Não era um endereço qualquer. Burke o classificaria como uma vizinhança de classe média. Mas não era o tipo de rua na qual esperaria ver sua filha se escondendo com o amado.

Por outro lado, Burke não esperaria encontrar a filha com o amado em nenhum tipo de rua.

Um amado que poderia ser um assassino.

Uma coisa era certa: fora muito fácil encontrá-los. Daniel Craven se fizera muito evidente, demais até para alguém que deveria tentar o possível não ser encontrado. A triste confissão de Kate — de ter sido Daniel Craven o responsável pelo incêndio que tirara a vida dos pais dela — havia sido interrompida por uma batida na porta. Quando Burke fora atender, deparara-se com um homem a quem fizera algumas perguntas sobre recém-chegados àquele bairro enquanto pedia o café da manhã.

O tal homem tinha encontrado uma pessoa que, por uma pequena quantia, prontamente admitira que um casal compatível com a descrição de Daniel Craven e Isabel havia se mudado para uma casa nas proximidades.

— Eles acabaram de alugar — informara Burke a Kate quando ela corria para se vestir. — E com certeza estavam lá hoje de manhã. O rapaz com quem falei contou que houve uma entrega de leite há cerca de uma hora.

—Então é melhor nós irmos até lá, certo? — replicara Kate com uma coragem que estava longe de sentir.

Burke, por sua vez, sentira um enorme desejo de socar algo.

— Talvez ela não queira vir conosco — dissera ele, de pé, com os olhos na porta.

— Ela virá — afirmara Kate, embora sem muita certeza.

— E se chegarmos tarde demais?

Kate o fitara. Era mais um dia cinzento. Felizmente não chovia, mas estava frio e escuro demais para aquela estação do ano. Apesar do medo que sentia, tinha as maçãs do rosto vermelhas, e a ponta do nariz rosada.

— Burke — dissera num tom de aviso. — Mesmo se chegarmos tarde demais, você não pode matá-lo. Entende? Não me importa se estamos na Escócia. Aqui eles também têm leis. Não pode cometer um assassinato. Pelo bem de Isabel, Burke.

Seu nome sendo pronunciado pelos lábios de Kate era quase suficiente para fazê-lo esquecer de si mesmo, agarrá-la e cobrir-lhe a boca incrivelmente pequena de beijos.

Quase.

A lembrança do que Kate *quase* conseguira esconder evitara que Burke fizesse qualquer ato de sentimentalismo tolo. Ela deveria ter descoberto que carregava um filho dele havia cerca de oito semanas. Dois meses. Não era tanto tempo assim para não ter lhe contado. Mas se Isabel não tivesse fugido e ele não a tivesse procurado...

Kate estendeu a mão e tocou a campainha da porta.

Burke ouviu-a soar no interior da casa. Após um ou dois minutos, era possível distinguir passos atrás da porta, que logo foi aberta. Uma criada muito jovem, usando um avental franjado e uma touca grande demais para ela, apareceu.

— Pois não, senhor? Senhora?

Burke queria falar. Pelo menos isto ele queria fazer sozinho, sem a ajuda de Kate. Porém, encontrava-se absolutamente incapaz de articular as palavras necessárias. Só conseguia pensar em esfregar, com toda a força, o rosto de Daniel Craven num chão de terra.

— Olá — cumprimentou Kate, amável. — O Sr. Craven está em casa?

— Ah, não, senhora. O Sr. Craven voltou para Londres.

Burke não tinha noção do quanto estava tenso até Kate soltar um gritinho de dor e retirar os dedos que envolviam o braço dele. Aparentemente, ele os esmagara entre o bíceps e o antebraço.

Recobrando-se, Kate continuou o diálogo.

— Voltou para Londres?

— Sim, senhora. Os senhores o perderam por pouco. Não faz meia hora que ele se foi.

Kate não percebera o quanto temia confrontar Daniel Craven até sentir alívio ao ouvir que ele havia partido. Burke, porém, não parecia partilhar desse sentimento, pois ficou extremamente abalado com a informação.

— E... a Sra. Craven? — perguntou Kate, pois parecia que o desapontamento de Burke por ter de adiar a surra que pretendia dar em Daniel Craven o deixara temporariamente incapaz de falar.

— Ela o acompanhou na volta para Londres?

— Sra. Craven? — A garota parecia perplexa.

— Havia uma jovem senhora com ele, não? — perguntou Kate na mesma hora, sem ousar olhar na direção de Burke.

— Ah — exclamou a criada, aliviada, e, se Kate não estava enganada, com uma expressão de desprezo no rosto corado. — A senhora se refere a lady Isabel?

— Sim. Lady Isabel. Ela voltou para Londres com o Sr. Craven?

A expressão no rosto da garota era de indignação.

— Evidente que *não* — declarou a criada, como se tal ideia fosse tão absurda quanto a existência de uma Sra. Craven.

— Então — perguntou Kate, fazendo de tudo para ser paciente. Era óbvio que a criada não fora contratada com base em suas boas maneiras, tampouco por sua inteligência aguçada. — Sabe nos dizer onde podemos encontrá-la?

O olhar rápido da criada na direção da escada estreita foi só o que Burke precisava. Ele escancarou a porta com violência, e a jovem soltou um grito de espanto e se afastou do caminho. O que foi uma atitude sensata, pois o marquês passou por ela sem sequer pedir licença.

— Onde ela está? — indagou numa voz rouca ameaçadora, entrando por um corredor estreito pessimamente decorado.

— Ei! — protestou a garota numa voz estridente. — O senhor não pode entrar assim. Quem pensa que é? O patrão não vai gostar nada disso...

Burke, porém, já subia a escada, pulando degraus. Kate correu atrás, apoiando-se no corrimão.

— Burke — chamou ela, ansiosa. — Por favor...

O primeiro quarto que abriu estava vazio. O segundo revelou uma pessoa afundada numa poltrona em frente a uma lareira, cujo fogo estava quase apagado. Com a fraca iluminação das brasas, era impossível identificar quem era.

Contudo, o choro de partir o coração que fazia aquela figura balançar os ombros só podia vir de Isabel.

Mesmo assim, para o espanto de Kate, Burke não correu para a filha. Em vez disso, ficou atrás da porta, espreitando o quarto, sem saber o que fazer. Ao olhar questionador de Kate, murmurou:

— Eu não posso.

— Burke — disse ela em sua voz suave.

Porém, o marquês balançou a cabeça.

— Não. Ela não quer me ver. Vá você.

Foi a vez de Kate balançar a cabeça.

— Mas...

— Ela não quer me ver — assegurou-lhe.

— Burke, isso é...

— Você não sabe como foi quando eu a vi pela última vez — afirmou o marquês em voz baixa. — Ela não vai querer me ver. Vá você.

Reconhecendo o olhar perigoso nos olhos de Burke, Kate concordou.

— Está bem.

E foi. Entrou no quarto escuro tirando as luvas para que pudesse segurar a mão de Isabel quando se ajoelhasse ao lado da poltrona em que ela estava enroscada.

A jovem parou de chorar e olhou para Kate através das pálpebras inchadas.

— Ah! — exclamou, ao reconhecer quem estava ali. — Ah, Srta. Mayhew!

E numa confusão de rendas e saias, Isabel pulou da poltrona e abraçou o pescoço de Kate tão apertado que quase a sufocou.

— Ah, Srta. Mayhew! — exclamou ela novamente. O choro recomeçou com um novo toque de angústia.

Acariciando os cabelos emaranhados de Isabel, Kate tentou confortá-la. Pouco a pouco, a jovem contou-lhe sua história patética, começando com palavras de arrependimento.

— Ah, Srta. Mayhew, se ao menos eu a tivesse ouvido! — começou, muito comovida. — A senhorita não gostava dele, e eu devia ter imaginado que tinha de haver um bom motivo para tanto. Mas ele era muito mais atencioso do que Geoffrey e dizia que me amava. E eu estava muito infeliz com a sua partida. — Após contar toda a história, Isabel completou: — Não faz uma hora, ele entrou aqui e avisou que ia voltar para Londres sem mim. Não me deixou acompanhá-lo! E não pretende voltar para cá. Disse que estava cheio do meu jeito mimado e exigente. Só que eu não estava agindo assim, Srta. Mayhew, juro que não! Mas ele não se importou e me abandonou na *Escócia*. Eu não sabia o que fazer. Imaginei que papai jamais permitiria que eu voltasse para casa, depois que... Ah, Srta. Mayhew, eu nunca imaginei que alguém pudesse ser tão cruel! Por que ele fez isso? *Por quê?*

Segurando os ombros trêmulos de Isabel, Kate tentou manter uma postura calma e equilibrada, embora em seu íntimo estivesse muito nervosa. Por que Daniel agira *assim*? O que estava pensando? Pois, se Isabel estava dizendo a verdade — e Kate acreditava que ela fosse incapaz de mentir no estado emocional em que se encontrava —, eles não tinham se casado, e Daniel sequer tocara nela. Os dois ficaram em quartos separados durante toda a viagem, um fato que Isabel parecia encarar como perfeitamente natural, um exemplo do "cavalheirismo" de Daniel.

Porém, o que para Isabel era cavalheirismo, para Kate era uma atitude suspeita. Daniel Craven não era um cavalheiro, e ela sabia disso melhor que ninguém. E como ele não precisava do dinheiro da jovem, Kate havia concluído, embora com certa descrença, que o motivo de ele ter bolado aquele plano louco era que na verdade se sentira atraído pela garota e não conseguia pensar em nenhuma outra maneira de ficar com ela.

Mas agora parecia que também não era isso. Então, qual o verdadeiro motivo? Por que ele se dera ao trabalho de tudo isso, gastando seu tempo, para no fim abandonar a pobre Isabel?

Contudo, Kate teria de esperar para conseguir uma resposta para essas perguntas.

— Por que a senhorita acha que seu pai não vai deixá-la voltar para casa? — Kate sacudiu delicadamente Isabel. — Ele ficou louco de preocupação nestes últimos dias.

Isabel usou o lenço de Kate para enxugar os cantos dos olhos.

— Ah — murmurou ela, trêmula. — Eu sabia que estava agindo errado. Mas não podia mais suportar ficar em casa com papai. A senhorita não viu como ele ficou insuportável depois da sua partida.

Kate afastou um pouco dos cabelos de Isabel do rosto da jovem.

— A senhorita está falando de quem? — perguntou ela.

— De papai, é claro — disse Isabel sem rodeios. — Quero que saiba que não a culpo por ter nos abandonado daquela forma, Srta. Mayhew. Eu *sei* como ele foi horrível naquela noite... a noite em que a pegou no jardim com Daniel. Agiu ainda pior *comigo* depois que a senhorita foi embora. Ele deve ter lhe telegrafado para vir me buscar, já que não quer me ver mais.

Sabendo que Burke estava no corredor e sem dúvida ouvia cada palavra, Kate apressou-se em interromper Isabel antes que ela dissesse alguma coisa que pudesse causar um dano irreparável.

— Isso é um grande absurdo — atalhou Kate. — Seu pai está aqui, do lado de fora do quarto. Ele achou que *a senhorita* não queria vê-lo...

E novamente houve uma confusão de rendas e saias quando Isabel se levantou apressada, depois de finalmente olhar para a porta e ver o pai. No instante seguinte, Burke entrou no quarto, e Isabel se jogou nos braços dele com uma exclamação de felicidade.

— Papai!

Foi um reencontro tão feliz que Kate achou melhor sair e deixar os dois a sós para aproveitarem. Discretamente atravessou o corredor em direção à escada, ao pé da qual viu a pequena criada furiosa, andando de um lado para outro no vestíbulo.

Determinada a descobrir a verdade sobre o destino de Daniel e as razões que o levaram a agir dessa forma, Kate desceu, tentando parecer despreocupada.

— Ah — disse a criada ao ver Kate. — Não podem entrar aqui desse jeito. Dan... quero dizer, o Sr. Craven não fez nada de errado.

— Claro que não — concordou Kate, tranquilizando a criada, ao chegar ao pé da escada. — Ninguém sugeriu tal coisa.

— Não sei o que *ela* disse — prosseguiu a mulher, lançando um olhar reprovador para o andar de cima —, mas não é verdade. O Sr. Craven é um cavalheiro correto. Não tocou nela.

— Foi o que eu ouvi — afirmou Kate, parando em frente a um espelho de moldura dourada para enfiar uns fios de cabelo dentro do chapéu.

Kate viu pelo espelho que o rosto da criada perdera a rubor.

— Ela contou isso? Pois é a verdade. Ele não tem nenhum interesse *nela*. Não *esse tipo* de interesse.

Era evidente pelo jeito da criada em quem ela acreditava que Daniel Craven estava interessado.

— É mesmo? — Kate virou-se e olhou para a garota. — Creio que não me apresentei. Kate Mayhew. — Ela estendeu a mão.

A garota olhou com espanto para a mão enluvada antes de cumprimentar Kate.

— Martha — apresentou-se ela rapidamente. Só que, como parecia ter dificuldade para pronunciar o *th*, soou como "Marfa".

— Muito prazer em conhecê-la, Martha. Como vai? — Kate começou a remexer a bolsa como se procurasse algo.

— Vou bem — declarou ela, com certo mau humor.

— Que estranho, não acha, Martha — continuou Kate numa voz suave —, o Sr. Craven ter ido embora tão de repente.

A garota jogou os ombros para trás, empertigando-se.

— Ele só foi — disse ela com ar de importante — tratar de alguns negócios na cidade. Até o fim da semana estará de volta. Ele me garantiu.

Era uma versão dos motivos para a partida de Daniel completamente diferente daquela contada por Isabel.

— E lady Isabel? — perguntou Kate despreocupadamente. — Ela deveria aguardar o retorno dele?

Martha fez outra expressão de desdém.

— Ela, não. O Sr. Craven avisou que ela já teria ido embora quando ele retornasse. Disse que a família dela viria... — Martha arregalou os olhos azuis e fechou a boca com força. Aparentemente, ocorreu-lhe que tinha falado demais.

Mas o pouco que dissera foi o que Kate precisava ouvir. Ainda não sabia as razões por trás do plano de Daniel, mas agora não tinha dúvidas de que não se tratava de uma simples fuga com a mulher amada.

— Suba — ordenou Kate, fechando a bolsa e fitando a criada com alguma compaixão — e arrume a mala de lady Isabel. Nós partiremos logo que estiver pronta.

A garota mudava o peso de um pé para outro.

— Então os senhores são a família dela?

— Sim — respondeu Kate, decidida. — Nós somos a família dela.

Capítulo 31

Fumaça.

Era o que acordara Kate naquela noite, muitos anos atrás. O cheiro de fumaça. Era um cheiro que a acompanhara durante muitos meses, e não apenas por ter se entranhado em tudo que era seu — ao menos tudo que não havia sido perdido no incêndio ou com os cobradores após a morte dos pais. Era um cheiro ao qual se tornara sensível, alerta, de modo que até um bolinho queimado a fazia descer correndo para a cozinha, mesmo estando muitos andares acima.

Porém, quando abriu os olhos, pareceu-lhe improvável que alguém estivesse assando bolinhos às três horas da manhã.

Essa era a hora que o relógio da mesa de cabeceira marcava, e Kate não tinha motivos para não acreditar nele. Seu sono não havia sido propriamente tranquilo, e sim entrecortado, e não apenas por estar partilhando a cama com outra pessoa. Outra pessoa que, mesmo enquanto Kate piscava na semiescuridão, roncava e parecia ter um sono irregular.

Não era o marquês de Wingate. Não, o marquês nunca roncava. Já a filha, lady Isabel, roncava e fazia muito barulho.

Kate virou a cabeça no travesseiro, sem saber se devia acordar a garota. Isabel caíra no sono durante um de seus ataques de choro. Tinha seu próprio quarto, mas preferira o de Kate. Agora, ela dormia, ainda usando a vestido, no quarto que a esposa tagarela do proprietário da hospedaria disponibilizara para ela, que agora se perguntava se de fato estava sentindo cheiro de fumaça ou se era apenas um sonho...

E continuava meditando sobre o assunto que a mantivera acordada muito depois de Isabel cair no sono, e que não ousava comentar com a garota...

O que Kate iria fazer?

Seu problema não era Daniel Craven. Esse tema, para ela, estava encerrado. Burke deixara bem claro que pretendia encontrá-lo e aniquilá-lo assim que possível. Ignorara suas tentativas de convencê-lo de que, embora tivesse tratado Isabel muito mal, ofendendo-lhe a honra, na verdade não lhe causara um dano irreparável. Mas a intenção do marquês de Wingate era encontrar o sujeito e matá-lo logo após levar a filha de volta para Londres em segurança.

Kate concluiu que não podia culpá-lo. Desta vez, Daniel de fato se excedera. Por mais que tentasse, ela não conseguia imaginar qual era o objetivo dele por trás da fuga louca com Isabel...

Na verdade, não era bem assim. Kate tinha uma teoria sobre o motivo, mas era tão ridícula e assustadora que logo a tirou da cabeça.

Não. Daniel vira em Isabel um convite a uma fortuna e o aceitara. No final, contudo, por alguma razão que só ele conhecia, não conseguira levar a cabo seu plano.

Porém, qual era o sentido de imaginar o que motivava alguém como ele, quando Kate tinha outro homem muito mais complicado e muito mais interessante para pensar? A verdadeira causa de sua insônia era Burke. Não conseguia parar de pensar nele.

E não era nele em si, mas no que faria no dia seguinte quando chamasse a carruagem para os três partirem juntos.

Agora percebia que a frase com que respondera à criada naquela manhã era a pura verdade: eles eram uma família.

E não havia nada que ela pudesse fazer a respeito. Estava completamente apaixonada por Burke e sabia que jamais seria feliz sem ele.

Como poderia virar as costas para esse amor, quando o único problema que a impedia de ser feliz era o círculo social que o marquês frequentava? Kate agora começava a ver que poderia suportar tudo, os olhares de desprezo, os falatórios, desde que tivesse Burke a seu lado. Mesmo com relação a Isabel, hoje sabia que sentia por ela um amor maternal e um carinho como se fosse sua própria filha. Com um sentimento assim para apoiá-la, nenhuma grosseria poderia feri-la. Não mais.

Mas agora que tinha consciência de que seu amor por Burke era mais forte do que seu ódio pelo círculo social dele, Kate não sabia como lhe contar.

Eles não haviam tido um momento sequer a sós desde que encontraram Isabel. E a atitude de Burke durante o dia todo decididamente não fora a de um homem apaixonado. Fora muito educado, mas não fizera nenhuma menção ao pedido de casamento.

E diante da determinação com a qual Kate rejeitara seu último pedido, seria difícil repeti-lo.

Ela não podia culpá-lo. Sabia que ficara muito chocado com as revelações daquela manhã: primeiro, a novidade do bebê, depois, o fato de Kate não querer se casar com ele, e, finalmente, a verdade sobre Daniel Craven. Chocado e descrente. E por que seria o único a acreditar na sua versão dos fatos sobre Daniel?

Em todo caso, Burke depois não mencionou nada a esse respeito. Durante todo o dia, não se dirigiu a ela exceto quando obrigado, por educação. Suas atenções estavam voltadas para a filha, como era de se esperar. Em deferência ao estado frágil da jovem, Burke decidiu que eles permaneceriam mais uma noite em Gretna Green para que ela pudesse descansar antes de voltar para Londres na manhã seguinte. Por causa de Isabel, Burke procurou o melhor hotel da cidade e subornou o proprietário da hospedaria para conseguir três dos melhores quartos, embora não tivesse nenhuma reserva.

E agora eram três horas da manhã e, embora Kate estivesse numa cama muito confortável, no quarto de hotel mais bonito de toda a Escócia, não conseguia dormir.

Sabia que tinha agido como uma tola. Agora sofreria as consequências de sua insensatez. Seria obrigada a voltar para Lynn Regis e para Babá Hinkle. Burke sem dúvida ofereceria apoio ao filho, e Kate seria obrigada a aceitar por não ter outra fonte de renda. E ele sem dúvida insistiria em ver a criança de tempos em tempos, o que a obrigaria a encontrá-lo, tornando muito mais difícil para ela esquecê-lo.

Infeliz, Kate se virou na cama...

... e novamente sentiu o cheiro.

Desta vez, era inconfundível. Fumaça. O cheiro estava dentro do quarto.

Contudo, Kate percebeu que não era fumaça de incêndio, pois o cheiro era de tabaco queimando. Alguém estava fumando, e muito próximo.

Confusa, sentou-se e pegou o penhoar. Os quartos designados para o marquês de Wingate eram no terceiro andar, onde cada aposento tinha um par de portas francesas que dava para uma pequena varanda particular, nas quais, segundo a mulher do proprietário, os hóspedes gostavam de tomar café da manhã quando o tempo permitia. Kate levantou-se da cama e viu que a mulher deixara as portas que davam para o terraço com uma fresta aberta, permitindo que o frio do outono entrasse, bem como a tal fumaça.

Será que Burke estava na varanda? O coração de Kate bateu um pouco mais forte. Teria ele saído para fumar a sós? Sabia que o marquês apreciava um charuto de vez em quando. Talvez, se também enfrentasse dificuldades para dormir, ele estivesse aproveitando o ar fresco da noite...

Kate não hesitou mais nenhum instante. Abriu as portas francesas que davam para a varanda e saiu.

A chuva dos últimos dias tinha passado, embora ainda fosse possível ver algumas nuvens no céu. Estava escuro, mas o pouco de luar existente lhe permitia ver a mesa de ferro no centro do terraço estreito e, lá embaixo, no pátio do hotel, uma fonte que estava fechada nesta época do ano.

Mas Kate não precisava da luz da lua para saber de onde vinha o aroma pungente de tabaco queimando. Viu com nitidez quando o homem que fumava inalou e a ponta do charuto brilhou num vermelho-vivo. Porém, ele não estava sentado na varanda ao lado nem na seguinte. Ao contrário, estava apoiado no balaústre da sacada de Kate. E, pela luz que ali chegava das portas abertas para a varanda do quarto ao lado, foi fácil concluir como havia chegado ali.

Se ele se surpreendeu ao ver Kate se aproximar tão de repente, não demonstrou. Só comentou baixinho:

— Ora, não é uma sorte? Eu estava aqui pensando numa maneira de acordá-la sem alarmar a maldita menina, quando você chegou. Seja bem-vinda, Kate.

Tremendo dos pés à cabeça, ela segurou firme a gola do penhoar, como se fechá-la pudesse, ao mesmo tempo, evitar o ar frio e a presença indesejável.

— Daniel — disse Kate, através dos lábios pálidos. — O que está fazendo aqui?

Mas ela sabia. Soubera o tempo todo.

E não tinha nenhuma relação com Isabel.

— O marquês está no quarto ao lado — apressou-se Kate em informar, antes que Daniel Craven pudesse responder. Ela indicou a varanda à sua direita, embora na verdade não tivesse a menor ideia se aquele era o quarto de Burke ou o que fora designado para Isabel. Não se via nenhuma luz através das portas francesas muito bem fechadas.

— Ele está furioso com você e o matará se descobrir que está aqui.

— Sei disso — afirmou Daniel, soltando calmamente mais uma baforada de fumaça. — Mas tomei a precaução de não subir até ser informado de que ele havia ido dormir. — Com a expressão pensativa, continuou: — É incrível o que um homem pode descobrir quando se aventura nas cozinhas de um estabelecimento.

— Ah, você tem um jeito especial com a criadagem — declarou Kate seca. — Tenho certeza de que Martha vai demorar meses para se recuperar do seu passeio pelo estabelecimento *dela*.

Daniel ergueu a sobrancelha, sem entender.

— Martha? — E, como que se lembrando, prosseguiu: — Ah, Martha. Sim, sim. Uma garota atraente. Talvez não tanto quanto a mulher do proprietário deste hotel elegante, mas igualmente maleável.

— Então você conseguiu com essa mulher atraente e *maleável* uma chave do quarto ao lado do meu — concluiu Kate friamente.

— Exato. — O homem estendeu as pernas longas e as cruzou na altura dos tornozelos. — Você é uma pessoa extremamente difícil de se encontrar, Kate. Passei algum tempo procurando contatá-la depois daquela conversa fascinante que tivemos no baile de lady Tetmiller. Quando foi mesmo? Há três meses? Tentei continuar a conversa no jardim de lorde Wingate, mas... Ah, você se lembra. Lorde Wingate teve uma séria objeção ao nosso *tête-à-tête*. Creio que devo me desculpar por tê-la abandonado tão subitamente, mas não gosto de ser um alvo humano, e tinha certeza de que ele não atiraria em *você*.

Kate fixou os olhos em Daniel. Era o que imaginara, não deveria se surpreender. No entanto...

Estava, sim, um pouco surpresa.

A culpa é toda minha, pensou. *Tudo foi culpa minha. Pobre Isabel. A tola e doce Isabel.*

Kate sentia frio, mas sabia que não era por causa da temperatura na varanda.

— Passei muito tempo tentando descobrir seu paradeiro quando sumiu de Londres tão de repente — continuou Daniel. — Eu não queria me gabar, mas imaginei que o seu desaparecimento tinha relação com a nossa conversa. Você nunca foi de fugir de uma briga, mas muito tempo se passou sem nos vermos, e... — Daniel deu de ombros. — Achei conveniente estabelecer uma amizade com lady Isabel para me informar melhor sobre a sua localização.

— *Amizade?* — repetiu Kate asperamente. — É esse o nome que você dá? Você a seduziu, seu desgraçado...

— Meu Deus. — Um tremor de desgosto passou pelo corpo dele. — Morda a sua língua. Eu jamais encostei um dedo na menina. Está bem, um dedo, talvez, mas "sedução" é uma palavra muito forte para isso. Especialmente quando ficou muito claro que a imbecil, além de desconhecer o seu paradeiro, não compreendia seus motivos para abandoná-la, o que me fez crer que de fato o seu afastamento era por minha causa.

Kate não disse nada. Não estava pronta para admitir a verdade, isto é, que, até Burke procurá-la com a notícia horrível da fuga de Isabel, nunca mais pensara na conversa com Daniel naquela fatídica noite. Tinha preocupações muito mais importantes e prementes.

Mas agora se lembrava com toda clareza.

— Como você deve ter percebido, eu bolei um plano no qual, já que a montanha não foi a Maomé, Maomé iria à montanha. Sei do seu carinho por aquela filha sem graça de Traherne. Se você soubesse que ela estava em perigo, com certeza sairia do esconderijo, mesmo arriscando me encontrar. Como vê, estava certo. Você veio. E aqui estou eu. — Daniel sorriu, e não foi a primeira vez que Kate notou como seu sorriso era dissimulado.

Todo o corpo dela tremia, não de frio, mas de algo que não podia explicar...

Ou talvez pudesse, mas não queria.

— Você não pode achar — disse Kate numa voz tão trêmula quanto seus dedos — que depois do que acabou de me dizer, vou ficar aqui conversando como se nada tivesse acontecido. Francamente, só pode estar louco. E não converso com loucos. Boa noite, senhor.

Kate virou-se para entrar, com o intuito de fechar as portas francesas e trancá-las. Mas antes de dar dois passos, Daniel pulou do balaústre para o meio da varanda e segurou-a pela cintura.

— Não tão rápido, Katie — disse ele, as palavras saindo um pouco distorcidas devido ao charuto que mantinha preso entre os dentes.

Kate retorceu-se procurando se soltar do punho de ferro.

— Solte-me!

— Sua coisinha arisca. — O luar mostrava que a expressão de Daniel, embora tranquila, era sinistra, do mesmo modo que o vento costuma ficar calmo antes de uma tempestade, criando um silêncio mortal. — Onde pensa que vai? Ainda não terminamos a nossa conversa.

— Por favor, deixe-me ir, Daniel — suplicou Kate, percebendo que lutar contra o aperto dele era inútil e só a machucaria. Decidiu implorar então. — Se me soltar, juro que não contarei a ninguém que esteve aqui. Pode confiar em mim. Na última vez, ninguém acreditou quando eu contei, lembra?

Daniel dirigiu os olhos para ela. Agora, não estavam mais tranquilos, e sim inflexíveis.

— Na última vez? — Daniel a puxou mais para perto e se inclinou de modo que os rostos de ambos ficaram muito próximos. Enquanto falava, sua respiração quente no rosto de Kate exalava a fumaça de charuto. — Meu Deus, essa última vez nunca aconteceu, você entende? *Eu não estava lá e não tive nada a ver com aquele incêndio.* — Ele a empurrou para longe, embora ainda a mantivesse presa pelo punho. — *Nada.*

Lágrimas começaram a correr pelo rosto de Kate, mas ela não ligou. Não eram lágrimas de dor, embora o pulso a incomodasse. Também não eram de medo. Eram de outra coisa. Algo que, até aquele instante, ao longo de sete anos, Kate evitara sentir.

— Você está mentindo — murmurou ela, encarando Daniel, esquecendo tudo mais: a dor no braço, o frio, o cheiro forte do charuto. Nada disso importava. Só importava agora a verdade. E a verdade finalmente seria revelada. — Você sabe muito bem que estava lá — afirmou Kate. — Eu *vi* você. Ficou lá assistindo meus pais serem queimados.

Seu olhar estava desfocado. De repente, ela não estava mais na varanda de um hotel, mas no corredor cheio de fumaça da casa de sua família, tendo acabado de abrir a porta do quarto e descobrindo, para seu horror, que as chamas vinham da porta aberta do dormitório de seus pais.

— Você estava lá — repetiu Kate, já sem tentar se livrar das garras dele. — Em um dos lados da escada. E segurava uma lata de alguma coisa. E havia um cheiro horrível de querosene, pior que o da fumaça. Achei que papai tinha derrubado acidentalmente a lamparina da mesa de cabeceira. Mas isso não provocaria labaredas tão altas, e nem faria elas se espalharem tão rapidamente. Tudo estava em chamas. Você deve ter encharcado de querosene as cortinas, o tapete, tudo no quarto. E quando tentei chegar até eles, você... me segurou. E me impediu.

Como se querendo acordá-la do transe em que se encontrava, Daniel soltou-lhe o pulso, jogou fora o charuto, segurou-a pelos ombros e a sacudiu.

— Não deveria ter acontecido assim — disse, com uma expressão de desespero que Kate nunca vira antes nele. — Você e a sua mãe não deveriam estar lá. Não iam ficar em Londres. Seu pai queria mantê-las longe da cidade durante o julgamento para protegê-las.

— Claro — murmurou Kate. — Mas minha mãe recusou-se a ir embora. Disse que pareceria covardia, como se nós estivéssemos fugindo.

— E então morreu. Ela não deveria estar lá, nem você. Precisava evitar que seu pai testemunhasse. Ele tinha conseguido as provas de que eu sabia desde o início que a mina não tinha nada. Eu não poderia permitir isso, entende? Mas jamais tive a intenção de ferir a sua mãe, muito menos você. *Vocês não deveriam estar lá.*

A cada sílaba, Daniel sacudia Kate. Ela estava sem forças, exaurida de tanta emoção, e só conseguia permanecer paralisada, como se estivesse dormente. Ali estava o assassino de seus pais, na sua frente, confessando, afinal. Não era louca. Não imaginara tudo. Ela o vira — vira Daniel Craven em sua casa, na noite do incêndio que matara seus pais.

— Achei que você estava inconsciente — continuou ele, numa voz que, curiosamente, era de desespero. — Acreditei que estava desmaiada. Mas, por via das dúvidas, saí do país. Passei *sete anos* fora. *Sete anos*, Kate, naquele país terrivelmente quente. Eu precisava voltar, já não suportava mais. E supus que, passados sete anos... Mas não. Você se lembrava, com sua memória de elefante. E me culpou.

O que Daniel estava querendo dizer? Que tudo havia sido um acidente? Sim, ele tivera a intenção, mas não com relação a ambos, somente ao seu pai. Só pretendia matar seu pai. Não planejava queimar os dois vivos na cama.

Foi quando Kate deixou de ficar paralisada. Quando voltou a olhar para ele, seus olhos queimavam mais que qualquer fogo.

— Você esperava mesmo — perguntou ela numa voz gélida — que eu o *perdoasse* pelo que fez? Por tirar as vidas dos meus pais e destruir a minha?

Os dedos de Daniel apertaram os ombros de Kate, e ele disse, com uma risada:

— Claro que não. Você acha que eu teria me dado ao trabalho de atravessar metade do país com aquela menina tagarela filha do Traherne se eu só quisesse o seu perdão?

Kate o fitou sem entender.

— Ora, então o que...

— Ah, minha intenção é matá-la também, claro — esclareceu Daniel com a voz suave.

Capítulo 32

— Naquela noite, deveria ter deixado você morrer com os seus pais — afirmou Daniel, enquanto Kate o fitava, apavorada. — Mas eu era um tolo sentimental. Salvei a sua vida, em vez de tirá-la. Porém, quando voltei para Londres sete anos depois, achando que não havia motivos para me preocupar, que o incêndio já teria sido esquecido, descobri que você não esquecera e me culpava abertamente por ele.

— E com razão — declarou Kate com veemência. — Você foi o responsável! Atiçou o fogo e foi embora, deixando parecer que meu pai tinha se suicidado e levado minha mãe consigo. Tem alguma ideia do que eu tive de enfrentar, Daniel? De como foi sobreviver ao enterro e à investigação? Meu Deus, eu quase preferia que você tivesse me deixado morrer. Teria sido mais fácil. Mas não, você fugiu como um covarde.

— Está vendo? — questionou Daniel. — É exatamente com esse tipo de atitude que eu não tenho paciência.

Com uma rapidez que Kate não imaginava possível, o homem puxou-a contra si e prendeu o pescoço dela com um dos braços.

De costas para ele, ela ergueu as mãos numa tentativa de se soltar daquele abraço, mas logo notou que não conseguiria. Tentou lutar com os pés, chutando-o com o salto dos chinelos e dando-lhe cotoveladas na barriga. Como resultado, Daniel apertou-lhe mais o pescoço.

— Sabe, Katie, na verdade, estou lhe fazendo um favor — observou ele, quando a respiração dela começou a falhar devido ao aperto na garganta. — Você não deveria pensar mal de mim.

A visão dela começou a ficar turva. Seu esforço para se libertar logo foi perdendo força.

— Que tipo de vida você tem tido ultimamente? — perguntou Daniel. — Trabalha como louca como dama de companhia de moças insuportáveis da alta sociedade, como Isabel Traherne. Eu não chamaria isso de vida. Você deveria me agradecer por colocar um fim ao seu sofrimento. Amanhã, quando for encontrada com o pescoço quebrado no chão do pátio, a pequena Isabel sem dúvida se arrependerá de ter lhe causado tantos problemas.

Kate lamentou não ter contado a Daniel sobre a gravidez. Talvez não fizesse nenhuma diferença, mas ele falara com tanto pesar sobre ter matado sua mãe que talvez, só talvez, a deixasse viver...

— Certamente concluirão que você estava sonâmbula. Foi o que eu pensei quando a vi no corredor no meio daquela fumaça, branca como um fantasma. Depois que começou a gritar, eu vi que...

Estrelas. Kate via estrelas, mas elas não estavam apenas no céu. Dançavam diante de seus olhos enquanto ela tentava respirar, sem sucesso. Estava morrendo...

E tudo por sua própria culpa. Percebera a armadilha. No primeiro instante em que Burke mencionara o nome de Daniel Craven em Lynn Regis, ela soubera. No entanto, fora atrás dele, sabendo perfeitamente que não era possível que o homem tivesse fugido com Isabel Traherne por amor. Desde o início soubera o verdadeiro motivo de tudo.

Mesmo assim acompanhara Burke porque ele pedira.

Estrelas flutuavam diante de seus olhos. Estava mesmo morrendo. Não era tão ruim morrer, afinal. Era como se estivesse caindo.

Até que, de repente, de forma miraculosa, Kate ficou livre.

Ficou livre e caiu para a frente. O mundo subitamente virou de cabeça para baixo, quando o ar frio cortante penetrou seus pulmões. Algo duro bateu nos seus joelhos e nas palmas das mãos, arranhando-os, e logo ela estava caída no chão frio e úmido, tentando respirar.

Às suas costas, Kate ouviu o barulho de uma briga. Que sons eram aqueles? Se ao menos pudesse ver. As estrelas tinham desaparecido na forte escuridão que só agora começava a esmaecer. Alguém estava dançando? O som era de alguém dançando. Só que não havia música.

E então Kate sentiu o cheiro. Queimava seus pulmões, os mesmos pulmões que até então respiravam, felizes, o ar suave do outono. Era fumaça, novamente.

Mas agora não era fumaça de tabaco. Era um cheiro forte de algo que não deveria estar queimando, mas estava.

Até que Kate viu um brilho avermelhado diante de seus olhos, entrando em foco pouco a pouco. Eram as cortinas. As cortinas das portas francesas de seu quarto estavam pegando fogo. Daniel devia ter jogado fora o charuto na direção das portas, em vez de na direção da varanda ou do pátio. E agora as cortinas se incendiavam.

E Isabel estava lá dentro.

Kate virou a cabeça. Agora conseguia ver. Encontrava-se deitada no chão da varanda, com as mãos e os joelhos arranhados das pedras do chão, e a garganta doendo muito. E a menos de um metro e meio estava Daniel...

Mas não era apenas Daniel. Ele não estava só. Estava seguro de uma maneira muito semelhante à que a prendera, mas era Burke quem o mantinha preso. Burke estava na sua varanda. Confusa, Kate perguntou-se como ele tinha chegado ali.

E então sentiu novamente o cheiro de fumaça e se lembrou de Isabel, que dormia tão tranquila no quarto. Precisava salvá-la do incêndio.

Kate usou o balaústre da varanda como apoio para se levantar e foi cambaleando em direção às portas francesas. Não eram apenas as cortinas que pegavam fogo. O tapete também queimava. Ao chegar às portas, deu um puxão na cortina, soltando-a do trilho que a sustentava. Ao cair no chão úmido da varanda, o pano chegou a provocar um chiado. Kate fez o mesmo com a outra cortina, em seguida correu para pisar no tapete em chamas. Mas como não conseguiu controlar as chamas, pegou uma bacia de água no canto do quarto e jogou o líquido sobre o tapete e as cortinas que estavam do lado de fora.

O ar da noite ficou tomado por uma densa fumaça cinzenta. Através dela, Kate enxergava muito vagamente que só havia uma única pessoa além dela mesma no terraço. A silhueta aparecia à luz da lua e não era possível diferenciar os traços. Num instante de pânico, finalmente voltando a si, Kate achou que algo teria acontecido a Burke, e que quem se aproximava podia ser Daniel...

Ela quebrou a bacia de porcelana contra o batente da porta e segurou um caco no ar, ameaçadoramente.

— Pare — disse ela ao homem que se aproximava através da fumaça. Pelo menos foi o que tentou dizer, mas de sua boca saiu apenas um murmúrio áspero. A garganta doía demais, e Kate não conseguia falar mais nenhuma palavra. Muito menos o que queria dizer, que era: "Eu o matarei, Daniel, juro que o farei, se você se aproximar."

Mas ela não precisou falar mais nada, porque ouviu uma voz conhecida e muito amada dizer:

— Kate, sou eu. Você está bem?

E logo ela se viu num abraço caloroso e reconfortante.

— Burke — exclamou Kate. Ou tentou. O que saiu não soava como o nome dele.

— Você está bem? — Ele a afastou, mas só para examiná-la. — Meu Deus, Kate, achei que ele tinha matado você.

Ela queria rir e chorar ao mesmo tempo. Segurou a lapela do robe de chambre de Burke, tentando conseguir sua atenção, pois ele lhe examinava as palmas das mãos, uma após a outra, para verificar os arranhões.

— Não é nada grave — concluiu Burke. — Nem está sangrando. E a garganta, dói? Meu Deus, seus dedos estão gelados. Vamos entrar.

— Burke. — Kate conseguiu dizer, ansiosa, puxando-lhe a lapela. — Isabel.

— Ah. — Ele dirigiu os olhos para as cortinas em chamas como se as notasse pela primeira vez. — Isabel não está aí. Quando acordou e ouviu um homem falando na varanda, correu para me chamar. Ela não viu que era Craven — esclareceu Burke, sentindo um arrepio na espinha.

Kate ficou aliviada. Nenhum fogo poderia ter aquecido suas veias mais do que aquela notícia. Pobre Isabel! Quando a verdade surgisse, seria horrível para ela!

E então olhou a varanda, sem entender.

Burke entendeu o que ela queria saber.

— Ele se foi, Kate — informou o marquês numa voz surpreendentemente dura, acompanhada de um gesto muito carinhoso de afastar-lhe os cabelos dos olhos. — Não voltará a perturbá-la.

Mas essa não era uma explicação que bastasse para Kate, e então, relutante, ele lhe mostrou. O corpo de Daniel estava onde o dela estaria se Burke não tivesse surgido. Caído no pátio. A cabeça estava virada num ângulo estranho, revelando claramente a causa da morte.

Kate logo afastou os olhos, lamentando ter perguntado. Mas Burke a abraçava, e então disse na mesma voz dura:

— Ele matou os seus pais. E teria feito o mesmo a você, Kate, e ao nosso filho. Não fiz nada de errado e não me arrependo.

— Não — concordou Kate, junto ao peito dele. Não conseguiu dizer mais nada; sua garganta estava muito sensível.

Burke colocou-a nos braços e a levou do quarto cheio de fumaça para o corredor, onde encontraram Isabel e o proprietário, com inúmeros criados, de velas nas mãos e com expressões preocupadas.

— Está tudo bem — anunciou Burke, em sua voz áspera usual. — A Srta. Mayhew está bem.

— Ah, papai! — exclamou Isabel, ainda usando o vestido amarrotado com o qual caíra no sono. — Fiquei tão preocupada! Tem certeza de que...

— Todos podem voltar para a cama agora — disse Burke determinado. — Exceto o senhor. — Ele olhou para o proprietário do hotel. — Há uma bagunça no pátio que provavelmente gostará de ver limpa. E seria bom alguém chamar a polícia amanhã de manhã.

O proprietário pareceu ouvir tudo com tranquilidade, mas a mulher dele, que obviamente não estava a par do que se tratava, olhou para Kate com ar preocupado.

— Talvez fosse bom nós chamarmos o médico agora para a senhorita...

Diante da negativa de Kate, que balançou veementemente a cabeça, Burke disse:

— A Srta. Mayhew não precisa de um médico. No entanto, se a senhora puder cuidar de lady Isabel...

A senhora apressou-se em seguir a sugestão, embora a jovem não parecesse nada impressionada com suas atenções e relutasse em deixar Kate. Finalmente, foi compelida a voltar para a cama — desta vez em seu próprio quarto — quando Kate lhe assegurou, num sussurro, que estava muito bem. O corredor esvaziou-se mais ainda quando o marquês ordenou, com sua típica voz autoritária:

— Todos voltem para a cama. *Agora.*

Burke Traherne não era o dono da hospedaria, mas suas ordens foram obedecidas com uma rapidez de dar inveja a um general. Quando o corredor ficou vazio, Burke levou Kate para o quarto dele, decorado em tons bem masculinos. A luz do fogo da lareira revelava uma cama grande com dossel e cobertas jogadas para o lado, como se o ocupante tivesse saído às pressas.

Burke deitou-a em sua cama sobre o edredom e a envolveu nele. Kate finalmente sentiu-se confortável com o calor da coberta e do fogo, ao qual Burke acrescentou vários pedaços de lenha para aquecê-la.

Ela tentou protestar, mas o marquês não a ouviu. Burke avisara que cuidaria dela ele mesmo e não estava brincando. Lavou os arranhões e as feridas e ofereceu-lhe um chá para aliviar a garganta. Foi atencioso como um amante e cuidadoso como um marido. Mas...

Ele tinha que saber. Devia ter concluído que *tudo, tudo mesmo,* havia sido culpa de Kate: Daniel seduzir Isabel — isto é, mais ou menos — e levá-los a essa perseguição louca até a Escócia. Tudo fora culpa sua. Se Burke não a odiava antes, embora tivesse motivos para tanto pela forma como ela o tratara, devia odiá-la agora.

Kate merecia esse ressentimento. No entanto, não podia permitir que ele fosse embora acreditando que ela não havia se arrependido.

Ela só precisava contar. Só isso, contar.

Kate respirou fundo e abriu a boca.

Capítulo 33

— Eu — começou Kate, logo descobrindo que não seria fácil. Era difícil pensar racionalmente com aquele olhar penetrante em cima dela. — Eu — disse novamente. — Peço.

Bom. Era um bom começo. Sua voz já estava mais forte graças ao chá.

E agora, o que vinha depois?

— Desculpas.

Pronto. Perfeito.

Só que Burke continuava ali sentado, olhando para ela, esperando alguma coisa. Talvez não tenha sido tão perfeito assim. Kate respirou fundo.

— Eu peço desculpas por Daniel. O que aconteceu entre ele e Isabel foi tudo culpa minha.

O marquês inclinou a cabeça para o lado, como quem não sabe se ouviu bem.

— Sua culpa — repetiu ele.

Kate fez que sim com a cabeça.

— Sim. Daniel percebeu que eu o vira, de verdade, na noite do incêndio e deve ter concluído que eu contaria a alguém e que, portanto, não poderia continuar viva. Mas era óbvio que ele não sabia onde eu estava e imaginou que, se fugisse com Isabel, eu iria...

Burke a interrompeu.

— Mas você contou a alguém. Na verdade, contou a muitas pessoas.

— Eu... Claro que sim. Sete anos atrás. Mas ninguém acreditou.

— Mas Craven não sabia disso.

Kate pensou nas palavras de Burke.

— Creio que não. A verdade é que eu também não tinha certeza. Quero dizer, eu sabia que meu pai não tinha provocado o incêndio. E sabia que tinha visto Daniel. Mas, no fundo ainda achava que havia uma chance de Freddy estar certo, de eu ter imaginado ter visto Daniel naquela noite porque... Ora, isso seria melhor do que admitir a verdade. Pelo menos o que os outros tomavam como verdade.

Burke analisou-a, e em seu semblante já não havia nenhuma confusão. Ele estava inexpressivo.

— Agora você está vingada.

— Vingada? — Kate ergueu as sobrancelhas que há pouco estavam unidas. — Eu?

— Certamente. Provou que todas as pessoas que tinha virado as costas para você quando tudo aconteceu estavam erradas. Quem provocou o incêndio *foi mesmo* Daniel, e não o seu pai, como você sempre afirmou.

Surpresa, Kate sentou-se.

— Sim. Acho que você tem razão. — Ela balançou a cabeça. — Só que não tenho nenhuma prova disso.

Sentado na borda da cama ao lado dela, Burke falou:

— Eu ouvi quando Craven admitiu.

— Ouviu? — Kate virou-se para ele, pasma. — Mesmo?

— Claro que sim. E contarei tudo à polícia na minha declaração amanhã de manhã. *Isso* não daria uma leitura interessante nos jornais londrinos? Até o fim da semana, o nome do seu pai estará tão limpo quanto o da rainha.

Kate balançou a cabeça, mal ousando respirar diante de tamanha mudança. Não que agora tivesse mais dinheiro do que antes. Continuava paupérrima. Mas recuperar a reputação do pai, seu bom nome, significava mais do que qualquer fortuna em diamantes africanos.

— Não que isso faça alguma diferença para você.

Kate não entendeu.

— Como? O que não faz diferença?

— O que as pessoas dizem, claro.

— Está louco? É *claro* que faz toda a diferença do mundo!

— Mas eu pensei que você não quisesse nada com o meu círculo social. — Burke falava sem qualquer expressão no rosto. — Pelo menos foi o que afirmou esta manhã, não foi? Creio que suas palavras exatas foram que não poderia voltar; preferia criar seu filho sozinha, na desgraça, do que entre as pessoas que acreditaram na culpa do seu pai antes mesmo de haver um julgamento e permitiram que o assassino ficasse em liberdade.

Kate sentiu o rosto ficar quente e concluiu que estava rubra. Era incrível que ainda pudesse corar depois de tudo o que passara com esse homem, mas aparentemente algumas coisas ainda a intimidavam.

E achou que merecia aquilo.

— Burke — começou Kate, constrangida. — Sei que eu disse isso hoje de manhã. Mas mesmo antes de Daniel aparecer, percebi que nada disso importa. A única coisa que importa é...

Mas o marquês interrompeu-a novamente:

— Deve ser bastante agradável provar que tantas pessoas estavam erradas. Houve um tempo na minha vida em que eu gostaria de ter feito o mesmo.

Kate olhou para ele, curiosa, esquecendo o que pretendia dizer.

— Você?

— Claro. — Burke baixou os olhos. — Você não podia estar tão ocupada refutando o que eles diziam sobre o seu pai a ponto de nunca ter ouvido o que dizem a *meu* respeito, Kate.

Ela também baixou os olhos.

— Ouvi alguns comentários — admitiu com os olhos fixos na colcha da cama. — Mas não acredito em boatos. E por isso quero que saiba...

— Mas eles podem ser úteis. Quero dizer, os boatos. Principalmente no meu caso.

Ela arriscou olhar para o marquês, que a fitava com um misto de amargura e compaixão. Confusa, desviou o olhar novamente.

— Não entendi. Burke, eu...

— Claro que entendeu. Tenho certeza de que seu amigo Freddy lhe contou tudo a meu respeito. O marquês de Wingate, sem coração, que jogou o amante da mulher de uma janela, depois fez de tudo ao seu alcance para evitar que ela tivesse contato com a filha pequena. Não foi assim?

Kate respondeu, quase num sussurro:

— Creio que ouvi mesmo algo nessa linha...

— Claro que ouviu. Eu queria que ouvisse. Porque às vezes, Kate, os rumores são... melhores do que a verdade, por assim dizer.

Burke deve ter percebido a expressão de perplexidade de Kate, pois continuou, com um suspiro:

— Eu nunca impedi a mãe de Isabel de vê-la, Kate. É verdade que joguei seu amante pela janela. Até aí, eu admito. Mas quanto ao resto... Se algum dia Elisabeth tivesse mostrado interesse em ver a filha, eu teria providenciado tudo para que houvesse esse encontro, mesmo que para isso tivesse de levar Isabel até a Itália. Mas ela não o fez. Elisabeth não se importava com Isabel. Durante o processo do divórcio, só se preocupou com o dinheiro. Quanto eu lhe pagaria. Foi só isso. Nenhuma palavra a respeito da menina.

"Foi por isso que, depois de algum tempo, comecei a achar que os boatos eram bem-vindos. Queria que Isabel os ouvisse e acreditasse neles — continuou Burke. — Por isso nunca os refutei. Eles eram melhores que a verdade. Eu preferia ser considerado um monstro por proibir uma mãe de ver a filha a ouvi-los dizer a verdade, que a mãe de Isabel não a amava e não queria vê-la."

— Ah — exclamou Kate. Sua garganta parecia ter fechado de novo. Mas, desta vez, não era porque estava sendo sufocada. — Eu... Eu entendo.

Burke olhou para Kate, mas seu olhar não tinha sentimento. Era como se não a visse.

— Agora já sabe de tudo. Toda a minha cruel historinha. Pelo menos o que é apropriado para uma dama ouvir. Não é interessante a diferença entre nós dois? Você odeia a sociedade londrina por sua hipocrisia de fomentar boatos, enquanto que eu aceito tudo isso por servir aos meus propósitos.

De repente, ele se levantou. O colchão balançou, aliviado de seu peso, e assentou-se de novo.

— Se bem que nada disso faz diferença agora — afirmou Burke. — Já tomou a sua decisão. É uma pena que você e eu não tenhamos nos entendido. Eu acho que, juntos, conseguiríamos. Mas, enfrentar os hipócritas como disse, é melhor assim. E agora creio que já tivemos emoções demais para uma noite. É melhor deixar você dormir.

Burke de fato começou a se encaminhar para a porta.

Kate afastou as cobertas e pulou da cama.

— Espere!

Já quase de saída, o marquês virou-se e olhou para ela.

— Kate, você passou por uma experiência horrível, precisa descansar. Volte para a cama.

Ela permaneceu imóvel, torcendo os dedos de ansiedade.

— Não. Eu preciso falar com você. — Fez um sinal indicando a cama. — Não quer se sentar só um pouquinho?

Burke parecia pronto para dizer alguma coisa, talvez mais um protesto, mas desistiu. Voltou passando por ela e sentou-se na cama.

— E então. — Mesmo sentado, o rosto do homem estava só um pouco mais baixo que o dela, que estava de pé. — O que é?

Kate teve uma dificuldade imensa de encará-lo. Primeiro porque era perturbador ficar assim tão perto de Burke. Embora não se tocassem, sentia-se envolta por ele. Seus sentidos estavam sendo atacados por todos os lados. Sentia o calor que ele emanava da região da virilha e da abertura em V que o robe de chambre formava sobre o peito nu. E parecia tão másculo, tão forte... e ao mesmo tempo tão vulnerável.

— Eu — começou Kate, sem conseguir encará-lo. Havia algo tão consciente e esperançoso nos olhos de Burke que era difícil encará-lo, e ela manteve o olhar baixo, voltado para o chão. Mas a abertura no robe de chambre logo abaixo do nó da faixa da cintura a distraía. Não conseguia ver nada além da sombra escura sob o cetim, mas, ah, ela sentia, através do tecido fino do próprio penhoar, o calor que emanava dali. — Eu... quero dizer que sinto muito — gaguejou, finalmente.

— Você já não disse?

Kate olhou-o nos olhos e desta vez não se arrependeu. O olhar dele continuava com a mesma expressão consciente. Mas havia algo mais, indefinível. Uma vez, muito tempo atrás, seu pai lhe dera de aniversário um anel com uma esmeralda da mesma cor dos olhos de Burke. No centro da esmeralda, após horas de exame, ela encontrara uma fenda. Uma pequenina fenda. Foi o que viu nesse instante nos olhos de Burke. Uma pequena fenda através da qual teve certeza de que, se observasse bem, conseguiria ver a alma dele.

— Não é sobre Daniel — explicou Kate. Ela ergueu uma das mãos e pousou-a nos ombros largos de Burke. — Quero dizer, jamais terei palavras para expressar o quanto lamento pelo que ele fez com Isabel. Mas eu também quero dizer que lamento pelo que eu disse esta manhã. — Deus, havia sido mesmo naquela manhã que lhe dissera aquelas coisas horríveis?

— Ah, eu também lamento por isso — afirmou Burke. — Mas lamentar não muda nada, não é?

— Creio que não — murmurou Kate.

Ele a esmagara com a mesma facilidade com que se esmaga uma formiga.

Mesmo assim, Kate continuou.

— Mas talvez eu tenha me precipitado.

— Precipitado — repetiu Burke, sem afastar os olhos verdes de Kate.

— Sim. Quando me recusei a...

Burke ergueu uma das sobrancelhas escuras.

— A quê?

O marquês não facilitaria as coisas. Sabia a que Kate se referia, mas parecia querer torturá-la um pouco antes de admitir.

Ela achou que merecia um pouco de tortura.

— Burke. — Kate moveu a mão e correu as pontas dos dedos de leve pelo tecido sedoso das lapelas do robe de chambre. — Quero voltar para Londres amanhã com você e Isabel.

A outra sobrancelha também se ergueu.

— Quer? É uma reviravolta interessante. Embora eu ache natural você querer ouvir as desculpas de todas aquelas pessoas que no passado foram terrivelmente cruéis com você.

— Não é por isso. Não acha mesmo que eu me *importo* com o que eles pensam.

— Ah, não? Não foi essa a impressão que eu tive antes. Você parecia se importar muito com o que diziam... Enfim, creio que, se quer voltar para Londres, nós podemos resolver isso. Mas se pretende voltar à função de dama de companhia de Isabel, acho que terá de reconsiderar.

Kate inclinou a cabeça para o lado. Que brincadeira era aquela?

— Por quê?

— Isabel dificilmente voltará a ser convidada para algum evento depois do escândalo da fuga com o Sr. Craven. Ela destruiu a própria reputação. Logo, creio que não terá necessidade de uma dama de companhia.

— Não — concordou Kate, olhando para baixo. — Mas vai precisar de uma mãe.

— Vai? — falou Burke com frieza. — E você tem uma candidata adequada em mente?

Kate ergueu os olhos.

— Burke — insistiu ela, firme —, sinto muito por não ter contado antes sobre o meu... o *nosso* bebê. E por ter dito que não me casaria com você. E por ter agido como uma... hipócrita.

Um canto da boca de Burke — só um — virou para cima.

— Eu até gostei da parte hipócrita — admitiu ele.

Em seguida, como se não conseguisse evitar, ele esticou o braço e pegou o punho dela. Como um pescador enrolando uma linha, ele a puxou para perto de si até que Kate ficou em pé entre as pernas dele, cobertas pelas pregas do robe. Ele a fitou, os dedos agora mais soltos em torno do punho, mas ainda envolvendo-a possessivamente.

Kate baixou os olhos. Não que não quisesse enxergar a alma de Burke. Mas sua mão, que antes acariciava o corpo dele, alcançara o nó da faixa do robe, e agora passeava sobre o tecido que cobria uma parte dele que a interessava profundamente.

— Eu também — respondeu, embora sem saber ao certo o que admitia. Estava ocupada se perguntando o que Burke pensaria se ela puxasse aquele nó. Era provável que a considerasse mais hipócrita do que nunca.

Os dedos de Kate aparentemente haviam encontrado algo sensível, pois embora o tocassem muito de leve, Burke subitamente se enrijeceu, e a mão que lhe segurava o punho apertou-o de forma involuntária.

Quando ergueu os olhos, percebeu que aquele sentimento indefinível que vira caído como um véu sobre os olhos dele ainda estava lá.

— Kate — começou Burke.

Porém, ela não o deixou falar. Segurou uma das pontas da faixa do robe de chambre e a puxou. Os dois lados do robe se juntaram por um momento, para depois lentamente se separarem, revelando que, sob aquela peça de roupa, ele estava nu como no dia em que o vira saindo do banho. E mais, aquela parte dele que lhe provocava tanto interesse reagira ao seu leve toque e crescera a uma proporção tal que até ela, que já a vira em muitos estados, se surpreendeu.

— Kate — chamou Burke numa voz muito diferente.

Mas ela não o ouvia. Como alguém em transe, segurou com a mão livre o membro grosso que tinha diante de si.

Desta vez, foi o marquês quem ficou sem ar. Passado um instante, ele soltou-lhe o pulso e segurou os quadris dela com ambas as mãos, puxando-a para si com uma exclamação incompreensível. Kate estendeu uma das mãos sobre o peito nu, sem afastar a outra de onde estava, mesmo quando ele a beijou, lançando a língua através da barreira dos seus lábios.

Em seguida, caíram de costas sobre a cama, numa mistura de cetim e rendas, os cabelos louros e longos de Kate caindo e formando uma tenda em torno dos rostos de ambos. Burke tentou ficar sobre ela, mas foi impedido com uma mão contra seu peito, embora exercendo uma pressão muito leve.

— Ainda não — sussurrou ela, quando, sem entender, ele ergueu o rosto para fitá-la interrogativamente.

Mas o olhar questionador desapareceu no instante em que Kate substituiu com os lábios a mão que mantinha contra o esterno de Burke. Beijou-lhe o peito, rindo quando a floresta densa de pelos provocava-lhe cócegas no nariz. Em seguida, abaixou a cabeça para beijar-lhe cada um dos sulcos formados pelos músculos da barriga, e depois desceu mais ainda.

Foi quando Burke se viu obrigado a interrompê-la.

Ele não queria interrompê-la. Mais do que tudo, queria que ela continuasse o que estava fazendo, permitir que fizesse o que ao longo das últimas semanas, ele secretamente sonhara. Queria sentir nele aqueles lábios macios.

Mas ainda não. Não quando estava tão teso de desejo por ela, após ter se aproximado tanto de perdê-la, que mal conseguia pensar.

Mas Kate não deixaria para depois. Com os cabelos esparramados como uma poça de seda por cima das coxas de Burke, examinou o corpo dele e disse, sarcástica:

— Acho que o que um gosta, o outro também deve gostar.

O marquês não teve como responder, pois ela já tinha posicionado a boca — aquela boca que durante meses o irritara e o encantara — onde ele tanto ansiava por senti-la.

Mas não durou muito. Burke não conseguiu suportar por muito tempo. Após alguns segundos, pegou seu rosto com as mãos, enterrando os dedos nos cabelos lisos e macios, e aproximou-lhe a boca absurdamente pequena e suave da sua, tomando-a com os lábios e a língua, enquanto a posicionava de volta na cama de costas. Fazia um dia apenas que a tivera, no entanto, era como se fossem anos. Precisava enterrar-se nela, ou explodiria.

Talvez por isso Burke tenha feito o que fez: soltou o rosto de Kate e levantou-lhe a barra da camisola. Em seguida, ainda a beijá-la, correu a mão por cada uma de suas pernas, começando com a parte interior das coxas e terminando nos arcos dos pés. Depois, interrompeu o beijo de forma abrupta e levou a boca a um dos seios, o hálito quente e a língua marcando-lhe o mamilo através do tecido fino da camisola, e segurou-lhe os tornozelos com as mãos escuras e grandes. Antes que Kate soubesse qual era sua intenção, ele afastou-lhe as pernas, dobrando-as nos joelhos, abrindo-a para si o máximo possível. Enquanto isso, afastou o rosto dos seios dela e olhou em seus olhos.

Foi quando Kate finalmente viu a fenda nas esmeraldas dos olhos de Burke. E o que encontrou ali — a saudade nua, a necessidade possessiva, a angústia desesperada, e, acima de tudo, o amor violento e protetor — a levou a se perguntar como pudera abandonar este homem, como cogitara viver sem ele.

E Burke de novo cobriu seus lábios com os dele, não propriamente num beijo, mas consumindo-a, devorando-a, enquanto levava as mãos dos tornozelos até o bumbum de Kate, elevando-o, e aproximando-a, suavemente úmida, irradiando um calor hipnótico e acolhedor, de sua grande ereção...

Burke mergulhou naquele calor com um gemido, enterrando-se em sua intimidade apertada e molhada. Como sempre, Kate ficou sem ar quando ele a penetrou, tensa como se temesse que algo dentro dela se rasgasse com a ansiedade com que a tomava. E então, quando percebeu que estava bem, inteira, abriu-se para ele, quase timidamente, abraçando-o com seu calor, mas só permitindo que a penetrasse aos poucos, como se entra num banho escaldante.

Mas não era suficiente para Burke. Ele precisava afundar nela de uma vez só, derramar-se nela, perder-se nela. Erguendo a cabeça, interrompendo o beijo, ele apertou mais suas nádegas. Depois, observou seu rosto enquanto a erguia e a penetrava, de uma vez só, por inteiro.

Kate arqueou-se contra ele, a cabeça caindo para trás, expondo o pescoço alvo. Os seios com os mamilos intumescidos que pareciam queimá-lo como se fossem de fogo — se apertaram contra o peito dele. Estava em estado de torpor em seu desejo por Burke, e o marquês notou isso. E era assim que a queria. Pois era assim que ela também o deixava, entorpecido. Nenhuma outra mulher que conhecera o tinha deixado tão desnorteado pelo desejo. Nenhuma outra mulher jamais se abrira para ele física e emocionalmente como Kate. Nenhuma outra mulher se permitira ficar nesse estado de paixão como a que estava ali, sofrendo espasmos de prazer sob ele.

Esse torpor — o fato de Kate estar tão tomada de desejo por ele quanto ele por ela — foi o que finalmente o levou a sair de si. Num instante, Burke mergulhava cada vez mais fundo nela — ele preferia que fosse terno e delicado, e não assim, rude e impetuoso, mas, ao que parecia, perdia o autocontrole com Kate. E logo chegou ao limiar da sanidade. O que o levou a cruzar esse limite foi a repentina contração de todos os músculos de Kate, inclusive aqueles que já o apertavam. Num instante, ela atingiu o clímax, o orgasmo percorrendo seu corpo como um raio cruza um céu de verão. E logo ele também estava perdido no trovejar de uma libertação, seu corpo inteiro estremecendo quando por fim se derramara dentro dela, banhando-a com fogo líquido.

Mesmo depois de se esvaziar em Kate, Burke permaneceu enterrado onde estava. Ela não protestou. Na verdade, ele não tinha certeza se ela conseguiria ainda que quisesse, pois também parecia estar exausta, com os braços e as pernas emaranhados nas dobras pesadas de seu robe de chambre, que ele se esquecera de tirar. Dava para sentir o coração dela batendo sob o seu — prova de que Kate ainda fazia parte do mundo dos vivos —, a princípio sem um ritmo definido, e aos poucos de maneira mais lenta e regular.

Passado algum tempo, Burke ergueu a cabeça e olhou para ela. Estava corada, os lábios e as maçãs do rosto rosados. Os olhos tinham um brilho estranho que parecia ser de esperteza, sagacidade.

— Burke — disse Kate. Ele sentiu sua voz docemente rouca reverberar através dos corpos deles. — Ando querendo perguntar uma coisa a você.

— É mesmo? — Burke roçou-lhe os lábios rosados com os seus. — O que é?

— Quer se casar comigo?

— Hmm. Acho que se não nos casarmos, as pessoas vão comentar. Concorda?

Kate mostrou que sim de uma maneira bem precisa.

Capítulo 34

— Burke — disse Kate com uma risada, enquanto caminhava a seu lado, com uma das mãos no carrinho de criança e a outra repousando no braço dele. — Isso é pura lenda.

— Mesmo assim — insistiu ele, sério. — Não devemos arriscar. Estamos falando do meu herdeiro.

— Mas é ridículo. — Kate olhou para ele por baixo da aba do novo chapéu de primavera que lhe havia sido entregue, vindo de Londres, no dia anterior. — Você chegou a *ver* Lady Babbie perto do berço?

— Todas as manhãs — assegurou ele. — Quando entro no quarto, lá está ela sentada bem ao lado.

— Claro. Ela adora o bebê. Mas repare que você disse *ao lado* do berço, e não *dentro*.

— Ainda assim...

— Ainda assim, isso não é verdade. Pergunte à Babá. Os gatos não sentam sobre o peito de bebês e nem os sufocam enquanto eles estão dormindo, Burke. Não posso acreditar que você deu ouvidos às fofocas dos criados. — Kate sinalizou com a cabeça na direção de Isabel, que passeava alguns metros à frente deles, de braços com um jovem alto de cabelos claros. — Você é pior que Isabel.

Ao ouvir o nome da filha, Burke olhou na mesma direção.

— E tem outra coisa — acrescentou ele. — Por quanto tempo mais vamos permitir que isso continue?

— Isso o quê?

— Isso. — Burke fez um gesto indicando Isabel, que girava um guarda-sol de rendas sobre a cabeça e ria, faceira, de algum comentário do companheiro. — Esse... *flerte*, creio que esse é o nome que se dá, entre Isabel e Freddy Bishop.

Kate interrompeu a caminhada para arrumar a toca do bebê dentro do carrinho e disse, sem fitar Burke:

— Pois, na minha opinião, eles formam um ótimo casal. Você deveria estar felicíssimo. Quando todos descobriram a verdade sobre Daniel, eu imaginei que Isabel nunca mais olharia para outro homem. Você se lembra de como ela chorou por dias e dias? Mas agora parece uma outra pessoa. E poderia ser *muito pior*.

— Pior? — Burke revirou os olhos. — O que poderia ser pior do que um dos *seus* antigos pretendentes vir a ser meu genro?

— Geoffrey Saunders — respondeu Kate, levantando-se e lhe dando o braço novamente. Desta vez, Burke segurou o carrinho e começou a empurrá-lo, enquanto passeavam pelo terreno de Wingate Abbey.

— Pelo menos Geoffrey Saunders era jovem como Isabel — retrucou Burke. — Bishop tem idade para ser pai dela.

— Absurdo. Ele é apenas dez anos mais velho, Burke. Você tem *treze* anos a mais que eu. E age como tal, devo dizer.

O marquês olhou para Kate, furioso.

— O que está querendo dizer com isso?

Ela lhe lançou um sorriso maroto.

— Só que eu acho bom você se preparar para o inevitável: Duncan começar a lhe providenciar coletes de flanela. Eu não me surpreenderia de vê-lo sofrendo de reumatismos, afinal, está começando a acreditar em mitos e morre de ciúmes dos pretendentes da sua filha. Qual será a próxima, Burke? Leite quente antes de dormir?

Com a dignidade ferida, o homem respondeu:

— Pois saiba, lady Wingate, que nunca precisei de um colete de flanela na vida e que estou tão perto de me tornar reumático quanto você de precisar de uma bengala. E mais, não são os pretendentes de Isabel que me deixam com ciúmes. É o fato de esse, especificamente, ter sido seu.

— Ah. — Kate fez um sinal com a mão, indicando sua indiferença. — Isso é coisa do passado. Para Freddy, sou uma lembrança distante, como aquela soprano. Ele me garantiu que está interessado em Isabel de verdade, para a vida inteira.

Burke fez um som muito semelhante a um pigarreio. Kate se segurou e não disse que aquela era uma reação típica de um homem de meia-idade. Afinal, Burke ainda era vigoroso com seus 37 anos. Não lhe provara isso naquela manhã mesmo, fazendo valer a antiga ameaça — ou seria promessa? — de acordar todos os dias com ela por baixo dele?

— Além do mais — acrescentou Kate, com uma risada —, se você não gostou da ideia de Isabel e Freddy juntos, pense em como lady Palmer deve se sentir tendo a *mim* como futura sogra do filho. Isto é, pelo menos sogra adotiva. Mesmo depois que a verdade sobre papai veio à tona, ela ainda parece culpá-lo pela morte prematura do marido. Agora terá de suportar a afronta de ter uma relação de parentesco comigo, ao menos através do casamento. E não vou sequer mencionar o que você fez à sala de visitas dela.

— Sala de estar — corrigiu-a Burke. — E ela mereceu por ter acusado você, ainda que indiretamente. — Após um suspiro, continuou: — Creio que tem razão. Bishop não é de todo mal. — Riu para ela e balançou o carrinho de bebê. Ao ver que o filho o fitava sonolento, sorriu para a criança e falou: —Damas de companhia são difíceis de lidar. Pelo menos eu não precisarei me preocupar em arranjar uma para você, não é?

— Para ele, não — concordou Kate secamente. — Mas em breve ele poderá ter uma ou duas irmãs.

Burke parou de balançar o carrinho.

— Ah, Deus. — Ele ergueu os olhos para Isabel, que estendera a mão para dar um tapinha brincalhão no conde de Palmer. — *Não!* — disse, apavorado.

Kate riu e deu-lhe o braço.

— Ah, *sim*...

Este livro foi composto na tipologia Sabon
LT Std, em corpo 11,5/16,5, e impresso em
papel off-white no Sistema Cameron da
Divisão Gráfica da Distribuidora Record.